カズオ・イシグロ『わたしを離さないで』を読む

カズオ・イシグロ『わたしを離さないで』を読む

ケアからホロコーストまで

Kazuo Ishiguro
Never Let Me Go

田尻芳樹・三村尚央 編

Yoshiki Tajiri
Takahiro Mimura
Mark Currie
Robert Eaglestone
Mark Jerng
Bruce Robbins
Anne Whitehead
Takayuki Shonaka
Kunio Shin
Motoko Sugano
Ria Taketomi
Nobutaka Hiyoshi
Shinya Morikawa

水声社

カズオ・イシグロ『わたしを離さないで』を読む――目次

II

付論

まえがき

田尻芳樹

日本においてカズオ・イシグロは、紹介された当初から、イギリスの現代作家としては異例の注目を集めてきた。五歳のときイギリスに渡るまでは普通の日本人として生まれ育ち、最初の二つの作品が日本を舞台にしていたのだから、それは驚くにはあたらない。しかし、そういう熱っぽい受け止めは基本的にジャーナリズムのものであり、そこに英文学研究のアカデミズムが介入する余地はあまりなかった。またそこでは、ジャーナリズムの本性上、日本の中だけでイシグロを論じる傾向が顕著だった。実は英文学研究の領域においてさえ、イシグロ論は日本の中に閉じる傾向があり、海外のイシグロ研究者との交流が乏しすぎるように思われた。

私はこうした状況を何とかしたいと思ったので、二〇一四年一一月一五日（ちょうどイシグロが還暦を迎えた一週間後だった）、東京大学駒場キャンパスにおいて、同僚の英文学者大石和欣氏、武田将明氏とともに、日本で初めての国際イシグロ・シンポジウムを主催した。海外からは六人、日本からは七人が発表者として参加し、イシグロの様々な側面についての研究発表が行われた(1)。イシグロについて内外の研究者が交流し合う場を設けたという意味でこれは有意義だったと自負しているが、実際には物足りなさも残った。シンポでの意見交換が不十分だったので、せめて懇親会でインフォーマルに意見を言い合おうとしたのだが、海外組はほとんど参加してくれなかった。これは単に偶然の事情だっただろう。しかし、シンポそのものにおいても、たとえば、海外組は小津安二郎や三島由紀夫のような日本の芸術と結びつけた日本人の発表にまったく関心を示さなかった。日本人の私としては、国際イシグロ・シンポを他ならぬ日本で開催することには格別な意味があると思っていたのに、彼らにとって「イシグロと日本」は問題ですらないようであった。もちろん、イシグロ自身の作品の中に、「日本」とか「イギリス」とかを実体化することへの懐疑、ナショナリティの超越、ある種の無国籍性を読み込むことができるのは間違いない。しかし、同時に私は、イシグロを、特に日本を舞台にした最初の二作品を、日本人ならこう読むという視点を、海外の研究者、読者に知ってもらいたいという気持ちを捨てることができない。

このようにすれ違いに終わってしまったのだが、当時私は、このシンポでの発表をもとにして英語でのイシグロ論集を出版しようと漠然と考えていた。日本の研究者のイシグロ論が海外にほとんど知られていなかったからである。しかし、その半年後に出版されたイシグロの一〇年ぶりの新作長編『忘れられた巨人』が期待外れだったので、すっかり意欲を失ってしまった。その後、しばらくイシグロから離れていたが、二〇一七年の春学期に、学部の三、四年生と『わたしを離さないで』を読んだ。出版直後に読んだきりだったこの小説を授業で取り上げる気になったのは、その前年の一月から三月にかけて放映されたTBSの翻案ドラマに思いがけず心を動かされていたという事情もあっただろう。いずれにせよ、授業を通じて私は『わたしを離さないで』の多面的な面白さに目を開かれ、海外の主要な論考にも目を通すようになった。偶然だが、同じ時期に、二〇一四年のシンポで知り合った三村尚央氏が、新英米文学会でこの小説の主要な英語文献を読む研究会を開催していて、私を誘ってくれた。結局、私はその研究会には一度も参加できなかったが、その総まとめとして二〇一七年八月二七日に千葉工業大学で開催された新英米文学会における『わたしを離さないで』に関するシンポジウムは聴講することができた。

本書の企画がスタートしたのはその日である。私は、英語での論集出版は諦めていたが、授業の経験から、学生や一般読者が読みやすい、しかし十分に専門的な内容を持つイシグロ論集を日本語で出したいと思うようになっていた。特に海外の重要な批評論文を翻訳紹介し、日本のジャーナリズムの自己閉塞に学生たちが囚われないようにすることが大事だと思っていた。そういう思いに、水声社の小泉直哉氏が乗ってくれたのである。ただ、イシグロ全般だと焦点がぼけるので、テレビドラマ化の記憶も新しく知名度があり、私も授業のために精読したところだった『わたしを離さないで』に絞ることにした。そして早速九月に企画書を書き、三村氏には共編者になってもらった。その上で最初の編集会議を一〇月の半ばに開こうと話し合っていた矢先、イシグロのノーベル文学賞受賞のニュースが飛び込んできた。

これには心底驚いた。まだ早いという感想を持った人もいたが、私はそもそも彼が受賞することは将来的にもないと思っていた。これで多くの「便乗本」が出版され、本書も埋もれてしまうのだろうな、などという俗な思いも頭をよぎった。しかし、受賞直後の日本のジャーナリズムの熱狂は、もとからあった閉鎖性が増幅したようなもので、川端、大江に次ぐ三人目の日本出身の受賞者として騒ぐ一方で、海外でイシグロがどう読まれているかにはほとんど無関心だった。また、一般に、日本で流通するイシグロ言説にもう少し英文学研究の専門知が入る余地があっても良いのではないかという思いを新たにした。(2) だから、『わたしを離さないで』に絞ってはいるが、学生や一般読者向けに、主要な海外の論考を紹介し、様々な読解の仕方があることを知ってもらうことを目的とする本書のような書物は、十分な存在意義を持つのではないかと思うに至っている。

本書は、代表的な『わたしを離さないで』論の翻訳五本と、日本の研究者の論考八本で構成されている。後者の一つ一つが短いのは単に紙幅の都合である。翻訳論文に関してはそれぞれの後に解題をつけたので、ここでは日本の研究者の論考を簡単に紹介しておきたい。

最初の荘中論文は、クローンたちを私たちの現実社会での不平等の犠牲となった孤独な高齢者たちに重ね合わせる。そして看取る者が看取られる者になるという状況に焦点を合わせ、そこにイシグロの不安を読み取り、さらにクローンが置かれた状況は高齢者社会への対処としては、荒涼としているけれども、ある意味で「効率的」な面も持つのではないかと問題提起している。『わたしを離さないで』に全体主義的抑圧を読み取る論が多い中でのこのような大胆な観点は、私たちが抱える深刻な高齢者問題へのきわめて冷徹な眼差しだけが可能にするものだろう。

まったく別の観点から『わたしを離さないで』と現実社会をアクチュアルに結びつけているのが日吉論文である。この小説で顕著なのにこれまでの内外の批評でまったく論じられていないのは、キャシーとルースがトミーを媒介にして非常に親密な関係を維持しているという、イヴ・セジウィックの「男同士の絆」を反転させたような特徴である。日吉論文は現代日本の小説やジェンダー論に言及しながら、この「女同士の絆」の問題に正面から取り組み、小説中の男女が、現実社会と異なって社会的不平等にさらされておらず、したがって性差が意味を持たないことを論証している。

同じく「女同士の絆」への着目から出発する秦論文は、キャシーとルースの関係を羨望と嫉妬の交換のダイナミズムとして読解し、そのダイナミズムがヘールシャム生と非ヘールシャム生、クローンと普通の人間、さらには語り手キャシーと私たち読者の関係にも多重的に連鎖していることを論証する。羨望と嫉妬といういわば生臭い情動を主題化したこの密度の濃い議論は、幸福な生と愛にまつわる排他性という、根源的な倫理の問題をも探り当てている。

記憶というイシグロ論の伝統的な主題に新しい観点から切り込んでいるのが三村論文である。『わたしを離さないで』ではそれまでのイシグロ作品と異なり、記憶が物質のような確かさを付与されているという観察から出発し、物品の持つ実用的機能と、ノスタルジックな想起を呼び起こす象徴的機能の二重性に焦点を合わせる。そして、この二重性はキャシーにとって大切なカセットテープやヘールシャムで生徒が制作する美術品だけでなく、クローンたちの存在そのものをも貫いていると論じることで、作品のクリアで首尾一貫した読解を提示している。

次の拙論は、ヘールシャムにおける芸術・文学教育の過度の強調がクローンたちの人生を歪めていることを、ホロコーストで決定的になったリベラル・ヒューマニズムの信用失墜と結びつけて論じる。特に文学を学ぶ学生たちに、現代社会において文学を学ぶ意味は何なのかを二〇世紀の歴史とともに考えるきっかけをつかんでもらえれば幸いである。私の中では、「近代文学の終り」（柄谷行人）という問題とも直結している。なぜなら、宗教に代わって道徳という課題を担うようになった「近代文学」とリベラル・ヒューマニズムは不可分だからである。

森川論文は、この小説がヒューマニズム以降の段階にある点を強調する。この場合のヒューマニズムとは、人間が主体として自由に思考し行動することを指す。クローンたちが逃げられるのに逃げないのはなぜかという多くの読者が抱く疑問に、この論文は、ピエール・ブルデューやスタンリー・フィッシュの議論を援用し、さらにイシグロ自身の運命感にも言及しながら明快な答えを出している。私たちが生きている時代はもはやヒューマニズムが機能しない時代なのである。

武富論文は、原作を翻案したテレビドラマと映画や、イシグロの他の作品の具体的な状況を引き合いに出しながら、あいまいさと暗黙の了解という見地からこの小説を考察しようとしている。クローンたちは「教えられているようで教えられていない」というあいまいな状況に置かれているのだが、あえて物事に白黒をつけないで空想することがクローンたちの生存戦略になっているという指摘は、彼らの追い詰められ方がただならぬものであることを痛切に思わせる。

次いで原作の翻案そのものを主題化する菅野論文は、翻案は原作に対する二次的な派生物というより、原作の意味を浮かび上がらせるインターテクストであると説く最近のアダプテーションの理論を踏まえながら、テレビドラマ、映画、そして蜷川幸雄演出の翻案劇の三者を海岸や海という場所の表象を中心にして比較考察している。たとえば、テレビドラマ版では、クローン解放のための政治運動をする真実（まなみ）が登場したり、エミリ先生に相当する恵美子先生がクローン第一号だったり、原作と大きく異なる変更が加わっているが、こうした変更の意味を、原作に内在する問題として考えるよう私たちは促されるのではないか。

このようにきわめて多様な観点から『わたしを離さないで』の読解を提示する本書だが、最初に述べた海外の主な批評の翻訳紹介と並ぶもう一つの新味は、二〇一五年に米国テキサス大学オースティン校のハリー・ランサム人文学研究センターが入手したイシグロの草稿類を、三村氏、秦氏、私が部分的ながら調査し参照したことである。この膨大な資料については巻末の付論に譲りたいが、今後のイシグロ研究の見逃せない潮流は間違いなく草稿類の調査に基づく生成論になるだろうから（実際、二〇一二年に同じハリー・ランサム人文学研究センターが入手したJ・M・クッツェーの草稿の調査は、たちまちクッツェー研究の顕著な潮流となった）、本書が日本でのそのささやかな先鞭となれば幸いである。

【注】

（1）　プログラムは次頁の通り（肩書、所属は当時のまま）。

（2）　受賞の時点で日本語で読むことのできたイシグロに関する研究書は、平井杏子『カズオ・イシグロ――境界のない世界』（水声社、二〇一一年）と荘中孝之『カズオ・イシグロ――〈日本〉と〈イギリス〉の間から』（春風社、二〇一一年）を数えるのみであった。

Kazuo Ishiguro: New Perspectives (15 November 2014, The University of Tokyo, Komaba)

Opening Remarks: Yoshiki Tajiri (University of Tokyo)

Keynote Lecture: Matthew Beedham (University of Nottingham Ningbo China), 'Kazuo Ishiguro and the Cosmopolitan Future'

Panel 1: Ishiguro and Japan

Chair: Fuhito Endo (Seikei University)

Ria Taketomi (Meiji University), 'Kazuo Ishiguro and Yasujiro Ozu'

Ayaka Nakajima (Ph.D. candidate, Osaka University), 'Translating Japan: Kazuo Ishiguro's *A Pale View of Hills*'

Nob Hiyoshi (Ph.D. candidate, University of Tokyo), 'A Pastiche of Mishima?: 'Getting Poisoned', *A Pale View of Hills*, and *The Sailor Who Fell from the Grace with the Sea*'

Panel 2: Limits and the Human

Chair: Masaaki Takeda (University of Tokyo)

Takahiro Mimura (Chiba Institute of Technology), 'Work, Artwork, and the Collaborative Refiguration of the Limits of Human Existence in Kazuo Ishiguro's Novels'

Christopher Holmes (Ithaca College, USA), 'At the Limit: Imagining Ishiguro's Clones'

Megumi Kato (Tsuru University), 'Nigerians or Clones?; A Human Rights Culture beyond Multiculturalism in *Never Let Me Go*'

Panel 3: Culpable Experience and Precarious Life

Chair: Kaz Oishi (University of Tokyo)

Ivan Stacy (Royal Thimphu College, Bhutan), 'Unvisible: Failures of Witnessing and Complicity in *Never Let Me Go*'

Liani Lochner (Université Laval, Quebec City, Canada), 'The Shared Precariousness of Life as a Foundation for Ethics in Kazuo Ishiguro's *Never Let Me Go*'

Ching-chih Wang (National Taipei University, Taiwan), 'To See Is Not to Believe: Post-Traumatic Stress Disorder in *The White Countess*'

Panel 4: Inside Ishiguro

Chair: Yoshiki Tajiri (University of Tokyo)

Chun Fu (National I-lan University, Taiwan), 'Mask, Market, Memories and Music in *Nocturnes*'

Takayuki Shonaka (Kyoto Junior College of Foreign Languages), 'Into the Past: Uncanny Large Houses in the Novels of Kazuo Ishiguro'

Shinya Morikawa (Yamagata University), 'We Cannot Have Too Many Interviews with Ishiguro: A New Perspective on Ishiguro in Interviews'

【凡例】

一、日本語訳『わたしを離さないで』からの引用は、原則としてハヤカワepi文庫版（二〇〇八年八月初版発行、土屋政雄訳）を用いた。

一、引用元の頁数については、引用部末尾に（　）で示した。アラビア数字は原書の頁数を、漢数字は、訳書がある場合その頁数を表す。

一、カズオ・イシグロ作品をはじめ既訳の存在する書籍について、引用に際して訳文の一部を変更した箇所がある。その場合、該当引用部の末尾ないし注にその旨を示した。

一、翻訳論稿および引用文において、原文の筆者による注記や補足は、原文のとおり［　］で示した。［……］は原文における省略を示す。また、訳者または引用者による注記や補足は〔　〕で示し、〔……〕は引用者による省略を表す。

一、翻訳論稿および引用文に関して、原文における明白な誤記については、訳出時に適宜修正を加えた。

一、引用文献等のリストのうち、欧米系書籍の表記については、原則としてMLA方式（ハンドブック第八版、二〇一六年）に則った。ただし、翻訳論稿に関してはこの限りではない。

I

生に形態を与える
――クローニングと人間についての物語をめぐる期待

マーク・ジャーング／井上博之訳

1 クローンの生を物語る

人間のクローンをめぐる物語の多くは、特異な個性を持った個人と恐ろしい集合体とを両極として、そのあいだのどこかにクローンの表象を位置づける。集合体としての表象は非個人化された人間としてのクローンに対する不安のあらわれである。[1] たとえばアイラ・レヴィンの『ブラジルから来た少年』（一九七六年）で詳しく描かれるのは、ヒトラーの細胞からクローンとして九四人の少年を生みだすナチスの科学者メンゲレの企てである。環境的な条件を整えて少年たちをヒトラーに「変えて」しまおうとするメンゲレの行動が物語の軸となる。小説のなかで、科学者ニュルンベルガーはナチ・ハンターのリーベルマンにクローニングについて説明しながら、「新しい特異な個人が生まれるのではなくて、すでに存在する個人が複製される」のだという（Levin 188）。ここでは個体化の問題が強調されている。だが、クローンとして生みだされた少年たちがそれぞれ特異な個人であるのか、それともヒトラーの集合体であるのかという問題は答えの与えられないまま放置される。社会的な状況の影響を受けて少年たちは予測のできないかたちで成長するだろうという議論のおかげで、彼らが殺されるという結末にはならないのだが（したがって彼らは別々の個人になるだろうという見方が提示されている）、小説の最後に出てくるのは、少年のうちの一人が、「古いヒトラー映画に出てくるような感じで」視線を注ぐ群衆の前に立つ自分を絵に描いて想像する様子である（Levin 280）。この結末は群衆の亡霊を喚起する。非個人化され、催眠状態にあるような観客たちが、複製されたヒトラーの集合体という脅威を再び連想させるのである。

同じように、ケイト・ウィルヘルムの一九七六年の小説『鳥の歌いまは絶え』では、個体化の問題がクローンを人間から区別するために使われており、クローンは個体化されえない存在として描かれる。この作品はクローンが自発性を欠いていたり他者に依存したりする様子を、人間の独立心および自立の能力と対比する。クローン共同体の外部からある物質を回収しようとする場面が両者の区別の好例となる。人間から生まれ、母親に育てられたマークは見事に生活に順応して独立した個人となるのだが、一方でクローンたちはお互いに依存したまま創造的にも自発的にも物事を考えることができない（Wilhelm 208）。人間にこうした特徴が付与されているのは親子関係のなかで育ったからであり、親子関係が成熟と自立のための場所を提供するのである。この物語の観点からいえば、自立としての個体化こそが私たちを人間にするのであり、クローンはこの過程を決して達成できない。クローンが「人間的」な特性を奪われているのは、誰かと同じ構成の遺伝子を持っているためではなく、親に育てられるという適切な社会化の物語を欠いているからという点が重要である。『ブラジルから来た少年』のヒトラー計画や『鳥の歌いまは絶え』の人類の最期に見られるディストピア的なシナリオは、クローンをアイデンティティー、個性、人格の欠如した人間の殻のようなものと見なしている。

クローン小説に見られる個体化やクローンと人間の区別をめぐるこういった不安は、生として意味を持つ生とは何か、ある存在を人間とするのに十分あるいは必要な形態とはどのようなものか、「クローン」に可能な個体化の形態とはどのようなものか、といったより大きな問題を提示する。実際、物語が生を組み立てる様式が、人間であることの意味をどのように規定するのかを考えるにあたり、クローンを想像することは格好の機会となる。上記のようなディストピア小説には規範的な個体化の物語を欠いたクローンを人間以下とみなす傾向があるが、それとは違った一連の物語群は人間としてのクローンを扱っている。とはいえ、家族を中心としたよくある規範的な個体化の筋書きのなかにおいてである。ヒラリー・クルーはC・J・チェリイの『サイティーン』やミルドレッド・エイムズの『無限のアンナ』、マリリン・ケイの『レプリカ』シリーズなどを概観し、これらのヤング・アダルト小説は「ほかとは違った人間としての個人の特異性と価値を強調している」と述べている。「作家たちは人物の成長を描きながら、クローンとして生まれた一〇代の主人公たちがどのように個性とアイデンティティーを獲得するかを見せる。オリジナルと同じ道を歩んでいくだろうという予想される展開からティーンエイジャーたちが逸脱していく様子が描かれるのである」(Crew 208)。クルーの分析が示すのは、人間としてのクローンを想像するこれらの物語が、あくまでも自立と離反、若者が自分らしいアイデンティティーを主張する場としての家族内での葛藤、といった従来の枠組みのなかで個体化の過程を反復していることである[2]。

つまり、クローンを人間以下の存在として描くか完全に人間的な存在として描くかにかかわらず、クローニングの物語は、自立と家族内での葛藤を土台とする規範的な個体化の物語に依拠しているのである。ポール・ジョン・イーキンは「個性の規範的なモデル」が他者を「本質的に何かを欠いた存在」とみなすために使われてしまうのではないかと懸念しているが、まさにこうした懸念の確証となるような傾向である(Eakin, “Breaking Rules” 119)。物語は自我の構築において中心的な役割を果たすものであり、個人を完全で連続性を持った存在として構築するために不可欠なものであるとイーキンは論じている。したがって問題となるのは、「「完全性を持った人間」としての自我の感覚という一種のセーフティー・ネットを享受」できないとき、人はどのようにして個性の感覚を維持あるいは獲得できるのかということである[3](Eakin, “Narrative Identity” 185)。クローニング小説というジャンルで繰り返されてきた慣習的な要素は次のような問題を提起する。個体化と完全性を持った状態への成長といった一定の規範的物語とは違ったやり方で個性の感覚を構築するために、いったいどのような物語の様式が可能なのか、という問題である。

本稿においては、クローニングについて想像力を働かせるとき、個体化の規範的な物語が生の適切な形態を規定するために機能していることを論じる。クローニングの倫理性をめぐる議論においてどのようにクローンが想像されているかを分析し、さらに人間性の定義についての不安がクローニングに反対の立場をとる三つの議論にどうあらわれているかを詳細に検討する。こうした議論を見ると、臓器提供のために使われるクローンが「完全性を持った人間」についてさまざまな想定をするための特権的な例となっており、個体化の規範的な物語に表現を与え、人間であることの意味を規定しているのが分かる。それから私が取りあげるのは、臓器提供のために存在するクローンという特権的な例を対照的なかたちで扱っている、人間のクローニングについての二つの物語——映画『アイランド』（二〇〇五年）とカズオ・イシグロの小説『わたしを離さないで』（二〇〇五年）——である。これらの作品において、物語ジャンルの慣習的要素は一定の人間性の形態の特権化と結びついている。『アイランド』は解放の物語を通してクローンを人間として構築するが、これは結果として個体化の規範的な物語と一致するものになっている。一方の『わたしを離さないで』は、人間であることの意味を形成する物語の様式自体を検討する作品であり、私たちが抱く人間の概念を拡張するものとなっている。

2　クローニングと人間の擁護

一九九七年のクローン羊ドリーについての発表、および二〇〇一年にアドヴァンスト・セル・テクノロジーズという企業がクローンとして誕生した胚を六つの細胞を持つ段階まで培養したという報告は、すでに活発だった人間のクローニングの可能性に反対する議論をさらに激化させた。そのとき語られた悪夢のシナリオはオルダス・ハクスリーの『すばらしい新世界』で広く知られるような、大量生産と全体主義的な支配の危険を思わせるものであった。「個性を喪失した見た目のそっくりな人間が大量生産される可能性」をめぐる不安、「人間の生を創造し、その運命を支配しようとするフランケンシュタイン的な傲慢さ」をめぐる不安である[(4)]（Kass, “Why” 43）。『サンデー・

メール』紙のクローニングについての記述は次のように警告する――「一〇〇万人規模のヒトラーたちの軍隊を想像せよ！」[5]。合衆国議会での議論では、人間のクローニングの研究は「怪物的な科学」であり「産業による人間の生命の搾取」であるとされた[6] (Dunn 32)。もっとも頻繁に語られたシナリオは「予備の臓器のために人間を育てる、あるいは私たちに好都合なように生命を創造する」というものである (George W. Bush qtd. in Dunn 32-33)。この問題に関する合衆国議会での聴聞のあと、クローニングをめぐる倫理的・科学的議論を検討するための二つの委員会が設置される。クリントン政権下で一九九五年に設置された国家生命倫理諮問委員会（ＮＢＡＣ）は二〇〇一年八月に報告書を発表し、二〇〇二年にはブッシュ政権によって大統領生命倫理評議会（ＰＣＢＥ）が設置された。ＮＢＡＣは体細胞核移植（つまりクローニング）によって子供を作るための研究を連邦政府の資金を使って支援することは引き続き法的に禁止したほうがよいとした。ＰＣＢＥの報告書はさらにこの禁止を一歩進めたものとなり、「子供を作るためのクローニングは非倫理的であり、試みるべきでなく、連邦法によって無期限に禁止されるべきであって、誰がクローニングに関わるか、連邦政府の資金が関わっているかどうかなどは関係ない」とした[7] (PCBE, *Human Cloning* x)。

　本稿でクローニングの是非をめぐる議論一般を扱うことはできないが[8]、こうした議論が家族にとっての脅威あるいは恩恵としてクローニングを捉える傾向を持っているのはなぜかという問題は本稿にも関係する。ジョージ・Ｗ・ブッシュが語った「予備の臓器」のためにクローンが使われることへの不安は、無垢な子供を不適切に搾取するものとしてクローニングに反対する議論である。その一方で、亡くした子供の代わりとして、あるいはある子供を救うためにクローニングが必要だといった例を出して主張すると、しばしば共感が得られるのも事実である。クローニングに反対の立場にある政治哲学者フランシス・フクヤマのような人物にとっても、こうした家族に関わる例はもっとも理解できる、説得力を持ったもののようだ。生殖の代替としてのクローニングに強い関心が見られない状況に対して、フクヤマは家族に関わるシナリオを持ちだす。

息子のクローンを作りたいといって私にいつもメールを送ってくる友人がいるんです。息子が死んだときのために予備の複製がほしいといってくる。彼はそうした予備を作る機会を誰かが制限しようとしていると考えてひどく憤るわけです。非常に強く［このように感じている］多くの人々に私は出会ったことがあります。［……］クローニングの技術が誰かに恩恵を与えるような、ある程度は共感を誘うシナリオを考えることができるわけです。

（PCBE, "Ethical Issues"）

生殖に代わるクローニングを支持するためのありうる議論としてPCBEの報告書が挙げる五つの理由のうち四つは、生物学的な家族の維持と構築に関わるものである。ここで持ちだされるシナリオの一つはフクヤマが語るものに似ている。

人間のクローニングの技術があれば親は、すでに死んでしまった、あるいは死につつある子供や親戚を「複製」できるだろう。たとえば一家——母親、父親、子供——が大変な交通事故にあい、父親は即死、子供は重体という場合が考えられる。子供も間もなく亡くなると聞かされた母親が、この悲劇的な状況での最善策は死にかけている子供のクローンを作ることだと決意する。そうすれば死んだ夫と死にかけている子供とのつながりを維持できる。子供の早すぎる死という悲運への少なくとも部分的な返答として、新しい生命を作りだし、一家の名と血統を存続させることができるのである。

（PCBE, *Human Cloning* 79-80）

（伝統的なかたちで定義された）家族の「名と血統を存続させること」がクローニングを支持するもっとも重要な理由の一つとされているようだ。

クローニングについての議論がただ単に規範的な家族観を擁護するためのカムフラージュになっているといって、政治的な問題点を指摘するのは簡単である。生命倫理評議会の議長であるレオン・キャスは、たしかにこのような批判を受けても仕方のない態度をとっている。「離婚や非嫡出子の出生はありふれたものとなり、広く受けいれられているのだから、安定的な一夫一妻婚こそが生殖のための理想的な環境であるという考えは、もはや誰もが同意するような文化的規範ではない。このような新しい時代に、究極の「片親の子供」であるクローンは理想的な象徴となる。[……]「片親」の子孫を作りだす無性生殖は人間の自然な生殖方法から根本的に逸脱し、父親、母親、兄弟姉妹、祖父母といった家族関係についての規範的な理解、およびそこから生じる道徳的な関係を攪乱する」(Kass and Wilson 9, 26)。しかしここにはより理論的な問題点があり、これらのコメントをクローニングという概念との関係においてさらに一般的に考える必要がある。伝統的な家族を強調することによって特定の個体化の物語が規範として強固に据えつけられ、人間であることの意味についてのほかのモデルが締めだされてしまうという問題である。生命倫理報告書は次のように警告する。

私たちが考慮しなければならないのは、どのような社会を望むか、とりわけ新しい子供をこの世界に迎えるためにどのような方法が望ましいと考え、どのような世代間の関係を維持したいと考えるかという問題である。子供を作るためのクローニングは私たちの育児、および子供に対する考え方を歪める可能性がある。すでに私たちの文化に存在している嘆かわしい傾向を助長してしまうからである。[……] 人間をクローンとして作りだす社会とそうすることを拒む社会とでは、人間(とりわけ子供)についての考え方が異なるのである。

(PCBE, *Human Cloning* 114)

ここで強調されているのは明らかに世代間の関係であり、クローニングがどのように親子関係の神聖さに影響を与えてしまうかという問題である。

レオン・キャスとマイケル・サンデルの議論が最終的に示すのは、クローンが悪であるといったことではなく、クローニングが人間関係、とくに世代間の関係を損なってしまうという見解である。クローニングから生じる人間関係の歪みに注目することによって、彼らはクローンには該当しない個体化についての一定の規範的な物語を規定する。たとえばレオン・キャスは生命倫理学者の立場から次のようにいう。「仮に誰も不満をいう者がいなかったとしても、クローニング自体が一種の児童虐待であり、生まれ、生み育てる存在としての人間の本質に強くそむくものであると私は考える」(Kass and Wilson 78)。一種の児童虐待であるとキャスが考えるのは、クローンが自らを親から引き離す機会を持てない——人間であることをめぐる規範的な物語に私たちが期待する自立という行為をクローンは経験できないからである。キャスはこう述べる。「自分自身のクローンとして生まれた存在に、セックスという一種のくじ引きから生まれた子供に対するのと同じように接することのできる親などほぼいないだろう。新しく生まれた命はつねにそっくりなモデルである親との関係において眺められてしまうだろう。［……］子供はつねに既視感をもたらすような存在として、もの珍しく扱われることになるだろう」(84)。クローンとして生まれた生命は決して個体化の期待に応えることができない。自立した存在としてではなく、「モデルである親との関係において」捉えられるしかないからである。

マイケル・サンデルも同じくクローニングと遺伝子工学に反対の議論を展開しているが、こうした技術を自律性と主体性を破壊するものとして捉える啓蒙主義的ヒューマニズム擁護の立場から反対するのではなく、これらの技術によって脅威にさらされている「被贈与性」の倫理を提唱する立場から批判している。「子供たちを贈与されたものと考えることは、私たちの企図の対象でも私たちの意志の産物でも私たちの野心の道具でもなく、ありのままの存在として彼らを受けいれることである」(Sandel 55)。しかしクローニングは支配への衝動であると警鐘を鳴らすサンデルも、養われるべき存在としての子供の被贈与性について語っている。そこにあるのは親が導く必要のある生成変化の過程である。

> 問題となるのは親が自分たちの作製する子供の自律性を剥奪してしまうことではない。そうではなくて、子供を作製しようとする親の傲慢さ、生命誕生の神秘を支配してしまおうとする彼らの衝動にこそ問題がある。仮に親が暴君のような存在にはならないとしても、こうした傲慢さは親子間の関係を損なってしまう。［……］また、生命を贈与されたものと考えたとしても、親が子供の成長の過程をかたちづくったり導いたりするのを避けるべきであるということにはならない。［……］親には子供を養い、子供が自分の能力や才能を発見し、発展させていくのを手助けする義務がある。(Sandel 56)

サンデルによるクローニング批判の議論が実質的に依拠するのは、見慣れたものとなりつつある一連の規範である。これは親子間の関係を養成と生成変化の物語——未来に、そして贈与された存在としての子供にもともと備わっている可能性や潜在的能力に開かれた生成変化の過程——を駆動させるものと捉える立場である。しかし、「子供を養」う親の義務を詳述するサンデルは、子供が適切に個体化していくための規範的な物語を据えつけることによってクローニング批判の議論を構築しているのである。つまり、「人間」を作る過程ではなく、親子関係において「子供」を作る過程を重視するような物語を軸として、クローニング批判のさまざまな議論が展開されてきたのは偶然ではない（し、政治的な保守性のあらわれというわけでもない）。キャスはクローニングを一種の児童虐待と捉え、サンデルは子供の被贈与性を損なうものと捉えているのだから。子供についての物語をめぐる期待——子供は自立と個体化の過程を経て人間へと生成変化するという期待、どれだけ傷つきやすいものだとしても、彼らには生まれつき人間としての尊厳が備わっているという期待——が、私たちが何を人間的なものとみなすかを支えているのである。

実際、フクヤマがクローニングを批判するとき、何らかのかたちで生まれつき備わった人間性や尊厳を構築するために、彼は個体化の論理を持ちだしてくる。いったい何が人間を人間とするのかという問題を特定の一つの説明によって解決することはできないと考えるフクヤマは、人間の尊厳を人間の完全性と生成変化の過程から生じるものと捉える。

たとえば道徳的な選択能力、理性、言語、社会性、感覚性、感情、意識といった、人間の尊厳の根拠として提唱されてきた何らかの性質を持っているというだけで［私たちを人間とするような］要因Xを説明することはできない。これらの性質すべてが人間の完全性において組みあわされてはじめて要因Xが生じるのである。人間という種を構成するすべての存在は、完全な人間へと生成変化する能力を遺伝子によって与えられており、この能力が人間をほかの種類の生物から本質的に区別している。（Fukuyama 171）

フクヤマが「人間」の定義という問題の周囲を旋回する様子がここにあらわれている。人間を形成する本質的な根拠を定義することの不可能性と、人間に特定の弁別的で置き換え不可能な定義を与える必要性とのあいだを往復しながら、彼は完全性という理念と完全な存在への生成変化とに依拠した議論を展開している。フクヤマの議論において、この「完全な存在への生成変化」が喚起するものこそ個体化の物語であり、不完全でほかの存在に依存した状態から、はっきりとした輪郭を持ち、自立し、個体化された完全な存在へと変化していく過程をたどる物語なのである。[9]

個体化の物語による人間の定義をめぐるこれらの不安を考慮するならば、なぜクローニングについての議論において家族という環境が特権化されてきたのか、なぜ臓器提供のためのクローンの使用という脅威がクローニングに賛成・反対の両方の立場で強力な例として持ちだされてきたのかをより明確に理解できる。賛成論者にとって、クローニングは生物学的な連続性を保つための手段、自分たちの子供を救うための手段としてあり、結果として家族の規範的な物語を持続させるのに貢献する技術とされる。一方、反対論者にとって、クローニングはこの家族という神聖な空間を侵犯する技術としてある。自分たちに「好都合」なように、「予備の臓器」のために子供たちを利用するための技術だからであり、「養成」の場としての伝統的な家族のあり方のなかで、個人を完全性を持った存在として構築する営みとは相容れないものだからである。サンデルもキャスもクローニングを人間の関係性を破壊するものとして捉えており、そこでクローンは個体化の規範的な物語という特権化された型に適合できない存在と見なされる。「クローンとして作られる子供に対するとてつもない不当」(PCBE, *Human Cloning* 114) としてクローニングを禁止する立場をとるサンデルとキャス、そして生命倫理報告書は、生命は完全性を持ったものであると想定している。彼らはこの規範的な物語に備わった筋立てと形態にしたがって、クローニングが子供に何をもたらしてしまうかを考えている。生命の始まりにある「神秘」とその終わりの持つ開放性を守らなければならないとサンデルたちは論じているからだ。彼らのシナリオにおいては、子供の運命を規定してしまうことこそが最悪の事態となる。しかしこのように論じる彼らは、親には子を養成する義務があるという規定をもたらしてしまう。特異性を持った個人を育む特権的な関係としての親子関係が神聖なものとして規定されてしまうのである。こうした文脈を考慮するならば、クローニングについての物語が臓器提供のために使われるクローンのシナリオを通して個体化の問題を扱ってきたのは驚くべきことではないだろう。このシナリオが強調するのは、クローンの生を「完全」なものと見なすべきかどうかという問題だからである。

3　人間性についての物語をめぐる期待に応える

映画『アイランド』は、人間とクローンとの区別を確立し直すためにどのように個体化の物語が利用されるかを見せてくれる。クローンが人間性を獲得する過程を描いているにもかかわらず、両者はあくまでも区別されるのである。『アイランド』のプロットは、臓器摘出のための施設から脱走し、生きのびて自由になろうとする二人のクローン（ユアン・マクレガーが演じる「リンカーン・6・エコー」とスカーレット・ヨハンソンが演じる「ジョーダン・2・デルタ」）を中心に展開する。施設においてクローンたちは——みんな同じ服装をしていることからも分かるように——画一的な存在であるが、それぞれが健康、食事、労働、その他の活動を管理され、組織され、規律される点においては高度に個別化された存在でもある。ミシェル・フーコーならこのような統治機構を「生権力」と呼ぶであろう。「生の生成、生の様式、「どのように」生きるかに介入する権力」である（Foucault 46）。クローンたちにあるのは製造され、道具化された生の形態であり、彼らの生そのものがすべてを管理する権力の支配下に置かれている。『アイランド』は解放の物語を語ることによって道具化された生の形態から人間性を救いだす。この物語はクローンの尊厳を潜在的に備わったものとして遡及的に示すと同時に、個人としての主体性と自由の主張を通して獲得されるものとしても提示している。つまり、（サンデル、キャス、フクヤマが人間の尊厳を想像するために依拠する）個体化の筋立てを端的に反復するものとなっているといえる。個人の特異性は何らかの内的な、所与の潜在性の帰結として時間の流れのなかで達成されるのである。

解放としての個体化をめぐるこの物語は、圧制にあらがって自由を主張する過程を描く従来の物語と響きあうように作られている。とくに奴隷制の遺産が重要となる。たとえば「6・エコー」と呼ばれたときにユアン・マクレガーの演じる人物は「おれの名前はリンカーンだ」といい返すのだが、この台詞は『夜の大捜査線』でシドニー・ポワティエが発する有名な台詞——「私の名前はミスター・ティップスです」——と重なりあう。ミスター・ティップス／シドニー・ポワティエが主体性を発揮して自己主張するのと同じように、リンカーンは人としての権利を持つ主体となり、独立のために闘うのである。黒人の主体への暴力によって規定される解放の物語とのこうしたつながりは、クローンを追跡して殺すために雇われた黒人の登場人物（ジャイモン・フンスーの演じる殺し屋「アルベール・ローラン」）が自分の手に残る烙印を見せるときに明らかになる。彼にもまた奴隷の身分の経験を通して非人間化された過去、そして圧制者に反抗した過去があるのだ。この人物はクローンたちの脱走を助けることとなり、新奴隷制の被害者たちの経験する苦境がクローンたちを取り囲む状況と結びつけられる。映画はこうして米国内および世界的な規模で起こってきた奴隷制と解放の歴史を示すのであり、クローンも主体性と抵抗の物語の観点から解釈されるのである。主体性の主張と抵抗を通して人間となるのだから、人間へと生成変化するクローンの能力を物語るこのシナリオでは個体化のモデルが温存されているといえる。大統領生命倫理評議会もまた、奴隷の物語とクローニングとのあいだの類似関係に気づいていた。フレデリック・ダグラスの自伝からの一節がＰＣＢＥの編んだアンソロジー『人間であること』に収録されているのである[10]。

『アイランド』は一方で奴隷制の遺産と結びついた先行する物語の型に依拠し、人間の尊厳を獲得する過程としてクローンの生をかたちづくる。他方でこの映画は子供が次第に大人へと成長する物語の筋立てをたどり、個体化をめぐる従来の物語に忠実であろうともしている。大人であるはずのユアン・マクレガーとスカーレット・ヨハンソンが演じるクローンたちに、どこか子供のような純真さがあるのは興味深い。アイランドから脱走した二人はまず無垢な子供のように世界を探索し、しばらくあとになって、ようやく愛のような成熟した感情の表現を通じて人間性を主張し始める。二人が大人になる過程はアクション映画のジャンルによくある二つの要素によって特徴づけられている。一つはお決まりのセックス・シーンであり、もう一つは非常に危険な状況を生き抜きながらアクション・ヒーローが形成されていく過程である。セックスの場面はリンカーンとジョーダンが人間として構築されるうえで重要な瞬間に位置づけられている。自分の「オリジナル」（クローンとしてのリンカーンが作られるもととなった人物）を殺させたあとにリンカーンはジョーダンと会って関係を結ぶのだから、ここではリンカーンが唯一無二の存在であることが強調されるかのようである。一方のジョーダンは、リンカーンが（自分と同じく）クローンであるのか、それとも「オリジナル」であるのか戸惑うことにはなるけれども、映画の観客は事実を知っているし、彼女の疑いもすぐに消滅してしまう。ジョーダンは彼の顔をじっと見ながら近寄っていき、「あなたね」と声をかけることができるのだから。リンカーンはコピーとしてのクローンをめぐる観客の不安を拭い去り、特異性を持った唯一無二の存在となることによって人間へと生成変化するのである。そのことが「大人」にふさわしい愛の表現にもあらわれている。

常軌を逸した状況を生きのびるという主題も、物語が人間の概念を提示するのに役立っている。長い追跡の場面では主人公以外の人物たちが次々と殺されて片づけられ、あたかも彼らの命には何の意味もないようであるが、そのような場面が同時に強調するのは、人間であることの意味の縮図となるクローンの人間性、特異性、そして生きのびようとする意志である。主人公のクローンたちが生きのびる一方で、ほかの人物たちはいわば使い捨て可能な存在となる。自分の「オリジナル」を殺させた直後にリンカーンはこのようにいう。「確かなのは、人間は生きのびるためなら何だってやるってことだけだ。おれはただ生きたい。そのためなら手段は選ばない」。

リンカーンはここで彼の「オリジナル」を超えて、そして「オリジナル」に対抗するかたちで、自分は人間であると主張している。とてつもなく不利な状況を生き抜くアクション・ヒーローとしてふるまうことにより、彼は自分を人間として提示し、生を踏みにじる状況に対抗する解放の物語を引き受ける。この物語の形式がリンカーンの生に個性を与えるのは間違いないけれども、クローン／人間の二項対立は依然として解体されないままになってしまう。クローンという存在それ自体は人間として想像されえないからである。クローンと人間との区別は「リンカーン・6・エコー」という彼の名前に残されている。ある特定の世代のクローン全員に与えられた「エコー」という名前は、修辞的技法としての擬人法あるいは活喩法、つまり何かほかの存在に声を与える行為を連想させるものだ。皮肉にも人間的なものを反響（エコー）させ、自分に与えられた声を自分自身のものとして取り戻すことによってのみ、リンカーン・6・エコーは自己を確立して人間の物語に自分を接続することができるのである。彼の生が人間的なものとして提示されるとき、一連の物語をめぐる期待が前提となっている。これらの期待の存在は人間的な生の適切な形態がすでに前提として想定されていることを意味しており、そのうえで登場人物による人間性の「実現」が可能となっているのである。

したがって、物語のジャンルが持つ慣習的な要素はある生を物語として語るための道具であるだけではない[11]。そうした要素は何が人間的な生とみなされるべきかを規定する型を提供するのである。近年複数の論者が指摘しているように、古代ギリシアには私たちが「生（ライフ）」と呼ぶものを指す単一の語はなかった（Kass, *Life* と Agamben を参照）。その代わりに zoos と bios の二語があった。前者は（生命それ自体、動物の生命といった）具体的・物質的に特定できるかたちの生を指し、後者は「生のあり方」、「人生の計画」といった、より抽象的な意味を持つ。クローニング批判の議論と同じく、『アイランド』の物語構造は、何を人間的な生と見なすべきかをめぐる物語上の期待を再構築し、人間性を一定の形態あるいは一定の「生のあり方」に限定してしまう。こうした理由から、物語のジャンルがどのように観客や読者の期待を形成するかに注意を払う必要があるのだ。ジャンルが内包する暗黙のルールによって、生の適切な形態をどのように想定するべきかが規定される。物語が人間的な生の概念を形成する過程においても、フーコーが生政治（biopolitics）と呼んだものが機能しているのである。

ナショナル・パブリック・ラジオ（NPR）でクローニングについての番組が放送された際にあるリスナーが示した次のような反応を見れば、クローンが個性を持った存在となることはないのだから彼らには生がないのだと想定されているのが分かる。「そのクローンたちはこれからどうなるのだろうか？　クローゼットに一生閉じこもって暮らすことになるのだろうか？」（qtd. in Dunn 33）。クローニングに反対の論者たちは、自分自身がクローンであると知った瞬間にクローンが人間的な生を生きる可能性は閉ざされると推測する。そうと知った瞬間、クローンは自分が完全に道具化された存在であり、人間である私たちが守らなければならない「人間性」を欠いた状態にあると認識することになると、彼らは考えているからだ。アンドレアス・クールマンはこう指摘する。「もちろん親というものは、いつも自分の子の将来について希望的観測を抱いてきたといえる。それでも、あらかじめ規定された未来像に存在の根拠を負っている子供たちがその未来像に対峙するとき、事情は異なるのである」（Kuhlmann qtd. in Habermas 53)。サンデルやキャスのような論者にとって、クローンとして作られた子供の未来があらかじめ規定されていることは人間関係を破壊する要因であり、それゆえにクローニングを禁止する理由となっていた。しかし、そのように親子関係が人間性のもっとも基本的な関係として強調されるとき、自立と個体化についての特定の物語の筋立てが特権化され、何を人間と見なすべきかも規定されてしまう。クローニングが人間の関係性を破壊するものとなるのは、クローンの生を親あるいは「そっくりなモデル」である人物によって完全に支配されるものと考えるかぎりにおいてである（Sandel; Kass and Wilson 84)。このような見方をするならば、クローンはたしかに個体化の物語を持ちえない。探究されるべきは、人々のあいだで生じる関係性とコミュニケーションの営みとしての物語が、個体化の一定の形態を押しつけることなく、その形態をめぐる模索の場を提供する可能性である。[12] サンデルとキャスはクローン自身が他者との関係性を築くために模索する可能性をあらかじめ排除してしまっている。[13]イシグロはこの問題を取りあげ、クローンがどのようにして他者に自分自身を説明し、世界との関係性を築くのかを、『わたしを離さないで』の物語を通して探究する。自分はクローンであると知ったうえで生きられる生は、人間の概念が依拠する個体化の物語の循環性にどのように対抗するのだろうか。ハーバーマスが書いているように、ここにはすべてを支配する枠組みをわずかに切り崩す可能性があるのだ。「私のゲノムの構造が誰か別の人間によって設計されているのを知ったとして、それが私の生に何らかの意義を持つのかどうか、結局のところ誰にも分かりはしないのだ」(Habermas 54)。

4　人間についての物語をめぐる期待を揺るがす

『わたしを離さないで』がこの文脈でとりわけ有益な例となるのは、この作品がジャンルという物語の種別をめぐる想定を問題化するからであり、それにともなって私たちが人間という種に期待することをも問題化するからである。イシグロの小説についての書評にはジャンルに関する混乱があらわれているが、この混乱は生に形態を与えるという問題のあらわれとして捉えることができる。この小説について書かれた書評のなかには、ＳＦ小説などの大衆的なジャンルに特有の厳密に規定された慣習的な物語の型――そうしたジャンルの持つ機械的で非人間的な性質――と、型におさめることのできない複雑さを持った人間の世界、そして「深い感情」と「個性」へのイシグロの関心（James 22）とを区別するものがある。たとえば「イシグロの擬似ＳＦ小説」と題された書評において、ルイス・メナンドはこの小説がＳＦの形式を採用してはいるけれども「本質的にはＳＦであろうとはしていないようだ」と述べている（Menand）。またキャリン・ジェイムズは次のように書いている。「ジャンル小説を書くのではなく、これらの作家たちはクローニングを通して愛と喪失の深い感情を扱い、個性そのものへの脅威となりうる機械化された文化という問題に取り組んでいるのである」（James 22）。これらの書評は、個人を非機械的で特異性と自発性を持った存在と捉える見方を保持しており、ジャンルという種別にともなう慣習的な要素にあらがうことによってはじめて物語に人間性が生じてくると考えている。しかし、こうした二項対立の構築によって見逃されてしまうものがある。私たちが抱く人間の概念が、生に形態を与える物語のジャンルをめぐる期待に依拠していることこそを、イシグロは強調するのである。

イシグロは技術的な要素を排除したＳＦを書くことによって、「ジャンル小説」としてのＳＦと人間が持つ非機械的な価値とのあいだの対立関係を揺るがす。科学技術、とりわけバイオテクノロジーについての描写を一貫して欠いたこの小説は、ほとんど科学技術を嫌悪するかのようである。物語中の生徒たちの生は医学的・生物医学的な技術と密接に結びついているにもかかわらず、彼らの生の可能性を形成するこうした技術は物語の背景にぼんやりと浮かぶのみである。つまり、「機械化された文化」を前景化しないことによって、イシグロは道具化された生とそれ自体として生きられる生、臓器に還元されてしまう生と「完全性」を持った生とを切り離さずに提示する。そのため、生は何かほかの物事のための手段として捉えられてはならないという想定も崩されることになる。実際、この小説の登場人物たちは道具化された身体を通して、なおも生きようとしているのだ。

「凡庸」なＳＦ小説と「高尚」な文学の領域とされる「深い感情」との二項対立を支えている人間の概念にイシグロが抵抗しているとして、さらに物語をめぐる期待を揺るがすのは、この物語に出てくるクローンたちが人間として認められようともがいたり戦ったりすることなどないという点である。実際にこの小説についてのインターネット上の議論では、どうしてクローンたちが逃げたり反抗したり抗議したりしないのかという問題が取りあげられている。「サンディー・Ｊ」という人物が投稿したコメントには次のようにある。

> 小説を読んでいるあいだずっと考えていたのは、どうして［……］ただ逃げようとしないのかということです。あるいは権力を持った人たちにあらがうとか。［……］反抗することや権力を疑問視することだって人間の経験の一部です。［……］（クローンであるかどうかにかかわらず）小説の登場人物のうち誰も対抗的な意見を持っていないわけですから、人間にありうる仮想的な未来を描いた話としてはどこか嘘っぽい。
>
> （"Cloning Around!"）

別の人物のコメントにはこう書かれている――「登場人物たちに運命を受けいれさせて、逃げることなど考えさせないわけですから、イシグロは彼らが完全な人間ではないと示そうとしたんでしょう」。これら二つの例に着目するのは、人間性を主体性と自立の観点から定義しようとする欲求、そして抵抗しないという理由で物語内の生徒たちを非人間的とみなそうとする欲求を前景化するためである。「完全な人間」という概念には物語に関する一定の想定があり、人間性の形態とクローンにおける形態の欠如との区別を再び導入してしまう。これらの読者が持ちだす（人間とは反抗する人々のことであるという）定義が特定の文化的な文脈に固有のものであるのは明らかであり、したがって社会的に構築された物語をめぐる想定が、人間の定義をあらかじめ規定してしまう様子が強調されることになる。

イシグロはクローンたちを人間として描くのに失敗しているのではない。そうではなくて、彼は個体化の物語が描く筋立てを反転させるような話を書いているのである。イシグロは所与の不活発な潜在的状態から発展・成長していく存在として人間を捉えてはいない。クローンたちは反抗して「人間へと生成変化」するのではないのだから、この小説は読者が抱く解放への欲求をかなえることのない非常に不穏な物語である。クローンたちが経験するのはむしろ、クローンとしての自分たちの生を理解しようとすることである。このようにして『わたしを離さないで』は個体化の物語を崩壊させ、誕生の神秘性、生命の「被贈与性」、そして完全性といったものに置かれる価値を突き崩してしまう。小説が提起する問題――通常の意味で「生まれる」のではない生が、どのようにして形態と尊厳を獲得するのかという問題――は人間性をめぐる私たちの特権的な物語に疑問を投げかけることになる。個体化の物語が描く筋立てを崩してしまうことによって、イシグロは人間性の形態をめぐる想定を想像的に転換する可能性を私たちに与えてくれるのである。

私たちが抱く人間の定義を再構成するためにまずイシグロが強調するのは、「完全性を持った存在」としての人間の物語をめぐる期待と、人々のあいだで生じる関係性とコミュニケーションの営みとしての物語行為とのあいだに生じる緊張関係である。イシグロが用いる中心的な物語上の戦略として挙げられるのは、物語を「完全」な人間ではなく不完全な人間の視点から照らしだすことである。不完全な人間の視点という概念を説明するために、精神分析学者アダム・フィリップスの議論を援用することができる。彼は幼少期から成人期へのつながりを連続的なものとしてたどることはできないと考える。「幼少期というものが存在するように思えるかもしれないが、私たち自身にとっては存在しないのが実情である。幼少期と呼ばれるものの大部分は親あるいは私たちの面倒を見ていた大人たちの経験だからである。大人たちは彼らなりの方法で私たちの幼少期について――それが継続する最中にも――語ってくれたわけだけれども、そうした語りは私たち自身が直接見ることのできない営みについてのコメントのようなものとしてあるのだ」(Phillips, *Equals* 153)。実際に経験されたものとしての幼少期とつねに他者によって語られた物語の産物としてある幼少期とを、フィリップスははっきりと断絶したものとして考えている。つまり、ある個人の物語の始まりの時点とされることの多い幼少期とは、決してその人自身のものとはなりえない不完全なものなのであり、誰かほかの人に自分の物語を語ってもらわないかぎり、私たちは完全に私たち自身になることができない。こうした不完全性の考え方をもとにするならば、人間性にはつねに他者に依存し、他者と結びついた面があることになる。したがって、人間の概念を規定している「完全な人間」という想定と個体化の物語の筋立てが疑問視されるのである。

不完全な人間性という主題の探究のために、イシグロは語り手キャシーが試行錯誤する様子を見せてくれる。彼女は無垢な幼少期と成熟した成人期という通常の枠組みのなかで自分の生を脚色しようとする。物語は彼女の生をだいたい時系列にそって幼少期から三一歳の時期までたどっていくが、実際に展開される生の物語は、未熟から成熟へ、依存から自立へ、幼少期から成人期へといった啓蒙主義的個人の構築にともなう筋立てを描くわけではない。実際、キャシーとトミーがヘールシャムで経験する気まずい瞬間と、二人が成長したあとに起こる似たような瞬間とのあいだには大した違いはないように見える。小説の終盤でも二人のやりとりはとくに「大人な」ものではない。「トミーもわたしも、相手への思いやりを特別に意識していたのかもしれません。でも、時間は気ままに軽やかに過ぎ去っていきました。[……]一、二度、トミーが手帳を取り出し、わたしがベッドから朗読するのを聞きながら、新しい動物のアイデアを練っていたこともあります」(283 四三二—四三三)。無垢と経験とを区別しようとするときですら、彼女は両者を混ぜあわせてしまう。クローンとしての自分の運命を知った時点から彼女がヘールシャム(無垢な子供時代を喚起する一見牧歌的な全寮制学校の環境)での古きよき日々を回顧する際も、無垢と経験とをはっきりと区別することはできない。読者は早い段階で生徒たちが物事を「教わっているようで、教わっていない」と知る。[14] キャシーは過去の自分が知っていたことと現在の自分が知っていることとを区別しようとするけれども、つねに一方が他方に流れこんでしまう。「確かに、わたしはずっと以前から——もう六、七歳の頃から

――ぼんやりとですが、提供のことを知っていたような気がします。成長して、保護官からいろいろなことを知らされたとき、そのどれにも驚かなかったのはなぜか。言われてみれば不思議です。以前どこかで聞いた気がするということばかりでした」(83 一二九/訳文一部変更、以下同様)。強調された箇所はどちらも時間に関係するもので、まさに過去と現在との連続性の問題を提起している。知らずにいた状態から知ってしまった状態へと道筋をたどることができないのは、彼らがつねに「教わっているようで、教わっていな」かったからであり、彼らが知っていると同時に知らなかったからである。真実はつねに理解の範疇を超えているため、自分たちがどのようにだまされ、権利を侵害され、搾取されているかを彼らは完全に理解することができない。無垢と経験とを一種の連続性として捉えることができないキャシーにとって、自身の生に自己実現としての形態を与えるのは難しいのである。

このようにして小説は、幼少期から成人期にいたる連続性と成長の過程をたどるための通常の手段を取り除いてしまう。代わりに生の軌跡はクローンとしての役割に左右され、幼少期から「介護人」となり、提供者となり、最後には「使命完了」へと推移していく。内的な成長の状態ではなく、クローンたちはそれぞれの段階での役割によって定義されるわけである。さらに、小説で強調される「教わっているようで、教わっていない」状態は、自分の出生にかかわる起源を知ったりすべてを知った地点から過去を振り返ったりして、自分の生と折りあいをつけることの不可能性を意味している。語りのスタイルがこのように知識と理解とのあいだに断絶を生み、連続性と完全な自己認識――という「完全性を持った生」の条件――へと物語が向かうのを不可能にしてしまう。たとえば、この小説の語り手には通常の順序を反転させ、まず何らかの出来事について論評を加え、そのあとその出来事について語る傾向がある。[15] ヘールシャムの生徒がトミーをからかうエピソードを語る前に――このエピソードは生徒たちが本質的に異質の存在なのではないかという不安に本作がもっとも接近する瞬間でもある――キャシーは前置きとして説明を加える。「提供自体とそれにまつわる事柄を口にすることには、依然、抵抗がありました[……]でも、冗談の形を借りて何か言うことは[……]できるようになっていました。[……]わたしたちを待ち受けている将来について、ときおり冗談めかして触れることは問題なく、むしろ望ましいこととされていたように思います。／トミーが肘に裂けたような傷を負ったときがいい例です」(84 一三二)。トミーの裂けたような傷のエピソードを、実際に語る前に予告する語り手キャシーは、例となるような話に先がけて臓器提供について説明することにより、その恐ろしさに対峙することを回避してしまう。終わりの時点を生の到達点とするような成長と自己実現の物語を提示するのではなく、イシグロの語りは一定の出来事を半分しか理解せず、知っていることを否認するための――トミーへの冗談に見られるような――理解の仕方を作りだしてしまう生を注意深く模倣している[16]。つまり、個性を構築するための最終的な到達地点を提供してくれるような、全体性と完全性を持った経験あるいは記憶がここには存在しえないのである。

この意味でキャシーが(作家としてのイシグロのトレードマークともいえる)信頼できない語り手であるのは、ただ過去の記憶を抑圧しようとしているからではない。彼女が語り手として信頼できないのは、過去の自分が知って理解していたことと、現在の自分が知って理解していることとの隔たりを克服できないからである。現在における物事の理解が過去の自分が感じたことをすでにぼやけさせてしまっているからこそ、キャシーはどのように過去の出来事を知覚したり解釈したりするべきか分からなくなっている。クローンたちの作る芸術作品がどうして「展示館」に収集されていたのかという謎を論じながら、彼女は自分がかつて抱いていた憶測を疑問に付してしまう。「わたしたちが展示館の存在を信じていたのかどうか、いまとなってはよくわかりません」(32 五三)。当時の自分が感じたことを再構築しようと努力はするけれども記憶はぼんやりしたままで、彼女は過去の自分に現在を接続することができない。こうした断絶性は自伝的な語りにおいてめずらしいものではないが、ここでは決定的に重要である。彼女は自分の生が「完全性を持って」生きられたものであることを自明視できないからである。キャシーは自分の実存と経験を確証してくれるものをほかの場所に、そしてほかの語りの様式を通して探さなければならない。

すでに詳述したクローニングに反対の立場をとるいくつかの議論において、自分はクローンであるという知識を得た途端、クローンはほかの誰かの意志の産物、完全に道具化された身体に還元されてしまうとされていた。そのような知識は人間の関係を、そして人間という概念自体を「損なう」ものとされていた。しかし自分はクローンであるという知識がクローンに与える影響をこのように理解するとき、完全性を持ったある生の物語に全体的な影響が及ぶことが想定されている。彼らの議論にしたがうならば、クローンの生は外側からあらかじめ製造され、決定されているのだから、発展してゆく統一体として自分自身を構築することは決してできない話になる。自分の生の全体を個体化の過程として扱おうとする欲望と、生を考慮するためのほかの物語様式とのあいだに生じる緊張関係をイシグロは暴きだす。個体化の原理は独自性や特異性といった個性の諸相を保証するようにして生に形態を与える。人間が完全に実現されるための土台は個人のなかにある属性であると見なされるからだ。親からであれ、学校からであれ、未熟な状態からであれ、何かからの自立の瞬間がしばしば生の個別性と主体性の証とされるわけだが、(『わたしを離さないで』というタイトルに端的にあらわれているように)この小説における自立の筋立てへの抵抗が示しているのは、クローンの個性はそれを取り囲む関係性のなかにおいてこそリアルなものとして実現されるということである。

思春期という困難な移行の時期に焦点をあわせることによって、イシグロはこういった関係性の物語様式を強調している。イシグロ自身が指摘するように、思春期の若者は自分ではどうしようもない衝動や嫉妬にとらわれており、感情をうまく「包みこむ」ことができず、外からの影響を非常に受けやすい状態にある (Ishiguro qtd. in Onstad)。自分と同じようなだれかを手に入れたいというクローニングの根底にある欲望を論じるアダム・フィリップスもまた、思春期とクローニングとの関連性に注目している。「自分と同じような誰かがいるという根源的な信念――あるいは無意識の想定――があってはじめて私たちは自分がどのような存在であるかを考えることができる。思春期の若者が抱える問題はこうだ。私が誰かと同じでないのだとしたら、私はいったいどのような存在なのだろう?」(Phillips, "Sameness" 92)。フィリップスはクローニングが同一性について重要なヒントを提供してくれると論じている——自分が誰とも同じではないのではないかという根源的な不安を通して、私たちは自分がどのような存在かを考えるのである。イシグロはこうした不安を「ポシブル」のエピソードで表現している。「ポシブル」は子供たちがクローンとして作られるもとになった「普通」の人々を指す。キャシーは「ポシブル」とクローンとの関係が親子関係のようである必要はないとはっきりと語っている。「自分より二十歳から三十歳ほど年長の人を探すべきだという意見がありました。自然な親子間の年齢差に注目せよ、というわけです。でも、そんなのは単なる感情論だという反対意見もありました。自分とモデルの間に一世代分の年齢差がなければならない理由はない」（139 二一四）。大統領生命倫理評議会が好意的に扱っていたシナリオとは異なり、キャシーが強調するのはポシブルが親あるいは家系的な起源に似た存在であるということではない。ポシブルを探す子供たちは自分たちの起源、つまり出自や素性を求めているわけではないのだ。[17] むしろ、フィリップスがいうように、クローンは自分と似た誰かがいるという信念を通じて自分がどのような存在かを考えようとしているのである。キャシーは理由の分からない自分の性的衝動を何とか説明しようとして、自分の「ポシブル」はいないかとポルノ雑誌をめくる。「ただ、わたしがどうしてこうなのか、その説明にはなるかなと思って」（181 二八〇）。ポシブルはあらかじめ定められた未来像をクローンに押しつけるような起源や親としてではなく、クローンが自分自身と折りあいをつけるのを助けてくれるような同一性を持った存在と見なされている。

このようにして関係性の営みとしての物語は、「完全性を持った」生という視点から関係性を築く能力としての人間性という視点へと読者の意識を転換させる。マダムやエミリ先生が個体化の物語や他人とは違う内面を表現する必要性を子供たちに押しつけるのに対し、キャシーは他者と関係する必要性こそが自分の経験に確証を与えてくれるものだと考える。まさにこうした理由で、自分自身が持つ世界の感覚と誰かほかの人物のそれとを調和させられないときがこの小説では危機的瞬間となるのだ。たとえばルースの介護をするキャシーは、自分たちがヘールシャムで経験したことがどれだけ不思議で説明しようのないことかを共有しようとするが、ルースは話にのってこない。キャシーが会話をたどるのを中断してコメントをはさむ様子にはどこか痛切なものがある。「でも、ルースには、わたしの言いたいことが通じませんでした。いえ、通じない振りをしていただけかもしれません。詩がわかるほど大人だったと思いつづけたかったのか、それとも、話の向かう先を察知して、行かせまいと先手を打ったのか」(18 三一)。続けてルースはキャシーの話とは相容れないような発言をする。ここには単に誤解があるのではない。キャシーもルースもそれぞれに過去についての特定の物語を必要としているのだが、それらの物語がぶつかりあってしまうのだ。「介護人」と提供者という二人の微妙な関係は、途切れ目のない生を見つけることの不可能性、ほかの人物の意見によって断絶してしまうことのない過去の物語を見つけることの不可能性に深く関わっている。自分たちの経験したことの現実性、そして自分たちの延長線上に世界があるという考えをそれぞれが疑問視することになる。

ルースとキャシーとの会話において生じている危機は、自分たちの生を共有できるものにしてくれるような過去についての物語にしがみつくことができないという事態である。このようにして他者や物、記憶にしがみつく必要性を見るならば、自分の一部を誰かほかの人物のなかに見つける人間性のあり方が示されているのが分かる。たとえばヘールシャムにおいて池が本当はどのような場所だったのかという問題は、小説を通して謎めいた参照点として出てきて、登場人物だけでなく読者の知覚、記憶、現実感覚を試すものとなる。コテージに移ったあと、ルースがヘールシャムについてよく覚えていない「ふり」をする様子にキャシーは面くらってしまう。「話の途中、あることとの関連で、ヘールシャムではルバーブ畑を突っ切って池に行く近道が禁止されていたことに触れました。すると、ルースがまたぽかんとしたあの表情を浮かべたのです。わたしは何を言いたかったかも忘れ、かっとしてとがめました。「ルース、あなたが忘れるはずないじゃない。そんな顔をするのはやめて」」(189 二九二)。ルースは先輩たちの前でいい格好をしようと知らないふりをしているのだ、とキャシーは解釈する。けれども、キャシーが不安を感じるのは自分の経験を誰かほかの人物の経験と照合することができないからであり、それゆえ自分の現実感覚に確証を与えてもらえないからである。
この池をめぐる問題は小説のあとのほうになってもう一度出てくるのだが、皮肉なことに今度はキャシーが思いだせないという事態が生じる。キャシーとトミーはエミリ先生の家で一枚の水彩画を見ている。トミーはヘールシャムの絵だと考えるが、キャシーは確信を持てずにいる。

「アヒル池の裏側だ」とトミーが言いました。
「どういう意味よ」と、わたしはささやき返しました。「池なんて、どこに？　ただの田舎の風景じゃない」
「いや、池はおれたちの後ろになるんだよ」トミーの口調は意外なほどいらついていました。「覚えてるだろ。池の向こう側に回って、池を背にして立つんだ。すると、前に北運動場があって、その向こうに……」

（250　三八一）

問題の解決しないまま会話は終わり、誤解の原因もはっきりしないままになる。誤解が生じるのはキャシーが水彩画について話している一方で、トミーは自分の記憶について話しているからだろうか。それともキャシーがヘールシャムの池のことを覚えていないからだろうか。ただキャシーが思い違いをしていたりトミーの意見を否定しようとしていたりするだけだろうか。もしヘールシャムの地勢について誰も合意できないのだとしたら、ヘールシャム自体が虚構の場所なのだろうか。ヘールシャムについては誰の記憶も信頼することはできないのだ、とイシグロは読者に伝えようとしているのか。それともキャシーの語り自体が修正の加えられた複数のヴァージョンから成るもので、それらのあいだの齟齬を克服できずにいるのだ、と伝えようとしているのか。問題の池は小説の序盤でキャシーとトミーが保護官について話す場所として出てきている（25　四二）。しかし記憶違いの対象として何度も出てくるうちに、この池は登場人物たちの記憶や経験だけでなく、読者によるこの小説の経験をも不安定なものにしてしまう。だから池の問題は読者を登場人物と同じような立場に置くことになる。小説の世界を安定したものとして受けとるには、読者もまた何かにしがみつく必要があるからだ。これらのエピソードにおいてきわめて重要なのは、ある場所についての自分の記憶を誰かに補強してもらう必要性それ自体が、自分の記憶の土台を突き崩してしまうことである。記憶はただ自分だけのものではない。記憶とは他者に媒介されるものであり、私たちは他者を通して何かを思いだす。そしてキャシーがルースにいらだち、トミーがキャシーにいらだつのも、まさにこの理由による。記憶違いが彼らの存在が持つ現実性そのものをあやふやにしてしまうのである。イシグロが物語の不安定性に読者の注意を引きつけるとき、人間性についてのある考え方があらわれている。私たちの記憶が他者の記憶と重なりあい、他者と共有可能であるかぎりにおいて、私たちは人間であるという考え方である。「自分」は誰かほかの存在がなくては決して完全なものにはなりえないという考え方である。

完全性を持った個人を語ることと他者との関係を築く能力を語ることとが人間的なものの二つの尺度としてあるわけだが、両者のあいだの緊張関係はキャシー、トミー、マダム、そしてエミリ先生の四人が小説の終盤で会する場面で頂点に達する。この場面でマダムとエミリ先生が成長や個人の特異性といった表現を使い、完全性を持った存在としての個人の物語を提示するからだ。エミリ先生はキャシーとトミーにこう語る。「ヘールシャムにいる間、わたしたちは生徒を保護しました。だからこそ、あなた方には子供時代があったのです。［……］わたしはあなた方二人に会えてとても誇らしく思いますよ。わたしたちが与えたものの上に人生を築いてくれています。わたしたちの保護がなかったら、いまのあなた方はありませんん。授業に身を入れることも、図画工作や詩作に没頭することもなかったでしょう」（268 四〇九）。エミリ先生は本当の親のように語り、子供たちの達成したことを、この小説の観点からいえば子供たちが意義のある人生を送る人間へと生成変化したことを、誇らしく思っている。[18] しかしキャシーとトミーが展示館についての自分たちの考え、自分たちの自己実現の話を語るとき、二人はエミリ先生の想定する物語をすでに最後まで経験してしまったことになる。このようにして自分の生が意義を持たされていると知ったトミーは絶望した様子でいい返す。「おれたちがやってきたことにはそれ以外の理由は何もなかったんですか」(266 四〇六)。二人の若者は、結局自分たちには人間としての意味はないのだと感じ——そして結局エミリ先生とマダムから見ても二人は人間としての意味を持たない存在なのである。「わたしたち全員があなた方を怖がっていた。わたしもそう。ヘールシャムにいる頃も、ほとんど毎日、あなた方への恐怖心を抑えるのに必死でした」(269 四一一)。しかしこのエピソードの最後にキャシーがお気に入りの歌に聞き入る様子をマダムが目撃したときの話が出てくる。「わたしを離さないで」と題された架空の歌である。キャシーの理解によると、これは赤ん坊を持つことはできないといわれていたけれどもついに子供を産むことのできた女性についての歌で、赤ん坊を失いたくないという思いから女性は子供に「わたしを離さないで」と語りかけている。彼女が赤ん坊の代わりに枕を抱きしめて歌を聞く光景を見たマダムは涙を流したのだが、キャシーにはどうしてそのときマダムに叱られなかったのかが理解できない。キャシーとマダムとの対話はキャシーによって詳しく記述され、過去の経験を共有できる可能性が強調される。


薄れていく光の中で、マダムがわたしをじっと見ているのがわかりました。「キャシー・H、覚えていますよ。そう、覚えています」マダムはそう言い、また黙って、わたしを見つめつづけました。「何をお考えかわかります」と、わたしのほうから言いました。「たぶん、わかります」「そう」マダムの声は何かを思い出すようで、目は少し遠くを見ていました。「そう。読心術師なのね。では、言ってみて」

「昔、ある日の午後、寮でのことです。ほかには誰もいなくて、わたしはテープをかけていました。ある音楽のテープです。目を閉じて、音楽に合わせて体を揺すっているところを、マダムに見られました」

「すばらしい読心術。舞台に立てますね。あなただとわかったのは、ほんのいまですけど、よく覚えていますよ。いまでも、ときどき思い出します」
「妙ですね。わたしもです」
「そう」

（270 四一二—四一三）

この瞬間にいたるまでの対話は、場面に登場する運送業者、あるいはさまざまな物語上の介入や描写の反復などによって絶えずさえぎられている。しかしこの一節において物語をさえぎるものはほぼなくなり、登場人物たちのことばがただ並んでいく透明な——「読心術」的な——瞬間が出現する。ある人物をもう一人の人物と関係づける語りの様式が台詞の記述のされ方にあらわれていて、一人の人間が他者のなかに存在する確証となるような共有可能な経験が提示される。けれども、この一節に続けて小説はキャシーによるマダムの涙の解釈とマダム自身の考えとのあいだにある齟齬を示し、人間とクローンとが関係を築くことの不可能性が再び前景化される。なぜ自分が泣いたのかをキャシーに説明しながら、マダムはこう告げる。「わたしはそれを見たのです。正確には、あなたや、あなたの踊りを見ていたわけではないのですが、でも、あなたの姿に胸が張り裂けそうでした」（272 四一六）。「わたしはそれを見たのです。正確には、あなた［……］を見ていたわけではない」ということばが「あなたの姿に胸が張り裂けそうでした」ということばに反転されるとき、マダムとキャシーとのあいだの隔たりが再び強調される。マダムはキャシーを見て憐れみの念を抱くことしかできないのであり、キャシーと関係性を築き、同じ世界の出来事として過去の経験を共有することはできないのだ。

関係性を築く能力の観点からイシグロの小説を考えるならば、クローンの個体化の物語が依拠するクローンと人間との二項対立が究極的には崩壊することになる。語り手としてのキャシーがどのように聞き手に語りかけているかを見ればこのことが分かる。キャシーの語りは自分のふるまいと立ち位置への弁明のようにして始まり、あたかも読者が体現する何らかの規範的な地平から彼女の生が判断されるべきと示すかのようである。「あら、これはやはり自慢でしょうか。でも、仕事をちゃんとやっていたというのは、わたしにはとても大きな意味のあることです」（3 一〇）。しかしこの規範的な地平とはいったい何だろうか――そしていったい誰が語りかけられているのだろうか。語りかけられる「あなた」あるいは「あなた方」はときに普遍的な経験を共有するような一般的な二人称である。語りにおけるこうした二人称の使用によって、語り手が経験しているのは誰もが知りうる物事であることが示唆される。読者は語り手と並んで同一化する地点に立たされ、両者が会話をしながら経験を共有しているような効果が生じる。「あなたも考えてみてください。誰かが何かを作っていて、いずれそれが自分の宝物になるかもしれないのです。当然、あなたの友人関係にも影響します」（16 二八）。しかし語りかけられる「あなた」がクローンであることもまた示唆されている。「あなたのいた施設のことはよくわかりませんが――やはり「宝箱」のようなものがあったのでしょうか」（38 六三）。ここで想定されているのは「あなた」がヘールシャム以外のクローン養育施設にいたことである。こうした二重の語りかけ方によって、人間として想定された読者とクローンとしての「あなた」が簡単には分けられないようになる。キャシーの語りかけ方は人間であることとクローンであることとを区別せずに並置する。「あなた」は人間であることの普遍的状態とクローンであることの普遍的状態とのあいだを、絶えず往復させられるのである。[19]

　クローニングの問題に対し、個体化の物語は人間性とは何か、クローンの可能性によって人間の生はどのように影響を受けるのか、といった問いを発して反応する。個体化の物語は個人の内的な成長に答えを求め、最初から人間の生をクローンの生から引き離してしまう。しかしイシグロが生の形態の問題に取り組むとき、違った問いが立てられている。人間的な生とクローンとして作られた人々はどのように空間や文脈を共有しうるのか、両者はお互いに対してどのように応答しうるのか、という問いである。つまり、クローンとは何であるかを見いだそうとする認識論的な欲求ではなく、私たちがお互いのあいだに結ぶ関係性がクローニングによってどう変化するかを知ろうとする倫理的な営みこそが、イシグロの小説において前景化されるのである。これは人間性の概念に違った方向性を与えてはじめて可能になる問いである。世界からの独立や解放といった概念に人間性があるのではなく、お互いや世界に対して平等な関係を持たない人々のあいだに生じる倫理的なつながりにこそ人間性の根拠があると考えたとき、はじめて可能になる問いである。(連続性、目的論、内的な成長といった)生に形態を与えるための規範的な方法を取りいれると同時にそれらにあらがいながら、関係性の物語様式によって自分の存在が他者の心のなかで「意義」を持つようになる。そのような物語の様式を強調するイシグロは、物語における人間の境界を拡張しようとしているのである。この物語からあらわれる人間性の概念は、終わりの地点を「完全に実現された」生の到達点と見なすことを拒むものだ。そして人間的な生が持つ尊厳と形態とを探すために、読者をもっと別の、予期しない場所へと連れていってくれるものなのだ。

【原注】

(1) こうした不安の初期のあらわれとして興味深いのがシオドア・L・トーマスとケイト・ウィルヘルムによる『クローン』(一九六五年)である。この作品に出てくる「クローン」は行動し、移動し、ものを食べる個体的な存在としても、非人間的で特定の形態を持たない有機体の集合としても描かれている。

(2) 科学と一般的な言説の領域でクローンがどのように想像されてきたかをより詳しく説明するものとして、Kolata を参照。また、クローンの互換性、均一性、反復的な同一性への不安に着目してクローニングの文学を分析するものとして、Ferreira を参照。

(3) この点においてイーキンはゲイレン・ストローソンに反論している。私たちの生は何らかの深い意味で物語であり、私たちは自分たちの生を物語として生きていると考える物語的自己同一性の説に対してストローソンは批判的な立場をとる。ストローソンは生きるうえでの物語の中心的な役割をしりぞけ、自分の生は非連続的なものであると主張している。しかしイーキンの考えにしたがうならば、「「完全性を持った人間」としての自我の感覚という一種のセーフティー・ネットを享受」しているからこそ、ストローソンはそのような立場をとることができるのだ。私もイーキンに同意し、ストローソンは自分の個性が依拠している統一性の感覚——彼はそれをときに「生物学的統一性」、ときに「歴史上・人格上の発展的統一性」と呼ぶ(Strawson 440-41)——を暗黙の前提としていると考える。イーキンは記憶障害や認知症を抱える人々を例として挙げており、そうした人々の場合、「物語る能力の喪失が[……]医療施設への収容につながる可能性すらある」のだ（Eakin, "Narrative Identity" 182）。イーキンが重視しているのは、完全性を持った存在としての自己感覚を持っていないという理由で、そのような人々が個性を欠いていると断じることがあってはならないという点である。

（4）　生命の創造をめぐる不安の歴史をより詳しく論じたものとして、Turney を参照。また、クローニングについての科学的・一般的言説の歴史のより充実した記述として、Kolata を参照。

（5）　Squier, *Babies 2* を参照。

（6）　合衆国議会は人間の胚細胞を作りだしたり破壊したりするあらゆる実験に連邦政府の資金を使うことを禁止した。Dunn を参照。

（7）　先行するNBACによる報告書と同じく、このPCBEの報告書においても、生物医学の研究を目的としたクローニングの規制についてはまた別の提案がなされた。

（8）　そのような議論によく見られるのは、自分自身の生殖に関して決定する個人の権利と、クローニングが人間一般の立ち位置に与えてしまう悪影響とを対置する傾向である。後者の一般的な影響の例としては道具としての人間観、人間のモノ化、人間の生殖や親族関係の土台の破壊などが挙げられる。クローニングについての言説をより広範に分かりやすく論じたものとして、Kolata、Franklin, *Dolly Mixtures*、Squier, *Babies*、McGee、Franklin, "What We Know"、Nussbaum and Sunstein を参照。

（9）　ジルベール・シモンドンは個体化の物語が持つこのような循環性を批判している。「個体の生成、および個体を定義づける特徴を説明するためには、第一の項あるいは原則の存在を想定する必要がある。その第一の項は個体がどのようにして個体となったのかという問題、そして個体の特異性を十分に説明できるものでなければならない。［……］しかしそのような項それ自体がすでに個体、あるいは少なくとも個体化されうるものであり、同時に絶対的な固有性を持った存在の原因となりうるものでもあるのだ」（Simondon 298）。

（10）　PCBEの編者たちは次のようなコメントを付している。「最後に掲載する読み物は、暴君の支配下でこれ以上は生きられないと決意したある一人の人間の物語である。この『自伝』からの抜粋を読むと、元奴隷のアメリカ人フレデリック・R・ダグラスの自己解放は心身の両面において、彼自身の主体性と努力によって達成されているのが分かる。そこから生まれてくる人間は苦難のときをすごしたのちに苦しみを克服した存在であり、獣ではなく人間として生きるために、必要ならば死をも覚悟してさらなる苦難に対峙する用意のある存在である。人間の尊厳についてのこの章を、および生命倫理についてのこの書物を締めくくるのにふさわしい文章である。彼のような個人が完全な人間性を獲得する過程を祝福する態度こそ、豊かな生命倫理と呼ばれるにふさわしい」（PCBE, "Human Dignity"）。

（11）　バイオテクノロジーがもたらした変化、およびそれらの変化がどのように人間の身体を作り変えるかを論じるスクワイアの議論は、「社会構成体におけるアクティヴな主体」としての文学を分析するために有益なモデルを提供してくれる（Squier, *Liminal Lives*）。

（12）　生を形成する力ではなく関係性の営みとして物語を捉え

る議論として、Cavarero と Butler を参照。

(13) サンデルは自律性に価値を置いたうえでクローニングを批判するリベラル・ヒューマニスト的な立場に抵抗しており、またクローニングは関係性の問題を提起するとも考えている。これらの点において私はサンデルに同意する。しかしサンデルは親子関係を関係性のあらゆるあり方を代表するものとして特権化しており、その結果、クローンの生を想像する可能性が排除されているように思える。

(14) 「教わっているようで、教わっていない」という構造は小説の登場人物にも小説の読者にも同様に当てはまる（Toker and Chertoff を参照）。ジェイムズ・ウッドは「この子供たちが誰であり、現代社会においてどのような役割を持っているのかという問題は、決して［読者から］入念に隠されたものではない」と指摘している（Wood）。

(15) トーカーとチャートフも同様に「ある章が喚起する物語上の期待に次の章が部分的に応える例が多くあり、両者のあいだにはしばしば時間的な隔たりが生じる」と論じている（Toker and Chertoff 169）。

(16) 否認の典型的な公式は（フロイトの論文「フェティシズム」に由来する）オクターヴ・マノーニの「よく分かっている、それでも」という表現であり、これは小説中のトミーへの冗談についての語りをうまく説明してくれる。

(17) 多くの場合、ルーツや起源の探求は自分の文化的、人種的、あるいは階級的出自を決定するためにおこなわれるものである。

(18) 私の議論は、生徒たちの置かれた困難な状況に観察されるような個体化の物語様式を自分のものとしようとする努力、およびそのような努力が人間性の評価の仕方にどのように影響を及ぼすかという点に重点を置いたものである。こうした問題を考えるために、ブルース・ロビンズによる分析を参照することもできるだろう。ロビンズは小説中のさまざまな施設が生徒たちの生の感情的側面を管理する様子を分析し、小説のディストピア的なシナリオを、福祉国家の機構、および一定の人々が抱きうる期待を見えないかたちで制限してしまう階級制度の機能と比較しながら論じている（Robbins 199-210）。

(19) ウッドも同様に『わたしを離さないで』には人間とクローンとの違いをぼやかしていく傾向があると論じている（Wood）。

【引用文献】

Agamben, Giorgio. *Homo Sacer: Sovereign Power and Bare Life*. Translated by Daniel Heller-Roazen, Stanford UP, 1998.〔ジョルジョ・アガンベン『ホモ・サケル――主権権力と剝き出しの生』高桑和巳訳、以文社、二〇〇三年〕

Butler, Judith. *Giving an Account of Oneself*. Fordham UP, 2005.〔ジュディス・バトラー『自分自身を説明すること――倫理的暴力の批判』佐藤嘉幸・清水知子訳、月曜社、二〇〇八年〕

Cavarero, Adriana. *Relating Narratives: Storytelling and Selfhood*. Translated by Paul A. Kottman, Routledge, 2000.

"Cloning Around!" *Knit One Read Too*, June 2005, www.knitoneReadtoo.

com/0605-Ishiguro/archives/2005/06/cloning_around.php. Accessed 16 June 2007.

Crew, Hilary S. "Not So Brave a World: The Representation of Human Cloning in Science Fiction for Young Adults." *The Lion and the Unicorn*, vol. 28, no. 2, Apr. 2004, pp. 203-21.

Dunn, Kyla. "Cloning Trevor." *The Atlantic Monthly*, vol. 289, no. 6, June 2002, pp. 31-52.

Eakin, Paul John. "Breaking Rules: The Consequences of Self-Narration." *Biography*, vol. 24, no. 1, Winter 2001, pp. 113-27.

——. "Narrative Identity and Narrative Imperialism: A Response to Galen Strawson and James Phelan." *Narrative*, vol. 14, no. 2, May 2006, pp. 180-87.

Ferreira, Maria Aline Salgueiro Seabra. *I Am the Other: Literary Negotiations of Human Cloning*. Praeger, 2005.

Foucault, Michel. "Faire vivre et laisser mourir: La naissance du racisme." *Les temps modernes*, no. 535, Feb. 1991, pp. 37-61.

Franklin, Sarah. *Dolly Mixtures: The Remaking of Genealogy*. Duke UP, 2007.

——. "What We Know and What We Don't Know about Cloning and Society." *New Genetics and Society*, vol. 18, no. 1, 1999, pp. 111-20.

Fukuyama, Francis. *Our Posthuman Future: Consequences of the Biotechnology Revolution*. Farrar, Straus & Giroux, 2002.〔フランシス・フクヤマ『人間の終わり――バイオテクノロジーはなぜ危険か』鈴木淑美訳、ダイヤモンド社、二〇〇二年〕

Habermas, Jürgen. *The Future of Human Nature*. Translated by Hella Beister and William Rehg, Polity, 2003.〔ユルゲン・ハーバーマス『人間の将来とバイオエシックス』三島憲一訳、法政大学出版局、二〇〇四年〕

Ishiguro, Kazuo. *Never Let Me Go*. 2005. Vintage Books, 2006.

The Island. Directed by Michael Bay, Dreamworks, 2005.〔『アイランド』マイケル・ベイ監督、ワーナー・ホーム・ビデオ、二〇〇五年〕

James, Caryn. "The Chilling Other Is Everywhere: Cloning Inspires Serious Art." *The New York Times*, 26 Apr. 2005, p. 22.

Kass, Leon R. *Life, Liberty and the Defense of Dignity: The Challenge for Bioethics*. Encounter, 2002.〔レオン・R・カス『生命操作は人を幸せにするのか――蝕まれる人間の未来』堤理華訳、日本教文社、二〇〇五年〕

——. "Why We Should Ban the Cloning of Human Beings." *Texas Review of Law and Politics*, vol. 4, no. 1, Fall 1999, pp. 41-49.

Kass, Leon R., and James Q. Wilson. *The Ethics of Human Cloning*. AEI, 1998.

Kolata, Gina. *Clone: The Road to Dolly and the Path Ahead*. Allen Lane, 1998.〔ジーナ・コラータ『クローン羊ドリー』中俣真知子訳、アスキー、一九九八年〕

Levin, Ira. *The Boys from Brazil*. Random House, 1976.〔アイラ・レヴィン『ブラジルから来た少年』小倉多加志訳、早川書房、一九七六年〕

Mannoni, Octave. "Je sais bien, mais quand même." *Clefs pour l'imaginaire ou l'autre scène*, Seuil, 1969, pp. 9-33.

McGee, Glenn, editor. *The Human Cloning Debate*. Berkeley Hills, 1998.

Menand, Louis. "Something about Kathy: Ishiguro's Quasi-Science-

Ficition Novel." *The New Yorker*, 28 Mar. 2005, www.newyorker.com/archive/2005/03/28/050328crbo_books1. Accessed 17 June 2007.

Nussbaum, Martha C., and Cass R. Sunstein, editors. *Clones and Clones: Facts and Fantasies about Human Cloning*.W. W. Norton, 1998.〔マーサ・C・ナスバウム、キャス・R・サンスタイン編『クローン、是か非か』中村桂子・渡会圭子訳、産業図書、一九九九年〕

Onstad, Katrina. "Send in the Clones: Kazuo Ishiguro's New Novel, *Never Let Me Go*." *CBC News*, 2005, www.cbc.ca/arts/books/neverletmego.html. Accessed 29 Oct. 2006.

Phillips, Adam. *Equals*. Faber and Faber, 2002.

——. "Sameness Is All." Nussbaum and Sunstein, pp. 88-94.

Robbins, Bruce. *Upward Mobility and the Common Good: Toward a Literary History of the Welfare State*. Princeton UP, 2007.

Sandel, Michael J. "The Case against Perfection." *The Atlantic Monthly*, vol. 293, no. 3, Apr. 2004, pp. 50-62.〔マイケル・J・サンデル『完全な人間を目指さなくてもよい理由――遺伝子操作とエンハンスメントの倫理』林芳紀・伊吹友秀訳、ナカニシヤ出版、二〇一〇年〕

Simondon, Gilbert. "The Genesis of the Individual." Translated by Mark Cohen and Sanford Kwinter, *Incorporations*, edited by Jonathan Crary and Sanford Kwinter, Zone Books, 1992, pp. 297-319.

Squier, Susan Merrill. *Babies in Bottles: Twentieth-Century Visions of Reproductive Technology*. Rutgers UP, 1994.

——. *Liminal Lives: Imagining the Human at the Frontiers of Biomedicine*. Duke UP, 2004.

Strawson, Galen. "Against Narrativity." *Ratio*, vol. 17, no. 4, Dec. 2004, pp. 428-52.

Thomas, Theodore L., and Kate Wilhelm. *The Clone*. Berkley Medallion, 1965.

Toker, Leona, and Daniel Chertoff. "Reader Response and the Recycling of Topoi in Kazuo Ishiguro's *Never Let Me Go*." *Partial Answers*, vol. 6, no. 1, Jan. 2008, pp. 163-80.

Turney, Jon. *Frankenstein's Footsteps: Science, Genetics and Popular Culture*. Yale UP, 1998.

United States, President's Council on Bioethics. (PCBE). "Ethical Issues in 'Therapeutic/Research' Cloning (Session 6)." 14 Feb. 2002, www.bioethics.gov/transcripts/feb02/feb14session6.html. Accessed 10 Sept. 2007.

——. *Human Cloning and Human Dignity: An Ethical Inquiry*. 2002, www.bioethics.gov/reports/cloningreport/index.html. Accessed 24 June 2007.

——. "Human Dignity." *Being Human: Readings from the President's Council on Bioethics*, 2003, www.bioethics.gov/bookshelf/reader/chapter10.html. Accessed 10 Sept. 2007.

Wilhelm, Kate. *Where Late the Sweet Birds Sang*. Harper & Row, 1976.〔ケイト・ウイルヘルム『鳥の歌いまは絶え』酒匂真理子訳、サンリオSF文庫、一九八二年〕

Wood, James. "The Human Difference." *The New Republic*, 16 May 2005, www.powells.com/review/2005_05_12.html. Accessed 14 Sept. 2007.

解題（田尻芳樹）

本稿は、Mark Jerng, "Giving Form to Life: Cloning and Narrative Expectations of the Human." *Partial Answers: Journal of Literature and the History of Ideas*, vol. 6, no. 2, June 2008, pp. 369-93. の全訳である。

私たちが『わたしを離さないで』という小説を読むときに、そもそもクローン人間を製造することに倫理的にどのような問題があるのかという問いを避けることができない。このジャーングの論文を本書の最初に置いた理由は、この問題に関して現実にどのような議論があったのかを詳しく検討しているからである。そこで浮上するのは、子供は自立と個体化の過程を経て人間へと生成変化するという「個体化」の物語こそ人間を定義するという発想である。これはジャーングが冒頭で検討しているクローン人間に関するSF小説の論理と軌を一にする。そして『わたしを離さないで』の出版と同じ二〇〇五年に公開された映画『アイランド』はまさに同じ発想に基づいて作られている。この映画は、クローンが自分たちの宿命に抵抗し、自立と個体化を達成して解放される物語なのである。つまり私たちが前提としている人間の定義にのっとっているために、わかりやすく、すんなり受け止めることができる。逆に『わたしを離さないで』では、なぜクローンたちが反抗しないのかと多くの読者が疑問に思う。それは、自立と個体化の物語が人間の定義としていかに私たちに強く定着しているかの証左である。だから二〇一六年にTBSが放映したテレビドラマ版では、原作にはない反抗するクローンを登場させて、私たちが理解しやすいようにしているのだ。そうしないと視聴者には受け入れられなかっただろう。こう考えると、私たちが共有する人間の定義、すなわち自立と個体化の物語をつき崩す『わたしを離さないで』のラディカルさが見えてくる。この小説において、人間は個人として自立して完全になるのではなく、逆に、不完全なまま他者に依存し、他者との関係性の中で存在しているという新しい倫理が提示されていることをジャーングは丁寧に論証する。それは多くの論者がこの小説に見出す「ポストヒューマン」ではなく、あくまでも人間に関する考え方の方向転換なのだ。

Mark Jerng, "Giving Form to Life: Cloning and Narrative Expectations of the Human." *Partial Answers: Journal of Literature and the History of Ideas*, vol. 6, no. 2, June 2008, pp. 369-93. © 2008 Johns Hopkins University Press. Reprinted with permission of Johns Hopkins University Press through Tuttle-Mori Agency, Inc., Tokyo.

気づかい（ケア）をもって書く
――カズオ・イシグロ『わたしを離さないで』

アン・ホワイトヘッド／三村尚央訳

『経済成長がすべてか？』でマーサ・ヌスバウムは世界的な経済危機に加え、それよりも目にとまりづらく、より狡猾な危機が西洋文化に影響を及ぼしていると診断する。それはすなわち、芸術や人文学への財源の削減である。高等教育機関の商業化が増大することに抗して彼女は芸術（中でも特に文学）を、健全で民主的な社会の中心に位置するものであるという見解を提唱する。第一の理由は、それらが合理化や議論、批評のための技術の支えとなること。そして第二には、芸術が想像力あふれる、気づかい（ケア）に満ちた、共感的市民を育成するというものである。ヌスバウムによる人文学の熱心な擁護は、ここ一〇年あまりの医療人文学（medical humanities）の隆盛といくぶんかは重なるものである。「健全な」社会という概念を医療機関やシステムへと結びつけることで、医療人文学は西洋社会における「ケア」の危機へとその関心をむけている。そしてこれらの危機は、医療やケアの機関の民営化や官僚化、そして患者を専門分野間で細分化してしまうことなどのさまざまな要因から生じている。健康管理体制の病をこのように診断して、医療人文学はヌスバウムのように、文学を読むことをこの危機に対する治療法として処方する。この時彼女たちは、文学が視野を拡げて、感受性を深めることによって優秀な医療の専門家を育成するのだと考えている。[1] つまり文学は、医者やその他のケア従事者たちが、ケアされる患者たちの苦労や困難に対する共感（empathy）的な反応を育成することに寄与する、価値あるものとみなされているのである。ヌスバウムや医療人文学の間に現われているのは、拡大する「医療の危機」に対する一連の不安（民主主義上のものであれ、医療介護のシステムに関するものであれ）である。こうした不安のために人文学の再活性化が特効薬として叫ばれているのだが、それは芸術、中でも文学が我々を啓蒙して、敏感な市民そして専門家にしてくれるからである。

ここでの私の目的はヌスバウムが見いだしているような芸術や人文学における危機を描き出すことではない。このエッセイにおける議論のポイントはむしろ、この危機に対する反応の多くが文学を共感的な感受性を生み出してくれるものと位置づけており、このような感受性を本来的に道徳的なものとみなしている点についてだ。このようなアプローチは近年、スザンヌ・キーンなどによって説得力を持って批判されている。彼女は小説を読むことの倫理的影響力、つまり想像的つながりを持ってフィクション作品へと没入することは、我々が敏感で利他的な個人になることを助けてくれるという考えに対し、非常に懐疑的だ。フィクション作品を読むことは他者への共感と同情、そして社会的正義につながるというヌスバウムの主張に正面から異議を唱えて、キーンは次のように主張する。

私はフィクション作品のキャラクターたちへの共感がすべて［……］「より良き」人間的な態度に変わるとはもとより考えていない。虚構の生活を想像しようとすることが、はたして（ジョージ・エリオットが信じていたように）この現実の世界に実在する他人への共感的想像力を涵養するのだろうか。そして、もしそれが実際に起こるのなら、どうやってそれを伝えられるのだろうか。ヘンリー・ジェイムズを読めば我々は良き世界市民になれると気づくのは悦ばしいことだというのは私も認める。しかし私が懸念するのは、フィクションのキャラクターと共有される感情の対価として、他人に対して我々が持つなけなしの注意がそのような実在性を持たない存在の犠牲になっていたりしないか、あるいは作品に入り込んでいる読者はただ共感的な傾向を持って

いるにすぎないことが明らかになるのがせいぜい、ということになりはしないかという点である。(xxv)
キーンは読者が虚構作品（フィクション）と向き合うに当たって共感を持ち込むことを批判しているのではない。彼女が問題としているのは、このような態度が、現実の他人を「気づかう」(caring) 利他的な行動へと果たしてつながるのかということである。文学を読むことに、即座に目に見える形の倫理的で政治的な影響力を求めることは、「共感と文学の双方にとてつもない重荷を背負わせることになる」(168) と彼女は結論づける。

　芸術や人文学の価値と、文学が読者に及ぼす共感的な効果をめぐって交わされる近年のこうした議論は、カズオ・イシグロの六番目の長編小説『わたしを離さないで』(二〇〇五年) の中心的なものともなっている。三一歳のキャシー・Hによって語られるこの小説は、寄宿学校ヘールシャムでの彼女の生活と、そこで展開される友人トミーとルースとの親密な交流を回想する。ヘールシャムでの教育は芸術に深く根ざしており、生徒たちは定期的に美術制作を行い、文学（中でも特にヴィクトリア朝時代の小説）を読む。物語が進むにつれて、イシグロはヌスバウム的な人文学擁護を展開しているように思われる。読者は生徒たちが専門的な「介護人」となるための訓練を積んでいることを知る。そして文学や芸術の教育は、彼らの感情的で親密なつながりと、互いへの利他的な態度の基盤となっているように思われる。また、「保護官」と呼ばれるヘールシャムの教師たちの論理によれば、人文学はクローンの生徒たちを、「私たちのように」(240 三七三) 人間らしくする。事実、この小説の終盤では、キャシー、トミー、そしてルースは愛情深い感受性豊かな人物として描かれる。たとえ彼らが、自分たちを生みだしたディストピア的な政治システムにおける市民の条件や権利にはしたがっていないとしても。しかし本論では、このイシグロの小説が人文学についてのこのような考えを複雑に込み入ったものにしており、ヌスバウムが結びつけている読解と共感、気づかい（ケア）、そして福祉社会のつながりを、かなりの程度打ち崩していることを示してゆく。イシグロのもう一つのイングランドは、成長後に臓器を摘出するために自分たちが作りだしたクローンに完全なる受動性と、服従を要求する。ヴィクトリア朝のフィクション作品――特にヌスバウムがお気に入りのジョージ・エリオット――は優秀な「介護人」を育成するかもしれないが、この成果はかなりの対価を求めることになる。クローンたちがヴィクトリア朝期の小説に触れることは、社会的成長という彼らにはふさわしくない想像の枠組をもたらすが、彼らのあらゆる未来を否定する社会においてはそのような想像は誤った期待を与えてしまうのである。このような文脈の中で見れば、ヘールシャムでの人文学教育はせいぜいが欺瞞であり、悪くすればクローンは自分たちがその抑圧の対象となっているシステムと共犯関係にある。文学作品を読むことは、それと並置されるケアの活動そのものと同様に、広い政治的視点と引きかえに小さな補償を手に入れることであり、それを読む者の想像的な可能性を拡げるのではなく制限する。さらに、共感はイシグロにおいては道徳的に曖昧な位置におかれており、ヌスバウムのように本来的な美徳として示されているわけではない。特に、家族や友人の痛みを減らしてあげようとするケアや共感のモードにおける、臓器提供の仕組み全体の矛盾した基盤について私は考察してゆく。この点には、共感を社会や政治の基礎に置くことの、主要な道徳的危機が露わにされている。そうした活動はしばしば同一性や類似性によって動かされており、排除や自民族中心主義につながる傾向がある。すなわち、共感は明らかに有益といえるようなものではなく、利他的行動に向かうのと同様に、搾取や苦痛（suffering）へとつながりうるのである。

それでは、この議論は私が最初に提示した論題をめぐって我々をどこに導いてゆくのだろう。つまり、芸術と人文学、特に文学の価値をめぐる問いである。本論のむすびでは、なぜ我々は『わたしを離さないで』のような小説を読むことに時間（そしてお金を）費やすのだろうか、と問うことになるだろう。本稿での分析を通じて、我々は現代文学の「価値」をいかに定義し、そして擁護しうるのかをより広く探ってゆく。私は現代のフィクション作品にはまぎれもない価値があると主張するが、それはヌスバウムが示すような有益な形でではない。私は現代文学のパフォーマティブな要因が「介入のモード」に重要であることを論じるにあたり、デレク・アトリッジを参照する。(2) まず、この小説を通じて用いられる二人称の呼びかけを検証する。これはヴィクトリア朝期の作品では同情的なつながりを強めるのに広く用いられていたが、『わたしを離さないで』ではむしろ読者を不安にさせて、彼（女）がキャシーと果たしてどのような位置に置かれているのかと疑問を抱かせる。そして私は最後にこの作品の結びを詳細に分析して、イシグロは読むという行為を「出来事（イヴェント）」と位置づけており、読者が本を読み終える経験はキャシー自身が移動することをやめて、過去を置いてゆく行為を強烈に再現しているのだということを示してゆく。それと同時に、最終段落の余韻を残す美しさは我々の注意を引く。キャシーが車に乗り込んで立ち去る前に、しばらくその場に留まる時、その過去を「去らせる」（letting go）ことの困難がキャシー自身と読者双方に同時に生じている。読者はそこに留まることと立ち去ること、そして過去を抱き続けることと「行かせる」（忘れる）ことの間で引き裂かれるという不安な立場に置かれ、ケアや共感の解消されることのない強力なジレンマに直面するのである。

現代文学の価値を論じるにあたり、私の『わたしを離さないで』の読解は、ヌスバウムらのような行動規範モデルの、人々に安心を与えるありがちな平凡さ（それらが主に一九世紀の正典群によって形作られているのは驚くことではない）から離れて、歴史家ドミニク・ラカプラが「共感的不安」（empathic unsettlement）（41-42）と名付ける立場に近づいてゆく。ラカプラによれば、この用語は犠牲者の辛い経験を自分のものとして同一化することを避ける立場を表す。そして我々の行動には加害者の行動にも類似するものが潜んでいる可能性をも示している。そして、イシグロは我々とキャシーたちクローンとの同一化を巧みに不安定なものとし、提供システムから恩恵を受けている人々と我々が近しい立場にいる可能性についての居心地の良くない疑問を喚起していることを私は示す。このような複雑で不穏な、うつろいやすい同一化の様式の重要性（これは明確な権威的導引の欠如と併せて、現代文学の特徴ともなっているのだが）は、こうした行為が利他主義あるいは世界市民の育成に直接的につながっているのではなく、むしろそれらが自己言及的かつパフォーマティブに、読者を不快にあるいは当惑させて、応答可能性（responsiveness）、解釈、責任（responsibility）、共謀関係、そしてケアについての重要な倫理的問いかけを開き続けている。

ケアの言語を位置づける

キャシー・Hによって語られる『わたしを離さないで』の冒頭二ページで、「介護人」(carer)の役目における自分の才能を説明するのに、この語〔「介護人」〕が九度も繰り返されている。この語は最近では独特の響きを持っており、オックスフォード英語辞典では「子供や、病人、老人、あるいは体の不自由な人々を定期的に世話する家族あるいは有給の労働者」と定義されている。この意味で用いられた最初の記録は一九七八年のものであるとジョン・マランは記している。つまりこの「carer」という語は労働のカテゴリーを指しているのだが、それにもかかわらずこの語は賃金労働と、自分の面倒を自分で見られなくなった者を世話するという家族内での義務にもとづく仕事との間を揺れ動いている(そしてどのような場合に、それは情動労働となり、その情動が必ず肯定的(ポジティブ)なものであるとみなされたり、その仕事が憤りを伴って遂行されたりするのだろうか?)。冒頭でのキャシーの叙述はこの語をプロフェッショナリズムと競争の文脈の中に置く。介護人としての一一年間をふり返って、自己評価でも(ただ「彼ら」と呼ばれる)雇主から見た評価でも自分は優秀であったと彼女は考える。彼女の能力は世話をする対象(すなわち「提供者」)が速やかに回復したり、彼女のおかげで「動揺」(agitated)せずにすむことによって評価される。キャシーはこの任務の仕組みには不完全な点があることを認めている(「まったくのスペースの無駄だったのに一四年間介護人を続けた人もいます」)が、彼女は自分が長期間にわたって続けられていることは、その「偉大な記録」(3 一〇)に見合うものであるとも考えている。しかしキャシーの語りが進むにつれて、職業上の説明は、もっと情動的な領域へと移ってゆく。彼女は、選択が許される場合には、自分と同類(同じ施設、特にヘールシャム出身者)の提供者の介護人となってきたと語る。そして、この仕事で重要なことは、「自分の世話する提供者が進む過程の一歩一歩に気を配ること」だと説明する。つまりこの小説は、この介護(ケア)という語に読者の注意を向けさせるだけでなく、この行為にもともと含まれている緊張関係とあいまいさ(アンビバレンス)を明らかにする。すなわち、一方には競争とプロフェッショナリズムの言説があり、もう一方には情動と感情の言葉づかいがあるという関係である。

イシグロのこの小説の物語が展開するにつれて、読者はこの一見無害な言葉が恐ろしい秘密を秘めていることを知る。すなわちこのもう一つのイングランドでは、子供たちはクローンであり、他の子供たちからは隔離されて育てられている。[3] 生徒たちは成年に達した時に「提供者」となり、彼らの臓器は一連の手術を通じて摘出されてゆき、他の人間の病気を治すために用いられる。クローンたちは必ず使命を終える (complete)（この小説において「死」を指す婉曲表現だ）前に、最大で四回の提供を経験する。提供者になる前にほとんどのクローンたちは「介護人」として一定期間過ごし、国内各地にある治療センターを行き来し、提供を行なっている提供者たちの世話をして、「使命を終える」ことも含む提供に向けて彼らを精神的に準備させたり、提供を切り抜けたあとの世話をしたりすることになっている。このような視点から読み直してみると、小説冒頭のキャシーの語りは厄介で不安な問いを喚起していることが分かる。八カ月後には介護人を終えるという宣言は、彼女自身が提供者になることを意味している。プロフェッショナルとしての成功や、制度における些細な矛盾に対するこだわりは、自らの差し迫った死や彼女の仕事におけるもっと重大な不平等や不公正にキャシーが目を向けていないことを意味するわけではない。このような点から見ると、「介護すること（ケア）」は社会的な価値を持つ労働の一形態なのだろうか。というのも、キャシーは他者に（「動揺（アジテーション）」を抑えるという）良い影響をもたらしているからである。あるいは、イシグロによって選ばれたこの語が持つ政治的な響きを考えたならば、「ケアすること」とは、それに従事する者を消耗させる際限ない活動とわずかな見返りを通じて、抵抗と暴動を防ぎ、受動的な協力関係を維持するための手段なのだろうか。それと同様に、キャシーの回想は、自分が実際はクローンだという状況を認めることへのためらいを遡行的に読者の中に引き起こす。「介護人」の仕事についての彼女の説明が官僚的な効率の追求と、「介護人は機械ではありません」（4一〇―一一）という同情の間を行き来する様子を通じて、イシグロは巧妙に描写の緊張関係を保っている。そしてそのことは、作品内でいずれやってくる、彼女は「完全に人間的」なのか否かという問題に対する解釈上のあいまいさを生じさせてもいる。

　また、この小説が近過去に設定されているというイシグロによる作品冒頭の提示も、同じく読者を揺らがせるものである。イシグロ版の一九九〇年代末イングランドは歴史的事実とは一致しないが、ガブリエレ・グリフィンが述べるとおり、「この近過去の特徴は一面では、この小説内でも暗示される、科学についての現代における実際の議論との連続性から生み出されたもの」(653)である。グリフィンの主要な関心は、イシグロが『わたしを離さないで』に結びつけているクローンとバイオテクノロジーに関する科学的な議論に関わるものだ。そして彼女は、二〇〇〇年代初頭の英国内で、その方向性をめぐって人びとの激しい議論の的となった多くの科学的発展を挙げている。[4]重要なのはグリフィンが述べるように、イシグロは人間のクローンという科学技術が現実にどのように機能するかを作品内で表現することには関心がないと強調している一方で、彼が「生命科学についての議論とその表現の間での隔たり(gap)」(649)を巧妙に描いていることである。たとえ科学がヒト組織のクローン工学へと進んで、人間から完全な臓器を移植する必要がなくなり始めているとしても、イシグロはクローン人間を想像することによって、その流れとは反対方向に進もうとする。その隔たり(gap)は、グリフィンが説明するように、「その他の多くの科学技術における発展――クローン、臓器培養、デザイナー・ベビー――を一つのフィクション作品内での一連の設定としてまとめ上げること」を可能にしている。またこれによって、イシグロは実在の科学的実践の現実性から、それにともなって生じる倫理・道徳的な問題へと移ることが可能となる。

　イシグロはアナロジー的手法を採用して現代におけるケア体制に関わる問題を組み合わせており、そうした手法が指し示す社会問題の現状とこの小説がつながっていることをも暗示している。トニー・ジャットは、現代の英国が抱える病の診断の中で、国内のケア施設は三〇年間にわたる「民営化への偏執」の影響をいまでも受けていることを指摘する。「一九七九年から一九九六年の英国(つまりサッチャーとメージャーの時代)では、在宅での高齢者や子供、精神的な障害を抱える人びとへのケアに対する補助の急増にともなって、民間セクターによるシェアが一一パーセントから三四パーセントに増加した。新たに民営化されたケア施設では利益や配当を増やすために、当然の結果として介護の質は最低限のところまで下がった」(114)。こうした傾向は衰えることなく二一世紀にも続き、公共福祉をジャットが言うところの「養殖された民間の供給者(プロバイダー)たちのネットワーク」(119)に変えてしまった。エヴァ・フェダー・キテイが論じるように、どのような人びとが有給のケア従事者になるかを考えてみれば、それは主に移民や市民権を持たない非市民となるだろう。彼(女)らは低賃金および、高い利益や社会的地位の欠如、そして長時間労働にも耐えるからである。[5] そして彼女は次のように主張する。「市民としての権利や保護を受けられない[……]労働者の階級が存在する。[……]それでも彼らは実際に他人を世話(ケア)するという仕事のかなりの部分を占めている」(141)。『わたしを離さないで』はこの問題を特に扱っている小説とは言えないが、ディストピア的なもう一つの一九九〇年代イギリスでイシグロはそれをあらたな形で描き出している。キャシーは、ケア・センターがわずかに改善されていることを繰り返し確認するが、これらのセンターが最大限の利益を得るために、最低限のコストで運営されていることは明らかだ。たとえば、彼女は一九六〇年代には家族向けの娯楽施設であったキングスフィールドについて「いつ行っても改修工事がつづいているような雰囲気があります」(199 三三二)と説明する。介護(ケア)が営利目的で運用されるという文化がまさしく「提供」というシステムの創出を支え、正当化し、成立させている。孤立し縮減された療養センターで、生命が尽きるまでケアの使命に従事することを求められるクローンたちは、社会における「ケアする側」と「ケアされる側」という階級の問題を強く提示する。また彼らの姿は社会的に不利な立場に置かれた人びとが、その期間も、選択肢も劇的なまでに削減された生活を送っているのではないかと我々に考えさせる。

『わたしを離さないで』でイシグロは「ケア」が抱える問題と、「介護人」になるとはどういうことかという問題を複雑に結びつけている。ブルース・ロビンズは、イシグロによるディストピア的なイギリス社会のヴィジョンは「福祉国家的な生活観」を検証して、それが「社会正義」、特に「資本主義的な競争によって強化される不公平」

（204）を表わしているのだろうか、と問いかけている。そしてこの小説は、人間をただの臓器や身体部品の集合体に還元してしまう、極度に物質主義的な社会の中でも、ケアの言葉は通用するのか、そしてもし可能であるのなら、それはどのように位置づけられるのかと問いかける。介護（ケア）の専門家としての言葉は、効率と対象をめぐる権力的言説を前提とすることは避けられないのか。ケアをめぐる職業的な文脈には情動的な領域が含まれているのだろうか、それとも両者は互いに排他的なのだろうか。この問題を文学の中で考えるにあたり、イシグロは営利中心の物質主義的文化における文学の役割と価値にも着目する。文学がいかなる形であれ我々を救ってくれるというロマン主義的な神話をまだ支持することはできるのだろうか。芸術は単なる実用性を超えた価値を持っているのだろうか、そしてそれはどのように測ることができるのか。文学は我々のもっとも奥にある自己（すなわち我々の「魂」）を表現することができるのだろうか。そしてその共感的な想像力についての言語は、ケアにおける関係を表わす助けとなる適切な言葉づかいを提供してくれるのだろうか。この文脈で見ると、『わたしを離さないで』は、物語る行為と読む行為を明確に繰り返し登場させている。クローンたちはさまざまな形で自分たちが何者であるか、あるいは何者でありうるかを互いに語りあう。また、文学作品、特にヴィクトリア朝期の小説を読む。ヘールシャムでは美術制作が奨励されており、その作品をめぐる物語がクローンたちと保護官によって紡ぎ出される。以下では、この生命消費主義社会（bioconsumerist society）で芸術が持つ価値という問いに対して、イシグロが単一（シングル）の（あるいは簡単（シンプル）な）解答を示しているわけではないことを示してゆく。キャシーは芸術が自らを救ってくれるという考えを信じるが、その信頼はまちがったものであることが示される。またイシグロは、共感と感情移入にもとづく政治や社会では、その受け手や聞き手についての前提はいつも問題含みだということを示す。しかしこの小説は、文学に対するこのような可能性に向けた希望をまったく棄却しているわけでもないように思われる。というのも、考えうるすべての陥穽や問題点にもかかわらず、物語を伝えることで我々は他者とのつながりを結び、たとえ束の間のものではあってもケアの言葉づかいの使用にとりかかることができる。またそれは我々自身の社会環境（共感しあう関係だけでなく、それが暗に示すものや共謀的な関係というあまり気持ちの良いとはいえない問題にも我々を向き合わせる）を別の形で示してくれる。

物語同士をつなげあう

『わたしを離さないで』をめぐる論点の中でも特に重要なのは、クローンは私たちと「同様」であるのか「違う」のかという点だ。そしてそれは結果的に「人間である」とはどういうことか、またケアの射程はどこまで届くのかという問題を提起する。この小説で描かれる社会においては、クローンたちは人間でないものとみなされ、そのようなものとして扱われる。彼らは「普通の」人びとから離れたところで育てられ、そして彼らに許されたほんのわずかな成人期の間も社会的に疎外された世界を生きる。キャシーは、さまざまな回復施設で過ごしたり、それらの間で似たような高速道路を行き来しながら孤立した生活を送る。だが、クローンたちを「我々のような」存在として見ようとする政治的欲望があり、それはキャシーが育てられるヘールシャムの施設を通じて表現されている。イシグロはクローンたちを描くにあたり、彼らの状態（ステイタス）について簡単に決断が下せないよう繊細なバランスを取っている。まず一方で、彼らは何度も動物化されたイメージを用いて描かれる。中でももっとも明確なのは、外部からの数少ない人物の一人であるマダムが、年に一度か二度、生徒たちのもっとも優秀な芸術作品を集めるためにヘールシャムにやってきた時、彼らがクモであるかのような反射的な嫌悪を見せた時であろう。この反応は、はじめは彼女がヘールシャムで思いがけず生徒たちの一団に出会った時に起こり、その後何年も経ってからキャシーとトミーが提供の猶予を求めて彼女のもとを訪れた時に繰り返される。イシグロはマダムの反応が単なる個人的なものではないことを、その後に続くヘールシャムの元教師であるエミリの「あなた方を怖がっていた？　それはわたしたち全部ですよ。わたしもそう。ヘールシャムにいる頃も、ほとんど毎日、あなた方への恐怖心を抑えるのに必死でした」（246 四一一）という言葉によっても明確にしている。しかし恐怖という反応自体は、相反する解釈を引き起こし、クローンという存在に対する生理的嫌悪と、彼らが「表象する」病気や有限な生の否定との間にあいまいに位置している。生徒たちがその後「介護人」になるまでの時を過ごすコテージと呼ばれる元農場の施設で、クローンたちは彼らが「普通の人びと」のものであると信じるテレビでのジェスチャーをわざと真似ようとする。そしてこれも、彼らに本能的な人間的行動が欠けていることの「証拠」なのか、それとも彼らが社会的に疎外されている徴候のどちらに解釈されるのだろうか。またクローンたちが「我々のような存在である」ことを示唆するにあたり、イシグロは彼らが感情的なつながりを持っていて、互いに結びついていることを提示し、彼らが自分たちを育成するシステムの論理を超え出ていることを明らかにする。キャシーの一人称を通じて書くというイシグロの選択と、小説の終盤まで彼らがクローンであると明かされないという「延期」は、彼女へのある種の共感的感情移入に向けて働く。クローンの状況をこのようにオープンなものにしておくことで、「人間」と「非人間」のような厳然と差異化されたカテゴリーに頼ることができる、あるいはそうすべきなのか、という問いへの注目をイシグロは繰り返し喚起する。このようにして、イシグロはダナ・J・ハラウェイが近年の仕事で「我々の近縁種」（companion species）について展開しているものと似た問いかけを行なっている。つまり我々は「人間ではない」種や物質性（マテリアリティ）とどのように関わるか、そしてその関係の結果、我々がどのように新たに形づくられ定義しなおされるのかという問題について、より不確実で「複雑な」言葉づかいで考えなくてはならないということだろうか。「人間」と「非人間」の間には我々が普段考えたがっている以上の一致や類似性が存在するということだろうか。『わたしを離さないで』においては、グリフィンが適切に指摘するように臓器摘出というまさにその過程が、「クローンたちの臓器が別の人間の体の中で生きのびる」（652）ことを必然的に前提としている点で、「人間」と「非人間」の境界を曖昧にして、互いに侵食させてしまう複雑さが暗示されている。

　イシグロは関係性（relationality）とそれにともなうケアや共感の適用範囲に対する懸念を、芸術とその価値をめぐる問題へと親密に関連づけている。ヘールシャムでは生徒たちは芸術作品を制作するが、その中から選ばれたものはマダムによって施設から持ち出されて彼女の「展示館」に加えられる。生徒たちが成人して提供者になるのが近づいてきた時には、それにまつわる噂や半端な事実を思い出しながら「提供の猶予」についての神話を作り上げる。それは二人のヘールシャムの生徒が本当に愛し合っていることを証明すれば、数年にわたる提供の延期を申請できるというものである。キャシーとトミーは自分たちの美術作品は彼らが「何者であるか」を表わすものとして見られるはずだと信じる。つまり、それらの作品は彼らの「魂」、すなわち彼らの内面の表現であり、提供の猶予を申請する二人が本当に愛し合っているのか否かを明らかにするのだというロマンティックな神話を信じている。だからトミーは「なにしろ、作者の魂を映し出すってんだから」(161 二七一)と発言する。しかしマダムとエミリ先生への訴えを通じて生徒たちが知るのは、彼らの美術作品が重要なのは、その作品が「どんな人物」(who)かを明らかにするのではなく、彼らが「どのような存在」(what)であるかを証明するからだという過酷な現実である。エミリ先生は生徒たちの誤解を身も蓋もないほど正確に訂正する。「我々があなたたちの美術作品を持って行ったのは、[……]つまりはあなたたちにも魂があることが、そこに見えると思ったからです」(238 三九七)と。彼らを作り出した物質主義的社会では、彼らは「人間/非人間」という二項対立の中でしか見られない。グリフィンが「物質のフェティッシュ化」(655)と名付けるものにおいて、保護官たちは善き動機にもとづいているのかもしれないが、自分たちが反対しようとするものと同じ観念的制約に捕らわれていることを示してしまう。つまりケージに詰め込む養鶏場のような環境でクローンたちを養育しようとする人びとのことである。彼らはクローンたちに魂があることを認めないし、その人間性についても同様である。保護官たちはクローンが二項対立のこちら側にいるものと考えて、保護された幼年期が必要だと考え、そのためにヘールシャムが創設されたのであるが、彼らもまたクローンたちを「同じ/違う」という区別に還元してしまっている。したがって生徒たちの美術作品に対する保護官たちの解釈は、その価値を完全に功利的なものと前提している。(美術作品が提供するのはクローンたちの存在論的な「証明」であり、それを利用して保護官たちは自らの政治的な目的や利益を保証しようとする)。そして保護官にとって、美術作品はそれ以上の高尚な、あるいは救済的な目的のために使われることはない[6]。

キャシーとトミーの保護官との対面は司法的な裁判および告訴を思い起こさせる。そしてこの場面は、クローンたちの生活が営まれる狭い世界に彼らを閉じ込めている匿名の「彼ら」へのアクセスをクローンたちがまったく持っていないことを強調する。クローンたちが訴えることのできる最上位にいるのは、もと保護官たちであるが、クローンたちは保護官も無力で彼らの状況には介入できないのだと知る（そして実は以前からずっとそうだったことも）。この場面はジャン＝フランソワ・リオタールの「抗争」（differend）を思い起こさせる。そこでは損害が主張されることはあっても、認知されることは拒否されるのである。ニール・レヴィとマイケル・ロスバーグが指摘するように、「抗争」において何らかの判断が求められることはあっても、「その判断が下されるために共有される基盤や言語はそこにはない」（231）。クローンと保護官の間での共有言語の欠如を、イシグロはまず美術作品に対する生徒たちの解釈の相違を通じて示す。そしてその相違は後に、ジュディ・ブリッジウォーターの「わたしを離さないで」の歌の解釈をめぐるキャシーとマダムの「食い違い」によって強められる。キャシーにとってその歌は、想像上の赤ん坊をしっかりと抱きしめておくことの喜びと痛みが混じり合った様子を表わしており、そして赤ちゃんを産むことと、母親との親密なつながりを経験したいという彼女の決して充たされることのない「人間的」な欲望を指し示す。だがマダムは、ヘールシャムの施設で体現されるような古く優しい世界を維持するという彼女自身の夢をそこに見ることしかできない。自分が誰であるか、あるいはどのような人物でありえたかというキャシーの物語と、クローンを人間的で十分に整えられた環境で育て、「完全な人間」（彼女によれば「普通の人間のように感情豊かで理知的」（239 三九九）な存在）にしたいという政治的な動因や見通しに捕らわれたマダムの短絡的な物語の間には大きな矛盾（アポリア）がある。この歌についての二つの解釈の間の食い違い（ギャップ）は架橋することができないばかりか、生徒たちの真の創造性が宿るのは、（「提供の猶予」についてであれ、実現不可能な母性的な結びつきについてのものであれ）彼らが自分自身あるいはお互いと関連づけ、そして最終的にはキャシーと結びつける、可能性についての物語なのだと示すことに悲劇的なまでに失敗している。クローンと保護官の間にはいかなる理解や相互関係についての言葉も存在していないことは、（キャシーやトミーのように）共感や同情という過程へ信頼を置きすぎることの危険性を警告する。それでは、誤認や拒絶に直面した時我々はどこに向かえば良いのだろうか。

　トミーとキャシーの親密な愛情および、トミー、キャシー、ルースが彼らに残された時間の中で互いの関係を築き上げる際に用いる共感を通じてイシグロは、クローンを生みだして提供のシステムを押しつける者たちよりも彼らは「人間的」な感覚を備えている、とほとんど疑いなく我々に思わせる。クローンが人間に近い存在であることは、情動的な面や互いに関わり（コミットメント）を持とうとする性質だけではなく、特に彼らの語る物語によっても示されることを論じてきた。そして、これらの物語も結局のところ彼らの情動的な衝動や欲望で支えられていることが明らかになる。この作品中で特に強力なのは、コテージ中を駆け巡っていた「ポシブル」をめぐる神話である。グリフィンが指摘するように、この神話は小説中での分類しがたい込み入ったあいまいさを表わす要因である。というのも、これが明らかにするのは「クローンたちはその元（オリジナル）となる人物から生み出されたのであり［……］、その人物はクローンたちにとってもっとも近しい関係の存在ということになる」[7]（656）。さらに、この逸話はクローンたちの、自分たちのオリジナルや所属に対する欲望を雄弁に語るものである。最終的にルースのモデルあるいはオリジナルについての噂を検証するノーフォークへの旅行に結実することになる「ポシブル」の探索は、エイドリアーナ・カヴァレロの「つなぎあわせる物語」（relating narratives）という概念と密接に関わるように思われる。カヴァレロによれば、我々の一人ひとりには自分が何者であるかを語りたいという根源的欲求がある。それはつまり、必然的に他なるものとの「関係性にもとづいた」我々自身の物語を、別のものと関連づけることである。というのも、ある物語をその始まりから伝えるためには、自分たちの誕生や始まりについて教えてくれる他人に依存することになるからである。カヴァレロの言葉では「自伝的記憶はつねに、もともと不完全だった物語を語る。その物語が本当に始まったところから語るためには、他人によって語られる物語に戻らなくてはならない。語る主体が全力をかけて執拗に探し求めているのは、自分の物語の始まりの第一章なのである」（39）。介護人から提供者への移行という人生の最後の段階に向けた準備をする際にキャシーは自分の物語を語る。彼女は自分の衝動を「古い記憶を整理しておきたいという思いが強くなっている」（34 六一）と説明する。カヴァレロ的視点から見れば、自分の人生の始めから現在までを語りたいという欲望と言い換えることができるだろう。彼女の物語で衝撃的なのは、キース・マクドナルドが指摘するように、主人公の誕生や親による養育についての情報がまったく欠けていることだ。その語りは実際の自伝の様式を用いているが、学校はあきらかに「主体が幼少期を過ごすような場所ではない。ヘールシャムに焦点が当てられているのは、通常の親類、家族、共同体のような関係が体験される唯一の場であったからだ」（78）。キャシーにとってはそこがすべてだ。彼女が姓をもっていないのは家族がないためであり、したがって他の生徒たちとの関係が家族関係のような強さと曖昧さを持つことになる。互いに共有されるヘールシャムやコテージの記憶は彼らの間に克服すべき緊張関係を生み出したり、緊密なつながりを生み出したりする結節点ともなっている。

　クローンたちによる「ポシブル」の探索では、自分たちの物語の失われた「第一章」を埋めたいという欲望が、感動的な形で露わとなる。他者との自然な（生物学的）つながりがない中で、クローンたちは思弁的な関連性やつながりを通じて自分たちの過去を創造する。これはある意味では、自分が何者であるかという自己認識、そして自分たちが何者でありえたかを想像すること、すなわち自分たちが送る人生の可能性についての物語における実践の一環である。そしてキャシーは「自分が本来どんな人間でありえたか、どんな人生を送りえていたかが少しはわかると、わたしたちの誰もが——程度はさまざまながら——信じていました」（127 二一五）と説明する。そして、ルースのポシブルは、彼女が自分で想像した未来の理想像に非常に近いものとなっており、それはあるオフィス・ワークの広告にもとづいている。自分の願いが幻滅に終わってしまったことにいらだち、ルースはクローンが何者であり、どのように生み出されたかということについてそれまでとは違った感覚を表明する。だがこれも実は自分たちにありうる人生についての再想像でしかない。そしてこれは社会が彼らをどのように見ているかについての腹立たしい認識と同様なのである。自分たちの「ポシブルをほんとに探したかったら――ほんとに探したかったら――どぶの中でも覗かなきゃ。それか、ごみ箱とか、下水道ね。わたしたちの『親』はそこにいるんだから」(152-53 二五六)。この点は明らかに、切迫していながらも明示はされない、「どぶの中」にいるキャシー自身のオリジナルについての物語と重なり合う。彼女はそれらしいものの兆しを求めてポルノ雑誌を熱心に探るのである。しかしカヴァレロが示すように、重要なのはその「関連づける物語」の内容よりも、自分自身の物語を作り、そして自分が何者であるか、あるいは何者になりえたかという叙述を伝えようとする、(決して適切なものにはならなくても)試みそのものなのである。クローンたちが持つこの欲望は、人間が持つある基本的な欲求を露わにして、マランが「人間的な同情(シンパシー)の基本原理」(113)と呼ぶものを読者の中にかき立てる。「ポシブルたち」の物語は、他の普通の人びととのつながりに対するクローンたちの希求を力強く示し、我々読者の中に相互的な共鳴を引き起こす。[8] もしイシグロがこの小説におけるディストピア的社会の「内部」での同情的な想像力を検証しようとしている(マダムやエミリ先生は、キャシーやトミーに対してそのような同情的な想像を抱くための基盤となる言語や理解を、彼らと共有していない)ならば、この逸話はクローンと読者の関係という文学的モデルをただ繰り返しているだけのようにも見える。

だがこのような理解は、イシグロの叙述様式(モード)の全体的な複雑さを取りこぼすことになる。多くの批評家が(いらだちを伴って)指摘するように、キャシーは限定された洞察力と想像力しか持っていない。マランの言葉を借りれば、彼女は「信用できないというより、不適切な語り手」(111)なのだ。マーク・カリーも同様に、この小説は提供者という限定された未来に思いを馳せるキャシーの語りによってかたどられているが、彼女が「明るい楽観主義」(100)的なトーンを通じて語る物語の始めから終わりに至るまで、成長という感覚がほとんど見られないことを指摘する。キャシーに成熟や成長が欠如していることは、彼女が読んでいるヴィクトリア朝期の小説と特に好対照をなす。これらの小説はヘールシャムでもコテージでも自己育成と個人的発展についての幅広い多様性を彼女に与えてくれていたが、これらの読者であるにしてはキャシーは大変に制限されているように思われるのだ。ヘールシャムでのキャシーと「十九世紀もの」との出会いは「結局は役に立たない」ものとして片付けられてしまう。というのも、それは性教育というまったくの実用的な目的のために参照されているからである（90）。その後コテージでのジョージ・エリオット『ダニエル・デロンダ』の読書もキャシーにとってまったく見込みのないものであった。ルースがその小説のあらすじを、「おそらくそうするだろうと〔キャシーが〕予想していたように」（111―一八九）暴露してしまったことで口論となってしまう。だが注目すべきことに、イシグロは我々の注意をエリオットのこの小説に向け続ける。キャシーが口論についてまとめる時にそのタイトルが矢継ぎ早に三度繰り返されるだけでなく、彼女がその出来事を重要なターニングポイントと位置づける際にも同じタイトルが「『ダニエル・デロンダ』の一件」（115―一九五）として言及される。プロット面から見れば、この作品をめぐるルースとの不和は、ルースの「ポシブル」の探索と「提供の猶予」という神話の直接的な背景ともなっている。[9]

生徒たちが自分自身に、あるいは互いに語り合うこの（まちがった）可能性をめぐる物語に再び戻ってみると、これらの物語と『ダニエル・デロンダ』の間に密かなつながりあるいは抜け道が確かに存在することが感じ取れるだろう。そしてこのことは、生徒たちによる読書の何かがこれらの物語に吸収され、再生産されていることを示しているのである。ヴィクトリア朝の作品の多くは孤児を扱っており、『ダニエル・デロンダ』も例外ではない。その書名にもなっている主人公は自分の親について知らないだけでなく、その誤って結びつけられた家族背景のために未来へ向けてのはっきりした方向性が奪われてしまっている。ダニエルの場合、突然母親から手紙が届き、彼の両親はユダヤ人であることを知らされることで、出生についての真実が不明確な状態は終わりを迎える。ダニエルはこの真相の開示以降、世界を新しい目で見始める。それはまさに、「自分の祖先を見つけたことは、彼にとってもう一つの魂を得たかのようであった」（745）。すでに指摘したように、キャシーとルースの口論のすぐあとに続く、クローンたちによる「ポシブル」の噂話は、自分たちの人生の失われた「第一章」を取り戻すことと、安定した自己の感覚を手に入れたいという欲求が類縁的なものであることをよく示してくれる。しかしポシブルの噂話を、クローンたちによるヴィクトリア朝期小説の読解についての会話と並べてみると、これらの小説は決してかなえられることのないあやまった希望をクローンたちに抱かせてしまっていることが分かる。彼らは孤児ではなくクローンであり、したがって自分の起源や家系についての疑問はそれほど単純には解決しないのである。しかも『ダニエル・デロンダ』は個人の成長の物語である。ダニエルがユダヤ系の継父を発見した後は、彼はマライアと結婚して夫と父親としての役割へと参入してゆく。また、彼のかつての師であったモルデカイの死によって将来の宗教的指導者という家父長的役目も約束される。このような一九世紀のフィクション作品に顕著な社会的上昇という希望や期待をあらためて確認することで、『わたしを離さないで』における生徒たちの「提供の猶予」をめぐる噂話は、こうした期待が形を変えて表現されたものだということが分かる。彼らの説は、ある特定のヘールシャムの生徒は他の一般のクローンたちに与えられている条件から引き上げられて、「提供」プログラムをしばらく免除されるという信念を表している。そしてここでもイシグロは文学の価値に関する問いを再び複雑なものにして、クローンたちの「いかなる」成長や発展の期待もかなえることがない社会において、彼らの「まちがった」欲求を喚起している。もしクローンたちが読んでいるヴィクトリア朝の小説から生み出された「ポシブル」や「猶予」といった気休めの物語がこのような見当違いで不適切な期待や欲望を表しているのなら、文学は彼らが準じているこの抑圧的な社会構造とどの程度まで共謀していると言えるのだろうか。

この問いを検討するにあたって指摘しておきたいのは、隔離された条件の中でクローンたちは、保護官たちが彼らのために提供した小説だけを手に取れるということである。それはつまり、クローンたちが一九世紀の小説から読み取るであろうことは、彼らへの教育効果として意図されたものだということが示唆されている。それでは、このようなまちがった希望を作り出すことは、彼らが閉じ込められているシステムの現実から生徒たちを守る、あるいは彼らがすべてに気づいてしまわないようにするというヘールシャムの目的に貢献しているのだろうか。これを念頭に置いてキャシーとトミーの猶予の要請に話を戻すと、リオタールの「抗争」の概念はここで取り上げられているものを適切にはとらえられないことが分かる。というのも、クローンたちは自分に課されたダメージあるいは損害を完全に表現しているわけではないからだ。猶予を請うに当たって彼らは、読書を通じて得た、自分たちは提供の制度から除外される、すなわち彼らの優れた点（それが「展示館」に飾られるにふさわしい美術作品を製作することであれ、互いに心から愛し合っていることであれ）が最終的には評価される、という信念に固執する。そしてロビンズは生徒たちについて「彼らは自分たちの行なっていることの優れた点が認められた時にのみ評価されると信じなくてはならない。そしてこのことは、認定し、評価する権威的存在の正当性を受け入れることを必然的に伴う」（203）のだと記す。向上と補償への信頼を展開することで、文学はここではその制度の底流に潜む不平等を受け入れるという過ちを生み、その結果消極的にではあれ制度へと参与してしまうことに関連づけられているように見える。この点において文学は、先に行なったケア労働の議論と非常に類似したものとなる。つまり文学も同様に、キャシーにわずかの褒賞と承認を与えることで、より大きな不平等には気づかなくしてしまっているのである。イシグロは、文学やケア労働が正当性や意義についての慰撫してくれるような（しかし虚偽の）物語を生み出すことによって、かえって社会的な不平等を強める方に働いてしまうという矛盾を示している。読書やケア労働それ自体には悪いことなどないのは明らかであるにしても（どちらの活動も、我々自身あるいは他人の生活の向上を目指すことに、どのように有害になりうるというのか？）、権力構造とそれを支える関係性に干渉しすぎずに行動することを心地よく感じさせて、人々に気晴らしを与えて社会変革活動の指針（つまり運動）から目を逸らせることがありうるのだ。

ここまで、『わたしを離さないで』には読者がキャシーおよびその他のクローンたちと結ぶ関係にかかわる語りの位相があることを示してきた。私は、イシグロがさまざまな語りの装置（語りの声や生徒たちがクローンであることの開示がしばらく「猶予」されていることなど）によって、クローンと読者の間に同情を引き起こす強力なつながりを作り出していることを詳細に論じてきた。また、語り手としてのキャシーが抱えている制約と、いらだたしいほどの受動性によって、このような共感が込み入ったものとされていることも指摘した。猶予という希望は存在しないことを告げられた彼女はその知らせをおとなしく受け入れて、制度に対するいかなる形の報復も模索しない。そしてもう一つ顕著なのは、イシグロが小説内での語りの呼びかけ対象を設定していることである。キャシーは自分の物語を「あなた（たち）」（you）という特定の聞き手に向けて語っており、これによって小説内で描かれるディストピア的世界と読者との関係をめぐる疑問が浮かぶ。キャシーは誰か自分の世界に属する者に向けて語っているのか、それとも、自分の世界では共感してくれる聞き手を見つけられないがゆえ、見知らぬ、そして決して知ることのできない未来の読者の存在を証明しようとしているのだろうか。そしてより広い話では、イシグロは社会的な不公正と読者との関わりおよび共犯関係について、心地よいとは言えない問題を提起している。次節では、このような不公正の犠牲者とつながりたいという読者の欲望を特に取り上げて検証することで、同情的な想像力という神話を本作において困難なものにしている重要な点に焦点を当てることにしよう。

気づかい（ケア）ながら読む

小説の冒頭からキャシーの語りは、特定の聞き手へと意識的に向けられている。彼女は「いま働いている介護人の中にも、わたしと同様の優秀な働きをしながらわたしの半分の信用も得られていない人がいるのを知っています。そういう人からすれば、わたしがアパートや車を持ち、介護する相手を選ばせてもらうなど、どれもきっと腹立たしいでしょう」（3 一〇）と語る。マランが記すように、彼女が語りかけるこの「あなた」は、「彼女と同じような人物、つまり「介護人」、もと「生徒」、そして「クローン」」を直接的には指している」（107）。そしてこのような語りかけの様式が小説全体で繰り返し現われる。たとえば、「あなたがいたところではどうだったかは分かりませんが」（12, 62 一二三、一〇七）と語られれば、それは話の聞き手が同僚のクローンの介護人であるが、必ずしもへールシャムのような「特権的な」施設の出身とは限らないことを示している。そして、そのようなキャシーの前提は彼女が想像力に欠けているだけでなく、その生活が隔離されたものであることも表わしている。彼女が自分と同じような人びとしか知らないのに、どうやってその違いを知ることができるというのか？　あるいはその読者への影響は？　我々は想定された聞き手にどの程度まで寄り添えばよいのか？　そしてそれが及ぼすだろう効果とは何なのか？　グリフィンは「聞き手を設定して語りに組み入れることは現代文化におけるある傾向」(657-58)を表わしているのだと指摘する。すなわち「積極的な介入ではなく、［……］その目撃者や証言者、あるいは関係していることを告白する者の受動性」である。キャシーは制度を「揺り動かす（アジテート）」のではなく、告白的な語りを行なう。それは自分の人生の説明であるだけでなく、その読者を彼女と同じような（不公正とわずかな慰めで頭がいっぱいになっている）犠牲者あるいは受動的な傍観者の立場に置く。したがって、この小説内で想定されている聞き手の立場を批判なしに受け入れることは、そこで起きている制度による搾取のことを知らない、あるいは知ることを許されない立場に身を置くことをともなっている。イシグロがキャシーの語りの聞き手を小説内に想定することでもたらされる受動的な共感のおかげで、我々はその視点を取ることが可能となり、いやおうなく彼女の世界に引き込まれて彼女の物語との感情的な関わりを結ぶ結果、最終的には我々も「介護人」となる。だがここで改めて、このような「ケア労働」が何らかの危険性を意味することはないだろうか。それによって（キャシーに対して感じる「腹立たしさ」として挙げられる前出のささやかなリストを通じてイシグロが示すように）彼女の誘導作戦に我々が無批判に協力して、より大きな社会的・政治的不公正へと対抗することに失敗してしまうことにはならないだろうか。

　ミーガン・ボラーは、そのような受動的で無批判な共感のモードを取る必要のない、証言的な叙述の読解方法を提案している。ボラーによれば、何か恐ろしいものや不正義の目撃証言を含むテクストの読者は、「その他者に共感するだけでなく、その他者たちが直面する困難を作りだしている社会的な圧力に自分たちも関わっているのだと考えるように求められる」(164-65)。このような点から読めば、『わたしを離さないで』は読者も自分たちの環境の中で同じような社会的関係を結んでいることに気づかせるのだろうか。つまり、イシグロは我々が自分たちの絡め取られている権力関係に気づいて、政治における我々自身の行動や選択の帰結に目を向けることを求めているのだろうか。このような問いは『わたしを離さないで』全体を通じて鳴り響いており、キャシーによって投げかけられる状況は我々を落ち着かなくさせる。我々は彼女のような「介護人」でもないし、ヘールシャムと似たようなものであれそうでないものであれ、施設に暮らしているわけでもない。というのも、至極単純なことながら、彼女のディストピア世界を共有しておらず、我々が現実にはどこに位置しているのかという疑問について居心地の悪さを覚えるためだ。イシグロが描くディストピア的イングランドと、我々が暮らす社会との関係はどのようなものだろうか。ここで暗に示された両者の連続性は、我々がどの程度までこのディストピア的過去に関わっていると示唆しているのか、そしてそれはどのようにしてこの二一世紀の社会状況について伝えたり批判したりしているのだろうか。

『わたしを離さないで』はイシグロの最も有名な小説『日の名残り』(一九八九年)を思い起こさせる。イシグロはこの初期作品で、執事スティーブンスの視点による感情に乏しい限定された語りを通じて、戦間期の英国の風景の美しさと品格はその下に恥の意識、すなわちおぞましいナチズムのもとで行なわれた、スティーブンスの雇主ダーリントン卿の政治的共感がもたらした恥辱的行為があったことを明らかにする。『わたしを離さないで』の冒頭ページでさえ、キャシーの「介護人」や「提供」という言葉づかいには、ロビンズが「微かな寒気」(291)と呼ぶものが漂っている。そして後に臓器摘出が明かされた時には、その残酷さを隠して何気ないものに変えてしまう言葉づかいが用いられていたことが声高に示されるのである。キャシーが述べるそれらの用語の、お役所仕事のように定式化された平板さは、ハンナ・アーレントが描き出したことで有名な「悪の凡庸さ」を思い起こさせる。「悪の凡庸さ」はホロコーストにおいて、「排除」(evacuation)、「移送」(transportation)、「最終的解決」(Final

Solution）のような婉曲表現によって示された。歴史上の関連性を通じて、イシグロは『わたしを離さないで』の中で否定的な政治的態度を展開している。つまり「提供」制度が部分的に可能となっているのは、提供者とその受益者が自分たちの気づいていることから目をそらしているからである。このような語りの装置を通じて、イシグロはキャシーのような限定された視野と理解を読者が繰り返さないように促している。彼はクローンたちの生活を規定し限定している不均衡に対して（キャシーは実践せず、トミーは簡潔かつ断続的にしか行なわなかったが）奮起（アジテート）し、憤るよう我々に求めている。『日の名残り』がホロコーストの歴史を思い起こさせ、それを知りたくないがために目を背けることの危険性への注意を喚起したのと同じようなことを、『わたしを離さないで』が行っているとするならば、主に現代の政治的問題に関連しているという意味で前作とは異なっている。すなわち臓器の摘出とは、マクドナルドの言葉を借りれば、「広く認識されているが、その多くが語られることのない世間の事実」(76)、そしてすでに言及した一連の生命技術、および利益重視のケア文化から生じる諸問題のことなのである。

　前段落では、イシグロがキャシーの立場を批判的に見るように読者を促していると論じた。そしてこの問題は必然的に、読者がこの小説の「人間たち」を別のかたちで理解することは可能なのか、あるいはそうすべきなのか、という問いを喚起する。イシグロは我々が抑圧する側に共感して、それが暗に示すものや、我々もそこに荷担している可能性はないのかという、居心地の悪い問いかけに向き合うことを求めているのだろうか？　キャシーが普通の人びとから隔てられているため、読者が彼女に同調するための基盤はそれほど多くは与えられていないはずなのだが、「提供」の恩恵を受ける人びとについて、エミリ先生がある重要な一節の中で言っているように、「自分の子供が、配偶者が、親が、友人が、癌や運動ニューロン病や心臓病で死なないことのほうが大事なのです。それで、長い間［……］世間はなんとかあなた方のことを考えまいとしました。どうしても考えざるをえないときは、自分たちとは違うのだと思い込もう」(240 四〇一)としたのである。ここではイシグロのディストピア的世界の本当の恐ろしさが露わにされている。そしてその恐ろしさはケアとの関連にもとづくものであることが示されている。愛する人に最善のことを望むという無私の願いが、そこでの排除の政治学に影を落として見えづらくしてしまっている。アヴィシャイ・マーガリトによれば、この危険性はケアの性質にもともと組み入れられているものなのである。「個々人の気持ちを考えれば、ケアすることは無私の行いであるが、それは部族中心主義や自民族中心主義といった形での集団的な利益追求と無縁でいることもできない。このためケアすることが尊い行為から醜いものに変わってしまうこともある」(35)。その本質からいって、ケアすることは家族や友人など自分のもっとも近しい人々への利益を「無私に」望むという危険をともなうものであり、その時我々はそこより先を見ることができなくなって、彼らへの利益がしばしば別の誰か(あるいは人々)の犠牲を伴うものであることに気づかなくなるという「利己的な」矛盾を実践してしまう。ジャットによれば、あらゆるケア行為に含まれうる、社会における視野狭窄は、物質主義的な「利潤重視の文化」の中で拡大・強化されており、現代における病の典型的な徴候となっている。「そこでは社会的な結びつきが失われている。あるいは、他の人々を排除して自分たちや家族の利益を囲い込むことを目的とする閉じた共同体(gated community)同士の連なりの中で暮らしているという感覚である(185)。ジャットの見るところでは、「ゲーテッド・コミュニティ」を生んでいるのは特権的な富裕層と貧困層の間での不均衡の増大と、この不均衡が喚起する不愉快な問題と向き合いたくないという、柵の内側に閉じこもる側の人々の願望である。「恵まれた立場にいる人々は、自分たちの特権が道徳的にいかがわしいものだと仄めかされるなら、そのことを意識させられたくないのである」(186)。ジャットの診断は、我々を先ほどのエミリ先生の言葉へとしぶしぶと向き直させる。もし我々もまた「介護人」であるなら、それは我々がこれまでに感じてきた以上に心乱される不快感ではないだろうか? 我々が自分の身近にいる大切な人々の利益を求めることは罪業でもあるのではないか? もしそうであるなら、我々はロビンズが言うところの「誰かの臓器が切り出されていて、それは[我々が]楽しく生き続けるために切り出されている」(202)という現実に目を閉じている。『わたしを離さないで』の読者と、クローンたちを利用するこれら普通の人々との関係を表わすのに「同一化」(identification)というのは強すぎる言葉かもしれないが、イシグロは彼らと我々の（共謀的な）関係を検証するよういざなっている。そして我々はケアすることが根源的な善である（誰かのための最善を求めることが善きことでないと誰がいえるだろう？）のか、それとも実はもっと曖昧で困難なものなのか、という問いに引き戻されている。

文学、パフォーマティビティ、そして倫理

読者が『わたしを離さないで』を読み進めるにつれて、「介護人」であることの否定的な意味が増大してゆく。ケア労働は社会的な運動(アジテーション)の代替物となってゆくように思われる。そしてそれは現存する社会的不均衡を（深めることはないにしても）持続させることになる。キャシーと最後に面会した時、トミーは作中でもっとも明確なケア労働批判を行なう。彼はキャシーが「よい介護人」であることの重要性について語ったことに対して批判を加える。彼女は自分の活動が「提供者の実際の生活のありように大きな変化をもたらしている」と応答するが、トミーはシステムの厳しい現実は変わっていないと（正当に）指摘する。「提供者はすべてを提供し尽くして、いずれ使命を終える」（258 四三一）のだ。では読者にはケアに対する一つの批判が示されただけなのか、それともイシグロはもっとポジティブな、倫理的に運用されるケアの論理を提示しているのだろうか。もしそうなら、そのような論理はどこに存在するのか。この小説の結びでは、（「介護人」としての）キャシーと死にゆくトミーとの関係に焦点が当てられているが、彼は猶予が不可能であると知ってからは他の提供者たちと自分を結びつけている。キャシーとトミーは、彼女がトミーの正式な介護人となってからはじめて恋人同士となるが、ここでイシグロはケアにおける情動的な論理と職業的な論理は両立しないことを示している。この小説におけるもっとも非利己的な行為は、トミーが四度目の（そして最後となる）提供までの間キャシーは自分の世話をすべきでないと主張することである。「君の目の前で変なことになりたくない」（257 四二九）。彼の私欲を離れたキャシーの解雇は、彼女の「介護人」としての二つの面、すなわち彼に対する感情と、体調を管理する業務は相容れないことを示している。ロビンズが

述べるように、ここでイシグロは「ケアの意味を職業的な面と、非職業的な面に分けている」(210)。また、トミーの決断は我々をこの小説のタイトルへと立ち戻らせる。すでに論じたように、もしケアの危険性の一つが、たとえ他人を犠牲にしてでも(冷酷な用語によって示されるように、我々は文字通りの殺害を行なおうとしている)、もっとも身近な人々を「手離す」(let go)ことを拒否することであるなら、トミーが思いやりを込めてキャシーを解放してあげていることは、身近な人々とそれよりも遠い人々との必要性のバランスを取り、場合によっては我々が愛する人々を「離してあげる」ことも可能となるような、新たなケアのかたちを提示してはいないだろうか?

小説の結末部では、ケアをめぐる議論が高い密度で結晶化されている。トミーの死から数週間後、そして自らの提供も間もなく始まるという時、キャシーはノーフォークの地を車でまわる。そこは失われたものがたどりつく遺失物保管所(ロストコーナー)とされていた。[10] 彼女は車から降り、有刺鉄線の柵のそばに立ち、そこにあらゆる種類のごみが引っかかってもつれているのを見る。風が吹いている以外には何もない平野を見渡して、キャシーはそこが、自分のこれまで失ったものや、どこにしまったか分からなくなったものが置かれている場所だと想像する。

海岸線に打ち上げられるがらくたのようです。何マイルもの遠方から風に運ばれてきて、ようやくこの木と二本の有刺鉄線に止めてもらったのでしょう。木を見上げると、こちらでも、上のほうの枝にビニールシートやショッピングバッグの切れ端が引っかかり、はためいています。そのとき――不思議なごみを目にし、平らな畑を渡ってきた風を感じながらそこに立っているとき――わたしは少しだけ空想の世界に入り込みました。なんといっても、ここはノーフォークです。トミーを失ってまだ二週間です。わたしは一度だけ自分に空想を許しました。木の枝ではためいているビニールシートと、柵という海岸線に打ち上げられているごみのことを考えました。半ば目を閉じ、この場所こそ、子供の頃から失いつづけてきたすべてのものの打ち上げられる場所、と想像しました。いま、そこに立っています。待っていると、やがて地平線に小さな人の姿が現れ、徐々に大

きくなり、トミーになりました。トミーは手を振り、わたしに呼びかけました……。（263 四三九）

キャシーはトミーもそこに現われているのだという空想に束の間ひたるが、想像がそれ以上進まないようにする。トミーが彼女に近づいてくる姿を思い浮かべる時でさえ、ためらいがちに「おそらく」（maybe）が入り込んできて彼女を現実に引き戻す。最後の一行で、彼女は平野とそこに現われているものを後にする。「しばらく待って車に戻り、エンジンをかけて、行くべきところへ向かって出発しました」（263 四三九）。

ノーフォークの畑はこの小説自体を強く表しているように思える。イシグロによるこのディストピア的世界の物質主義的な論理では、これらのものはすべて（トミーやルース、そしてキャシー自身も含めて）、「奇妙なくず」の表われである。クローンたち自身が特に使い捨て（ディスポーザブル）の存在であるだけでなく、彼らはルースが主張するように、社会の「くず」（152 二五五）のクローンかもしれないのだ。キャシーの語る物語はこれらの「くず」を再生させようとするものであり、彼らの人生は厄介物や不用品として簡単に使い捨てられてしまうようなものではなく、それ自身が価値あるものであり、自分なりの尊厳や意味を持つものであることを示そうとしている。小説の最後の段落での、身震いするほどに恐ろしくも美しいイシグロの文章は、ごみの散らばる平野を墓碑銘として再現する。そしてそれはキャシーの語りが、社会が「くず」と認定したものたちの人生を捕らえて保持しているのと同様であるが、その表現は深く考えることもなく不用意に捨てられてしまったものを取り戻して再生させるための技法（art）を用いて行なわれる。もしマダムがトミーとキャシーに、芸術はクローンたちを救済する力を持つという信念が幻想であると伝えていたのなら、小説の終わりはそのような意見に対して、静かだが決定的に抵抗しようとしているように思われる。いかなる実利的な意味でも芸術は直接我々を救うことができないのは事実である。芸術が提供を延期することはできない。だが、イシグロによる結末は、現代の消費文化社会においては芸術がこれまで以上に重要な問題となりうる、そして実際にそうなっていることを示しているように思われる。アトリッジが適切に指摘するように、小説のさまざまな場面でトミーやキャシー、マダムが行なっていたような「何かの役に立つ読解」に対して文学は抵抗する。「文学は［……］何の問題も解決しないし、誰の魂も救わない」（*Singularity* 4）。むしろ、文学的なものは我々の目をそのような利益への期待から倫理の問題へと向かわせる。文学は読むという出来事（イヴェント）を通じてその効果を達成する。アトリッジによれば、それこそがそれぞれの作品が持つ特有のはたらき（performance）なのである。「したがって文学作品が持つ意味は、名詞としてではなく、動詞のようなものとして理解される。読み終わったときに得られるのではなく、読んでいる最中あるいはそれを思い返すときに発現する」（*J. M. Coetzee* 9）と彼は述べる。キャシーがトミーを最後に想起する場面に戻って、イシグロの描くこの結末部分が読者に対してパフォーマティブに働いていることを示してみよう。彼はケアをめぐる強力なジレンマに読者を向き合わせる。本を読み終えるにあたり、読者は結びの文でのキャシーの動作を我知らず繰り返している。つまり過去を後に残し、自分を待つ場所に向けて進んでゆく。しかし、小説のタイトルはそれとは反対のことを求めている。「私を行かせないで（ネバー・レット・ミー・ゴー）」と。参入と別離（engagement and disengagement）、あるいは保持することと手放すこととの緊張関係の中で、イシグロは我々にケアをめぐる問いを投げかける。我々は「善き介護人」であるだろうかと。すなわち、我々自身の現在にすでに存在することが（決定的ではあるが心乱される形式で）示されている、この想像上の過去を堅持し続ける「善き介護者」であるかと。あるいは、我々は最終的に「［その過去を］手放して」、この小説に表われている政治的義務に背を向けてしまうのだろうか。イシグロのつけたタイトルはこれ以上のことを求めているように思われる。それに加えて、キャシーが見せる保持することと手放すことという二重の態度は、「ケアするとは何か」という問題を我々に向けて雄弁に示す関わり方である。すでに示したように、「善き介護人」であることには、我々の身近な人びとの直近の必要性を超えたところも見据えて、複雑に絡み合った人間関係の中で彼らにとって必要なものと他の人びとが求めているものとのバランスを取る能力も含まれている。ほぼまちがいなく、我々はキャシーやトミーのように、それらを保持したいという欲望と、手放す能力との間にとらわれているはずである。我々はケアを行なうべきである。だがおそらくは、過度に所有的になったり、専心的になりすぎたりすることなく。倫理的に読むことはケアと関わることを必要とするが、同時にその境界と限界にも気づいておかなくてはならないことをイシグロは示している。ケアを扱った文学作品として、この小説は我々に何ら手軽な解答を与えてはくれない。むしろ、イシグロはそれらの問いを我々に開いて、責任と細心の注意(ケア)を持ってそれらに応えることを求めている。作品の結びは、そのタイトルが示していた保持されるべきものや人（名詞）から、読むという出来事あるいは特有の（singular）行為（動詞）へと我々の注意をうながし、どのようにして、物語あるいはそれを語る行為によって、我々が心を動かされたり、影響を与えられたりするのかを教えてくれるのである。

【原注】

＊　この議論を練り上げてゆくさまざまな段階で、講演の機会を与えてくれた以下の人々に感謝したい。パトリシア・ウォーは、二〇〇九年春にダラム大学で行なわれた「感情を抱きながら考える」と題された一連のセミナーでの講演に招いてくれた。メアリー・ジェイコバスは二〇〇九年春にケンブリッジ大学での「批評と文化」セミナーへの参加を促してくれた。ウルリケ・タンケとアンジャ・ミュラーは、二〇一〇年一〇月、ヨハネス・グーテンベルク大学で開かれた学会「現代英国文学――暴力とトラウマ、喪失を語る」での基調講演に招待してくれた。

（1）　共感としての読む行為を重視する医療人文学の最前線にあるのは、リタ・シャロンの語りの技法についてのコースである。このコースはコロンビア大学で治療法プログラムの一環として開講されている。叙述（ナラティブ）にもとづく医療についての彼女の見解は『語り療法(ナラティブ・メディシン)――病の語りを尊重する』（二〇〇六年）でもっとも包括的に論じられている。

（2）　アトリッジの議論は主にJ・M・クッツェーのフィクション作品に依拠している。クッツェー作品の南アフリカをめぐる面に注意を払う一方で、アトリッジは彼が現代文学の中での倫理の重要性を体現しており、文学研究において現在展開されている議論の中心に位置づける。私はアトリッジのアプローチを、現代文学の重要な領域におけるさまざまな傾向を示す、イシグロのパフォーマティブなテクスト装置の読解に利用している。そしてこの領域には当然クッツェー自身も含まれる。

（3）　イシグロの『わたしを離さないで』は、オルダス・ハクスリーの『すばらしい新世界』やジョージ・オーウェルの『一九八四年』などイギリスのディストピア・フィクションを意識させるものであるが、この小説は現在をもとにした別世界を未来ではなく近過去に設定している点で、これらのイギリス文学の偉大な先達たちとは袂を分かっている。この創案によって、小説の中で示される議論と現在の間での関連性や連続性を強く感じさせられるというガブリエレ・グリフィン(653)に私も同意する。

(4) これらの議論には、病気の研究のためのクローンが二〇〇二年に合法化された(再生産目的のクローンは禁止)ことも含まれる。他にも、遺伝病を患う五歳の男の子ザイン・ハッシュミをめぐる訴訟がある。両親は胎児段階での選別を通じてもう一人子供をあらたに産み、その臍の緒の組織をザインの治療に使うことを認められた。グリフィン(646-47)を参照のこと。

(5) キテイの発言はアメリカでの事例に触れて述べられたものであるが、しばしば移民労働者が直接手を触れるケア労働に従事するイギリスやヨーロッパにも明らかに当てはまる。

(6) 保護官による絵画作品の読解をめぐる説明が、コテージでトミーが描く作品について語られた後に続いているのは意味深い。キャシーが語るように、彼の動物の絵ははじめはまるで機械のように見える。「わたしの受けた第一印象はラジオです。裏板をはずして、中を覗き込んだところ、とでも言いましょうか。細い管、うねるリード線、極小のねじと歯車が、これでもかという精密さで描かれていました」(171 二八八)。だがよく見ているうちに、「どこか柔らかくて傷つきやすい何かがある」ことにキャシーは気づく。そしてトミーはそれらを創り出した時には「どうやってこれらの動物は自分の身を守るのか」(172 二八九)と懸念する。イシグロは我々がトミーの描写について保護官と同じ見方をするように導いている。この奇妙な機械的な動物たちは、完全な人間ではなく、自らの内面すなわち「魂」を適切に表現することのできない芸術家のことを暗示しているのか。あるいは動物たちの弱々しさはトミー自身の恐れや、保護の要求を表わしているのだろうか。その後、絵画作品がそれを創ったクローンの状態を伝えるという保護官の誤読に出会った時、知ってしまったことと、それに荷担してしまっているという居心地の悪さを我々はほぼまちがいなく感じるのである。

(7) グリフィンはデボラ・バタグリアを引用している(506)。グリフィンが記すように「ポシブル」のエピソードは、クローンの科学がどのように機能するかという問題にイシグロは関心がないことを示す典型である。彼は生徒たちの推測のいくつか異なったヴァリエーションを提示するが、そのあいまいさを解決することはあえてしていない。「自分より二十歳から三十歳ほど年長の人を探すべきだという意見がありました。自然な親子間の年齢差に注目せよ、というわけです。でも、そんなのは単なる感情論だという反対意見もありました。[……]「親」は赤ん坊かもしれないし、老人かもしれない。年齢は無関係だ」(127 二一四)。

(8) 興味深いことに、マランは起源探求の魅惑が教えてくれるのは、文化の中でさまざまな形態をとるこのような探求は系譜の再発見に執着しているのだと付け加えている。

(9) ショーン・マシューズとのインタビューでイシグロは、この小説に特定の重要性を与えることを否定している。「私は『ダニエル・デロンダ』を何年か前に読みましたが、何についての本だったか覚えていません。私はこの本をそのような形で使えるほどには覚えていないのです。［……］もし誰かがそのように『ダニエル・デロンダ』を読んで、『わたしを離さないで』との共鳴を見いだすことを」望むなら、私は構いません」(124)。もちろん彼がエリオットのこの小説のタイトルを繰り返していることは、クローンたちの状況について何らかの重要性を持つと考えるように読者を促している。

(10) ヘールシャムの子供たちはノーフォークがイギリスの遺失物保管所であるとエミリ先生から教わっており、このことが即座に「国中の落し物は最終的にノーフォークに集められるのだ」(60 一〇四) という考えへと変化する。そして、クローンたちがルースの失われたオリジナルである「ポシブル」を探しに行くのはノーフォークだし、その旅の途中でキャシーとトミーは、キャシーが紛失したお気に入りのジュディ・ブリッジウォーターのテープを中古ショップで見つけ出す。

【引用文献】

Arendt, Hannah. *Eichmann in Jerusalem: A Report on the Banality of Evil.* 1963. New York: Penguin, 1994.〔ハンナ・アーレント『新版 エルサレムのアイヒマン――悪の陳腐さについての報告』大久保和郎訳、みすず書房、二〇一七年〕

Attridge, Derek. *J. M. Coetzee and the Ethics of Reading: Literature in the Event.* Chicago: U of Chicago P, 2004.

——. *The Singularity of Literature.* New York: Routledge, 2004.

Battaglia, Debbora. “Multiplicities: An Anthropologist’s Thoughts on Replicants and Clones in Popular Film.” *Critical Inquiry* 27. 3 (2001): 493-514.

Boler, Megan. *Feeling Power: Emotions and Education.* New York: Routledge, 1999.

“Carer.” *The Oxford English Dictionary.* Web. 4 Jan. 2011.

Cavarero, Adriana. *Relating Narratives: Storytelling and Selfhood.* Trans. Paul A. Kottman. New York: Routledge, 2000.

Charon, Rita. *Narrative Medicine: Honoring the Stories of Illness.* New York: Oxford UP, 2006.

Currie, Mark. “Controlling Time: Kazuo Ishiguro’s *Never Let Me Go.*” Matthews and Groes 91-103.

Eliot, George. *Daniel Deronda.* 1876. London: Penguin, 1995.

Griffin, Gabriele. “Science and the Cultural Imaginary: The Case of Kazuo Ishiguro’s *Never Let Me Go.*” *Textual Practice* 23. 4 (2009): 645-63.

Haraway, Donna J. *When Species Meet.* Minneapolis: U of Minnesota P, 2008.

Ishiguro, Kazuo. “‘I’m Sorry I Can’t Say More’: An Interview with Kazuo Ishiguro.” Conducted by Sean Matthews. Matthews and Groes 114-25.

——. *Never Let Me Go.* London: Faber, 2005.

——. *The Remains of the Day.* London: Faber, 1989.

Judt, Tony. *Ill Fares the Land.* New York: Penguin, 2010.

Keen, Suzanne. *Empathy and the Novel.* New York: Oxford UP, 2007.

Kittay, Eva Feder. "The Global Heart Transplant and Caring across National Boundaries." *Southern Journal of Philosophy* 46. 1 (2008): 138-65.

LaCapra, Dominick. *Writing History, Writing Trauma*. Baltimore, MD: Johns Hopkins UP, 2001.

Levi, Neil, and Michael Rothberg. "Questions of Religion, Ethics and Justice: Introduction." *The Holocaust: Theoretical Readings*. Ed. Neil Levi and Michael Rothberg. Edinburgh: Edinburgh UP, 2003. 229-32.

Lyotard, Jean-François. *The Differend: Phrases in Dispute*. Trans. Georges van den Abbeele. Minneapolis: U of Minnesota P, 1988.

Margalit, Avishai. *The Ethics of Memory*. Cambridge, MA: Harvard UP, 2002.

Matthews, Sean, and Sebastian Groes, eds. *Kazuo Ishiguro: Contemporary Critical Perspectives*. New York: Continuum, 2009.

McDonald, Keith. "Days of Past Futures: Kazuo Ishiguro's *Never Let Me Go* as 'Speculative Memoir.'" *Biography* 30. 1 (2007): 74-83.

Mullan, John. "On First Reading Kazuo Ishiguro's *Never Let Me Go*." Matthews and Groes 104-13.

Nussbaum, Martha C. *Not for Profit: Why Democracy Needs the Humanities*. Princeton, NJ: Princeton UP, 2010.〔マーサ・ヌスバウム『経済成長がすべてか?——デモクラシーが人文学を必要とする理由』小沢自然他訳、岩波書店、二〇一三年〕

Robbins, Bruce. *Upward Mobility and the Common Good: Toward a Literary History of the Welfare State*. Princeton, NJ: Princeton UP, 2007.

解題（三村尚央）

本稿は、Anne Whitehead, "Writing with Care: Kazuo Ishiguro's *Never Let Me Go*." *Contemporary Literature*, vol. 52, no. 1, Spring 2011, pp. 54-83. の全訳である。ここでは、人文学と芸術が現代において持つ意義と、人をケアするという行為に含まれている複雑な関係を明らかにしてゆくことが主題となる。

偉大な文学作品を読むことは人間性を深めることに役立つという主張は反駁しがたい正論であるように思われる。『わたしを離さないで』において、クローンたちに人間的な教育を施すことを目指した教育プログラムの中での読書は、それらの本がキャシーたちクローンの道徳観を養うことを期待されているように読者に感じさせる。このような見解は、他者への共感（empathy）的な感受性を高めてくれるものとして文学を読むことを奨励する道徳哲学者マーサ・ヌスバウムの主張や、医療人文学（medical humanities）の隆盛という現代社会における傾向とも一致するように思われる。

だが、本稿の著者ホワイトヘッド（および彼女が依拠する論者たち）はあえてそこに切り込み、ヌスバウムらが前提としている、文学を読むことのこのような有効性を再検証する。だがホワイトヘッド（たち）は文学の効用を否定しようとしているのではなく、むしろ人文学の危機が叫ばれる現在だからこそ、その意義を真剣に打ち出そうとしているのである。そして彼女は読むという

「出来事（イヴェント）」が読者にもたらす影響こそが現代において人文学が持つ意義であると結論する。

また本稿でホワイトヘッドは、「介護人（ケアラー）」を主人公とする本作が提示する、他人を思いやったり世話をしたりする現代におけるケアという行為に含まれた関係性を深く掘りさげている。たとえば、現代社会での職業としての介護が抱える制度的な困難や、「ケアする側／される側」の階級差という問題である。そしてクローンであるキャシーたちに対する読者の「共感」の底には、彼女たちと我々を厳然と分ける「人間／非人間」という深淵が存在していることを喚起する。

ホワイトヘッドの丁寧な読解によって浮かび上がる、人を気づかったり共感したりするという無謬の善行と思われている行為に含まれる薄暗い不安定さや、決して超えられない自他の隔たりは、実は『わたしを離さないで』を深いところで構成するロジックを逆なでするものでは決してないし、イシグロ自身の考えとも対立するものではない。イシグロは公の場で文学の可能性や効能についての好意的な発言をしており、それはノーベル賞の受賞スピーチの締めくくりにも登場している。だが彼の作品群を検証してみると、そこに実際に描かれた芸術や人文学の価値は、実は彼の言葉通りに単純なものではないことが分かるだろう。本稿でホワイトヘッドが明らかにするのは、そのような表面的な主張とは一見矛盾するかのように作品に底流する、ケアや共感の倫理の複雑なダイナミズムなのである。

Anne Whitehead, "Writing with Care: Kazuo Ishiguro's *Never Let Me Go*," *Contemporary Literature*, vol. 52, no. 1, Spring 2011, pp. 54-83. © 2011 by the Board of Regents of the University of Wisconsin System. Reprinted by permission of the University of Wisconsin Press. Japanese anthology rights arranged with the University of Wisconsin Press, Wisconsin, U.S.A. through Tuttle-Mori Agency, Inc., Tokyo.

薄情ではいけない

──『わたしを離さないで』における凡庸さと身近なもの

ブルース・ロビンズ／日吉信貴訳

カズオ・イシグロの小説において、この作家らしさを感じさせるもののひとつとして、登場人物が突然、不可解で驚異的な薄情さを決して赤の他人ではない近しい者に対して示す瞬間がある。そういった瞬間を例示する場合にはたいてい多少の面倒がついてまわる。というのも、細かい説明なしには読者にその薄情な行いのすさまじさ、あるいは不可解さがはっきりとは伝わらないからである。そういった精神的暴力がとても容認できるようなものではないために、そのような〔精神的暴力に関する〕場面を繰り返し描写する時でさえ、作者イシグロ自身も、要約しやすく、安易に引用され、拡散されてしまいかねないような、記憶に残りやすい逸話的な形式を避けているかのようなのだ。たとえば、これから引用する一節には沈黙と行動の不在以上のものは何もない。『充たされざる者』のこの一節は、グスタフと成人しているその娘が、なぜ長年にわたって互いに話しかけることがなかったのかを説明するものである。

娘が十一のときに、ちょっとした悲しい事件がありました。当時、ゾフィーは小さな白いハムスターを飼っていて、ウルリヒと名づけ、とてもかわいがっていたのです。[……]ある日、そのハムスターがいなくなってしまいました。ゾフィーはいたるところを探しましたよ。[……]わたくしが寝室で、かなり大きな音量でラジオをつけていたとき――コンサートの中継がありましたので――居間でゾフィーが泣きじゃくっているのに気づいたのです。わたくしはとっさに、娘がとうとうウルリヒか、その死体を見つけたのだと思いました――かれこれ数週間、行方不明でしたから。そのとき、寝室と居間のドアは閉まっていて、申しあげておりますように大きな音でラジオが鳴っておりましたので、娘の泣き声が聞こえなかったという場合も十分ありうると思いました。それで寝室から出ずに、ラジオの中継もそのままで、ドアに耳をつけたのです。もちろん、何度か出ていこうかとは思いました。でも、ドアのそばに長く立っていればいるほど、いまさら急に居間に駆けこむのも変に思われてきましてね。[1]

(83-84 一四八―一四九)

グスタフは娘が「ひとりごとのように」、「あたしのせいだわ!」と「叫んだ」のを耳にしている(84 一五〇)。彼女は、ウルリヒと遊んでいる最中に彼を箱に入れてふたをするも、後でだしてやることを忘れてしまっていたのであった。しかし、次のページで妻が帰宅した時には、グスタフは彼女に対して何も聞こえなかったと言うのである。「そうだよ。だっておまえ、コンサートを聴いていたんだから」(85 一五一)。

これまでの批評においては、こういった逸話がちょっとした難所とされてきた。イシグロの賞賛者たちは、人間心理にまつわる陰鬱な真実への洞察をしばしばほめたたえる。しかし彼らはたいてい大したことを語らない。それは恐らく、なぜ陰鬱さを真実として、つまりは典型的なものとして見なさねばならないのか、あるいは、どういったものごとの典型として見なさねばならないのかについて語れることなど、少ないだろうからだ。近しい者に向き合うにあたっての感情面での障壁はなぜ重要なのであろうか。『充たされざる者』に登場する全ての人物はグスタフと同様に、「明確にライダー自身のものをなぞるような、病的なまでに自己破壊的な私生活を送っていることが明かされる」(93)とブライアン・シェイファーは述べているが、この場面でグスタフが音楽を聴いていることを考慮すれば確かにもっともな主張である。というのも、音楽とは自身の職業に対してライダーの抱く意識の高さ――家族にとっては悩みの種である――を示唆するものだからだ。しかし、なぜわたしたちはこういった病的な自己破壊の全てをやむを得ないものと見なさねばならないのだろうか。なぜそんなものに、何度も何度も繰り返し耳を傾ける価値があるのだろうか。「家庭内で平和を維持することに伴う現実的な難しさを示すという試み」ゆえにイシグロを賞賛しているシンシア・ウォンは、なぜこの作家には家庭内の親密さのもとで平和を維持することが非常に困難である――彼女の示唆によれば、敵対しあう大国間での平和維持と同じぐらいに――のかを問うていない(23)。

こういった続けて問われるべき問題が無視されているので、普遍的な感情的反目というイシグロの視座がそれほど奥深いわけでも意義があるわけでもないと思うような読者(もっとも、そういった読者は近年では少数だろうが)に対して、この領域は手つかずで残されているのである。『日の名残り』が執拗に訴えかけているように、わたしたちは本当に花の前で立ち止まり、においを楽しむよう諭されるべきなのだろうか(一)。ライダーが家庭を顧みず、時に家族に対して薄情に振る舞ってしまうのは、執事スティーブンスと同様に、自身の仕事を深刻にとらえすぎているからであるのはほとんど自明ではないだろうか。ルイス・メナンドによれば、イシグロによる「人間の置かれた境遇についての唯一の洞察は、人々は愛を必要としているにもかかわらずそれを手にするための機会を絶えず損ねているということであるが、そんなものはジョイス・ブラザーズ博士にやや劣る程度の世知でしかない」(7)。イシグロが若き日より社会福祉事業に継続的にかかわっていたことを考慮すると、家族心理学者であり長きにわたって『グッド・ハウスキーピング』誌の人生相談欄に寄稿してきたブラザーズ(二)をここで引き合いに出すことは、一見そう感じられるほどには軽薄なふるまいではない。というのも、親密な者の間で薄情さが発揮される局面においては〔傷ついた者を癒すために〕出番を待ち構えるセラピストの一団が——たとえ彼らの駆使する専門用語が〔イシグロの小説の中の言葉とは似ても似つかない〕ややこしくて、プチブル的なものであったとしても——つきものだからだ。（そして『わたしを離さないで』においては、治療との向き合いが物語の重要な部分を占めているのである。）『充たされざる者』におけるライダーとその子どもと思しきボリス、そして工作手引書が登場する同様のシーン[三]について論じながら、ウォンは、「父母から無視されていた自分自身とは違った親子関係を築こうと望みながらも、ライダーは自らの心の傷を複製してしまっている」（75）と記す。もしもそのような極めて凡庸な事柄について〔語るため〕の倫理、心理にまつわる言葉の数々が、イシグロの作品にぴったりなものだと納得してしまえるならば、そして、もしも彼の小説の中にこの凡庸さをはねつけ、それについての再考を余儀なくさせるようなものが何もなければ、マイケル・ウッドが『日の名残り』について言ったように、多くの読者には結局のところイシグロの作品が「過大評価」（18）されていると思えてくるに違いない。

　わたし自身はイシグロが過大評価されているとは思わない。それはひとつには、わたしに言わせれば、イシグロの小説が、人間は往々にして自身にもっとも近しい者に対して薄情であるという意表を突くような常套句を再考するよう、読者に要請しているからだ。これから論じていくように、実のところイシグロは近しい者への薄情さについての背景（コンテクスト）を提示しているのである。とは言え、それは薄情さを完全に説明し尽くすわけでも、ましてや正当化するわけでもない。むしろその背景を知ることでわたしたちは、薄情さによって生じた傷が単に治療され癒されるにすぎない場面を求めてしまうことにためらいを覚えるようになり、またそういった傷への自らの倫理的姿勢に対する変更を迫られることとなるのである。本稿ではこうした主張を展開するにあたって、第一に、『わたしを離さないで』（二〇〇五年）の大部分に関連する治療についての挿話に、第二に、小説における介護の公的な制度化が、介護全般、介護の失敗、そして身近なものへの献身——それにより介護が失敗について考察するためにふさわしいものさしであるように感じさせられることとなる——についてどのように考察しているかに着目していくこととする。

『わたしを離さないで』の冒頭で、主人公は自身を「介護人」(carer)と称している。

わたしの名前はキャシー・H。いま三十一歳で、介護人をもう十一年以上やっています。ずいぶん長く、と思われるでしょう。確かに。でも、あと八カ月、今年の終わりまではつづけてほしいと言われていて、そうすると、ほぼ十二年きっかり働くことになります。ほんとうに長く勤めさせてもらったものです。わたしの仕事ぶりが優秀だったから? さあ、それはどうでしょうか。仕事がとてもよくできるのに二、三年でやめさせられる人がいますし、まるで役立たずなのに十四年まるまる働きとおした人も、少なくとも一人知っています。ですから、長いからといって自慢にはなりません。ただ、わたしの仕事ぶりが気に入られていたのは確かです。

(3九/訳文一部変更)

＊

もしも「介護人」という言葉がいくぶんか不可思議なものに思われるとしたら、それは〔「介護する」(care)という〕ありふれた日常的動詞が、堅苦しい響きを持った職業上のカテゴリーに取り込まれているからである。それが発するわずかな寒々しさ——この用語がありふれたものであるイギリスではほんのわずかであるが——は、明らかにこの小説の重要な主題をなしている。わたしたちが普段接するのとは異なった介護人を生み出したこの社会は、おぞましい公然の秘密を抱えていることが明らかとなる。一九九〇年代後半のイギリスとされているこのディストピアにおいては、クローン人間である子どもたちの集団が存在している。彼らは普通の子どもたちから隔離されて育てられる。大人になるとすぐに臓器がひとつひとつ摘出されていき、他人の病気の治療のために利用されることとなる。各手術は「提供」と呼ばれる。「提供者」となる前に、クローンの子どもたちのうちのほとんどは介護人として時を過ごす。介護人とはイギリス中をまわって、提供のための手術を控えた、あるいは手術後のクローンたちを世話する訪問介護士のことである。提供者は場合によっては、最初か二度目の手術で「使命を終える」、すなわち死ぬことがあるが、四度目の提供の際にはそれはほとんど必然である。キャシーが「今年の終わりまで」介護人を続けると言う時、彼女が、ほとんどあっという間の死をもたらすであろう自身の臓器提供の始まりを——全く不平を鳴らさないのに驚くべきであるが——告げていることに、わたしたちはまだ気づいていない。この仕事をこれほど長く続けてきたか、上司からどれほど高く評価されているかについてのご機嫌な饒舌ぶりは、かくして、はなはだしき道徳的忌まわしさに取り巻かれているのである。

キャシーの頭は、間近に迫った最期ではなく、自身の職業上の成功でいっぱいになっている。成功者キャシーを悪夢のような末期へと送り込んでいくにあたって、イシグロは上昇移動（upward mobility）というイデオロギーと福祉国家（welfare state）という制度の両者——本作が的確に想定している通り、この二つは密接に結びつくようになってきた主題である——に対する疑問を呈しているように思われる。キャシーの職業上の野望は官僚制の手中にあるが、この体制は、その根本原則と、介護に当たる人間の私生活への完全な浸透という二点において、福祉国家と似通ったものとなっている。介護の大部分を担当する人間に対して、この官僚制はそれなりの職業上の昇進という、進めるかもしれない道を設定する。だが、この昇進というものには生物学的な限界がある。クローンである子どもたちの観点から見ると、上昇移動物語の有する誤りは、それが実現しないということである。「保護官」と呼ばれる教師の一人であるルーシー先生は、このことを突然生徒たちに明け透けに説明しだす。

形ばかり教わっていても、誰一人、ほんとうに理解しているとは思えません。そういう現状をよしとしておられる方々も一部にいるようですが、わたしはいやです。あなた方には見苦しい人生を送ってほしくありません。そのためにも、正しく知っておいてほしい。いいですか、あなた方は誰もアメリカには行きません。映画スターにもなりません。先日、誰かがスーパーで働きたいと言っていましたが、スーパーで働くこともありません。あなた方の人生はもう決まっています。これから大人になっていきますが、あなた方に老年はありません。いえ、中年もあるかどうか……。いずれ臓器提供が始まります。あなた方はそのために作られた存在で、提供が使命です。ビデオで見るような俳優とは違います。わたしたち保護官とも違います。 (81 一二七)

この小説の素晴らしき美点のひとつは、このような発言が明らかに、クローンの子どもたちだけに向けられたものでも、彼らのみに関連するわけでもないことである。わたしたち自身の社会を参照しながら創られたイシグロによるSF的な舞台装置は、もちろん読者を現実の社会へと送り返しもする。ルーシー先生の熱弁に触れた後に、現実における上昇移動との〔作者によって〕意図された類似性に思いをめぐらせずにいることは難しい。今ここには、隔離されたクローンであるとか、あるいは、自発的「提供」という見せかけの強制的臓器摘出の体制であるとかは存在しないけれども、それとほとんど同じぐらいに確実であるのは、大多数の子どもたちの夢見る未来など実現しないということである。人々から隠されてはいるものの秘密にされているわけでもない臓器提供のための強制収容所は、わたしたちが階級と呼ぶもののうちに、現実上の明確な対応物を有している。階級も〔クローンと人間の分断と〕同じぐらい効果的に、〔人間同士を〕分断するのではないだろうか。わたしたちのうちのある者には自身のキャリアへの投資から充分な見返りを期待することを許容する一方で、残りの者にはどんな期待を抱こうとも得られるものなどほとんどないということを遠回しに思い知らせることによって[2]。わたしたちの社会においては、出身階級によって公的な属性（アイデンティティー）——たとえば国勢調査で印をつけるチェック事項のようなもの——が規定されることはないし、あるいはそれが、虐待を受けた子どもを親から強制的に引き離すにあたって論拠として持ち出されることもないが、それでもやはり階級の問題は見逃せないのではないだろうか。現にわたしたちの社会にもまた、監獄風の学校も、収容者のほぼ全員が同じような出自であろう監獄も存在している。クローンたちのための「進歩的な」学校では、ルーシー先生の反逆時に可視化されたように広範にわたって検閲が行われているが、SF的な舞台装置がもたらした凄まじき皮肉のひとつは、二一世紀の合衆国を生きる希望なき人々もまた、自らの行く末について——恐らくはイシグロの素晴らしい新世界の中のクローンたち以上に——真実を知らされていないことである。イシグロは、クローンと違って自分は自由だと思い込んでいる読者たちに対して、そう感じてしまうのは、自分たちを待ち受ける〔悲惨な〕未来について気づくことがないよう〔ヘールシャムでの検閲と〕同様に、うまく仕組まれているからではないかと疑うよう警告を発しているのである。たとえ、時に〔自分の未来についての〕無知のもたらす希望や（こう言ってもほとんど問題ないだろう）幸福が簡単にはあきらめられないものであろうとも。小説においては未来のある者とない者の分割は、生まれという生物学的な事実およびその後の当局の計画的な決定に由来しているが、その一方、現実の世界において分割とは、目に見える形で「当局」[四]（"they"）によって行われるのでも、生まれや身元（アイデンティティー）に左右されるのでもなく、単に統計学的に正確に予想できてしまう結果から生じたものである。果たして両者の間の違いがどれほど重要なのだろうか。

　まるで封建制のような階層制を先端技術によって再来させる枠組みを作るにあたって、イシグロは小説のジャンルに対して見事な修正を施している。彼は、世界は公平であり努力は最後には報われるという、しょせんは気休めにすぎない、単に意欲をわき起こすための方便とでも言うべき前提によって物事が進みそうな中産階級用全寮制寄宿学校小説という、健全すぎて面白みのない様式を採用するが、そこにさらに「未来なんかない」という、陰鬱な二〇世紀後半に特徴的な、ぱっとしないふぬけた世界観を注ぎ込んでいるのである。[3]語りの選択については、これまでのイシグロの小説と変わるところはない。わたしたちは、そんなものは下らないと切り捨てられない関心事や心配事で頭がいっぱいになり、大局的な観点から物事を考えることを好まない、限定された意識しか持たない主人公の目で世界を見ることになる。キャシーによる日々の業務はいかなる体制のもとにあるのだろうか。一見いつまでも続きそうな仕事の日々はどこに行き着くのであろうか。わたしたちは自らそういった究極的な問題の数々と向き合うのではなく、登場人物がそれらから顔を背けるのを目にすることによって、問題そのものの持つ力と、それに対するわたしたちの拒絶反応の強さの両方を痛感させられるのである。

思うに、当然のことだろうが、この技法はどこかしらの時点において、わたしたちが防衛的に以下のように問うであろうことを想定している。一体誰が大局的な観点から物事を考えたがるのだろうか。誰にそんなことをしているゆとりがあるというのだろうか。たとえイシグロによる〔SF的〕舞台装置に面喰らった時でさえも、その実存的力はわたしたちをキャシーに対する思いがけない共感へと突き動かす。彼女や『日の名残り』の執事、そして『充たされざる者』のピアニストと同様に、わたし自身も日々のささやかな満足を得るために、もしも今よりもましな状況にいられたならばおぞましさや嫌悪感を覚えたであろうような気づきに対して、目をふさいでいるのである。もしも『わたしを離さないで』が――実際にそうであると思われるが――そのようなましな状況を読者に与える契機たらんとしているならば、この小説は、上昇移動物語を支える実存的とも言い得る欲望、すなわち、自身をクローンではない、未来のある、あるいは少なくともあるかもしれない人間と見なしたいという欲望について、徹底的に――作者イシグロが、そして読者であるわたしたちが〔クローンと人間の〕どちらに等しい存在なのか分からなくなるほど徹底的に――考察するという、逆説的なやり方でそれを行っているのである。結局のところ自分は統計に当てはまらない存在であるし、統計的に、あるいは一般的に言えることが必ずしも自身に当てはまるわけでもないのだから、とにもかくにも、将来自分に何が起こるか分からないかのように――ある意味では実際に分からないのだが――振る舞うしかないという信条を個々人が主張しだすというのはいかにもありそうなことではないだろうか。そのような論法は論理的には完璧だが、社会的には不誠実で、現実的にはやむを得ないように思われる。家賃を支払い、食料を確保し、家庭を維持し、地位を保つといったことへの責任からなる現実というものが絶対的な強制性を持つ状況は、ある種の非常事態（state of exception）と見なされ得るだろう。この状況においては、決してその価値を否定しようがない、個人に帰属する決定権（sovereignty）により物事が左右され、集団的正義というイデオロギーは隅に追いやられることとなる。

とはいえ、集団的正義が暫定的に説得力を取り戻すことは可能ではある。だが、それはあくまでも、かけがえのない個人からなる無数の群衆が統計的にはほとんど勝者がでないはずのいす取りゲームに参戦し、自分には統計に左右されずに人生を決められる無限の力（sovereignty）があると主張しながらわずかないすを求めてやっきになるというばかげた景観を、わたしたちが、冷徹に、距離を置いて（coldly and impersonally）じっくりと眺めてみるのも悪くないと思える場合のみのことである。これは上昇移動物語がうまくすれば達成するものについてのひとつの仮説である。この〔SFという〕ジャンルにおいて確立されたイメージの数々に対して、否定的批判というよりはちょっとした介入をしながら、イシグロは再び、個人の自由というもの――その価値は否定しようがないように思われる――についてわたしの展開した論理が、文字通り殺人正当化の試みとかかわっていることを示唆している。ここにおいて上昇移動とは、他人の臓器が切り取られていること、そしてそれは自身の人生を快適に進めるためであるのに気づかないでいられるよう無視を決め込むことを意味する。『わたしを離さないで』において読者がそれ以外に選べる唯一の選択肢らしきものは、自身を介護人／提供者に同一化することである。彼らは中産階級に特有な、楽観的で、体制に対して好意的な言葉遣いでしゃべってはいるものの、（『空飛ぶモンティ・パイソン』[五]で示唆されているように）食べられることを待ちながら立ち尽くすことで自身の生のほとんどが占められているのに気づいていないだろう羊の群れのごとく、搾取される者の現実を体現している。しかしながら、ここで付け加えておかねばならないのは、この上昇移動という視座が、たとえどれほど可能性が低かろうとも空を飛べるようになった羊が存在するかもしれないというアクロバティックな発想を許容し得ること、すなわち上昇志向――もしもそれが体制変革への衝動をも含んでいるならば――を持つ者のやる気を削ぐのではなく、その背中を押すような議論としても解釈し得るということである。同じくいくらかへそ曲がりな態度を取ってみれば、たとえ、自分は統計的規則性に当てはまらない希有な例外であると思っている何百万もの人間に加わらないためであったとしても、自身を統計に当てはまる存在であると考えようとせねばならないことを、イシグロは教えてくれているのかもしれない。このように考えることが、身近なものをもっとも大切にせよという日常的な基準からすれば、単に倫理的欠陥としてどころか薄情さとして切り捨てられるであろう非人間的な冷徹さ（an impersonal coldness）を必要とするのである。

もし、繰り返される日常の裏に潜む恐怖に勘づくようイシグロが求めているのだとしたら、そのことは、たとえ明言されているわけではなく単にほのめかされているにすぎないにしても、この恐怖に抗するための何らかの行動を取るようわたしたちに求めているということをも意味するのではないだろうか。そして彼がより直接的な関心を抱くのは、行動することを想像不可能にさせているものは何なのかという問いのようである。この小説においてその問いに対する最も重要な答えは、自由というイデオロギーではなく、日々のその場しのぎの頑張りに口当たりのよい意義と正しさらしきものを与えてくれる、福祉国家というイデオロギーであるように思われる。生徒たちに真実を伝えるルーシー先生の革命的な熱弁は、なぜ一見したところ何も変えなかったのだろうか。「先生が言おうとしたことは話題にならず、たまになっても、「だから何だよ。そんなこと、とっくに知ってたじゃん」という反応が普通でした」（82 一二八）。ある時登場人物たちは、座礁した廃船を近くから眺めるために湿地の岸まで車で向かうが、この船は現実の逃亡の手段というよりも、むしろ単なる象徴にすぎないものである。自らの生死を左右する支配体制への異議申し立てに彼らがもっとも近づくのは、どことない悲哀を帯びた神話によってである。それは——小説のクライマックスで単なる言い伝えにすぎなかったことが明かされるのであるが——学校で要職に就いていたマダムと呼ばれる女性が何の説明もなしに時折持ち去っていた芸術作品の力によって、臓器提供の「猶予」を勝ち取れるかもしれないという神話である。（この束の間の救済という神学に見事に凝縮された皮肉は、学校側が子どもたちの持つ真の創造性をとらえ損ねた点である。彼らの創造性は芸術作品それ自体ではなく、むしろ芸術作品についての神話創作と、それが彼らの人生を変えてしまう力において誇示される。）マダムの行動を説明するのみならず、「もっとも優れた作品」が彼女の「展示館」で保存されるという神話はまた、いかにして子どもたちが「自分たちに将来、何があるかってこと。提供とか、そういうこと」(29 四九/訳文一部変更)を知らずにすませられるかについての説明にもなっている。彼らにとっては、自分たちのがんばりによる成果に対して、たとえ評価されることのみであろうとも、きっと報いがあると信じることが必要なのである。そしてこのことは、評価を下し、褒美をとらせる当局の、絶対的正しさを信じることにつながってしまうのである。この当局への信頼は、キャシーが最初のページで自己紹介をする時にすでにあらわとなっている。体制の中に不公平さが存在していること——彼女は有能な者が仕事をやめるよう、言い換えれば死ぬよう命じられる一方で、無能な者が仕事を続けている事例にそれとなく触れている——にはしかと気づいていながらも、キャシーは、体制を意味する「当局」("they")こそ、自分が提供者となりやがて死ぬことを決定した人間たちであることを示すような語り方をすることはない。「当局」は「[彼女の]仕事を気に入る」者として登場しているのである。彼女の未来として彼らが宣告していることに疑いを抱くことは、彼らによるキャシーの仕事への評価、すなわち彼女の語る全人生に対してもまた、疑いを抱くことに等しいのである。

仕事という価値観への、この頑迷で、ほとんど自殺的でもある執着の凄まじき拘束力は、物語終盤でのキャシーとトミーの会話によって明らかとなる。キャシーがついに自分の介護人になった時に、やっとその恋人に収まるトミー——お互い愛しあい思いやりあいながらも、二人が自分たちの気持ちを認めることは長い間かなわなかった——は、彼女に対して以下のように言う。

「[……]なあ、介護人にくたびれないか? おれたちはとっくに提供者だ。なのに、君はずっと介護人のままでいる[……]」

わたしは肩をすくめました。「気にしない。それに、いい介護人は重要でしょ? わたしは優秀なのよ」

「けど、ほんとにそんなに重要なのか? そりゃ、いい介護人がついてくれればありがたい。けど、結局のところ、そんなに重要なのか？　いくら介護人がよくたって、提供者は提供して、いずれ使命を終える」
「もちろん、重要よ。介護人の善し悪しで、提供者の生活がずいぶん変わるんだから[4]」
（281-82 四三〇―四三一）

ここにおいて福祉国家というイデオロギーは上昇移動というイデオロギーと結託し、社会的に少しずつ認められるようになってきた上昇移動なるものに対してお墨つきを与えるのである。この一節がしかと思い起こさせる『充たされざる者』においてと同様に、仕事への過度の献身（あるいは、他の者からしたら過度と思われるような献身）のための口実とされているのは、仕事は社会的に有用であり、それは自分自身に対してのみならず他人に対しても良い影響をもたらす、本当に必要とされているものであるという信条である。介護することとは、「自慢しようとすること」、あるいは他人をだしぬこうとすることなしに、すなわち社会全体の利益のため無心に業務に励んでいる間に、人が自分自身の力で名声と地位を勝ち取れることを意味しているのである。トミーが「君は駆け回ってばかりだ。くたびれきって、いつも独りぼっちで……。ずっと見てきたおれにはわかる。これじゃ、ぼろぼろになる」（282 四三一）と言うとおり、仕事とは自己破壊的であるかもしれない。しかしそれは、公益のためなのである。ここでもっともあからさまに示唆されているであろう、わたしたちの社会における制度は福祉国家である。

伝記的事実の中の関連する情報（イシグロは社会福祉事業に従事していた年に出逢った、同じくソーシャル・ワーカーの女性と結婚している）に頼りすぎてしまうまでもなく、もっともイシグロらしさが感じられるいくつかの特徴を、福祉国家の人生観――社会正義と資本主義社会での競争によって強いられる不正義との間でのほろ苦い妥協を中心にすえた人生観――を俎上に載せて吟味するための試みとして読み解くことは、文章の次元においてでさえも妥当なように思われる。たとえば、「なんとか切り抜ける」という統語法（シンタクス）以上に、イシグロの作風において特徴的なものはない。「小さいながら、配慮の行き届いた居心地のよい回復室でした」（17 三〇）という一文において、不運（小さい部屋）に対する緩やかな譲歩は、まるで官僚機構の中の的確な部署に奇跡的な迅速さで対応してもらえたかのように、ささやかなものではあるけれども、即座の埋め合わせを引き出しているのである。てきぱきと効率よく働くキャシーには、回復室があるということ、すなわち回復室はそもそも「提供」のためだけに存在するということ、提供と回復室の存在はいかなるものによっても決して贖（あがな）い得ない苦しみの証であるということに驚いているだけの余裕が残されていない。悪い状況からも最善のものがいつでも引き出せるという考えには太鼓判を捺（お）す一方で、同じ体制が状況を規定しているのだから、状況の好転は起こり得ないことは一切無視するための操作が文章の構造に加えられているように思える。もちろん同じことは、報奨制度の不公平さへのキャシーの気づき——それでも不満はないようだが——と、その背後に控えているはるかに痛烈な不公平に対する彼女の無自覚を対比した、物語の冒頭についても当てはまる。彼女はそういったものなしには救いようのない災厄と見なされ得る状況の内側で、大したことのない埋め合わせ、待遇改善、特典といった証によって自分自身を奮い立たせ、わたしたちをも奮い立たせる。かくして彼女は不可避のものとの折り合いをつけ、ついにはそれを「正しい」（right）と判断する。「今年いっぱいで介護人をやめることに寂しさはあっても、一方で、それは正しいかなという気もしています」（4一一／訳文一部変更）。そして、彼女は周囲に同じ考えを流布させることにより、彼らにも運命を受け入れるよう仕向けていくという職業人としての能力に誇りを抱いている。「わたしが介護した提供者の回復ぶりは、みな期待以上でした。回復にかかる時間は驚くほど短く、「動揺」に分類される提供者など、四度目の提供以前でさえほとんどいませんでした」（3九）。無表情に、官僚的に、恐ろしいまでに限られた期待を意気地なく受け入れ、体制全体を支える根深い不正義により生じた「動揺」を抑圧することに身を捧げる。これこそがまさに、もっとも手厳しい批判者が理解するところの福祉国家の本質である。[5]

「四度目の提供以前でさえ、「動揺」に分類され」ないよう提供者を管理するという行いは、自身の労働についてキャシーの主張する正当性に対して残酷な光を投げかける。介護人たちの行いについての記述は、三部からなる本作中でもっとも分量のある第一部において中核をなすものである。『日の名残り』のスティーブンスと同様に、キャシーも自身の語りが、ある種の恋物語――親友のルースが一見キャシーとお似合いのようだった消極的なトミーとつきあうことで生じ、提供開始後のトミーに残されたわずかな時間をキャシーが引き継ぐ時に解消される競合的三角関係――であると認めたがらない。しかしながら、実のところ、この百数十ページにおよぶ「介護人の行動という」主題はそれ自体として非常に重要なので、三角関係による恋物語からの単なる脱線と見なされるべきではないだろう。ここでの問題はトミーの怒りであり、具体的には彼がからかわれた時あるいはチームに選ばれなかった時に抑えられなくなる怒りの爆発と、周りの人間との協調を学びながら自身の感情を克服していく過程である。問題自体もその解決策もともに、ヤングアダルト小説を並べたまばゆく輝く本棚からは弾きだされてしまいそうである。しかし、この小説の不気味な枠組みを考慮すると、それらは福祉国家というイデオロギーの一例と見なされることによって、より意味が明確になる。キャシーはトミーに対して、「最近、なんだか嬉しそうじゃない」（23 三八）と言う。彼の方も彼女の言いたいことが分かっている。「ああ、そうか。おれが……その、あまり怒らなくなったってことか」（23 三八―三九）。彼がいかにして怒りを抑えられるようになったかについての秘密は、ルーシー先生との芸術作品に関する会話にあったことが明かされる。他の教師たちからは、彼の作品はできの悪いものと評価されていた。ルーシー先生は、それは彼のせいではないと言う。「絵を描きたくなければ描かなくていい――先生はそう言った。工作したくなければしなくていい。ちっとも悪いことじゃない。そう言ってくれた」（23 三九）。「先生が正しいと思った。うまく描けないのはおれが悪いんじゃない。そりゃ、おれのやり方もまずかったけど、根っこのところでは、おれが悪いんじゃない。そう気づいたら、すっかり気分が変わった」（28-29 四八）。助言もその効果――腹を立てない！　「動揺」しない！　そうすればもっと幸せになれる！――もともに、繰り返すが、この小説の様々な部分に染みこんでいる福祉国家に対する批判的な視座と呼応するものである。福祉国家とは――以下で述べることが教訓であるのだが――人々の気力を削がないためにわたしたちに些細な埋め合わせを施し、そのことによって、体制と結びついた根深い不正義、すなわち怒りを覚えて当然のできごとからわたしたちの目線を逸らそうとする制度なのである。

このことには一見曖昧なところは全くない。しかしながら、論理的に言えば、これは怒りをあらわにすることに賛同するような、すなわち怒りの自由な発露が引き起こし得る薄情さを支持する主張なのである。『わたしを離さないで』において最も手の込んだ形で衝撃を与えるのは、福祉国家による怒りの管理プログラムについての陰鬱な風刺が、読者に薄情さを容認するどころか賞賛するよう求める場も生み出してしまう側面である。

「おれが悪いんじゃない」("it wasn't my fault") という言葉が示唆するとおり、ここでの鍵は怒りの非個人化である。映画『グッド・ウィル・ハンティング／旅立ち』において、「あなたのせいではない」("no fault") という福祉国家的な哲学は、主人公の怒りを取り除くとともに、怒りによって抑えられていた彼の向上心を解き放つことにも寄与している。トミーの自己肯定感の低さを和らげて幸せにするためにルーシー先生が採った治療法は、一見したところ、怒りのみならず向上心をも捨てさせようとしているように思われる。だが、そのルーシー先生は統治の方針に対して反旗を翻す (子どもたちに真実を告げることによって) のであり、後に学校を去ることとなるのである。「あなたのせいではない」という助言はさらに、少なくともキャシーには、学校内でよく言われていることの単なる繰り返しとしてではなく、むしろ反乱の表現として受け止められる。キャシーは普段は学校の常識の確固とした体現者であるので、ルーシー先生の言葉を「嘘ばっかり」(24 四〇) と言って切り捨てている。そしてトミーがキャシーのために、「描けないからといって、ほかの生徒たちや保護官がトミーを罰したり、描けと圧力をかけたりするのは間違っている、トミーが悪いのではない」(28 四六) とルーシー先生との会話を改めて再現した時にも、彼女はそのあまりにも過激な発言が真剣なものであったとは信じられず、「先生にからかわれたんじゃないの？」[6] (28 四六) と言う。この助言はそれゆえ、学校の方針に抵触するものとして理解されたに違いないのである。

責任 (fault) を消し去るにあたって、ルーシー先生の言葉はできの良し悪しも、そしてそれゆえに向上心をも消し去ってしまうのである。学校は向上心を奨励するが、失敗は自分自身の責任であると子どもたちが考えることがなければ、彼らに自らの優秀さを示させることは期待し得ないのである。ルーシー先生は、反旗を翻すにあたってもちろん、未来などない子どもたちにできの良し悪しと報いの有無という観点から物事を考えさせるのは無意味であると暗に示している。彼女は、学校が教え込む向上心を抱くという習慣が、単に生徒たちの目を差し迫った提供という陰鬱な真実から逸らすためのものであることを知っているのである。だが、彼女のまっすぐな論理はねじれた結論へとたどり着く。というのも、もしも「あなたのせいではない」という哲学を彼女がはっきりと開陳することがトミーの怒りを静めるための方途だとしたら、それは同時に、自身の置かれた状況という酷たらしい真実に彼の感情を順応させるための方途として見なされることを求めているからである。彼の置かれた状況という真実はもちろん、充分怒るに値するものである。だとすれば、向上心を取り除くことによって怒りを取り去ることは、回り回って、だが論理的には、再び怒りに行き着くように思われるのである。

トミー自身がルーシー先生との会話の中でどう解釈すればよいか分からないことの一つは、そこにおける怒りの位置である。「先生は話しながら震えてた。［……］だから、怒りで震えてたんだよ。見るからに、ものすごく怒ってた［……］誰に怒っていたかは知らんけど、とにかく猛烈に怒ってた」（28 四七）。トミーの怒りを取り除くことは、この場面においては一見達成されている。しかし消えたと言うよりもむしろ、怒りはルーシー先生に転位しているのである。とりあえず今は仮に、福祉国家を代表する人物としてルーシー先生を見立てたならば――実際にそうであるように思われるが――福祉国家とは、最悪の状況を和らげ、暴力的な怒りを一掃することによって体制を守る治療者組織とは異なった何ものかのように思えてくる。福祉国家にとってもっとも特徴的なメッセージを伝えるというまさにその行いによって、ルーシー先生は福祉国家が怒りの保持者であり化身であることを明らかにしているのである。

まさに小説の終わりにおいて、この怒りの意味は確定される。すでに提供者と介護人となったトミーとキャシーは、閉鎖されてしまった母校の長であった、今は引退したエミリ先生の住所を知り、彼女と対面し、猶予――自作の芸術作品のでき、あるいは恋人間の愛の強さによってつかの間の臓器提供免除を受けられるという、彼らが子ども時代に信じた噂――について問う。彼らは猶予が言い伝えにすぎなかったことを知る。車での帰路の途中で、トミーは野原に飛び出し、この結末にふさわしい感情を爆発させる。「喚き、拳を振り回し、蹴飛ばして」いたトミーの姿（274 四一九）を見て、キャシーはこう伝えるよう思いつく。「あの頃、あなたがあんなに猛り狂ったのは、ひょっとして、心の奥底でもう知ってたんじゃないかと思って……」（275 四二一）。そしてトミーも賛同する。心の奥底で彼は知っていたのである。だとすれば、ルーシー先生はトミーの怒りを消し去るという任務に失敗したということだろうか。あるいは反対に、もしかしたら彼女はこの怒りを維持するという密やかな試みに成功しているのかもしれない。学校でのトミーの行いは「［彼の］せいではない」というルーシー先生の助言は、「保守的な」ものではなく、むしろ政治的に正しい（politically correct）――もしもこの言い方によって、昨今連想させられるものを取り去れるならば――ものであった。この助言によって、彼の怒りが表現したもの（数多くの少年非行物語においてそうであるように）とは、集団的に閉ざされた未来に対する早熟な気づき、すなわちそれに対して怒ることこそ完全に適切な反応であるような一般的社会的不正義への気づきであったことが、確証されたのであった。

怒りについてと同様、努力についても、ルーシー先生は自己矛盾によってのみトミーに的確に助言できるのである。というのも、矛盾とは彼女の立ち向かおうとしている状況にとって本質的なものだからである。もちろん彼女はトミーに向上心を抱かせたい。しかしそのためには、彼は向上心の有無によって人が評価される体制に属さなければならない。だが彼はそこに属してはいない。それゆえ、一貫したメッセージを送るかわりに、彼女は前言を撤回することにより矛盾をあらわにするのである。学校から（そして物語からも）消える直前に、彼女は励ましの言葉を取り下げ、そのかわりに、不当な精神的暴力が振るわれる瞬間らしきものがここで再び登場する。トミーは「だが、先生は、大丈夫じゃない、ってさ。おれの絵がくずなのは、あんなことを言った先生にも責任がある、って」（108 一六七）と振り返る。子ども相手にその子の作品をくずというのはまさに薄情な行いである。しかし、ルーシー先生による前言撤回は明らかに、単純な、あるいは不可解な薄情さとして理解されるべきものではない。ルーシー先生はトミーを守ってもいるのである。もしも逃げ道などないのならば、たとえ結果として本人のせいではない挫折についてトミーが自身を責めることになったとしても、彼に自己欺瞞的な向上心を抱かせておいた方がよいのかもしれない。だがこの前言撤回はまた、向上心に伴うこの責任が、まさにトミーの双肩にではなく、ルーシー先生自身が体現する体制に置かれなければならないことを示唆しているのである。このことは、彼女のメッセージに折り込みずみである。「あんなことを言った先生にも責任がある」（強調ロビンズ）。前の場面で怒りがトミーからルーシー先生へと転位されたのとまさに同じように、ここでも責任が、福祉国家における受動的客体から能動的主体へと受け渡されているのである。

この一節は様々な結果をもたらす。もしも福祉国家の体現者も怒りの感情や誤ちへの責任から逃れられないとすれば、上昇志向と才覚を備えた少年犯罪者が、福祉国家の内部で――「わたしたち保護官のように」――働くのを目指すという光景を想像することも非常に容易くなる。そして、一見上昇への道の妨げになりそうな怒りというものを消し去るのではなく保持することを要請するであろう、怒りを伴う向上心なるものの存在を仮定することが可能となるのである。そうなると体制それ自体も、いかなる向上心が正当であり、いかなる向上心がそうではないのか、介護のうちにいかなる価値があるのか、誰が評価に値するのか、そして社会は提供者と、彼らの臓器によって恩恵を受ける者とに分割されるべきなのかについて疑問を呈することによって、体制の変革を求める者たちをも正当に評価できるほど柔軟で自己矛盾に満ちたものとして想像され得るかもしれない。[7] この方向での思考が含意しているのは、ルーシー先生が子どもたちに彼らが「わたしたち保護官とも違います」と告げた際に、誇張も入っているということである。ある意味で、子どもたちは保護官と違わないのである。彼らはまさに、介護人になるための訓練が始まる間際にいる。しかし、福祉国家に特有な仕事である介護についてのわたしたちの理解は、一見怒りを制御するためのものであるように思われた「あなたのせいではない」というルーシー先生の熱弁において表現された体制への怒りによって、明らかに拡張されるのである。恐らくこの職業上のカテゴリーは、怒りを伴う向上心によって目指されるものとなり得るほど拡張されてもいるのである。キャシーが提供者のために働くように、ルーシー先生は将来の提供者のために働くのである。担当する提供者たちが「四度目の提供以前でさえ、「動揺」に分類」(3 九)されないようキャシーが尽力するのと同様に、ルーシー先生はトミーの怒りに対処しているのである。二人ともトミーを相手にしている。さらには二人とも言葉の持つ様々な意味において、トミーのケア[六](care)に当たっている。

この二人によるケアの並行関係は、彼女たちがともに、同種の明らかな薄情さを発揮しながら、ついにはトミーの芸術作品を「くず」と切り捨てることに目を向けるとさらに興味深くなる。ルーシー先生の宣告はすでに引用済みである。キャシーによる瞬間——本稿はここから着想を得て始まった——は、最初に論じたお互い愛しあう人々の間で発揮される不可解な薄情さに関する範例的場面において現れる。ルースは——この場面よりも前の彼女の精神的暴力は特に不可解なものでもないだろうが——トミーに対して突然に、架空の動物の絵を描いてそれが展示館に収められることを夢見たところで、笑いものにされるだけだと告げる。彼女がそう主張するのは、展示館や猶予が作り話にすぎないからではなく、単に彼の絵が下手だからである。ルースは、自分とキャシーでそれについて話したが、キャシーも同意見であると言う。「キャシーだってそう。そんな動物の絵はね、とんでもないお笑い種だって」(194 二九九)。これは嘘である。キャシーはそのようなことは決して言っていない。キャシーはトミーにそう言わねばならないと分かっているが、そうしない。それゆえ、わたしたちは今一度、行動の不在を目にして、ずっと愛し続けてきた人間に対して登場人物がここまで薄情になれるのはなぜなのかを問わずにはいられなくなるのである。ルイス・メナンドのような批評家たちが『充たされざる者』の中の似たような場面について憤慨しながらほのめかしたように、それは単に、人が目の前にあるはずの幸せをつかみ取るのを邪魔する、人間の本性という運命にすぎないのであろうか。

自身の沈黙についてのキャシーの説明は以下のように続く。「わたしの中で何かが白旗をあげていました。「もういい」というつぶやきが聞こえました。「もういい。考えたい人には考えさせればいい。勝手に最悪を考えるといい。最悪を……」」(195 三〇一)。キャシーはトミーに、彼女が最悪だと考えさせたかったのか、あるいは彼自身について最悪だと思わせたかったのだろうか。文脈上より可能性の高い後者だとすれば、トミーの作品をくずだと言い、彼には芸術家としての才能はないと言うことによって前言を撤回したルーシー先生の論理が、正確に反復されていることになる。しかしキャシーは彼の絵についてこのような意見をかつて表明していないので、トミーの絵がくずであるという評価を、より全般的な物事についての判断――自分が置かれた状況の最悪さについて、わたしたち全員を待ち構えているものについて、自分たちが属している体制について、トミーに勝手に考えさせておけばいい――の中に組み込んでいる可能性が非常に高いように思われる。愛は真実に向き合うことを欲するが、そのように発想した際にキャシーは愛にもっとも近づくこととなる。要するに、二つのあり得る解釈のどちらを採ったとしても、少なくとも薄情さはケアと分かちがたいということがここにおいて示唆されているのである。トミーに対して薄情になることによってのみキャシーは、彼にも享受が許され得るような向上心という可能性(たとえ理論上のものであろうとも)への門戸を愛おしげに開いておくことが可能となるのである。この観点からは、真のケア、それどころか愛それ自体もまた、必然的に薄情さを内に含むということになる。そして、ここにおいて、それは介護人による公式の介護と共通性を有するのである。[8]

言い換えれば、ここまでの議論を考慮すると、キャシーの薄情さは人間の本性についての一般的な真実としてよりも、特定の歴史的状況に対する反応と見た方が理解しやすいように思われる。それはキャシーによる唯一であるとともに、独特な怒り――恐らく、いくぶんか場違いではあるけれども、完全に矛盾しているわけでもない怒り――の発露であると考えると、理解可能なものとなるだろう。彼女自身の必要や欲求はそっちのけで周りの者の感情を理解し、彼らの間でのあれこれを適切に調整する彼女の手腕は、登場人物として、また語り手としての真の魅力のひとつをなしている。それにより確かに彼女は信頼に足る人物となっている。しかしこの意味において、イシグロがわたしたちに疑いを抱くよう求めているのは、まさに彼女の、この語り手としての信頼性であるように思われる。もしも彼女が、子どもたちやその間の気持ちのもつれ、そして学校の彼方に潜むより大きなマクロの背景(コンテクスト)に、すなわち怒りと自己矛盾をやむを得ぬものとし、感情について違った観点から考えさせてくれる背景に対してこれほど衝撃的なまでに無関心でなかったら、彼女は信頼に値する人物であると言えたであろうか。もしも体制の根本的な正しさを受け入れていなかったとしたら、彼女は自己滅却的なまでに穏やかで、信用できる人間であり得ただろうか。もしもトミーに対する一見不可解なキャシーの薄情さが、体制に対する怒りの徴候、すなわち〔自分が抱いているとは〕認めることのできないものではあるが彼女が感じて当然の怒り、そしてルーシー先生とトミー自身が抱いていたような怒りであったならば、薄情さはもはや説明不可能なものでは全くなくなるだろう。またそれは、単にそう見えるもの、すなわち薄情さではなく、ルーシー先生の時のように、倫理的寛容さの遠回しな発露とみなされ得るだろう。しかし〔薄情さが〕寛容さ〔であること〕を理解するためには、わたしたちは二人の人間の間の局所的で親密なやりとりから大きく身を引くことにより、月並みな倫理に対して距離を取らねばならないであろう。

　この点は強調するに値する。というのも、すでに述べたようにイシグロはあまりにも頻繁に、非常に凡庸で議論するまでもない倫理的な主張――わたしが本稿の表題のために考えだした「薄情ではいけない」といった類いの主張――のみを開陳することに熱を入れているように映ってしまうからである。薄情ではいけない。どう考えても「穏やか」でいる方がいいだろう。しかしここにおいて、少なくとも、薄情さと野蛮さはまた、より広範で直観には反するような政治的視座の一部をなすだろう。この視座はわたしたちに、ここでのケアはあちらでのケアと対立するかもしれず、福祉国家とはマクロ・レベルで見られるべき怒りを保持した事業であり、そこにおいて怒りは人々の福祉を誠実に考えるうえで必要不可欠な一部をなすとみなすことを可能にする。この観点は、今ここから目をそらすことが薄情に見える、あるいは薄情さとして経験されるとしても、わたしたちに最も近しい人々の幸福（welfare）の彼方を見据えることを要求する。イシグロの作品に登場する、親密な者の間での薄情さに関する同様の場面においても、たとえ部分的であったり歪められた形であったりしようとも長期的観点から考えねばならないことや、はるか遠くのできごとに対する道徳的責任への圧力が描き出されているのかもしれない。言い換えれば、倫理的なお題目らしきもの——あまり仕事に打ち込みすぎるなよ、家族とか、愛とか、もっと人生で大事なことがあるんだって忘れちゃだめだよ——こそが、実のところ倫理的なお題目、そして特にイシグロが非常に頻繁に結びつけられるお気楽な倫理的慰め——人間の第一の道徳的義務は家族に対して、すぐそばにいる者に対して優しくすることであり、良き夫、良き親、良き友にならなければいけない、という考えであるとか、優しくなりなさい、薄情に振る舞ってはだめですよといった命令——に対する声高な警告であったかもしれないのである。

【原注】

（1）この一節を共感の理論という観点から読み解いているものとしては Katherine Stanton を参照。

（2）もちろん「映画スター」という夢が示唆する通り、このことは夢というもの自体の問題から常に生じるものかもしれない。「スーパーで働く」という夢はこの解釈を無効にするために加えられたものと思われる。わたしたちの世界においてはスーパーで働くには階級は問われず、それを目指すのが不可能であるということも全くない。ところが、外の世界での買い物を許されていないクローンの子どもたちにとっては、スーパーで働くことさえもとりわけ魅力的であるのかもしれない。

（3）労働者階級の若者によるサブカルチャーの様式と段階が上昇移動というイデオロギーとどのように関連しているかを説く有益な概説的議論が、ヘブディッジの『サブカルチャー——スタイルの意味するもの』（一九七九年）に収められている。ヘブディッジはたとえば、フィル・コーエンによる、スキンヘッドというスタイルは「モッズ・スタイルのうちにある、明らかにプロレタリア的な要素の意図的な誇張によって生み出された、「階級移動」の過程全体についての言葉に拠らない声明（metastatement）」」（55八四、訳文一部改変）であるという議論を引用している。Cohen, "Sub-cultural Conflict and Working Class Community" を参照。

(4)　この一節は以下のように続く。「けど、君は駆け回ってばかりだ。くたびれきって、いつも独りぼっちで……。ずっと見てきたおれにはわかる。これじゃ、ぼろぼろになる。君も思うときがあるんじゃないのか、キャス？　なぜ、やめていいって言ってこない」(282 四三二)。キャシーによる自己描写は、これよりもはるかに強くライダーを連想させるものである。「そして、孤独です。わたしは多くの人に囲まれて育ち、にぎやかな環境しか知りませんでした。それが介護人になると、突然、すべてが一人になりました。一人で何時間も田舎道を走り、センターからセンターへ、病院から病院へ移動します。泊まるのはいつもビジネスホテルに一泊で、心配事を打ち明ける相手も、一緒に笑い合う相手もいません。[……] 先を急いでいるかもしれませんし、疲れていて、ちゃんとした会話などする気にならないかもしれません。長時間働きづめに働き、あちこち飛び回り、細切れの睡眠しかとれずにいると、やがてそれが気配に現れてきます」(207-208 三一六)。

(5)　イシグロは、この体制が私的なものなのか公的なものなのか、すなわち利潤の追求と政府による官僚制のどちらから生じた結果であるのかを示したいとは思っていないようである。肝心なのは、それがほとんど重要でないことだと思われる。「当局」("they")とはそのような形で分割されているようには見なされていないが、別の形で分割されているのである。ただしそれは取るに足らないものであることが分かってしまう。というのも、人は分割のかすかな徴候によって、誰かしらによる強い反感があらわになることを期待するが、そのたびに分割は恐怖の内側にのみしか存在しないことを知って失望するからである。

(6)　小説の別の部分で、イシグロは反対意見の熱心な運動——たとえば、キャシー、トミー、ルースの通った「進歩的な」学校に対する反対者——に暗に言及している。それらは熱心であり、実際そのように受け取られているが、実はこのように熱心だが的外れなことが彼の作品におけるもうひとつの特徴である。したがってわたしたちは、「トミーが悪いのではない」という言葉が考慮に値するイデオロギー的な立場を表象しているとは想定できない。

(7)　この小説が、わたしたちにルーシー先生の矛盾したふたつのメッセージをひとつにまとめるのを許容する限りにおいて——そのメッセージ全体は物語の筋という地平の彼方に存在しなければならない——このメッセージは、トミーは怒らなければならないのと同様に向上心を持たねばならないということになるように思われる。もし彼の向上心が怒りによって満たされねばならないならば、それは新種の向上心であるに違いない。

(8)　恐らくキャシーのふるまいを違った風に読み解くこと、すなわちルースとの結束を固めるための行いと見なすことも可能であろう。キャシー、ルース、トミーによる三角関係から性的な要素——非常に弱いのでかえって目につく——を取り除いてしまえば、創造性があり、器用で、競争好みで、向上心のあるルース(彼女の「ポシブル」とそれに伴う現代的なオフィスで働くイメージこそ子どもたちの向上心を表象する)は、トミーの真逆の存在であるように思える。キャシーと異なり彼女は責任(fault)というものを信じている。ルースはトミーについて、「結局は自分が悪いのかも(it's his own fault)。もうちょっと抑えられれば、放っておいてもらえるのに」(10 二〇)と言う。

【訳注】

（一）　執事スティーブンスの殺風景な食器室を明るくするために、「花を生けた大きな花瓶を抱え」て部屋を訪れた女中頭のミス・ケントンに対して、老執事は「ご親切はありがたいが、ここは娯楽室ではないのですよ、ミス・ケントン。気を散らすようなものは、できるだけ少ないほうがよろしい」と、やや冷淡に接する（54-55 七一―七二）。

（二）　ジョイス・ブラザーズ（Joyce Brothers, 1927-2013）はアメリカの心理学者で、『グッド・ハウスキーピング』（*Good Housekeeping*）はアメリカの女性誌。

（三）　仕事の合間に自宅で妻のゾフィーとボリスの三人で短い時間を過ごしたライダーは、ばかげた遊びを始めた息子を無視することに決める。その後に、ライダーが以前映画館で購入した工作手引書を、ゾフィーはパパからのプレゼントと称してボリスに渡す。父親の気を引きたいボリスは工作手引書に興奮して喜んでいるふりをするが、それでもライダーは息子を無視し続ける

（286-88 五〇五―五〇七）。

（四）　キャシーの上司たちを指すであろう "they" は、邦訳書において訳出されている場合には「当局」（207 三一五）という語が充てられているので、本稿でもそれに準じる。なお、この "they" は訳出されていないことの方が多く、たとえば物語冒頭での「あと八カ月、今年の終わりまではつづけてほしいと言われていて」（九）という箇所は、原文では "they want me to go on for another eight months, until the end of this year"（3）となっている。

（五）　『空飛ぶモンティ・パイソン』（*Monty Python's Flying Circus*）は、イギリスのコメディ・グループであるモンティ・パイソンによるテレビ番組であり、一九六九年から一九七四年までの間に四シリーズが放送された。

（六）　care という動詞には、「介護する」の他に、「気づかう」、「心配する」、「世話する」、「愛する」など様々な意味がある。

【引用文献】

Cohen, Phil. "Sub-cultural Conflict and Working Class Community." *Working Papers in Cultural Studies* 2. Birmingham: U of Birmingham P, 1972.

Hebdige, Dick. *Subculture: The Meaning of Style*. London: Methuen, 1979.〔ディック・ヘブディジ『サブカルチャー――スタイルの意味するもの』山口淑子訳、未来社、一九八六年〕

Ishiguro, Kazuo. *Never Let Me Go*. New York: Knopf, 2005.

——. *The Remains of the Day*. New York: Knopf, 1989.〔カズオ・イシグロ『日の名残り』土屋政雄訳、ハヤカワ epi 文庫、二〇〇一年〕

——. *The Unconsoled*. London: Faber, 1995.〔カズオ・イシグロ『充たされざる者』古賀林幸訳、ハヤカワ epi 文庫、二〇〇七年〕

Menand, Louis. "Anxious in Dreamland." *New York Times Book Review* 15

Oct. 1995.
Robbins, Bruce. *Upward Mobility and the Common Good: Toward a Literary History of the Welfare State*. Princeton: Princeton UP, 2007.
Shaffer, Brian W. *Understanding Kazuo Ishiguro*. Columbus: U of South Carolina P, 1998.
Stanton, Katherine. *Cosmopolitan Fictions: Ethics, Politics, and Global Change in the Works of Kazuo Ishiguro, Michael Ondaatje, Jamaica Kincaid, and J. M. Coetzee*. New York: Routledge, 2006.
Wong, Cynthia F. *Kazuo Ishiguro*. 2nd ed. Tavistock, Devon: Northcote, 2005.
Wood, Michael. "Sleepless Nights." *The New York Review of Books* 21 Dec. 1995.

解題（田尻芳樹）

本稿は、Bruce Robbins, "Cruelty Is Bad: Banality and Proximity in *Never Let Me Go*." *Novel: A Forum on Fiction*, vol. 40, no. 3, Summer 2007, pp. 289-302. の全訳である。

ブルース・ロビンズのこの論文はかなり込み入った議論を含むが、最も重要な洞察は、クローンたちの世界と私たちが生きている現代社会（ロビンズは二一世紀のアメリカを念頭に置いている）が同じ構造を持っているということである。小説冒頭からもわかるように、語り手キャシーは介護人という自分の職務に真面目に専念するあまり、わずかな利得も大きな特権と勘違いして満足し、彼らが強制的臓器提供という不正義にさらされているという根本問題を直視しない。私たちもまた、階級格差のせいで多くの人間には未来の希望がないのに、あたかも希望があるかのように振る舞って、根本的な問題から目をそらしている点では同じではないか。そのように私たちを真実に対して盲目にするのが福祉国家のイデオロギーだとするロビンズは、この小説をそれに対する批判を内包したものとして議論し、さらにこの作品における怒りのコントロールの問題からケアと薄情さの不可分性までを福祉国家との関連で説明する。ここで私たちには戸惑いが生じる。国家が国民を手厚くケアする福祉国家は、一九八〇年代のサッチャー＝レーガン時代にずたずたにされたのではないか。一九九〇年代後半に設定されている『わたしを離さないで』も福祉国家以降の、むしろ新自由主義の時代の物語と受け取った方がいいのではないか。この論文とほぼ重なる部分を持つロビンズの著書『上昇移動と公益——福祉国家の文学史の方へ』（*Upward Mobility and the Common Good: Toward a Literary History of the Welfare State*, Princeton UP, 2007）を見るとロビンズもそれを意識していたことが分かるが、結局、二〇世紀半ばの福祉国家時代と同じ状況が二一世紀にも残存しているのだとやや強弁している。

ロビンズの議論と合わせて読むべきなのは、社会的連帯による抵抗があらかじめ排除されているこの小説を、社会が欠落した「セカイ」で愛を中心化する物語として読解する三浦玲一『村上春樹とポストモダン・ジャパン』（彩流社、二〇一四年）、三浦の路線を引き継いだ河野真太郎『戦う姫、働く少女』（堀之内出版、二〇一七年）のように、この小説を明確にグローバル資本主義、新自由主義時代の文化という文脈に位置づける論考である。いずれも『ハリー・ポッター』、宮崎駿のアニメを始め広く知られたサブカルチャーを豊富に論じているので大変面白く刺激的である。

Bruce Robbins, "Cruelty Is Bad: Banality and Proximity in *Never Let Me Go*." *Novel: A Forum on Fiction*, vol. 40, no. 3, Summer 2007, pp. 289-302.
© 2007 Novel, Inc. All rights reserved. Republished by permission of the copyrightholder, and the present publisher, Duke University Press. Japanese anthology rights arranged with Duke University Press, North Carolina through Tuttle-Mori Agency, Inc., Tokyo.

公共の秘密

ロバート・イーグルストン／金内亮訳

ヨーロッパのユダヤ人が殺害されているということは、第三帝国〔ナチス統治時代のドイツ〕では公共の秘密だった。「公共の秘密」とは何か？　それはどのように経験されるのか？　何を意味しているのか？　それは社会をどのように形成、あるいは再形成するのか？　こういった問いに答えることは、ホロコーストやその他多くの大虐殺や残虐行為、そして私たちが生きる現在を理解するうえで重要だ。しかし、公共の秘密は、その性質のために理解し難い。というのも、公共の秘密が社会的、文化的に最も強力であるとき、それについて公に語ることはできず、語るとしても多大なリスクを伴うし、そのような力をもはや保持していないときには、人々はその秘密の内容を知っているということを認めず、その隠蔽には関わっていないと言うからだ。その結果の一つは次のようなものだ。公共の秘密の主体的な経験とその広範な意味合いは歴史という学問分野の限界を越えていて、これらは小説作品を通すことでより良く解明することができるということである。この場合は、歴史家にはできない方法で過去と現在について考察した小説であるカズオ・イシグロの『わたしを離さないで』だ。重要なことに――そしてこれもまたイシグロの作品を通して明らかになるのだが――公共の秘密とそれに伴う共犯の結果は、ホロコースト後の世界を理解するためにも大切な概念である。このようなわけで『わたしを離さないで』は、ユダヤ人大量虐殺とその遺産についての、極めて重大であるがはっきりとは理解されていない側面に取り組んだホロコースト後の小説なのである。

「おまえはわれわれの内の誰を殺害したのか?」

一九四七年三月一九日の手紙で、カール・ヤスパースはハンナ・アーレントによる献呈の辞の草稿(一)に注釈を加えた。彼女はその中で「そうこうする内に結局、出くわすドイツ人ごとに「おまえはわれわれの内の誰を殺害したのか?」と問う以上に自然で当然になったことは何もありません」と書いていた[1]。ヤスパースは次のように述べた。

だがほとんどのドイツ人、九九・九パーセントは、頭の中ですらそんな殺人は犯してはいない。しかし残る〇・一パーセント、人数にすればひじょうに多くの人が現にいる以上、事実、ときにわれわれが体験するように、目のまえにいる人にこの隠れた問いを発することはある[2]。（75 八六）

アーレントは返事の中でこの箇所を取り上げ、抽象から具体へと移る彼女特有の調子で次のように述べた。

あなたはせいぜい〇・一パーセントだとおっしゃる――不当かもしれませんが私にはずいぶんと小さな数字に思えます、人数にすれば七万くらいですね。もっと本質的だと思えるのはつぎの点です。直接に手をくだした者が何人だったにせよ、いずれにしても小さなパーセンテージのこの連中は、もはや一九四二年までのように確信的ナチや選り抜きのSS隊員だけにかぎられてはいなかった。正規軍の諸部隊もこれに投入できたし、現に投入された――軍はいずれにせよ民族のすべての層を代表していた。[……]そのうえ、今日ではすべてが全住民に知れわたったというのに、いまなおヒトラーを歓呼するだろう者のパーセンテージは一九四三年よりもむしろ増えていると、何度となく言われています（新聞記者やプロパガンダ屋ばかりではなく、ドイツから帰ってくる人はみなそう言うのです）。［……］これが意味するところは、これらの人々［……］人口の六〇ないし七〇パーセントにもおよぶと見られているこの人たちはみな、またおなじように承知のうえで殺人を黙認するだろうということにほかなりません。（84 九六）

この問題について論破され、ヤスパースは「「殺人者」のパーセンテージについてあなたが書いていることは正しいと思うし、住民大衆についてもおそらくそのとおりでしょう」と返答した（88 一〇一）。

一九四七年のこのやりとりが示しているように、ドイツの人々がヨーロッパのユダヤ人虐殺についてどれほど知っていたのかという問いは、ホロコーストを理解するために極めて重要なものとなっている。この問いは、例えば次のような多くの問いと本質的につながっている。市民の臆病さについての問い、敗色濃厚となっても、さらには終戦直後ですらヒトラーへの支持が強かったのはなぜかという問い、「救済的（リデムプティヴ）」[二]（ソール・フリードランダー）であるか「抹殺主義的」（ダニエル・ゴールドハーゲン）かという反ユダヤ主義についての問い、そして罪の意識についての問いである（これがヤスパースにとって主要な問いであった）。さらに、「ドイツ人がどれほど知っていたのか」という問いには、その他の虐殺や残虐行為を理解するためのより広範な示唆が含まれている。この問いは加害者や彼らの世界観に対する理解を改めさせ、単に「傍観者」でいることとの妥当性を——おそらくはその可能性をも——問いに付すのである。そして、こういった人々について再考することが重要となる。

これは、哲学的・実証的双方の歴史研究の限界点に位置する、あるいはそれを越えた問いでもある。哲学的というのは次の理由による。イアン・カーショーがバイエルンの世論についての重要な研究書の中で述べているように、「証拠書類は、「ドイツ人はどれほど知っていたのか？」という問いに対して十分な答えを提供することがほとんどできない」からだ。[3]「人々が何を知っているのか」という問いは曖昧である（結局のところ、この文脈において何を「知っている」と見なすのか?)。ここで言う証拠とは気泡のようなもので、はっきりさせることが難しく、証拠書類というよりは見解の問題なのである。実証的というのは、多くの証拠が、有益に参照しうるものであったとしても、損なわれてしまったからである。これはまさに、人々が正直に答える見込みの少ないタイプの問いでもある。とはいえ、歴史家たちが活用してきた資料が数多く残存している。特に、亡命していたドイツ社会民主党ヘドイツから持ち込まれた報告書だけでなく、ナチ党の情勢と士気に関する報告書、プロパガンダ記事、地方の新聞アーカイブや法廷での資料が残っている。[4] こういった資料は、学者や民間で戦後数十年間保持されていたコンセンサスに異議を申し立てるのに役立ってきた。そのコンセンサスとは、「一般のドイツ人」は第三帝国期のドイツにおけるユダヤ人の絶滅についてほとんど何も知らなかったのだというものであり、社会学者のスタンリー・コーエンをして「ナチス政権時代は傍観者による否認の語彙に民間の決まり文句を二つ提供した。「善きドイツ人」と「我々は知らなかった」である」と書かしめた。[5]

歴史家のフランク・スターンはあるドイツ人機械工の言葉を引用している。学校にいたユダヤ人の少年の記憶について、機械工は次のように述べる。

いつの日か彼は突然姿を消しました。彼に何が起こったのか、私にはまったくわかりません。それ以降、私たちは何も耳にしませんでした。けれども、問うてみるならば、人々はああいう曖昧な回答を口にするでしょう。とはいえ、先ほど言ったように、迫害された人のことは誰も個人的には知りません。[……] その少年がどこかの収容所で死んだのだとしても、ええ、私は知らないのです。彼はある日、単に消えたのであって、それ以上のことは知りません。

スターンはもう一人の生徒にも言及している。彼女は後にナチ党の一員となったのだが、反ユダヤ主義の新聞である『シュテュルマー』が何であるのか知りもしなかったと述べたのだ。(6) 歴史家たちは一般のドイツ人によるこの種の説明を極度に疑わしいものであると見なしてきた。明らかに、絶滅に直接関わった人たちは知っていた。そして間接的に関わった人たちも知っていたのだ。マイケル・バーリーは、安楽死政策に携わったT４組織の事務員たちに言及している。彼らは犠牲者から取られた「ひどい臭いのする歯を入れた瓶」の置かれた事務室で働いていたのだ。(7) その他の主要な研究は、多くの人々がそれ以上のことを知っていたが、それについて口を閉ざしていたのだと主張している。

イアン・カーショーは、彼が「混乱した大衆」と呼ぶものに注目している。(8) 彼は他の論者と同様に、公共圏がナチ党によって支配されていたのだから第三帝国期には本当の意味での「世論」は存在しなかったと述べる。とはいえ、ナチ党に異議を申し立てるというほどではないにしても、確かに「不平」を記録した「民衆の声」はあったのであり、ドイツ人が何を知っていたのかについていくばくかの理解をそこから得ることは可能である。公然と意見を述べた人々についての臨時報告がある。一九四三年二月にユダヤ人の虐殺を糾弾したカトリックの司祭、ユダヤ人虐殺について論じたかどで一九四三年の秋に投獄されたミュンヘンの中年女性、一九四四年の九月にヒトラーは大量殺人者であると述べたことで起訴されたアウクスブルクの男性。(9) しかし、これらはかなり例外的な事件である。けれども、こういった公共の場での言説の記録が不足しているにもかかわらず、人々はかなり高い水準で絶滅について知っていたとカーショーは主張している。「東欧のユダヤ人に対する残虐行為や大量射殺についての情報がかなり広範に知れわたっていたという明白な証拠がある」、「収容所でのユダヤ人の計画的絶滅についての知識は、残存する書類に記されている以上に広く流布していた」と彼は述べる。(10) この知識のことを彼は「消極的共犯」と呼び、一般のドイツ人は自分はこれ以上知りたくないとわかるほどには十分に知っていたのだと主張している。(11) ティモシー・スナイダーはさらに率直に述べている。

多くのドイツ人がユダヤ人の大量殺戮を知らなかったということは、これはありえない。［……］東方ではほとんどの者たちは何が起きているのかを知っていた。何十万ものドイツ人が殺戮を実際に目の当たりにしたし、東部戦線の何百万ものドイツ人将兵がそれを知っていた。戦時中、妻や、なんと子どもたちまで殺戮現場を訪れていたし、兵士や警察官はもとより、ドイツ人はときに写真付きで詳細を綴った手紙を家族に送った。[12]

ハンス・モムゼンもまた、虐殺に関して「不正を犯しているという曖昧な意識」について論じ、留保を付けて、「当時の大多数のドイツ人の成人は、おそらく、この国家機密について様々な詳細を知っていた」と記している。[13]最近の第三帝国の経済史研究もまた、ドイツを追われたユダヤ人から盗んだ日用品や資産が一般人に対して広く転売された事実について明らかにしている。モムゼンは「当局に引き渡されたユダヤ人の住居や家具を譲渡してほしいという実に多くの要求」に言及している。[14]こういったこともまた、一般の人々は何が起こっているのかを知っていたが、その知識を「異常な暗い雰囲気」の中に晦ませておいたことを強く示唆している。[15]メアリー・フルブルックは、ベンジンの行政官であったウド・クラウザの肖像を通してこれらの問題に詳細に取り組んだ。「一般のドイツ人」たちの間での関与の差を見事に引き出し、歴史に対する共感を適度に保ち、彼の戦後の責任回避に対して明敏な評価を下しながら、彼女はこの中間階級のナチ党員の状況を鋭く位置付け次のように述べた。クラウザ自身の言葉によれば、「悪意なきままに罪を犯している」のではないかと彼が意識し始めた証拠がいくつかあるとはいえ、「アウシュヴィッツへの死に至る強制移送という点まで政策がたどり着いたときにも」、そのような意識は彼の行為になんら目立った変化をもたらさなかった。[16]

デイヴィッド・バンキアは、この公共の知識に関して保持された秘密の本質と理由について考察している。「通常の生活」を維持しようとドイツ人が努力する中で、「絶滅政策について話題にするのは一種のタブーであり、口にされるとしても内輪か友人の間のみであった」のであり、虐殺について公然と話し合っているのを聞かれたら面倒ごとにつながったであろう。[17] それ以上に、バンキアは虐殺を信じることがときにはほとんど不可能であったということを強調している（彼はあるドイツ人女性の一九四四年の日記を引用している。彼女はヴルバ＝ヴェッツラー報告書を読んで、「こんな恐ろしい話が信じられるか？　全くもってありえない話だ。最も残忍な狂信者ですら、ここまで完全に獣じみたことはできない」と書いた）。反ナチスの人々の中にすら、その出来事を「信じられないことだ」と見なした者がいるという。[18] ニコラス・スターガートはより最近の研究をまとめ上げ、「ユダヤ人殺害という情報は詳細に知れわたっていた」と述べている。そして、噂話や口頭によって広まり、国家機関によるプロパガンダによって否定されることもなかったので、「それは本質的に非公開の情報であって」、それ自体「手に負えず、それが何を意味しているのかを解読するために人々は独自の情報源に頼らなくてはならなかったのである」と論じている。彼は、「実際に起こったこと」についての知識は「タブー」なのだと説明してもいる。[19]

スターガートは続けて、このタブーの文脈や構造を論じている。虐殺の話は、しばしばユダヤ人や同胞による報復という噂を伴った。実際、マルティン・ブロシャートとソール・フリードランダーによれば、ユダヤ人による報復に対する恐怖は小さくない役割を果たしていたのであり、そのためにドイツ人は敗戦後ですら戦い続けたのである。次のこともまた疑いを挟む余地のない真実である。一九四四年の春と夏、ヒムラーはナチの高等将官に対して演説をした。その結果、「敗戦ということになれば、将官たちはヨーロッパのユダヤ人の殺戮が政権の戦争目標の一つであったという事実を知らなかったふりはできなくなっただろう」。[20] ヒムラーは前年の一〇月にも、ポーゼンでSS将校と地方長官を前に同様の演説をした。その中で彼は、記録によれば――文字通り彼は演説を記録したのである――最終解決について彼らが既に知っていたことについて話した。そうすることで彼らを「公式に」、いわば、公文書の記録において殺戮の共犯者としたのである。（アルベルト・シュペーアがこういった演説に出席していなかったことをあれほど示したがったのは何の不思議もないのである。）スターガートによれば、加害者と被害者の見解の相違はこの点から生じている。秘密は不和を生み、「彼らの立場は権力だけでなく、共感や帰属意識の限りない非対称性によって分断されていたのである」[21]。

そういうわけで、歴史的な記録から、ユダヤ人の殺戮はある意味で私的な知識であったが噂によって広められ、それは秘密と知られていたため同時に公共の知識でもあったということが明らかである。戦後には否定されたものの、戦時中にユダヤ人の殺戮について知っていると公然と言うことは危険であり、実のところタブーですらあったのだ。「ドイツ人がどれほど知っていたのか」という問いに答える中で、奇妙で一見逆説的な概念が現れた。それが公共の秘密である。この正体、意味、そして広範囲にわたる影響力は、カーショーが述べているように、歴史的な記録を参照していては適切に答えることができない。公共の秘密は個人的、共同体的な主体性の言説空間に存在しているので、それを解明するには文学作品がより適しているかもしれないのだ。

公共の秘密を定義する

では、「公共の秘密」とは何か。多くの点で、それが何でないのかを言うことの方が容易である。公共の秘密とは、隠されたものを——例えば歴史記録の公刊とか、ジャーナリズムや伝記的調査を通して——公表することではない。それならば単に、あらわにされた秘密に過ぎない。この歴史的、政治的な文脈において、私たち自身のある部分（それは共有されているが、文化的、社会的、心理的に隠蔽されている）を外部に示すことでもない。それは無意識でも、欲望でも、私たちは皆排泄するけれどもこういう身体機能についてめったに語らないという事実でもない。これらは秘密なのではなく、単に、そして複雑な理由のために、私たちの日常的な言説の内にめったに姿を見せないだけである。「公共の秘密」は二〇世紀半ばの収容所のようなもの、隠されてはいるがそれと同時に詳しい者にとっては公に明かされているもののようだというのでもない。

私が意味していることにぴったりではないがもっと近いのは、人類学者のマイケル・タウシグが仮面をかぶることや脱ぐことについて論じた『汚損』（*Defacement*）の中で、エリアス・カネッティの「秘密は権力のまさに中核にある」という格言に影響を受けて論じたところのものである。「広く知れわたっているがはっきりと述べることのできないもの」として、秘密の内容は知られると同時に否認され、繰り返し口にされると同時に隠され続けている[22]。実際、知っていると同時に知らないということは、タウシグにとって社会の中心を構成する特徴なのである。大フエゴ島のセルクナム族（彼らは二〇世紀後半、植民地時代の集団殺戮によって全滅させられた）についての長い章の中で、タウシグは彼らの社会で中心的な機能を果たす秘密について論じている。その秘密とは、精霊が彼らの間を歩き回っているというものである。精霊が一族の者であるということは誰もが知っていたが、彼らはそのことをまるで知らないかのようにふるまった。タウシグにとって、人々に知られてはいるが話されることのないこの種の秘密は、社会的な権力と、それに抵抗もしくはそれを暴露したいという欲望の根底にあるものなのだ。すなわち、それはタブーである。彼はまた、タブーとされている秘密の暴露が、暴露した者をそのまま死に追いやった数多くの事例を引用している。ある恐ろしい事例では、キリスト教の宣教師が原住民の人々に、彼らが既に知っていたこと、すなわち「神聖な音楽」が単に人々によって隠されていたフルートの音であるということを口にしたがために、うかつにも社会の秩序を完全に崩壊させてしまった。これは私が引き出そうとしている意味により近い（スターガートとバンキアの両名が、タブーとしてのホロコーストの知識に言及している）。しかし、タウシグが論じる事例において、秘密はかなり長く続いている社会構造と重なり合っているのであって、歴史的、偶然的な出来事と重なり合っているのではない。これらの事例において、タブーは社会構造の一部をなしている。秘密が社会を積極的に崩すわけではないのだ。

公共の秘密とは、広く公に知られているのだが、それと同時に熟慮のうえで共同体が隠蔽する対象のことである。公共の秘密の内容について明かすと、法的もしくは社会的な処罰を受ける。なぜなら、公共の秘密は情報であり（難民キャンプは本当は殺害の場所である）、同時に情報以上のものだからだ。それは共犯の過程、もしくは共犯の構造であり、故意にであろうとなかろうと人々を共犯に引き込み、形成し、巻き込むのである。スタンリー・

カヴェルの言葉を言い換えれば、公共の秘密について知った者は、単にその秘密について知るだけではなく、自分が公衆として何者であるのかを知るのである。これは「生の形式」である[23]。あるいはより正確を期すならば、これは「生の歪み」であると言えるだろう。公共の秘密は物事を形成する力を持っているために、極めて強力で危険なものである。そして人々は一般に公共の秘密によって形成されていることを認めたがらないため、公共の秘密はその力や状況が弱まった後でも影響力を持つ。

文学作品はその独自の自由の中で共感と同一化を働かせる。それは言語によって構成され、ほとんど誰もが共有し、毎日用いる語りによって作られているので、メイル・スティールが「人々の想像力を実践理性と歴史に結び付ける」と述べる働きにおいて中心的な役割を果たす[24]。この場合、公共の秘密がもたらす影響は証拠書類では捉え切ることができない。そして、公共の秘密の構造は常に個人の主体性と共同体の主体性双方を巻き込み、それらと関わっている。したがって、社会的、政治的、そして私的な領域における公共の秘密の歪みとその重要性は、小説作品を読解することで最も有益な形で、また、より詳細かつ鮮明に、分析し理解することができるのである。

最初期の『遠い山なみの光』(一九八二年)や『浮世の画家』(一九八六年)から、イシグロの作品は国家や共同体の歴史、罪や共犯を扱ってきた[25]。彼の最新作である『忘れられた巨人』(二〇一五年)は、暴力や破壊について共同体が忘れてしまうことの利益、危険性、そして究極的にはその不可能性について考察した寓話のような物語だ。架空の「一九九〇年代後半のイギリス」を舞台にした『わたしを離さないで』(二〇〇五年)は、持続する残虐行為——後に述べるように、実は集団虐殺である——の犠牲者に微妙に関わる作品である。とはいえ、本作は集団虐殺そのものよりも、隠蔽されると同時に力を付与される公共の秘密を中心に描いている。この複雑な作品を単純にホロコーストを扱った小説や証言として位置付けようというのではない。クローンはユダヤ人ではないし、加害者はナチスではないのだ。そうではなく、公共の秘密が作品の中でどのように流布しているのかを分析することによって、秘密が個々人や社会構造をいかにして情動的に形成するのかを(あるいは、むしろ歪めるのかを)理解することができるのである。

『わたしを離さないで』における公共の秘密

「わたしの名前はキャシー・H。いま三十一歳で、介護人をもう十一年以上やっています。ずいぶん長く、と思われるでしょう。確かに。でも、あと八カ月、今年の終わりまではつづけてほしいと彼らに言われていて、そうすると、ほぼ十二年きっかり働くことになります」[26]。『わたしを離さないで』の冒頭の数センテンスは作品全体の暗号となっている。なぜ「H」と言い、フルネームを名乗らないのか？　カフカの『城』や『審判』のぞっとさせる、夢のようであるが見覚えのある世界に囚われた登場人物Kを思わせるし、製品のロットナンバーという感じを喚起させもする。これらの言葉は奇妙で、婉曲的に響く。「介護人」とは職種以上のものを意味しているようだ。小説が展開するにつれて、「介護人」、「提供者」、「生徒」、そして「使命完了」というのが日常言語とは異なった言葉であることが明らかになってくる。数多くの研究が、ナチスの犯罪人による婉曲的な言葉について指摘してきた。難民キャンプ、特別措置等々。しかし、ヴィクトール・クレムペラーは第三帝国の日常言語についても分析し、次のことを明らかにした。

ナチズムはひとつひとつの言葉、言いまわし、文形を通じて大衆の血と肉の中に自然に入りこんでしまっているのである。それは一〇〇万回も繰り返されて、大衆につめこまれ、機械的に、無意識に受け取られたのである。[27]

オーウェル的な「ニュースピーク」[三]ほどではないにしても、第三帝国や『わたしを離さないで』の世界の言語は言葉の意味を変化させるか婉曲なものにしている。さらに、この冒頭の箇所において、キャシーに介護人をつづけてほしいと言っている「彼ら」や、くだけた会話的な表現である「確かに」（"I know"）や「今年の終わりまで」という表現は、私たちが知っていて共有している情報を提示し（例えば、彼女が私たちに話しかけている今は四月、つまり最も残酷な月[四]に違いないということ。今年の終わりまでは八カ月あることでそれがわかる）、同時に、私たちが明らかに知っていることになっているが実際は知らない情報を提示することで、私たち読者をキャシーと会話をしている誰かとして位置付けているのである。彼女は明らかに、私たちが「ずいぶん長く」というのが何を意味し（何にとってずいぶん長いのか？）、「彼ら」が誰なのかを知っていると想定している。こういった表現は、「読者を不安にさせる」以上の働きをしている。公共の秘密の存在を明かすことで、こういった表現は（読者としての）私たちを共犯者にするのである。[28] しかし何と共犯しているのかは私たちにはまだわからない。つまり、この冒頭の箇所は知られていると同時に知られていない秘密、すなわち公共の秘密が存在し、私たち、語りかけられている内包された読者〔テクストによって想定されている読者〕はそれに共謀しているということを告げているのである。そして、私たちはこの秘密に適応しなくてはならない。

　このことによって隠されているが明らかになっているのは、医療産業的な大量殺害が巨大な国家的規模（そして世界的規模でもあると推測される）で行われているという事実である。主人公キャシーやその友達や同級生は、ヘールシャムという奇妙な芸術系の学校であると思われる施設の「生徒」であり、学校は教師ではなく、エミリ先生、情熱的なルーシー先生、そしてマダムといった「保護官」（もう一つの婉曲表現である）によって経営されている。しかしながら、生徒はクローンであり、体内の臓器は摘出されることになっている（これが「提供」であるが、贈り物というのでは全くない）。クローンはすべて死ぬことになっている。というのも、彼らはクローンであり、資源に「すぎない」からだ。彼らは繁殖することを禁じられていて（実際、おそらく彼らは遺伝子的に生殖能力を断たれているだろう）、小説が進むにつれて明らかになるが、彼らの芸術作品はすべて破棄される。このように、集団殺害のために作られた者たちの集団殺害が行われているのである。巧みなひねりによって、レーヴィがナチスの

「最も悪魔的な犯罪」と言い表したゾンダーコマンドー[五]の創設を想起させるのだが、クローンは提供者になる前には提供者の介護人として働くのである。レーヴィが指摘しているように、ゾンダーコマンドーの創設は「壮健な男たちを節約」し「他人により残忍な任務を押し付ける」ための実用的なものであったが、そこにはより微妙な側面があった。「それを作り出すことで、他人に、より正確には犠牲者に、罪の重荷を移すことを試みたのだ。そうすれば犠牲者は自分が無実だという自覚さえ持てなくなっ」たのである[29]。クローンたちは彼ら自身に対する破壊行為のプロセスの共犯者となっている。

『わたしを離さないで』は教養小説(ビルドゥングスロマン)のように構成されている。三部に分かれていて、それぞれがキャシーの生の段階に対応する。「学校」すなわちヘールシャム、コテージ（クローンが一六歳から介護人になるまでの間に滞在する、古びて状態のひどい施設）、そして介護人としての彼女の生である。しかし、多くのホロコーストについての証言や小説と同じように、本作は反‐教養小説である[30]。子どもの世界から大人の世界へと移行する主体として成長するかわりに、キャシーの世界と主体性は破壊される。共同体に組み込まれるというよりも、友人たちが組織に連れて行かれ、臓器のために殺されるにつれて彼女はますます孤独になる。実際、彼女はどのような成長も見込まれていなかったということを知るのである。本作の各段階において、公共の秘密の奇妙さ、すなわち知られてはいるが口にされることはないという奇妙さが、社会と人間関係を歪める。この小説は秘密と嘘、その隠蔽と暴露に取りつかれている。

例えば、ヘールシャムにおいて秘密や嘘は小さなものであり、学校を舞台にした小説というジャンルにほとんど適しているように見える。トミーは男子たちにいじめられ――トミーは「ちっとも疑ってないよ」とルースは言う[31]――癇癪を起こし、皆の笑い者になる。秘密親衛隊を作り、生徒たちが保護官のための「親衛隊員」（48 七九）を名乗るという想像上の秘密のゲームがある。森の中での秘密の出来事についての「恐怖の言い伝え」（50 八〇）がある。しかしこういった比較的普通の秘密にすらより深い意味がある。こういった小さな秘密のどれもが、ヘールシャムが関わっているもっと大きな秘密の兆候となっているのだ。キャシーの友人ルースが持っているきれいな筆入れを彼女がどのように手に入れたのかは秘密にされる。ルースは保護官からのプレゼントであると偽りのほのめかしをするが、キャシーは「保護官がそんなふうに贈り物をするなんて」、クローンと人間との間につくられた深い文化的な溝を「越えている」と考える。ルースはキャシーが秘密を守ってくれることに感謝しているが、その他の点ではねつけられる。秘密は副次的な影響を持ち、キャシーを「惨めになり、混乱」した気持ちにさせる（60 九六）。秘密は社会的な関係を歪めるのだ。クローンが成長すると秘密や噂も変わっていく。彼らはセックスをしたと公言するか、付き合っているのだと言う。話は保護官をめぐり（「とくに、クリス先生。女の子を見る目つきでわかる」（95 一五〇））、または介護人になっていない生徒をめぐる（例えば、公園の管理人をしていると言われるヘールシャムの年長の男子（150 二三四））。自分の「ポシブル」を目撃したというクローンもいる。「ポシブル」とはクローンの複製元で、クローンが本当は何者なのかについての洞察を与えてくれると信じられている。これらの秘密の中で最も重要なのは猶予についての噂、愛し合っているクローンのカップルは介護人か提供者になるための呼び出しを延期することができるという噂である。この秘密の真相の調査が小説の後半を動かしていて、キャシー、トミー、そしてしばらくの間はルースが、猶予を求めるために閉鎖されて久しいヘールシャム出身の「保護官」を探し出す。彼らはついに保護官らと面会し、自分たちについての打ち明け話を聞くのだが、奇妙なことに、それは彼らが既に知っていることなのである。この循環が本作のモチーフであり、公共の秘密の構造である。

『わたしを離さないで』は二〇〇五年のイギリスSF文学賞の最終候補に挙がったのだが、SF界の評論家たちは本作を好まなかった。本作にはなんらの「科学」もない――現実にある「科学的事実」もなければ創案されてもいない――し、クローン製造の過程といったものも探究されていないというのが彼らの主張であった。しかし、それは要点を外している。[32] 本作はクローンについて警告しているのではなく、過去と現在を分析しているのだ。集団殺害という残虐行為やそれが意味するものについて知ること、そして知らないでいることという経験についての作品なのだ。本作は、公共の秘密を作り出すことがどのように残虐行為を引き起こすのか、公共の秘密が個々人や倫理や政治をどのように形成し、歪めるのかを探究しているのである。

公共の秘密の影響

第一に、皆に認知されているが決して話し合われることも討論されることも疑問に付されることもない公共の秘密は、クローンと「普通の人々」との間に極めて重大な裂け目を作る。キャシーは「自分が保護官とは違うこと、外の世界の人とも違うことは、浅く、不完全な理解ではあったでしょうが、わかっていたはずです」(69 一〇九／訳文一部変更)と語るが、裂け目は常に既に確立され認知されてしまっているため、その点について究明することは不可能である。小説の始めの部分において、学校で、年に三、四回訪れるマダムがクローンたちに対して本能的な恐怖を抱いているということを彼らは知る(「マダムはわたしたちを怖がってる」(33 五四))。そこで、マダムにいたずらをすることに決める。あるときマダムが来訪すると、クローンたちは彼女に向けて行進する。

そこに見た恐れとおののきが——うっかり触れられはしないかという嫌悪と、身震いを抑えようとする必死の努力が——いまでも目の前に浮かびます。[……]蜘蛛嫌いな人が蜘蛛を恐れるように恐れていました。そして、その衝撃を受け止める心の準備が、わたしたちにはありませんでした。蜘蛛と同じに見られ、同じに扱われたらどんな感じがするか……計画時には夢想もしないことでしたから。(35 五八)

この出来事がクローンに与えた衝撃はとてつもないものである。「生まれてから毎日見慣れてきた鏡に、ある日突然、得体の知れない何か別の物が映し出されるのですから」とキャシーは述べている(36 六〇)。彼らのアイデンティティは——印象的なことにそのメタファーは鏡のものである——彼らが知ってはいるが彼らには秘密にされているものによって形成されている。クローンに対する人間の本能的な嫌悪は作中のいたるところに現れる。ずっと後で、キャシーとトミーを見たマダムは次のように描かれている。「一瞬後には、もう、わたしたちが何者であるかを悟っていたと思います。体が強張るのが見てとれましたから。二匹の大きな蜘蛛がのそのそと這い寄ってくるのを見たかのように」(243 三七八)。ノーフォークの中古店で「普通の」人が彼らに話しかけた唯一のとき、ルースは「わたしたちの正体がわかってたら」彼女は話しかけてこなかっただろう、彼らを美術学校の生徒だと間違えはしなかっただろうと言う(164 二五六)。彼らは外では人間として通っているのだ。彼らは「かわいそうな子たち」("Poor creatures")と呼ばれ(249, 267 三八八、四一六)、もちろんキャシーは「介護人は機械ではありません」(4 一〇—一一)と言うが、彼らは他人から、そして自分たち自身によってすら、「人」としてではなく「物」として扱われているのである。

キャシーが介護人となる第三部において、この裂け目による政治的・社会的な影響はより明確なものとなっている。クローンは全く、もしくはほとんどお金を持っていない。彼らにプライバシーはなく、所有権もない。「わたしを離さないで」が録音されたキャシーのテープのように、所有物は取り上げられてしまう(73 一一六)。彼らには基本的な自由も認められていない。喫煙は厳禁(67 一〇七)、セックスはしないように警告されている。他の介護人を訪ねることも奨励されていない(148 二三二)。キャシーは自分が抱える孤独について不平を言い(203 三一六)、いつも普通の人間たちのことを少し奇妙なやり方で、単に「彼ら」と言い表す。クローンは普通の人間のことを敬意を込めて呼ぶのだ。介護人は孤独な世界で働き、外の人間社会からは孤立していて、普通の人々にはほとんど会わない。彼らは提供者の世話をして国中をあちこち移動させられるのだが、それはおそらく、彼らが一つの地域でネットワークを作って接触し、結束して反抗するのを防ぐためである。(古代ローマの奴隷は制服を着せられなかったが、それは彼らが自分たちの数の多さに気付いて暴動を起こすのを恐れてのことであった。)彼らは内密に交際するのだが、それは収容所の人々のようなものである。キャシーは「仲介者を通じて」連絡を取り(213

三三一）、噂話はなぜかすぐに広まり（211 三二八）、ルースはマダムの住所を手に入れるために「ちょっと危険も冒し」（229 三五七）、キャシーはマダムの家を探り出す（238 三七二）、等々。そして、クライマックスでの会見は「規則違反」である（254 三九五）。

第二に、公共の秘密はクローンたちが自分自身の大量殺害に対して無抵抗であるという事態をもたらす。ジョン・マランは、キャシーが自らの運命を受け入れているという点と、彼女の思考と表現にかけられた制限について感動的に論じている。[33] その制限は公共の秘密の言説特有の歪みから生じてくる。彼らは臓器を提供するために作られているということを受け入れている。「結局、それが使命だものね。でしょ？」（223 三四六）、「あなた方はそのために作られた存在で、提供が使命です」（80 一二七）。「使命完了」という表現で「死ぬこと」（実際は殺害されることだが）を言い換える婉曲語法は、大量殺害を隠蔽するだけでなく、それを宗教的な響きのある目的論的枠組みのうちに囲い込む。贈り物を与える者、すなわち提供者の務めは「完了」する。彼らは犠牲になるのだ。クローンは抵抗するための拠り所とする立場を持たず、支持や配慮を引き出せるような社会的出自を持たない。内面奥深くから生じているだろうトミーの激しい癇癪は、彼の無意識の現れではなく、逆説的に、彼が意識的に知っているということの現れなのである。もう知っていたのではないか、とキャシーは彼に言う。学校のクローンが皆、『大脱走』に出てくるスティーブ・マックイーンの失敗を運命付けられたバイクでの脱出シーンを、繰り返し眺めるのも無理はない（97 一五四）。それが彼らの生なのだから。しかし、スティーブ・マックイーンとは違い、キャシーは逃げ出すことはできないし、決して救い出されることもない。彼女の戦いは決して終わらないのだ。彼らは知と無知の構造に慣れている。ルースは宝物を処分する――宝物がオックスファムに持って行ってもらえるかどうかと問い、そうなることを願う――が、単にごみ箱にでも捨てられたのだとも思っている。印象的に、彼女は「少なくとも、わたしは知らずにすんだ」と言う（129 二〇二）。ここにおいて、彼女は自分が知っていることと知らないでいることを受動的に受け入れている。実際、何ら政治的な希望がない中で、クローンが持っている最も良いものはヘールシャムでの思い出である。しかしこのこともまた、公共の秘密に関してあることを明らかにしている。ヘールシャムは素晴らしい場所であると繰り返し語られる（ヘールシャムへ行ったことのない提供者はヘールシャムを自分のこととして「思い出し」たがり（5 一三）、ヘールシャム出身者には特別な知識があると考えるクローンもいる）。そして実際ヘールシャムは、エミリ先生が明かすように、クローンを保護していたのである。しかし、彼女は「それは、ときに物事を隠すことを意味しました。嘘もつきました。そう、わたしたちはいろいろな面であなた方をだましていました」と続ける（263 四〇九）。実のところヘールシャムとは「まがい物万歳」（Hail Sham）なのだ。学校は質の良い強制収容所、もしくは何らかの理由で集団殺害が少しばかり延期されたハイム・ルムコフスキ統治下のウーチ・ゲットー（六）のような場所にすぎなかったということが明らかになる。エミリ先生の主張は社会改良論者のものである。彼女によれば、ヘールシャムは嘘をつくことで物事を多少はましなものにしたのである。しかし一方で、クローンが「将来に何が待ち受けているかを知って、どうして一所懸命になれます？　無意味だと言い始めたでしょう。そう言われたら、わたしたちに反論する言葉はありません」ということを認める（263 四一〇／訳文一部変更）。ヘールシャムの存在そのものが、クローンを「だます」ための手段なのである。抵抗は不可能だ。「古い世界」は新しい世界に永久に破壊される。その新しい世界は「科学が発達して、効率もいい。［……］でも、無慈悲で、残酷な世界でもある」（267 四一五）。クライマックスにおいてマダムは、ヘールシャムが行ってきたことはもっと残酷だったのかもしれず、自分は加害者として関わっていたのではないかと理解しているようだ。「かわいそうな子たち。あんな目論見だの計画だので、結局、わたしたちは何ということをしたのかしら……」（249 三八八）。エミリ先生は少し後で、トミーとキャシーは「真剣だし、考えることにも望むことにも慎重でしたしね」と言うが（253 三九四）、猶予はないのであり、逃れる手段もないのだ。

三つ目。公共の秘密はクローンたちの自意識や、彼ら自身の関係を歪める。ルースは苛立ちを募らせて、彼女や他のクローンたちは製造元、つまり本当の自己について次のように考えているのだと明かす。「わたしたちの

『親』はね、くずなのよ。［……］ポシブルを探したかったら［……］どぶの中でも覗かなきゃ。それか、ごみ箱とか、下水道ね。わたしたちの『親』はそこにいるんだから」（164 二五五―二五六）。さらに、特に介護人としての時期が近付くにつれて、クローンたちは秘密を隠したり明かしたりすることについて悩むようになる。ルースはトミーや性に関することについて、キャシーに繰り返し嘘をつく。秘密は彼らの自己理解をも歪める。キャシーは他者の心を感じ取るのが上手いようだが、自分自身の心に対してはしばしば盲目となる。「わたしがなぜあれほど強く反発したのか、いまでも不思議に思います」と彼女は言うが（54 八七）、手に負えないと感じている（それは間違っているのだが）自分の来歴とセクシュアリティとの関係を理解したいと願っているのである。トミーの癇癪の根源に対しても彼女は最後まで盲目である。彼のガールフレンドであるルースは、トミーはヘールシャムから「半ば遊離している」と考えていたが、トミーは自分の癇癪が、提供用臓器の生ける貯蔵庫として扱われていることに対する怒りを乱雑に表していることに気がついている。

四つ目の、知られていることと知られていないことの間に保持されている、公共の秘密の核心にある緊張がもたらすものは、犠牲者によるある種の無理解である。「将来、何があるかってこと。ほら、提供とか、そういうこと」についてクローンは知っている（29 四九）。しかし、「自分が誰で、保護官や外部の人間とどう違うかを少しは知り始めていた」かもしれないが、重大なことに、「いま起こったことが何なのか、誰もわかっていませんでした」（36 五九／訳文一部変更）。つまり、彼らの世界には、彼らには解決することのできない複雑なものがあるのだ。彼らは主任保護官のエミリ先生が朝会で突然「何なのですか。なぜなのですか。なぜわたしたちの努力を挫こうとするのです」などと言い始め、目を閉じ、眉間にしわを寄せ、発した問いへの答えを探すようにじっと立ち尽くす」ので、彼女が「いかれて」いるのではないかと思う（43 七〇／訳文一部変更）。彼らに直接関わりのある世界の出来事ですら知られていない。エミリ先生らによる一九七〇年代の運動がクローンに対する人々の意識を変えるのに成功したことや、「モーニングデール・スキャンダル」と「あのとんでもないテレビ番組」等について彼らは知らない（259 四〇二―四〇四）。こういったことはすべて、いわば大量殺害について彼らが知っていることというありふれた光景の中に隠れてしまうのである。

この無理解は、彼らとルーシー先生との関係において最も明瞭に描かれている。彼女は作中で唯一姓と名を持つ人物であり（ルーシー・ウェンライト）、（幼児でない）クローンを抱きしめる唯一の「普通の」人間である。ルーシー先生は、クローンはもっとはっきりと自分たちに何が起こるのか知らされるべきであると信じている（Lucy は「光」を意味する。キリスト教の伝統で、聖ルチア（St. Lucy）は視覚障害を持つ者の守護聖人である）。例えば、トミーに彼の絵について話す際、彼女が「怒りで震えてた」と描写されているが（トミーには彼女が誰に対して怒っているのかわからないのだが）（28 四七）、それは彼らが「教わっているようで、教わっていない」からなのだ（41 六七）。彼女は喫煙がなぜクローンにとってそんなにも悪いのか説明する準備ができていたし（68 一〇八―一〇九）、第二次世界大戦時の収容所についての示唆的な話の中で、「事故は起こるもの」だからヘールシャムのフェンスに電流が通じていなくてよかったともらし（77 一二三）、ごくわずかにではあるが大量殺害の真の恐怖について教えてくれる。キャシーだけがこの発言の意味について不思議に思う。現在形の使用が、ナチスの死の収容所の電流の通ったフェンスと、クローンが過ごしている収容所とを結び付ける。つまり、この小説の世界とホロコーストの世界とを巧妙に結び付けているのだ。（実際に、本作が持っている力の多くは時制の使用をめぐるものである）。クローンに、そして明らかに読者に対して、最後に秘密を打ち明けるのは自制できなくなったルーシー先生である。「あなた方は教わっているようで、実は教わっていません。それが問題です。形ばかり教わっていても、誰一人、ほんとうに理解しているとは思えません。そういう現状をよしとしておられる方々も一部にいるようですが、わたしはいやです」（79 一二六―一二七）。

あなた方の人生はもう決まっています。これから大人になっていきますが、あなた方に老年はありません。いえ、中年もあるかどうか……。いずれ臓器提供が始まります。あなた方はそのために作られた存在で、提供が使命です。［……］あなた方は一つの目的のためにこの世に産み出されていて、将来は決定済みです。

（80 一二七）

その後、ルーシー先生はいなくなる。トミーは「教わっているようで、教わっていない」というのは保護官の計算によるものではないかと言い（81 一二九）、キャシーですらそこには何かあると考える。この「教わっているようで、教わっていない」というのが公共の秘密である。「わたしたちに特定の話題を避ける傾向があったとすれば、それはたぶん違和感のせいだったと思います。わたしたちがその話題に近づきそうになると、いつも冷静沈着な保護官が急にそわそわし始めます。それが、わたしたちには奇妙であり、嫌でした」とキャシーは言う（69 一〇九）。もし理解するということが根本においては形而上学の本質であるとするならば、今の文脈において理解することの不可能性がごく小さな形で示しているのは、集団殺害が社会の最も深い根底に与えている損害なのである。

第五に、芸術もまた公共の秘密によって歪められている。ヘールシャムでクローンはあらゆる種類の芸術作品を制作し、最も優れたものは「展示館」に集められる。クローンたちはそのわけを知りたがるが、ルーシー先生ですら「とても大切な理由があります」としか言えない（40 六六）。小説の始めの方で、ルーシー先生は創造的でなくとも問題ないとトミーに伝えるが（23 四六）、後にその発言を撤回する（105 一六七）。「前に話したことは全部忘れてください。絵がへたでもいいし、描きたくなければ描かなくてかまわないなんて言ったのは、とんでもない間違いでした」とルーシー先生が言うのをトミーは思い出す（105 一六七）。ルーシー先生は「絵は重要です。証拠だからというだけではなくて、あなた自身のために重要です」と言う（106 一六八）。「ちょっと待って。何それ。証拠って?」と言ってキャシーはさえぎる（106 一六八）。作品は彼らの待遇の改善のための運動に用いられているということがわかってくる（しかし集団殺害が終わるというのではない）。芸術作品はクローンの「内部をさらけ出」し（173, 255 二七〇、三九七）、彼らの「魂を見せる」と考えられているということが繰り返し描かれる（173, 255 二七〇、三九七）。芸術作品は、読者がキャシーを通して既に知っていること、つまりクローンは豊かで人間的な内面生活や感情、すなわち「魂」を持っているということを明らかにするために用いられている。自分の無知の最後の一片が引き裂かれ、キャシーはそのようなことが疑問に付されているということに当惑し、悲しげに尋ねる。「魂がないとでも、誰か思っていたのでしょうか」（255 三九八）。

六つ目。おそらくはこれが最悪のものであるが、公共の秘密はキャシーや他のクローンたちを積極的に共犯者にする。先に述べたように、キャシーの抵抗（仲介者を通じて連絡を取ったりマダムを探し出して後をつけたりする等々）は当然のことながら極めて限定されたものであり、彼女の介護人としての共犯は確実なものとなる。小説の終わりにかけてキャシーとトミーは、四度目の手術（提供）に際してクローンが死ななかった場合（「使命完了」しなかった場合）何が起こるのだろうかと語り合う。四度目の提供はふつう最後の提供であると見なされていて、それは祝賀のときでもある。「白衣の人々」は嫌悪感を抑え、クローンに握手を求めさえする（273 四二六）。しかし、読者をも共犯に引き込みながらキャシーは次のように続ける。「これをお読みの方も、お聞きになったことがあるでしょう」（274 四二六）。

四度目の提供がすめば、技術的にはそれで使命が終わります。でも、ほんとうにそうか、とトミーは言っていたのです。何らかの形で意識が残るのではないか。そして、向こう側でも相変わらず提供がつづくのではないか。それも、何度も何度も……。向こうには回復センターもなく、介護人もおらず、友達もいない。最終的に誰かがスイッチを切ってくれるまで、続行される提供をただ見ている以外することがない……。ホラー映画そのものです。医師や看護婦や介護人はもちろん、提供者自身も普段はあまり触れたがりません。

（274 四二六—四二七）

キャシーは一一年の介護の経験があるので、何が起こるのかを明らかに知っている。けれども、彼女の生の中で最も親しいトミーとの会話では、「良き」介護人としてそのようなことは「たわごと」であると言う(274 四二六)。多くの論文が、キャシーの決まり切った話し方や限られた語彙について指摘してきた。明らかに、これは幾分かは彼女や他のクローンが話し合ったり自問して深く考えたりすることを妨げるためのものであるが、共犯の構造に結び付いてもいるのである。本作に現れる公共の秘密の目印としての特別な語彙については既に論じてきた。だが、本作の文体もまた、秘密と共犯の要求によって歪められている。コンラッドの『闇の奥』の奇妙な文体は虐殺や共犯と、その中核にある秘密との関係を隠蔽し、暴露する。それと同じことが『わたしを離さないで』でも起こっていて、主に時制の使い分けによって示されている。マーク・カリーは本作から二つの文を引用し、過去完了、単純過去、現在形という三つの時制だけでなく、六つの(!)「時制の参照点」を見極めている[34]〔本書参照〕。彼はこれを「先説的過去完了」、「予期の想起」であると見なしていて(358)、それは「ある種の情報規制としてはたらき、物語が次のプロセスを具体化する助けをする。つまり、制度全体(クローンの医療的大量虐殺)が、その制度の内部にいる者を容認できないものへと連れ込むプロセスである」(358)。公共の秘密をもつれさせたりほどいたりする中で、時制の歪みは時間と言語の関係を反映し、また、知っていることと知らないことの隠蔽と容認を反映しているのである。

結論

アロン・コンフィーノは、歴史家としての自分の仕事は「過去に精通することではなく、現代の出来事や主体的な経験を形成した時期の歴史的感覚を説明する方法を見つけ出すことである」と述べている[35]。そのような仕事には小説が最適であるということを、私は本論で公共の秘密について論じる中で示そうと試みた。公共の秘密は単に知られていることや隠蔽されていることについてのものではない。それは積極的で、物事を形成する影響力を持つ。クローンと人間とを分断し、犠牲者と加害者とを分断する。広く容認されることによって、犠牲者を無抵抗にする。公共の秘密に捕らえられた者の生は歪められる。公共の秘密は「ありふれた光景の中に隠れる」ことによって情報を隠蔽する。それは創造性を歪める。さらに悪いことに、犠牲者を自分自身の虐殺の共犯者に仕立て上げる。こういった影響力は無残な結果をもたらす。例えば、集合的な記憶とは異なり、公共の秘密は共同体ではなく「非‐共同体」を作り出し、人々を恥と秘密の内に陥れるのだ。それは分断された世界を作り出す。クローンと通常の人々が共有できるような簡単な共通言語が存在しないというのがその兆しである。

歴史家たちは、ダン・ストーンがホロコースト史学における「主意主義的転向」と呼ぶもの、すなわち「ナチ体制は恐怖による支配というよりはむしろ妥協の産物である」という主張について議論を重ねてきた。[36] 公共の秘密の本質はこの妥協の性質の中核をなしており、それは人々を共謀させる。しかしながら、おそらくは小説のみが、公共の秘密がどのように社会を歪め非‐共同体を作り出すのかということについてより豊かな見方を提供することができるのだ。公共の秘密に共謀することを通じて自己と共同体が歪められるということは、加害者、傍観者、犠牲者といったものよりも複雑で見えにくい主体の位置やカテゴリーが社会的に構築される過程を理解する必要があるということを示している。[37]

さらに、このようなプロセスはホロコースト期のみに起こるのではない。イギリスやヨーロッパ中、そしてアメリカにおいて大衆迎合主義(ポピュリスト)の政治家やメディアによって悪魔扱いされているにもかかわらず、国家による、また広く社会における「移民」の処遇については緊急時を除いてほとんど議論されることがない。収容所もしくは一時的収容センターとして、ヘールシャムに類似する施設がイギリス中に存在していて、無害そうな名を付けられている。ガトウィックにあるブルック・ハウスとティンズリー・ハウス、オックスフォードシャーのキャンプスフィールド・ハウス、ミドルセックスのヒースロー近郊にあるコーンブルックやハーモンズワース、南ラナークシャーのダンガベル・ハウス、アントリムのラーン・ハウス、リンカーンシャーのモートン・ホール、マンチェスターのペナイン・ハウス、ドーセットのヴァーン、ベッドフォードシャーのヤールズウッド。これらは入管収容センターであり、現在は「退去センター」という。そこでは外国人が、たとえ何の罪も犯していなくとも、亡命申請が通過するまで、もしくは国外退去させられるまで収容されているのである。犯罪者でもない人々の自由が奪われているという事実は今までほとんど議論されてこなかった(38)。似たような状況は当然世界中にある。公共の秘密とそれが生み出し必要とする共謀は、もっと広範に普及しているかもしれない。ホロコーストの意味についてよく考えること、その壊れた声を聞き取ろうとすることによって、私たちはこれらの問題に正しく注意を向けることができるのである。

【原注】

（1）　Hanna Arendt and Karl Jaspers, *Correspondence, 1926-1969*, ed. Lotte Kohler and Hans Saner, trans. Robert and Rita Kimber (New York: Harcourt Brace Jovanovich, 1992), p. 704 (letter 54, footnote 1).〔ハンナ・アーレント、カール・ヤスパース『アーレント＝ヤスパース往復書簡1　1926-1969』L・ケーラー、H・ザーナー編、大島かおり訳、みすず書房、二〇〇四年、二八五頁、書簡五四、注一。訳文一部変更、以下同様〕

（2）　この感情と鏡写しのものがある（同じものというのではない）。イスラエルで拘禁されて裁判を待ちながら、アイヒマンは次のように書いている。

「「モグラ」のように隠れて過ごしながら五年が経つと、初対面の人に会うたびに次のように自問することが私の第二の性となった。おまえはこの人を知っているか？　この人はおまえに会ったことがありそうか？　この人はそれがいつだったか思い出そうとしているか？　そしてこの数年間、誰かが私の背後にやって来て突然「アイヒマン！」と叫ぶのではないかという恐怖が決して離れなかった」(Bettina Stangneth, *Eichmann before Jerusalem*, trans. Ruth Martin (London: Bodley Head, 2014), p. xiii)

（3）　Ian Kershaw, *Popular Opinion and Political Dissent in the Third Reich: Bavaria 1933-1945* (Oxford: Clarendon Press, 1983), p. 364.

（4）　Otto Don Kulka, Eberhard Jackel, and William Templer, *The Jews in the Secret Nazi Reports on Popular Opinion in Germany 1933-1945* (New Haven: Yale University Press, 2010) を参照。

（5）　Stanley Cohen, *States of Denial* (London: Polity, 2001), p. 12.

（6）　Frank Stern, *The Whitewashing of the Yellow Badge: Anti-Semitism and Philosemitism in Postwar Germany*, trans. William

Templer (Oxford: Pergamon, 1992), pp. 224, 221.

（7） Michael Burleigh, *Death and Deliverance* (London: Pan, 1994), p. 123.

（8） Kershaw, *Popular Opinion*, p. viii.

（9） Kershaw, *Popular Opinion*, pp. 365, 367.

（10） Kershaw, *Popular Opinion*, pp. 364, 367.

（11） Kershaw, *Popular Opinion*, p. 370.

（12） Timothy Snyder, *Black Earth: The Holocaust as History and Warning* (New York: Tim Duggan Books, 2015), pp. 207-8.〔ティモシー・スナイダー『ブラックアース――ホロコーストの歴史と警告』（下巻）池田年穂訳、慶應義塾大学出版会、二〇一六年、四頁。訳文一部変更〕大量殺人の様々な形態については良く知られているが、アウシュヴィッツの詳細についてはさほど知られていないだろうとスナイダーは述べている。だが逆説的なことに、戦後各国の様々な政治的理由のためにアウシュヴィッツがホロコーストの中心的な象徴になったということは、ホロコーストについてのかなりの事実が、また事情を知っている多くの共犯者が、都合よく「歴史や記念式典から除外」されたということを意味しているのである（208 五）。

（13） Hans Mommsen, "What Did the Germans Know About the Genocide of the Jews?" in *November 1938: From "Reichskristallnacht" to Genocide*, ed. Walter H. Pehle, trans. William Templer (New York/Oxford: Berg, 1990), 187-221, pp. 210, 221.

（14） Mommsen, "What Did the Germans Know", p. 197. ユダヤ人の動産の引き渡しについては次を参照。Aly Götz, *Hitler's Beneficiaries: Plunder, Racial War and the Nazi Welfare State*, trans. Jefferson Chase (New York: Metropolitan Books, 2005).

（15） Mommsen, "What Did the Germans Know", p. 220.

（16） Mary Fulbrook, *A Small Town near Auschwitz: Ordinary Nazis and the Holocaust* (Oxford: Oxford University Press, 2012), pp. 234, 354.

（17） David Bankier, *The Germans and the Final Solution: Public Opinion Under Nazism* (Oxford: Basil Blackwell, 1992), p. 106.

（18） Ibid, pp. 114, 115.

（19） Nicholas Stargardt, "Speaking in Public about the Murder of the Jews", in *Years of Persecution, Years of Extermination: Saul Friedlander and the Future of Holocaust Studies*, ed. Christian Wiese and Paul Betts (London: Continuum, 2010), 133-56, pp. 137, 139. Alon Confino, *World without Jews* (New Haven: Yale University Press, 2014), pp. 220-1 も参照。

（20） Peter Longerich, *Heinrich Himmler*, trans. Jeremy Noakes and Lesley Sharpe (Oxford: Oxford University Press, 2012), pp. 694-95.

（21） Stargardt, "Speaking in Public", p. 150.

（22） Michael T. Taussig, *Defacement: Public Secrecy and the Labor of the Negative* (Stanford: Stanford University Press, 1999), p. 5.

（23） 「言語を学ぶ中で、私たちは単に物の名前が何であるかを学ぶだけでなく、名前とは何なのかということも学ぶ。単にどのような表現形式が願望を表すのかということを学ぶだけでなく、願望を表すということがどのようなことであるのかも学ぶ。単に「父」という語が何であるのかを学ぶだけでなく、父とは何であるのかも学ぶ。単に愛という語を学ぶだけでなく、愛とは何であるのかも学ぶ。言語を学ぶ中で、単に発音の仕方や文法の語順を学ぶだけでなく、それらの音を言葉にしている「生の形式」についても学ぶのである」(Stanley Cavell, *The Claim of Reason* (Oxford: Oxford University Press, 1979), p. 177.)

(24) Meile Steele, *Hiding From History: Politics and the Public Imagination* (Cornell: Cornell University Press, 2005), p. 76.

(25) イシグロの概説としては以下のものが有益。Sean Matthews and Sebastian Groes (eds.), *Kazuo Ishiguro: Contemporary Critical Perspectives* (London: Continuum, 2009); *Novel* 40: 3 (2007), special issue on Ishiguro.

(26) Kazuo Ishiguro, *Never Let Me Go* (London: Faber and Faber, 2005), p. 3.〔『わたしを離さないで』九頁/訳文一部変更〕

(27) Victor Klemperer, *The Language of the Third Reich*, trans. Martin Brady (London: Continuum, 2000), p. 15.〔ヴィクトール・クレムペラー『第三帝国の言語〈LTI〉――ある言語学者のノート』羽田洋・藤平浩之・赤井慧爾・中村元保訳、法政大学出版局、一九七四年、二〇頁〕

(28) Anne Whitehead, “Writing With Care: Kazuo Ishiguro’s *Never Let Me Go*”, *Contemporary Literature* 52: 1 (2011), 54-83, p. 58.

(29) Primo Levi, *The Drowned and the Saved*, p. 37.〔プリーモ・レーヴィ『溺れるものと救われるもの』竹山博英訳、朝日新聞出版、二〇一四年、五一―五二頁〕

(30) バーバラ・フォーリーの一九八二年の論文は、この種のジャンルのひねりについて最も明晰に論じている。Barbara Foley, “Fact, Fiction, Fascism: Testimony and Mimesis in Holocaust Narratives”, *Comparative Literature* 34 (1982), pp. 330-60.

(31) Ishiguro, *Never Let Me Go*, p. 7.〔『わたしを離さないで』一六頁〕以降、本作の頁数は本文中の括弧内に記す。

(32) ゲイブリエル・グリフィンは、『わたしを離さないで』が「現在の歴史」に介入する「批判的な科学小説」であるという点を強調し、そのような視野の狭い態度に反論している(Gabrielle Griffin, “Science and the Cultural Imaginary: The Case of Kazuo Ishiguro’s *Never Let Me Go*”, *Textual Practice* 23: 4 (2009), 645-63, p. 653)。

(33) John Mullan, “On First Reading *Never Let Me Go*”, in *Kazuo Ishiguro*, ed. Sean Matthews and Sebastian Groes (London: Continuum, 2009), pp. 104-13.

(34) Mark Currie, “The Expansion of Tense”, *Narrative* 17: 3 (2009), 353-67, p. 358.

(35) Alon Confino, *Foundational Pasts: The Holocaust as Historical Understanding* (Cambridge: Cambridge University Press, 2012), p. 14.

(36) Dan Stone, *Histories of the Holocaust*, p. 4, also pp. 162, 285.〔ダン・ストーン『ホロコースト・スタディーズ――最新研究への手引き』武井彩佳訳、白水社、二〇一二年、一〇頁〕

(37) 例えば、以下のものを参照。Michael Rothberg, “Beyond Tancred and Clorinda: Trauma Studies for Implicated Subjects”, in *The Future of Trauma Theory: Contemporary Literary and Cultural Criticism*, ed. Gert Buelens, Samuel Durrant, and Robert Eaglestone (London: Routledge, 2013), xi-xviii.

(38) これらの問題に関して文学に焦点を当てた議論とし

て、とりわけ次のものを参照。Agnes Woolley, *Contemporary Asylum Narratives: Representing Refugees in the Twenty-First Century* (Basingstoke: Palgrave Macmillan, 2014); Lyndsey Stonebridge, *The Judicial Imagination: Writing After Nuremberg* (Edinburgh: Edinburgh University Press, 2011).

【訳注】

（一）　アーレントの著書『六つのエッセイ』に付された文章。彼女はそのコピーを三月一日の手紙でヤスパースに送っている。彼女はその中で、同書中のどの論文もヤスパースのことを考えずに書いたものはないと表明している。

（二）　ユダヤ人の抹殺により「優等」民族が救い出されるという考え方。

（三）　ジョージ・オーウェルの『一九八四年』中に現れるオセアニアの公用語で、全体主義社会のイデオロギー的要請に応えるために考案された言語。その目的の一つが、語彙をコントロールすることによって全体主義の原理にそぐわない表現や思考を排除することにある。

（四）　T・S・エリオットの詩『荒地』の冒頭「四月は最も残酷な月」より。

（五）　アウシュヴィッツや他の収容所に存在した特別部隊。構成員のほとんどがユダヤ人で、主な任務は「焼却炉の管理」であった。つまりナチスはユダヤ人自身によってユダヤ人の「処分」をさせていた。

（六）　一九四〇年二月に設置され、最長の期間存続したゲットーで、住民のほとんどが絶滅収容所で殺害された。ユダヤ系ポーランド人のルムコフスキがユダヤ人評議会議長（ゲットーの直接管理者）を務めた。

解題（田尻芳樹）

本稿は、Robert Eaglestone, *The Broken Voice: Reading Post-Holocaust Literature*, Oxford UP, 2017. のうち、『わたしを離さないで』を論じた "The Public Secret"（pp. 9-27）を翻訳したものである。

『わたしを離さないで』をホロコーストと結びつける最も一般的な仕方は、おそらく、ヘールシャムを強制収容所になぞらえることだろう。実際、ヘールシャム時代のルーシー先生の授業では、明らかに生徒たちの状況に自己言及する形で収容所が話題になる。「何かのきっかけで、第二次世界大戦で捕虜になり、収容所に入れられた兵士のことが話題になりました。男子生徒の一人が、収容所を囲むフェンスには電気が流れていたそうだと言い、別の生徒がそれを受けて、フェンスに触るだけで好きなときに自殺できるなんて、そんなところに住むのは妙な感じのものだったろう、と言いました」（邦訳一二二頁）。これは捕虜収容所であって絶滅収容所ではないとしても、アウシュヴィッツなどナチスの絶滅収容所にこうしたフェンスがあったことは有名なので、ここからホロコーストを連想する読者がいてもおかしくない。生徒たちは徹底的に管理された上、若くして臓器提供を強制されて殺されるのだから、「質の良い強制収容所」（イーグルストン）に入れられているようなものだと言えよう。クローン人間を製造して臓器を提供させるという発想そのものに、人間を徹底して道具として捉える近代合理主義のおぞましい極限でユダヤ人を大量虐殺したナチスに通じるものがあるとも言える。イシグロも構想ノートの中で、クローンたちがコテージでユダヤ人など歴史上苦難を舐めた人たちについて読んで自分たちはまだ恵まれていると思う場面を構想し、間接的にだがクローンたちとユダヤ人を近づけている。また本書の拙論で述べたように、クローンたちにとっての文学・芸術的教養の意味を考えるとき、そうした教養を重んじるリベラル・ヒューマニズムが無効を宣告されたホロコーストの経験にさかのぼることは不可避である。

　しかし、イーグルストンはまったく別の仕方でこの小説とホロコーストを結びつけ、これをポスト・ホロコースト小説として論じる。その鍵は「公共の秘密」（public secret）という概念である。つまり、広く知られていると同時に隠蔽される秘密のことである。ナチ時代において、ユダヤ人が大量虐殺されているという事実がこれに相当した。イーグルストンは、『わたしを離さないで』においてクローンたちが自分たちの真実を「教わっているようで、教わっていない」事態を同じ枠組みで論じ、現実のナチ時代と同様、公共の秘密がもたらす歪みを精密に分析していく。結果的に私たちは、この小説をホロコーストを強く意識しつつ読むよう改めて促され、それだけではなく、現代世界においても同じ構造が移民の処遇をめぐって現出していることを思い知らされるのである。

　ロバート・イーグルストンはロンドン大学ロイヤル・ホロウェイ校教授。専門領域は、レヴィナス、デリダなどの現代思想、現代英語圏文学、ホロコースト研究にまたがる（詳しくは、彼の『ホロコーストとポストモダン』（田尻芳樹・太田晋訳、みすず書房、二〇一三年）の解説を参照）。本論文が収められた新著『壊れた声――ポスト・ホロコースト文学を読む』は、イシグロの他、ジョナサン・リテル、ゼーバルト、ケルテース、コンラッドなどをホロコーストとの関連で新しく読解しており刺激的である。この章が一番気に入っていると彼が私信で言っていたことを付け加えておく。

Robert Eaglestone, "The Public Secret." *The Broken Voice: Reading Post-Holocaust Literature*, Oxford University Press, 2017, pp. 9-27. © Robert Eaglestone (2017). By permission of Oxford University Press.

時間を操作する
――『わたしを離さないで』

マーク・カリー／井上博之訳

1　自由を望まない

永遠に捕らわれの身であることへの願いであるような題名『わたしを離さないで』（二〇〇五年）が提起するのは、どうして私たちは自分自身が束縛されるのを受けいれるだけでなく願いさえするのかという問いである。この問いの重要性はタイトルを構成する表現自体の平凡さと対置されることによって際立つ。イシグロの小説は一曲のポップ・ソングを創作し、その曲にちなんで自身を名づけている。この曲はタイトルからしてはっきりとポピュラー音楽の範疇に属している。ポピュラー音楽のイメージにおいては、愛を束縛と捉えるありふれた比喩が、自由を望まないという逆説を端的に表現してきた。これはエンゲルベルト・フンパーディンクが歌うことの裏側である――私たちは自由を奪うものとして愛をしりぞけるのでなく、自由を奪うものとしての愛を望むのだ。[一]

なぜ束縛を望むのかという問いの深刻さと表現の平凡さとのあいだにある距離を、この小説はさまざまなやり方で提示する。おそらくもっとも分かりやすい例は「ベイビー、ベイビー、わたしを離さないで」というリフレーンが解釈上の謎として出てくることだろう。恋人を赤ん坊にたとえる陳腐なメタファーは、まずキャシー・Hが「ベイビー」という語を字義通りに解するときに鮮烈な表現となる。

この歌のどこがよかったのでしょうか。ほんとうを言うと、歌全体をよく聞いていたわけではありません。聞きたかったのは、「ベイビー、ベイビー、わたしを離さないで」というリフレーンだけです。聞きながら、いつも一人の女性を思い浮かべました。死ぬほど赤ちゃんが欲しいのに、産めないと言われています。でも、あるとき奇蹟が起こり、赤ちゃんが生まれます。その人は赤ちゃんを胸に抱き締め、部屋の中を歩きながら、「オー、ベイビー、ベイビー、わたしを離さないで」と歌うのです。もちろん、幸せで胸がいっぱいだったからですが、どこかに一抹の不安があります。何かが起こりはしないか。赤ちゃんが病気になるとか、自分から引き離されるとか……。歌の解釈としては、歌詞のほかの部分とちぐはぐで、どうも違うようだ、とは当時のわたしにもわかっていました。でも、気にしませんでした。これは母親と赤ちゃんの歌です。わたしは暇さえあれば、飽きずに何度でもこの歌を聞いていました。（64 一一二）

歌詞を文脈から切り離し、文字通り赤ん坊についての歌にすることで、キャシーはあたりさわりのないリフレーンをわざと間違えて、私的に解釈してしまう。キャシーが歌をどう解釈したのかが観察者には分からないからこそ、ここで解釈上の謎が生じる。枕を抱えたキャシーが歌にあわせて踊るのを目撃するマダムには、キャシーの考えは何も分からない。小説の最後で読者が知るように、マダムもまた歌詞の陳腐さを離れ、キャシーとは違うやり方でこの場面と歌詞とを歪めて解釈する。「そこにこの少女がいた。目を固く閉じて、胸に古い世界をしっかり抱きかかえている。心の中では消えつつある世界だとわかっているのに、それを抱き締めて、離さないで、離さないでと懇願している」（267 四一五―四一六）。自由を望まないという矛盾あるいは逆説をこれらの二つの解釈に垣間見ることができる。どちらの解釈でも、捕らえる者が捕らわれの身にある者としてイメージされているからである。第一のキャシーによる解釈は、自分の赤ん坊に捕らわれることを望んではいるが、同時に赤ん坊に見捨てられるかもしれない母親のイメージである。一方、マダムによる第二の解釈は、古く親しい世界を赤ん坊のように胸に抱きしめてはいるが、その世界に見捨てられるかもしれない少女のイメージである。この解釈上の謎における字義通りの解釈と比喩的な解釈とのあいだの関係は決して単純ではない。キャシーの頭のなかでは枕が赤ん坊の代わりであるのだから、枕は赤ん坊のメタファーであるといっていい。しかしその赤ん坊自体は歌詞に出てくる「ベイビー」のメタファーの字義的な解釈なのだ。マダムの解釈においてはある種の二重のメタファーが生じている。枕が赤ん坊の代わりとなる一方で、赤ん坊自体は少女がしがみつこうとする古く親しい世界の代わりとなっている。結果として古く親しい世界を表わす赤ん坊が母親のような存在となり、そこにしがみつく母親が赤ん坊のような存在となる。加えて、赤ん坊は依然として歌のなかの「ベイビー」のメタファーの字義的な解釈であることに変わりはない。小説は字義通りの意味と比喩的な意味とを収斂させると同時にお互いに反射させながら、望まれない自由をめぐる重要な問いを発展させていく。このようなプリズムに読者を誘いこむとき、歌の解釈が小説の中心的なメタファーとその解釈の縮図として機能するのである。

『わたしを離さないで』とフランツ・カフカの作品の類似性はヨーゼフ・Kという名がキャシー・Hと響きあうだけにとどまらない。歌をめぐる中心的な解釈上の謎にあざやかにあらわれたメタファーの字義通りの解釈は、カフカの作品の特徴としてよく言及される手法である。具体的な状況をメタファー化する過程だけでなく、「生きることは裁かれることである」、「顔のない官僚制」、「連中はみんな同じような人間だ」といったありふれた表現の具体化こそが物語の目的であるかのように、メタファーが具体的な状況へと変化させられる過程もここには含まれる。ヨーゼフ・Kを『審判』(一九二五年)の最後で苦しめる、望まれない自由をめぐる門番の寓話、あるいはさまざまな登場人物がとうてい受けいれられないような物事を受けいれたり、グロテスクな物事に当たり前のように対峙したり、社会的に不当な状況をありふれたものと解したりするカフカの物語の全般的な特徴を考えるならば、両者の共通点は多い。カフカとプルーストは『わたしを離さないで』の物語において言及される作家である。(ほかに言及されるのはトマス・ハーディー、エドナ・オブライエン、マーガレット・ドラブル［97 一五三］、『戦争と平和』［一八六五—六九年、121 一八九］、『ダニエル・デロンダ』［一八七六年、120 一八七］、『オデュッセイア』、『千夜一夜物語』［233 三六三］。）この二人の作家の組みあわせに、小説の主題を構成する二種類の逆説が接続されるのを見てとることができる。一方に自由と拘束の問題をめぐる一連の矛盾があり、もう一方にこれらの問題が埋めこまれた複数の時間の構造がある。カフカがおもに望まれない自由についての逆説に関係するとすれば、キャシーの語りの声を支配する——忘却の経験を思いだす、あるいはより顕著な例として予期の経験を思いだすといった——時間に関連した逆説的な事象にプルーストの名を結びつけることができる。望まれない自由と想起された予期とを結びつけながら、小説は不吉に展開していくのである。

2　忘却の経験を想起する

時制は語りの時間と語られる出来事の時間との関係を明示するものであり、どのような物語においても何らかの機能を持っている。この関係はそれぞれの小説によってそれぞれの目的のために用いられるが、『わたしを離さないで』ほどこのことが顕著な例はない。『わたしを離さないで』において時間は特有の雰囲気というか一種の二重性を持っていて、この二重性が舞台設定から語りの声にいたるまで小説の言語のあらゆるレベルを形成している。時間の二重性の全般的な使われ方は、『わたしを離さないで』がハリー・ポッターのシリーズと共有する特徴であるかもしれない。イシグロの小説は一九九〇年代末のイングランドで語られており、語られる出来事のほとんどは二〇世紀の最後の三〇年間に起こったものであるのだが、この小説の主要な特徴の一つとして指摘できるのは、物語の歴史的背景や時間を特定するための参照点が少ないために生じる一種の無時間性である。ときおり自動車が出てきたり重要な意味を持つカセットテープが出てきたりはするものの、小説の時間は特定できる歴史的現在の時点から二つの方向へと離れていくことになる。一方にはクローニングに象徴される未来の感覚があり、他方にはパブリック・スクールの思い出、つまり歴史の流れから隔離されたかのような子供時代の思い出の回想記が象徴する過去の感覚がある。

過去と未来の雰囲気を内包したこの不思議な歴史的現在が、語りの声におけるよりはっきりとした二重構造のゆるやかな背景となっている。そして語りの声の二重性は語られる時間と語りの時間との関係に由来するものである。語られる時間と語りの時間とのあいだに大きな隔たりがあるため、とくに小説の序盤において語り手であるキャシーは自分の語りの正確さに自信を持てないでいる。しかし彼女の語りが信頼できないのは、出来事が遠く離れた時点で起こったからだけではない。時間的な距離について――「ずいぶん昔のことで、多少は記憶違いもあるかもしれません」(12 二三)といったように――言い訳がなされるだけでなく、語られる出来事と語りの時間とを媒介するはずの思いだして語るという行為が、記憶に干渉する様子が示されてもいるのである。ある出来事の代わりに一枚の写真を思いだしたり、出来事自体ではなく、それについて語ってきた物語を思いだしたりすることは誰にでもある。同じように、キャシーにも自分の物語に出てくる遠い昔の出来事をこれまでに思いだした経験があったり、場合によっては誰かに語った経験があったりすることが絶えず明示される。その結果、出来事自体がどこかぼやけてくることになる。「そのとき~だったのでした」、「~したときがあったのでした」といった彼女の特徴的な言い回しは、これから語られようとしている出来事についてあらかじめ何かを知っている存在、あるいはこれから語られる出来事か、少なくともそれらの出来事についての物語をすでに知っている聞き手たちの共同体の存在を示唆している。すべてはすでに語られたことがあり、出来事の語り方について一定の集団的な合意がしばしばなされてきたことが示唆されているのである。

想起の行為によって出来事は絶えず媒介される。ここから語りの声を分析するために必要となる基本的な時制の構造があらわれる。この構造は先説的過去完了とでも呼べるものである。[二] 過去完了という時制は過去に起こったある出来事よりもさらに先に起こったほかの出来事に言及するために使われる。いい換えると、過去完了には語られる出来事、語りの時間、それらのあいだにある時間の領域という三つの時点が関係するわけである。そしてこの中間にある時点を構成しうるのは、語られている出来事よりもあとに起こった出来事である。たとえば語られている出来事よりもあと、しかし語り手のいる現在の時点よりは前に位置づけられる想起の行為もここに含まれるといえる。この媒介的な時点が興味深いのは、(語り手との関係において)想起される過去としても、(語られる出来事との関係において)予期される未来としても機能しうるからであり、場合によってはこれらの両方として、つまり予期の想起としてすら機能しうるからである。

先説的過去完了の構造があらわれる簡潔な例は次のような文である。「数年前、ドーバーの回復センターでルースの世話をしていたときにも、思い出話の中によくこういったことが出てきました」(15 二八/訳文一部変更、以下同様)。文中に出てくる「こういったこと」はキャシーとルースが通った学校であるヘールシャムでの出来事を指しており、これらの出来事がこの時点での語りの主要な流れを構成している。しかし同時にここで想起されているのは、ルースとキャシーが共有したよりあとの時点での想起の経験であって、語りの現在の数年前に起きた出来事なのである。このような媒介的な位置づけが過去完了という時制が先説的にもなるのを可能にしている。引用文の例ではドーバーの回復センターにルースがいる未来の時点が言及され、断片的に喚起される未来がまだ語りのなかでは説明されていない物事を予感させる。同じ構造がより複雑になって出てくるのは、合意の形成されていない事柄を想起した経験が、キャシーによってさらに想起される場合である。

あれは、いわゆる「交換切符論争」の真っ最中でした。この論争については、数年前、トミーと話し合ったことがあります。いつの出来事だったかで意見が分かれました。わたしは十歳のときだと言い、トミーはもっとあとだったと言いました。事実は、たぶん、わたしのほうが正しかったでしょう。トミーも最後には認めてくれましたし……。わたしたちが年少組四年のとき、対マダム計画の少しあと、池の端での内緒話より三年前のことでした。

(35 六二—六三)

この先説的過去完了の例においてもまた、中間時点の出来事は想起の行為であるのだが、思いだされている出来事の時間上の位置づけをめぐって意見の相違が生じている。また、キャシーとトミーだけを示すのではない集合的な「わたしたち」という代名詞が出てくる。問題となっている出来事を「交換切符論争」と名づけて記憶している人物たちの共同体を指しているのであろう。そして先の例と同じように、この媒介的な時点は想起の想起としてだけでなく、「池の端での内緒話」と謎めいた呼び方をされる未来の出来事に触れるとき、先説法としても機能する。加えて注目に値するのは、ここでの謎めいたフラッシュフォワードが前提としているように見えるのが、読者が未来の出来事に関する知識を共有する存在であること、あるいは、読者が語られた出来事を記憶してきた人々の共同体に属する存在であることである。したがって、想定された読者と実際の読者とのあいだにあるズレから先説法の効果が生じているといえる。

不確かな記憶はしばしば一人称の語りが抱える信頼できなさの原因となる。キャシーがこれまでに経験した想起することの難しさを絶えず語るのは、こういった種類の信頼できなさの亜種と考えられるだろう。語りの信頼できなさが、ときに不確かな記憶についての言い訳によって示されるとして、亜種としてのキャシーの語りは、これまでに彼女が経験した想起することの難しさや意見の不一致をも含むものになっている。

ずいぶん昔のことで、多少は記憶違いもあるかもしれません。でも、当時のわたしは、成長のある段階に差しかかっていたのだと思います。困難と見れば挑戦せずにいられない。あの日の午後のことも、あの時期特有のそうした衝動的行動ではなかったでしょうか。その証拠に、数日後、トミーに呼びとめられたときは、起こったこと自体をもう忘れかけていました。

（12 一三）

想起することの難しさをめぐる言い訳が先説的過去完了とともにあらわれているが、この箇所においては想起が想起されるだけでなく、忘れるという行為が想起されてもいる。一見逆説のようにも感じられる忘却の想起は、キャシーの回顧的な語りのなかで特徴的に繰り返される。忘却の想起についておそらくもっとも興味深いのは、のちになって出来事が思いだされないかぎり、その出来事を忘れたこと自体が視野に入ってこない点である。引用箇所の例において、あとになってトミーが思いださせてくれるまで、彼女は語っている出来事についてほとんど忘れていたのである。その一方で、記憶と忘却とが同じ時点に置かれるのであれば、より複雑な論理的問題が生じることにもなる。聖アウグスティヌスは『告白』(三九七—九八年)の第一〇巻において次のように論じている。

しかしわたしが忘却について語り、わたしが語る忘却というものをも理解するときには、どうであろうか。わたしは忘却を記憶するのでなければ、どのようにしてそれを理解することができようか。わたしが言うのは、忘却という名辞の音声ではなく、それが表わす忘却というもの自体なのである。もしもこの忘却というものを忘れていたなら、わたしはその音声の意味するものをまったく理解することができないであろう。わたしが記憶を記憶するとき、記憶そのものはそれ自身によってそれ自身に現存する。しかし忘却を記憶するときには、記憶と忘却とが現存する。すなわちそれによってわたしが記憶する記憶と、それをわたしが記憶する忘却とが現存するのである。しかし忘却というものは記憶の欠如ではなくて何であろうか。それでは忘却が現存しながら、わたしがそれを記憶するのはどうしてであるか。忘却が現存するときには、わたしは記憶することができないのではなかろうか。しかし他方わたしたちは記憶するものを記憶によって保持するのであるから、わたしたちは記憶を記憶しないなら、忘却という名辞を聞いても、それによって表わされるものをけっして理解することができないのであるから、わたしたちは忘却をも記憶によって保持するのである。それゆえ忘却はわたしたちがそれを忘れることのないように、記憶のうちに現存する。しかし忘却が現存するとき、わたしたちは忘れるのである。それともこのことからして、忘却はわたしたちがそれを記憶するとき、それ自身記憶に内在するのではなく、その心象によって内在するということが理解されるのであろうか。もしも忘却がそれ自身現存するなら、記憶ではなく忘却を生ずるであろうからである。(Augustine 222)[三]

アウグスティヌスはこの種のアポリアにひどく悩まされてしまう。彼を困らせる問題にはしばしば単純な答えがあるかのように見える。たとえばここでは、想起のあり方としての忘却と想起の対象としての忘却とが混同されているようだ。忘却の経験を思いだすことは、ある意味何の変哲もないことのように見える。しかしそれでも、きのう人に会う約束を忘れてしまっていたと今日思いだすことができるとして、忘れるという経験がどのようなものであったかを私は本当に記憶しているのだろうか？　きのうのあの約束を忘れていたことは、結局約束などはじめからしていなかったのとほとんど同じであり、それを忘却の経験として記憶しているのは何も記憶していないのと等しくなってしまう。あとになって約束を想起することによってはじめてきのうの経験が忘却となるのであり、想起された忘却という概念が何の問題もないものになるためには、これこそが記憶自体の持つ性質であると受けいれる必要があるのである。つまり記憶とは、かつての現在を再び現前させるものではなく、回顧にともなう時間的な距離によってかつての現在を変質させるものであると考えなければならないのだ。過去というかつての現在を再び現前させることができないという意味において、想起とは決して実在的なものではない。想起の行為において、私たちはかつての現在を変質させるのであり、忘却の経験を想起するときこのことがとくに明確になる。想起によって変質させられてはじめて忘却の経験と見なされるのだから。先説的過去完了の構造が可能にするのはまさにこのような想起の仕組みなのである。発話がおこなわれる時間、その発話が言及する時間、そして両者のあいだに広がる時間という三重の構造は、ある出来事、その出来事を忘却する経験、そしてさらにあとになってその出来事を忘却していたことを想起する経験という三つの時点を収容することができる。これらの時点の間隔が取り払われ、記憶と忘却とが同じ時点に置かれるとき、矛盾が生じるのである。

3　予期の経験を想起する

忘却の想起という概念と、キャシーの物語において支配的な時間構造である予期の想起とのあいだには家族的類似性がある。しかし未来がどのようなものであったか、あるいは自分が未来をどのように思い描いていたかを思いだすことは、記憶の不確かさを思いだすこととは微妙に異なる。キャシーの物語はそういった想起の瞬間に満ちている。

あのあと、わたしは一つのことを確信しました。ルーシー先生にかかわる何かが――もしかしたら、恐ろしい何かが――もうすぐ起ころうとしている。絶対にそれを見逃してはならない……。わたしは耳目を全開にして待ち受けました。でも、何日過ぎても何も起こりません。わたしはまだ知らなかったのです。二十二番教室で先生を見かけてからほんの数日後に、先生とトミーとの間に重大な出来事がすでに起こっていたことを……。トミーのひどい混乱の原因がそこにあったことを……。（84　一四三／強調原文）

想起された忘却とここで生じているような想起された予期とのあいだにある家族的類似性は、どちらの場合も想起の対象となるのが知識の欠如であること、そして知らずにいた状態を思いだすためにはのちにそれを知った状態を経験している必要があることに起因している。「わたしはまだ知らなかったのです」という無知から認識への変化を内包した表現の時間性に、このことがはっきりとあらわれている。加えて、ここではより複雑な予言的機能を持った何かが作用している。キャシーはもうすぐ恐ろしい何かが起こると確信していた自分を思いだしているのだが、この恐怖の瞬間に彼女が思い描く未来は実際に起ころうとしている未来ほどは恐ろしいものではないのであり、キャシーが想起する予期とこれから起こると読者が予期する恐怖とのあいだにアイロニーが生じる。小説に出てくる多くの想起された予期は、起ころうとしている本当に恐ろしいことを皮肉にも予期しそこねるというかたちで機能するのである。

あるときの自分が知らなかったことを思いだす行為は、のちの出来事や結果を考慮したうえで思いだす行為であり、ときに目的論的回顧と呼ばれるようなかたちで過去を見るのに等しい。目的論的回顧（これ以外に回顧の方法があるとは思えないのだが）とは過去の出来事をのちの出来事を考慮したうえで説明するものであり、したがって過去の出来事にそれらが起こった時点では持ちえなかった意義を付与するものである。キャシーの語りの特徴は、そうやって出来事の意義を書き換えてしまうことである。

> あの教会墓地での小さな出来事がどれほど重要な意味を持っていたか……。気づいたのははるかのち、わたしがコテージを出てずいぶん経ってからでした。あのとき、確かにわたしは激しく動揺しました。でも、それは以前にもあったことです。しょっちゅうやる喧嘩の一つ——そう信じていました。あれほどしっかり結び合っていたわたしたちの人生が、あんな小さなことでばらばらにほどけ、違う方向に進みはじめるとは、あのとき思ってもみませんでした。（180 三〇三）

この箇所の想起には彼らの人生がばらばらにほどかれていく予感が埋めこまれている。しかし、これまでに出てきた例では先説法が予期の想起を構成していた一方で、ここでは記憶でも予感でもあるものとして記憶が二重構造をもって機能している。小説はキャシーが未来について知っていたことと、知らずにいたこととを想起するために、後ろ向きの投映を続ける。そして自分が知っていたことを思いだすのですら難しいのだから、知らずにいたことを思いだすのはさらに難しいことになる。

あの日、わたしたちはなぜ黙っていたのでしょうか。九歳、十歳の子供でした。でも、そんな年齢でも、微妙な話題であることを薄々感じていたのだと思います。当時のわたしたちが何をどれだけ知っていたか、いまとなってはわかりません。でも、自分が保護官とは違うこと、外の世界の人とも違うことはわかっていたはずです。ひょっとしたら——もちろん、浅く、不完全な理解ではあったでしょうが——将来に提供なるものが待っていることも知っていたかもしれません。

(63 一〇九)

このように、過去の自分が未来について知っていたことと知らずにいたことを、キャシーがはっきりと分かるかたちで検討する瞬間は多くある。けれども、彼女が思いだす間違った予感と私たち読者の次第に正確になっていく予感とが乖離していくにつれ、キャシーが何を知っていたかという問題は登場人物と読者とのあいだの隔たりを大きくするための装置として機能する。また、物語は時間を戦略的に操作して、想起された忘却と想起された予期という時間をめぐる二つの逆説を結びつけ、希望が忘却の行為に依存するような状況を作りだす。

たぶん、ヘールシャムを出た直後、まだ介護の訓練やら車の運転やら、その他、何やかやが始まっていなかった半年間ほど、わたしたちは自分が何者なのか忘れていられたのかもしれません。保護官が言ったことを忘れました。あの雨の日の午後、体育館で呆然と聞いていたルーシー先生の激白を忘れました。長い間、ああでもないこうでもないと自分たちで考えていた理論の数々を忘れました。もちろん、いつまでもつづくことではありませんでしたが、ヘールシャムを出た直後のあの数カ月だけは、わたしたちもすべての制約を離れ、無の状態で人生について考えられたのかもしれません。いま振り返ると、朝食後には湯気で曇った台所で、夜半には火の消えかかった暖炉の周りで、額を突き合わせ、われを忘れて将来の計画を語り合っていたような気がしま

す。（130―一二九）

このような思い違いの瞬間において、想起の行為は二つの欠如を思いだすのに等しい。忘れるときに生じる記憶の欠如と、希望を持って将来を予感するときに生じる未来についての知識の欠如である。

このような誤った希望は語りの声の時制構造においてのみ展開されるのではない。誤った希望を抱いた経験の思い出、夢のような未来という間違った願望は、より分かりやすくテーマとして小説全体を貫いている。例として挙げられるのは「ポシブル」の理論で、ヘールシャムの生徒たちにとって、「ポシブル」は彼らが遺伝子的に複製されるもとになった外の世界の人々を意味する。ジャン゠ポール・サルトルが未来を純粋な可能性と自由の領域と呼んだことをアイロニックに響かせているのかもしれないが、生徒たちにとって「ポシブル」の概念はそのまま生きた未来像となる。

それに、そもそもなぜ自分のモデルを探したいのか、という問題もありました。たぶん、それがどんな人かわかれば、自分の将来が見えるという思いがあったのでしょうか。もちろん、モデルが鉄道で働いていれば、自分も将来は鉄道員になっただろうなどと単純に考えていたわけではありません。そんな簡単な問題でないことは、誰もがわきまえていました。でも、モデルがどんな人かを見れば、自分が本来どんな人間でありえたか、どんな人生を送りえていたかが少しはわかると、わたしたちの誰もが――程度はさまざまながら――信じていました。（127―一二四―一二五）

可能性の概念が人のかたちをとって肉体化され、可視化されているのだから、すでに見た字義通りの解釈あるいは具体化の技法がここにもあるといえる。モデルであり未来でもある存在としての「ポシブル」は理想が具体化されたものである。たとえばルースは自分が理想として思い描く未来にガラス張りのオフィスで働く夢を抱いており、生徒たちが彼女のポシブルを探してノーフォークを訪れるとき、彼女の遺伝子的な原型と具体化された希望とが入りまじることになる。このエピソードはまた、時制構造において観察してきたような二重の時間構造が具体化される機会ともなる。ルースのポシブルがいる場所であるノーフォークは未来予持として機能するが、同時に過去把持の場所としても機能する。(四) この場所において、過去に失われたすべてが未来に再びあらわれることになると生徒たちは信じているのだから。キャシーが一度失くしたカセットテープを見つけるのも、そのテープが未来に向けて発する——わたしを離さないでという——命令もまた、この二重構造に属する事柄である。

前節の最後では、先説的過去完了が想起と忘却とのあいだに一種の間隔を作りだすこと、そして同じ時点に置かれると矛盾をきたしてしまうような相反する要素のあいだにこの間隔が時間的な距離を作りだすことを指摘した。誤った予感の想起、あるいは理想の未来への希望に見られる自己欺瞞に関しても同様の議論を展開できる。告白という行為一般について考えるならば、語り手と語られることとのあいだにある時間的な隔たりは多くの場合道徳的な隔たりでもあり、この時間的な距離において、語り手は自分がどのように罪深い人間であったかを離れたところから語ることができる。告白形式の構造的な問題は、物語が進行するにつれて語り手と語られることとのあいだの時間の隔たりが縮まっていき、並行して語り手と語られることとのあいだの道徳的な隔たりもまた消えかけてしまうことである。自分がどれだけ信頼のできない人間であったかを告白する語り手を読者は信頼する必要があり、語り手が過去に抱えていた信頼できなさは、語りの時間である現在のなかに流れこんでしまうわけにも、現在と共存するわけにもいかない。アウグスティヌスの『告白』やプルーストの『失われた時を求めて』（一九一三—二二年）において、語られる内容が語りの時間に追いついて重なるとき、物語が時間の性質をめぐる哲学的な議論に切りかわるのは驚くべきことではないだろう。それとは別の選択肢としてありうるのが、信頼できる語りが進行する現在の時点を、錯誤や思い違いに満ちた過去によって侵食させることである。この点において『わたしを離さないで』について問うべきなのは、いったいどの時点で誤った予期が信頼できる予期へと変化するのか、いったいどの時点で虚偽が真実へと変化するのかという問題である。小説の前進運動のなかでキャシーがゆっくりと理解を深めていくのは明らかであるけれども、同時に彼女が小説の「今」、つまり語りの時間において、依然として未来について間違った予感を抱いているのを読者は何度も目にする。小説の序盤で彼女は次のように語る。「わたしの介護人生活は今年いっぱいで終わります。多くのものを与えてくれた仕事でしたが、これで少し休める、そして立ち止まり、考え、振り返れると思うと、正直、ほっとする気持ちもあります」(34 六一)。彼女は誤った予感を変わらずに維持しているかのように見える。キャシーにとって「介護人」生活の終わりは「提供」の始まりを意味するのであり、より直截ないい方をすれば、早すぎる死を迎えることにほかならない。彼女が「介護人」や「提供」といった婉曲的な表現を使い続ける様子を見ると、この一年が終わったときに自分に何が起こるのか、彼女は偽りなく理解しているわけではないのではないか、陽気な楽観主義によって理解することの恐ろしさから目をそむけているのではないかと思わされる。同じように、小説の結末にたどりつくころには読者はすでにこの恐ろしさを十分に理解しているわけだが、一方のキャシーが――「どのみち、今年が終われば、こうして車で走り回ることもなくなります」(262 四三七)などと――将来への予期を語る様子を見ると、彼女は変わらず自己欺瞞のなかに生きているようなのだ。予期の記憶が指し示すのは、語られる時間と語りの時間との融合、両者のあいだの距離の消失、あるいは偽りのない回想とすでに語られてきた誤った認識とが混じりあう地点なのである。

4　剥奪の経験を特権化する

望まれない自由の逆説と、想起された忘却および想起された予期という時間に関する二つの逆説とを結びつけるのが、小説全体を支配する第三の逆説――特権化された剥奪という逆説――である。キャシーとほかの登場人物が置かれた残虐きわまりない状況がどこか特権化されているようであることは、この小説のもっとも印象的な特徴の一つである。『わたしを離さないで』においてどのような目的のために時間の構造が利用されているのかという問いに、この第三の逆説は答えを与える。同時に、キャシーの受け身の姿勢、彼女が自由を望まないという謎に対して多くの読者が抱くであろう反応にも答えを与えてくれる。キャシーはどうして逃げようとしないのだろうか。ヘールシャムから自由になった彼女はどうして自分を守ろうとしないのだろうか。

そうした問いに答える一つの方法は、全制的施設とともに深く結びついた社会統制の理論、「相対的剥奪」として知られる理論を参照することである。全制的施設とは監獄や軍隊、あるいは全寮制学校のように夜になっても家に帰ることを許されない種類の施設を指す。[五] 相対的剥奪の理論をもっとも抽象的なかたちで説明すると次のようになる。

人物AがXを相対的に剥奪されているといえるのは、(i) AがXを所有しておらず、(ii) 他人だけではなくてかつての自分や将来の自分も含め、とにかく現在の自分とは違う誰かがXを持っていると見なし(これが事実であるかどうかはどちらでも構わない)、(iii) AがXを欲しいと思っており、そして (iv) 自分がXを所有していてもおかしくないとAが考えている場合である。Xを所有していればそれとは別のYを回避できたり免除されたりといった状況も当然ありうるだろう。(Runciman qtd. in Wakeford 69)

社会統制についてのこの概念で鍵となるのは、全制的施設に入ろうとする人間が、その施設にすでにいる人々と比べ、自由や個人の空間や自己表現の機会を全般的に剥奪された存在でなければならないことである。したがって、すでにその施設にいるほかの人々の特権が可視化され、新しく施設に入る人間の心を惹きつけるような未来への期待として差し出される必要がある。そして最初の剥奪された状態は時間の経過とともにゆっくりと緩和される。年功序列的に年長者になれば緩和される場合もよくあるだろうし(ただ時間をやりすごすだけで剥奪状態の緩和が保証されるということだ）、施設の規則や価値観に従うことへの報酬として緩和される場合もあるだろう。このようにして相対的剝奪は完全に閉鎖的な特権と剝奪の体系を作ってしまうのであり、施設の外の世界に存在する人々や基準は比較の対象とはならない。全制的施設を出たあとの人々が行動の様式や価値観にどのような影響を受けているかを観察すれば、社会化のプロセスとしての相対的剝奪の機能を理解できる。ありうる影響として、社会的不平等を当然のことと考えてしまう態度や、他人が見れば剝奪された状態とみなすであろう状態を自分の特権と考えてしまう態度などが考えられる。

多くの面で時間の管理は相対的剝奪にとって重要なものである。例として全寮制学校について考えると、日々のスケジュールの厳格な管理のなかに剝奪がもっとも直接的に制御されるのを見てとることができる。全寮制学校では一日や一週間といった時間の単位がさまざまな拘束の度あいを持った時間帯に区切られている。勉強の時間と遊びの時間、寮にいなければならない時間と寮から外に出ていなければならない時間、ことばを発してはならない時間と話すことを許される時間といったふうに区切られており、点呼や検査のための集合の合図も頻繁にある。長い期間をその場所で過ごすうちにゆっくりと日常の時間の拘束がゆるめられていき、最初の時点での相対的に剝奪された状態が、より大きな自由、より長い自由時間、より自由に学校内を動きまわれる特権へと移行していく。明文化された規則はたいていさまざまな事項を禁止するもので、個人の持ちものに関するもの、行っていい場所といけない場所といった移動の自由に関するもの、移動の手段に関するもの、外の世界との社会的接触に関するもの、聴く音楽に関するもの、服装に関するもの、話しかけていい相手に関するものなどがある。一方で校則は多くの場合はっきり見てとれるような禁止の軽減、あるいは基本的な拘束が取り除かれたときに生じる特権を体系的に規定するものでもある。『わたしを離さないで』のヘールシャムはまさにこのようなタイプの全制的施設であり、この施設は禁止と特権のシステム、子供たちの自己表現の機会を入念に制御するシステムにほかならない。生徒たちが私的な会話をできる機会が非常に限られているのを見れば分かるように、ヘールシャムはときにもっともらしいやり方で時間を制御する。会話は昼食時の行列や池のほとりで、ささやき声でこっそりとなされるわけである。一方でヘールシャムが体現するのは全寮制パブリック・スクールの慣習をかすかに誇張したような場所、全制的施設の特徴をどこか滑稽に、字義通りに解釈して出てきたような場所でもある。たとえば全寮制パブリック・スクールのもっとも決定的な特徴の一つは、生徒たちを親から引き離し、寮母や舎監に親の代役をさせることである。親元を離れる子供たちの状況が『わたしを離さないで』では誇張され、文字通りに親を持たないクローンの共同体となる。同じような例として考えられるのは喫煙を禁止するというどこにでもありそうな規則で、これは自分の身体を害する自由を奪う規則ともいえるわけであるが、ヘールシャムではこの規則が誇張された重要性を持つことになる。臓器のためだけに育てられているクローンの共同体にとって、喫煙は文字通りに誰かほかの人間に提供される臓器をだめにしてしまう行為となるからである。

社会化のプロセスとしての相対的剝奪においては時間と制御の概念が強く結びつけられている。このプロセスの最も重要な影響は全制的施設が持つ将来の行動を制御する力である。直接的な拘束が取り除かれたあとにも施設の影響力は続くからである。『わたしを離さないで』において、この施設を出たあとの世界は「コテージ」によって表象される。コテージは明らかに大学のイメージを持った、子供から大人への移行期に位置づけられる施設である。

> コテージという言葉からいま連想するのは、生徒どうしが互いの部屋に行き来してのんびり過ごした日々のことばかりです。けだるい午後が夕方に変わり、やがて夜になっていきました。ペーパーバックの山を思い出します。長い航海を経験した本のように、ページが湿気で波打っていました。暖かい午後、草の上に腹ばいになってそれを読みました。当時、わたしは髪を長く伸ばしはじめていて、頭を揺らすたびにそれが目の前に垂れ、読むのに邪魔になりました。わたしの部屋は黒いほうの納屋、通称「ブラックバーン」の屋根裏にありました。朝は、詩や哲学を論じる先輩たちの声が表から聞こえてきて、それで目覚めたことを思い出します。そして長

い冬と、湯気の立つ台所での朝食と、カフカやピカソについての果てしない議論……。（109 一八四）

大学時代への郷愁のパロディーのようなこの一節には、管理された時間からの束の間の解放が見られる。未来を考えることもなく、過去もまた忘れ去られている。けれども自由のように見えるこの領域においてすら、施設の影響力がその自由の捉え方、使い方を制限してしまう。キャシーはこの新しい自由の領域においてもヘールシャムで身につけた生活習慣に縛られ続け、実現することはないと読者にはすでに分かっている未来を彼女は予期し続ける。コテージで提供者ではなく介護人に指名された彼女は、自分が特権的な立場を得たと考えるけれども、実際にはこのとき彼女の生は決定的に運命づけられるのである。介護人と提供者とのあいだには体系のなかでの微小な差異があるにすぎない。この差異はキャシーが自分の置かれた本当の状況を理解するのを妨げるだけでなく、そうした立場の違いが大した意味を持たない世界においてさえ彼女が他者とまじわるのを妨げてしまうのである。相対的剝奪の比較を強いるこの閉鎖的なシステムに起因するものとして考えられるのが、登場人物たちが形成する閉じた共同体、外部の人間の不在、語り手と聞き手とのあいだの閉じた円環といった諸要素である。「あなたのいたところではどうだったか知りませんが」（13 二三）といった典型的な例に見られるように、キャシーは自分の物語をつねにほかの全制的施設の出身者に向けて語っている。このように自分たちの世界に閉じこもる語りの姿勢は、小説が用いる一連の婉曲的な表現を説明しもする。施設にいた人間にしか分からない「保護官」、「訓練」、「生徒」、「介護人」、「提供」、「猶予期間」、「使命完了」といった表現はそれぞれ看守、社会化、クローン、監督生、強制的臓器提供、偽りの希望、死、と呼ばれるべき残酷な現実を覆い隠してしまうのである。

想起された忘却と想起された予期という時間構造を小説の語りが利用するのは、この裂け目――閉鎖的な施設の現実、そして不平等と社会的不公正の残酷な領域としての現実という――二つの現実のあいだに開けたこの裂け目を保持するためなのである。小説の時間構造は読者と語り手とのあいだの距離を操作するものとして機能する。読者はキャシーに接近して相対的剝奪を彼女とともに真実として経験する一方で、彼女がどのような人物であるか判断を下したり、彼女の将来に待ち受けている真実が何であるかを理解したりできる程度の距離を保つことになる。したがって、半分忘れられた過去と誤った未来の予期とのあいだで揺れ動く先説的過去完了は、何かを知っている状態と知らずにいる状態との関係、より正確にいえば未来に何が待ち受けているかを知っている状態と知らずにいる状態との関係を巧みに扱うための仕組みであるといえる。何かを剝奪された状態を特権として徐々に獲得していく過程、自己欺瞞と真実とのあいだの縮みゆく距離といった先説的過去完了が作りだす時間性が説明するのは、どうして私たちは受けいれ難いことをときに受けいれてしまうのか、どうして私たちは拘束されることを受けいれるだけでなく願いさえするのかという問題である。相対的剝奪によって私たちは社会的不公正を特権として受けとってしまう、というのが答えである。『わたしを離さないで』において、読者は回顧の予期と予期の想起とを、あるいは先説法と後説法とを十分に区分することができない。小説が時間の非対称性を取り除いてしまったかのように。より正確にいえば、先説的過去完了が読者を不確かな中間の時点、過去に何が起こったのかも未来に何が起こるのかも定かではない時点へと投げ入れ、読者を過去へ未来へと動かす複雑な時制構造が想起の予期と予期の想起とを区別するのを困難にする。物語の時間性の問題と社会的不公正を受けいれるという主題とが合流する地点として、最後の逆説を提示できるかもしれない。つまり、すでに存在する未来という逆説である。あらゆる小説が抱える開かれた未来という逆説、読者がそこにたどり着くのを待っていて、そこから逃れることが決してできない未来という逆説である。

【訳注】

（一）　エンゲルベルト・フンパーディンク（本名アーノルド・ジョージ・ドーシー、一九三六年—）はイギリスのポピュラー音楽の歌手。とくに一九六〇年代、七〇年代に大きな人気を誇った。彼は一九六七年に「わたしを離してくれ」（“Release Me”）という曲をカバーして一躍有名になった。歌詞は次のように始まる。「わたしを離してくれ、行かせてくれ／もう君を愛してはいないから／このまま二人の人生を無駄にするのは罪なこと／わたしを離して、もう一度愛させてくれ」（"Please release me, let me go / For I don't love you anymore / To waste our lives would be a sin / Release me and let me love again"）。

（二）　先説的過去完了（the proleptic past perfect）はジェラール・ジュネットの物語論を踏まえた表現である。ジュネットの物語論において先説法（仏語で prolepse、英語では prolepsis で形容詞形が proleptic）はいわゆるフラッシュフォワードに相当し、物語内容の中心的な時間を仮に現在としたとき、その時点から見た未来の出来事を挿入する手法を指す。対になった概念として後説法（仏語で analepse、英語では analepsis で形容詞形が analeptic）があり、これはフラッシュバックに相当する。

（三）　『告白』からの引用には服部英次郎による日本語訳を使用した（岩波文庫版下巻、三二―三三頁）。

（四）　未来予持（protention）と過去把持（retention）はともにエトムント・フッサールの時間についての現象学的考察において、時間の連続性を分析するための重要な概念として登場する。過去把持とは「あらゆる存在の源泉である〈原印象〉(Urimpression) において産出されて〈今〉として意識されたものを、次の瞬間、なおも〈たった今過ぎ去った〉ものとして己れの内に保持する意識の働き」であり、未来予持は「〈まさに到来しつつあるもの〉を待ち受ける意識の働き」として定義される（木田元他編『現象学事典』弘文堂、一九九四年、五九頁）。詳しくはフッサールの『内的時間意識の現象学』（一九二八年）を参照。

（五）　全制的施設（total institution）はアーヴィング・ゴッフマンが使用したことで広く知られるようになった用語。ゴッフマンの『アサイラム』（一九六一年）を参照。

【引用文献】

Augustine. *Confessions*. Translated by R. S. Pine-Coffin, Penguin Books, 1961.〔アウグスティヌス『告白』服部英次郎訳、岩波文庫、一九七六年〕

Ishiguro, Kazuo. *Never Let Me Go*. Faber and Faber, 2005.

Wakeford, John. *The Cloistered Elite: A Sociological Analysis of the English Public Boarding School*. Macmillan, 1969.

解題（田尻芳樹）

本稿は、Mark Currie, "Controlling Time: *Never Let Me Go*". *Kazuo Ishiguro: Contemporary Critical Perspectives*, edited by Sean Matthews and Sebastian Groes, Continuum, 2009, pp. 91-103. の全訳である。『わたしを離さないで』論の多くが主題的内容を論じたものであ

り、形式的特徴を論じたものは少ない。そんな中で、マーク・カリーの論文は、この小説における時制という形式に注目した上で主題的内容の分析に向かう画期的なものである。カリーによれば、この小説の時制の構造は「先説的過去完了」である。過去完了とは、英語を習った人が誰でも知るように、ある過去の時点ですでに起こっていたこと（つまり過去の過去）を表現する時制である。単なる過去形なら、過去と現在の二つの時点だけが関係するのに対し、過去完了では過去の過去、過去、現在の三つの時点が関係する。その場合の過去をカリーは中間的、媒介的な時間と呼び、それを『わたしを離さないで』がいかに効果的に利用しているかを論証する。つまり、現在から見れば過去だが、過去の過去から見れば未来でもある（未来を先どりする＝先説法的になる）という、この時間が帯びている両義性から、キャシーの語りにおいて特徴的な忘却の想起、予期の想起といった逆説的事態、さらには自己欺瞞まで説明するのである。論証の過程には、ナラトロジーの専門家ならではの緻密さがあり、この小説における記憶の議論に確かな形式的基盤を与えてくれる。

　タイトルに現れている束縛を求める（＝自由を望まない）という逆説、今述べた時間にまつわる逆説に加え、カリーは最後の節で、「特権化された剝奪」の逆説を論じる。これは簡単に言えば、閉鎖的な施設でさまざまな自由を剝奪された中で、少し拘束が緩和されるとそれを特権と捉えて過大に評価し、自分の置かれた状況を客観的に評価することをやめて受け入れてしまうという事態である。ヘールシャムの生徒たちは、この「相対的剝奪」のメカニズムによって逃げられる状況でも逃げなくなるのである。これは本書所収のブルース・ロビンズの論文が福祉国家との関連で指摘したメカニズムと重なり合うが、カリーは社会問題の方へ議論を拡大せず、あくまでも先説的過去完了という時制の構造を軸に据える。この構造が、社会的不公正という拘束状態を特権として受け入れてしまうことと密接不可分であると結論づけて三つの逆説を統合するのである。

Mark Currie, "Controlling Time: *Never Let Me Go*." *Kazuo Ishiguro: Contemporary Critical Perspectives*, edited by Sean Matthews and Sebastian Groes, Continuum, 2009, pp. 91-103. © Mark Currie, 2009. Continuum Publishing, an imprint of Bloomsbury Publishing Plc. Japanese translation rights arranged with Bloomsbury Publishing PLC, London through Tuttle-Mori Agency, Inc., Tokyo.

看る／看られることの不安
――高齢者介護小説として読む『わたしを離さないで』

荘中孝之

はじめに

世界に先駆けて数々の先進的な医療・福祉制度を整備してきたイギリス。[1] しかし本作の舞台が設定されている二〇世紀末、それは危機的な状況にあった。この頃医療費を抑制していたイギリスでは、救急救命部門においてすら慢性的な病床数の不足等から、患者は入院するまで平均三時間以上もの待機を余儀なくされた。また一九九八年には入院を待つ患者の数が一三〇万人にも達していた。[2] さらに同時期、介護施設での高齢者への虐待やその悲惨な状況を告発するメディアの報道も相次いだ。[3] それは日本での問題を一〇年以上も先取りしていたと言われる（近藤『「医療クライシス」』、五五―一三〇）。本論ではこの小説を、そのような現実のイギリスや日本における医療や介護の未来に対する、陰鬱なアレゴリーとして読み解いてみたい。

1　人生の縮図としてのクローンの一生

キャシーたちクローンの人生は、非常に過酷なものに思われる。いずこともなく生み出された彼女らは、「ヘールシャム」という施設で育てられ、その後「コテージ」と呼ばれる場所で数年間を過ごす。それから「介護人」として働き、最後には「提供者」としてその使命を全うし、若くして死んでいく。しかし出生の事実を除けば、それは多くの人間の一生を縮約したものとも考えられるだろう。つまりヘールシャムで教育を受ける期間は人生の幼少期であり、コテージでの自由な数年間は青年期にあたる。それに続く提供者の介護に努める時期は、さしずめわれわれの壮年期に相当するだろう。そして最後は自らが提供者として病院や施設に収容され、介護を受けながら死んでいく老年期である。(4)

マダムやエミリ先生によって運営されていたヘールシャムとは、全寮制の寄宿学校のような施設であった。特にそこではクローンたちの「魂」を示すために、芸術作品の制作が奨励されている。このヘールシャムの設立は、悲惨な状況下にあったクローンの生育環境改善を求める運動の一環であり、けっしてクローンそのものの解放や培養中止を求めるものではなかった。しかしその目的がたとえ偽善的であったとしても、生徒たちはそこで一定の教育を受け、将来のために厳しく健康を管理され、さらに友情や異性への愛情を育んで成長していく。それはまさに学校教育を受ける人生の幼少期にあたる。

その後一六、七歳でヘールシャムを出たキャシーらは、コテージと呼ばれる古い農場で、ほかの施設出身の者たちと共同生活をする。そこでは論文を執筆するという課題が一応与えられており、キャシーはそのために一時期読書に励む。しかしその日常はヘールシャムとは異なり、「保護官」もおらずかなり規制の緩やかなものである。キャシーらは仲間と談笑にふけり、散歩に出かけ、ときには車で遠出をしたりして自由気ままに暮らす。もちろんその先には厳しい現実が待ち構えているのであり、また彼女らの生活にも同性や異性とのあいだでさまざまな葛藤がある。だが将来を憂えたり人間関係に悩み傷つくというのは、特に青年期にはよく見られるものだろう。

そして一九歳頃にコテージを出たキャシーは、介護人として働きはじめる。その仕事は車で各地の病院や「回復センター」に収容されているクローンたちを次々と訪問し、その臓器提供をスムーズに進めるべく医師たちと連携し、彼らが動揺しないよう精神の安定に努め介助を行うというものである。たしかに提供者が使命を終えるのを見届けていくのは辛いことであるが、「介護人という仕事は、幸いわたしには向いていたようです。介護人をすることで、わたしの最良の部分が引き出されたとさえ言えるかもしれません」(207 三二五) と自身が語るように、キャシーはそこに意義を見出し、懸命に与えられた任務を遂行している。それはまさしく社会に出て働く壮年期の人の姿である。

最後には自らが提供者となってその使命を全うしていく。キャシーは語りの現在において三一歳、あと八カ月介護人を続ければほぼ一二年ちょうど働いたことになるというのであるから、三〇代前半でその命を終えることになる。最大で四度の提供手術が行われ、場合によってはそれまでに死亡することもあるという。もちろんこれは小説のなかだけの特殊な設定には違いない。通常われわれが生きたまま臓器を摘出されて死んでいくということはない。しかし多くの人々が加齢とともに身体の各所に変調をきたし、最終的に要介護の状態となって病院や施設で死んでいく。それならば提供者としての最終段階は、まさに老年期の比喩と言えるのではないだろうか。

イシグロ自身あるインタヴューで、クローンの一生はわれわれが不死の存在ではなく、限られた時間しかこの世にいることができないという、人間に与えられた条件のメタファーであると述べている (Wong, 215)。つまりクローンとはわれわれ人間の姿でもあるのだ。

2 社会的不平等と健康格差

そのようにキャシーたちクローンは二〇代から三〇代前半でその短い使命を全うしていくのであるが、そもそも人生が長い、短いというのは相対的なものでしかない。もちろん乳児期の高い死亡率を考慮に入れなければならないが、ある推計によれば一四、五世紀のイギリスにおける平均寿命は二〇代前半であったと言われる。一八世紀頃でもそれは三〇代半ばであり、一九世紀に入ってようやく四〇歳を超えた。また現在でもアフリカの多くの国で、平均寿命は五〇歳前後である (Maddison, 31-32)。このように歴史的・地理的に少し視野を広げれば、その生涯もけっして極端に短いとは言えない。それでもやはり現在の先進国の基準から考えれば、彼女たちはいかにも短命であると思わざるを得ないし、通常の人間とクローンとの格差も無視することはできない。

それを社会的・経済的不平等と健康格差という視点から考えてみよう。所得と教育に大きな相関関係があることはつとに知られているが、苅谷剛彦によれば、貧富の差が学習に対する意欲の格差にもつながり、それによって社会的不平等が拡大再生産され、社会の階層化がさらに進んでいるという(苅谷、二一〇—二三四)。さらに近藤克則らの調査によれば、所得が低く教育歴が短い者ほど、ストレスを受けてうつや不眠になりやすく、運動不足で閉じこもりがちになり、要介護の割合が増えるという。イギリスでも低所得者層あるいは非熟練労働者層において、有障害率が高いことが確認されている(近藤『「医療費抑制の時代」』、二八四—二九九)。つまり貧富や階層といった社会的・経済的不平等が健康の格差、寿命とも関連しているのである。

キャシーたちはクローンとしては例外的な高い教育を受けてきた。それでもそれはヘールシャムにいた頃の一六、七歳頃までであり、ほかのクローンたちは「実に嘆かわしい環境」(261 三九八)で育てられてきたのである。その特別な施設にいる彼女たちですら、ほとんど財産というものを持たない。ヘールシャムにいた頃は、「交換会」や「販売会」で手に入れたわずかばかりの持ち物を、大切に「宝箱」に保管していた。キャシーの場合、その数少ない大事な持ち物の一つが、作品のタイトルともなっている「わたしを離さないで」という曲の入ったカセットテープであった。介護人として働きはじめてからは、一応自分のアパートに暮らしているが、彼女のささやかな趣味はデスクスタンドを眺めることとである。

そしてこの物語の大きな悲劇的要素である、愛し合っている者どうしがその愛を証明できれば、わずかばかりの提供の猶予を認められるという噂を信じた、キャシーとトミーの淡い希望が無残に打ち砕かれてしまうように、けっして彼女たちクローンが結婚して家族を持つことはない。その生活は孤独で、介護人としての仕事は過酷である。キャシーが一度ヘールシャム時代の友人ローラに出会ったとき、その様子は明らかにある徴候を示していた。

「長時間働きづめに働き、あちこち飛び回り、細切れの睡眠しかとれずにいると、やがてそれが気配に現れてきます。姿勢にも、眼差しにも、歩き方や話し方にも、見てそれとわかる独特の雰囲気が漂ってきます」(208 三一六)というように、多くの介護人が抑うつ的な状態になっていく。[5] 優秀な介護人であったキャシー自身も、一二年におよぶその任務の終わりごろには相当消耗している。あるときトミーが彼女を見て言う。「君は駆け回ってばかりだ。くたびれきって、いつも独りぼっちで……。ずっと見てきたおれにはわかる。これじゃ、ぼろぼろになる」(282 四三一)。

概して「通常の」人間に比べ教育年数も短く、その親もわからず、そして財産や配偶者・家族も持たず、長時間過酷な労働に縛られているキャシーたちクローンは、まさに社会の最下層におかれた存在である。彼女らは時間や体力だけでなく、最後には提供者としてその臓器までも奪われて死んでいく。たしかにその設定は荒唐無稽なものかもしれないが、クローンたちは社会の最底辺におかれてあらゆるものを搾取され、健康までも蝕まれていく孤独な高齢者たちの隠喩となっている。[6] そして彼女たちクローンと通常の人間との関係は、現実の世界における圧倒的な社会的・経済的不平等の象徴でもある。

3 「見る/見られる」と「看る/看られる」

しかしたとえ社会的・経済的不平等が健康や寿命の格差と関連しているとしても、死はいずれクローンにも通常の人間にも等しく訪れる。

キャシーは物語のなかでつねに、ほかの登場人物たちとのあいだで見る、見られるという関係を意識している。たとえばこの物語のなかでももっとも印象的な場面の一つ、湿地に座礁した漁船を見に行くところで次のような描写がある。キャシーがルースとともにトミーを迎えに行ったとき、そこで彼女は先に車を降りる。

フロントガラスが大きく空を反射していて、中のルースの様子はよく見えません。でも、印象では、強張るほどに真剣な表情でした。まるで観劇中の人の表情。とすれば、トミーとわたしは劇中で演技する登場人物なのでしょうか。その表情にはどこか奇妙なところがあり、わたしは不安になりました。トミーがわたしの横を通り、車まで行くと、後部ドアを開けて乗り込みました。車の中の二人が互いに何かを言い、挨拶のキスを頬に交わすのを、こんどはわたしが外から見ていました。

（220 三三五）

ここでルースの視線を強く意識するキャシーは、その直後に彼女を注視している。親友であるはずの二人は過去に、そしておそらくはこの時点でも、トミーをめぐって微妙な愛憎関係にあり、彼といるところを相手に見られることに、そしてまた相手が彼といるのを見ることに言い知れぬ不安を覚えている。

このような「見る／見られる」という緊張した視線の交錯は、この作品に特徴的なものであり、さらにそれはクローン以外の通常の人間とのあいだにも見られるのである。キャシーたちがヘールシャムにいた頃、ときおり施設を訪れるマダムが自分たちを恐れているのではないかという噂を確かめるために、彼女の前に仲間たち六人で一斉に飛び出すという実験をしたことがあった。

マダムが立ち止まったとき、わたしはちらりとその表情を盗み見ました。全員が同じことをしたはずです。そこに見た恐れとおののきが――うっかり触れられはしないかという嫌悪と、身震いを抑えようとする必死の努力が――いまでも目の前に浮かびます。わたしたちはマダムの恐怖を全身で感じとり、そのまま歩きつづけました。日向から急に肌寒い日陰に入り込んだ感じがしました。

（35 五八）

ここで彼女らは、怯えながら自分たちを見つめるマダムを不安げに見つめ返すことによって、逆にクローンという異形の者としての自らの存在を強烈に意識させられるのである。またキャシーが「わたしを離さないで」という曲を聴きながら枕を抱いて踊るシーンでは、彼女の姿を見てマダムが涙を流す。そこでは図らずも彼女の行為が一方的に他人に見られている。さらに彼女らがヘールシャムを出てコテージに移ったのちしばらくして、ルースの「ポシブル」、クローンの複製元を見たという仲間の話を信じ、それを確認するために出かける場面では、ガラス越しにまるで舞台の上で演技をする人たちをじっと見守るようなキャシーたちの姿がある。ここでは彼女たちがもっぱら「見る」側に立っている。

誰かを見るものが逆に相手に見られ、誰かに見られるものが次に相手を見るという関係。それはまた本作において、「看る／看られる」という立場が容易に逆転しうることをも示しているように思われる。つまりキャシーたちは介護人としてほかのクローンを看取り、最後には自分自身が提供者としてほかのクローンに看取られるのであるが、通常の人間も病気になればクローンから「提供」を受けるものの、けっして不死の存在であるわけではなく、やはり最後には誰かに看取られて死んでいく。キャシーとトミーが提供の猶予を求めてマダムに会いに行ったとき、そこで彼女らは車椅子に乗ったヘールシャムの元校長エミリ先生に出会う。キャシーたちクローンを厳しく管理していた彼女は、今やジョージという「大きなナイジェリア人」（256-57 三九二）に介助されているのであるが、その様子は「見るからに弱そうで、体も歪んで」（255 三八九）いる。それは死すべき運命としての人間の姿を強く印象付ける。ルースを看取ったキャシーも一時期トミーを介護することになるが、その彼が死んで語りの現在から八カ月後には、彼女自身が提供者となり誰かに看られる存在になるのである。この物語ではいつも見るものは見られ、そして看るものは次に看られるのである。

4　看取ることの困難

本作の主人公キャシーが語りの時点において、そのように他者の最後を看取る介護人であるということは、イシグロのこれまでの作品を概観した場合、至極当然と思われる。最初期の短編「ある家族の夕餉」(一九八〇年)では、語り手が両親と不仲になり、実家を離れてアメリカに渡っているあいだに、彼の母はフグの毒に当たって死んでしまう。しかも彼はその死を二年間も知らされていなかったのである。続く長編第一作『遠い山なみの光』(一九八二年)の語り手悦子は、日本人の夫と別れてイギリス人の男性と渡英したのち、日本から連れてきた娘の景子が、離れて暮らしていたアパートの一室で自殺するという凄惨な体験をする。彼女も娘の死を数日後に知ることになる。第四作『充たされざる者』(一九九五年)のなかでは、主人公ライダーの義父と思しきグスタフが、重いスーツケースを持ってテーブルの上で奇妙なダンスをしたあと、倒れてそのまま息を引き取るという場面がある。そのときライダーは自身のピアノリサイタル前の慌ただしさゆえ、臨終の場に立ち会えない。これはまたその前作である『日の名残り』(一九八九年)において、主人公の執事スティーブンスが、彼自身非常に重要と考える会議で要人に仕えていたため、父の最後を看取ることができないというシーンを思い起こさせる。このようにイシグロが描く物語の主人公たちは、いつも大切な者を看取ることができない。

これらの描写は、イシグロ自身が五歳で生まれ故郷の長崎を離れて祖父母から引き離され、その死に目に会えなかったというトラウマ的な経験ゆえに生まれたものなのかもしれない。彼はあるインタヴューで、祖父母や彼らが象徴する日本そのものを置き去りにしてしまったことが、現在の自分にどのような意味をもたらしているかと尋ねられ、こう答えている。「子供にとってこれはかなり無意識的なレベルで起こると私は思います。その年頃では、さよならを言うといったようなことの責任について考えたりしません。でももっと深いレベルでそれは、祖父母を裏切ってしまったような気持ち、おそらくある種の奇妙な罪悪感を私に残したのだと思います」(Wachtel, 23-24)。ここに見られるようにそれは、イシグロにとって痛みを伴う苦い記憶であるようだ。だからこそ彼は本作で、その償いとして他人の末期(まつご)を「看取る」介護人という職業を、主人公キャシーの仕事に選んだのではないだろうか。彼女は親友ルースとの最後の瞬間を次のように語る。

二人の視線が結び合ったあのとき、あの数秒間、わたしにルースの表情が読めたように、ルースもわたしの思いを正確に読み取ってくれたと思います。そう願っています。その一瞬はたちまち過ぎ去り、ルースも遠くへ去りました。もちろん、ほんとうのところはわかりません。でも、ルースはきっと理解してくれたと思います。

（236 三六一）

過去にトミーをめぐって三角関係にあった二人はここでようやく和解し、提供の猶予を求めて彼と二人でマダムのもとを訪ねてほしいというルースの思いをキャシーは受け止める。この場面でついにイシグロ作品の主人公が大切な者を看取るのである。

しかし本作でも主人公はやはり、もっとも大切な者の死に水を取ることはできない。その後キャシーはルースの願いを聞き入れてトミーの介護人となり、二人は提供の猶予を求めてマダムのもとを訪ねるが、その淡い希望もついえて、彼に四度目となる臓器提供の通知が届く。それはすなわち死を意味する。そのとき彼はキャシーに介護人を替わってもらいたいと望む。彼女の前で醜態をさらしたくないというトミーは、頭のなかの次のようなイメージを語る。

おれはな、よく川の中の二人を考える。どこかにある川で、すごく流れが速いんだ。で、その水の中に二人がいる。互いに相手にしがみついてる。必死でしがみついてるんだけど、結局、流れが強すぎて、かなわん。最後は手を離して、別々に流される。おれたちって、それと同じだろ？　残念だよ、キャス。だって、おれたちは最初から――ずっと昔から――愛し合ってたんだから。けど、最後はな……永遠に一緒ってわけにはいかん。

（282 四三一―四三二）

このあとキャシーはトミーの介護人をやめ、彼はまるで強い川の流れにさらわれるかのように使命を全うして世を去っていく。ここでも主人公は最愛の人の最後を見届けることはできない。そこには他者を看取ることの困難と、それに対するイシグロ自身の不安が表れているように思われる。この場面で示されているように、看取りには看る者と看られる者の思いが重なっていなければならないだろうし、また本論で見てきたように、他者を看るということは次に自分が看られることを意味するのだから。

5　介護人として働く

そのような高齢者のメタファーとしての提供者を介護するキャシーたちの住む世界は、一方でそれなりに効率的なものとも思われる。おそらくは国家によって厳しく管理されている彼女らは、まるで徴兵制のようにある時期が来れば介護人となり、複数の提供者を担当してその介助を行う。そしてまたある時期を迎えると提供者、つまりこの議論においては介護を要する高齢者となり、また別の者による介助を受けながら死んでいく。その仕事についてキャシーはこのように語る。

> 介護する相手は、選べるのがほんとうではないでしょうか。介護人は機械ではありません。誰にも目一杯尽くそうとして、最後は疲れ果ててしまいます。忍耐とエネルギーには限りがあります。ですから、選べる機会があれば選ぶ。それも気心の知れた相手を選ぶ。当然のことだと思います。介護の一瞬一瞬、提供者に共感し、思いやることができなければ、どうしてこれほど長く勤められたでしょう。それに、相手を選ばなかったら、ヘールシャムから何年も経て、ルースとトミーに再会することもなかったわけですから。（4 一〇―一一）

このように優秀で長期間務めているキャシーほどの介護人ともなれば、ある程度提供者を選ぶこともできるし、逆に提供者が介護人を選ぶこともできるのである。それはごく一部であるとはいえ、両者の意思が尊重されるよく整えられたシステムである。

現実の世界においては、高齢者や認知症の者どうしが介護を行う老老介護や認認介護、あるいは孤独死といったことが大きな社会問題となっている。かつては人々の寿命も短く、今ほど医療が進んでおらず、過剰なまでの延命治療が行われることもなかったので、多くの者はそれほど長期の介護を要することもなく、自宅で息を引き取っていたわけであるが、その後医学が進歩し、人々の寿命も延び、また急速に核家族化が進む。それによって介護を要する高齢者が急増し、また少子化によってそれらの世代を支える者たちの負担が増えていることは、イギリスや日本といった先進国に共通した問題である。[7]『わたしを離さないで』というこの作品は、こうした現実の状況に対する、ありうる選択肢の一つを示しているように思われる。

イギリスでは今から五〇年以上も前に、ロンドン南東部にセント・クリストファー・ホスピスという施設が建てられている。シシリー・ソーンダズ医師により設立されたこの施設は、近代ホスピス発祥の地として知られているが、その創立者の名前が、この物語のなかでヘールシャムと同じくクローンの生育環境改善を求める運動を行っていたとされる、ソーンダズ・トラストと同じであるのは興味深い。おもに終末期のがん患者のケアやデイサービスを行っている、イギリスでもっとも知られたこのホスピスでも、慢性的な人材不足や財政難に苦しんでおり、ボランティアや寄付によってかろうじて運営されている状態であるという（近藤『「医療費抑制の時代」』、一七二―一七六）。日本でも近年そのような高齢者や終末期の患者を看取る老人ホームやホスピスが数多く建てられているが、これまで介護は家族、特に妻や嫁が行うものという観念がこの国では強く、文学でもその過重な負担が、有吉佐和子の『恍惚の人』（一九七二年）や佐江衆一の『黄落』（一九九五年）に描かれてきた。[8]イギリスでも介護において家族に大きな負担がかかることは同じである。たとえば大英帝国勲位を持つ作家で哲学者のアイリス・マードックは、晩年アルツハイマー病にかかるが、彼女の夫でオックスフォード大学の教授であったジョン・ベイリーが、その壮絶な介護の記録を小説として残している[9]。しかしそもそもキャシーたちクローンは家族を持たない。その親もわからなければ、結婚して夫や妻、そして子供を持つこともけっしてない。それならばこの作品のように福祉が完全に社会化され、人々が一定期間介護に従事する、一面で極めて効率的なシステムは、現実世界におけるわれわれの未来に対する不安を、まるで一部解消してくれるかのようにすら見える。

おわりに

もちろんこの作品に描かれた、極端な不平等と一部の者たちの犠牲によって成り立っている社会が理想的なものではありえないだろう。しかし現実には世界中でますます貧富の格差は広がり、医療の進歩などによって高齢化が進んでいる。さらに非婚率の増加や離婚、死別等によって、独居の高齢者が急速に増えていくと予想されている。その一方で先に述べたように、イギリスや日本といった先進国では、少子化のためそれらの者たちを介護する人材を確保することは喫緊の課題となっている。キース・マクドナルドは、もう一つの現実ともいうべき想像されたキャシーの過去の記憶が、本物の未来を表しうるものであり、またサイエンスフィクションの形式は、現代社会の抱えるジレンマを考察するためのレンズとして、わたしたちの想像力が機能することを求めているという (McDonald, 82)。キャシーたちが生きたのはすべてがシステム化された、すばらしく効率的で寒々とした世界であった。ここに描かれたその荒涼たる風景は、われわれのすぐ目の前に広がっているのだろうか。

【注】

(1) たとえば貧民救済のため地域住民に強制的な課税を認めた救貧法や、利用時原則無料の国民健康保険（NHS）などである。

(2) 近藤克則によれば、この頃医療費の抑制により深刻な待機者リスト問題が起こり、医師や看護師が極端に不足し、医療従事者の士気が著しく低下したという。近藤『「医療費抑制の時代」』、七一—一五頁。

（3） Mayumi Hayashi は *The Care of Older People*(2013) の第一章 "The English Context" で、この時期にイギリスの民間老人ホームで起きた高齢者への虐待や、その劣悪な環境を告発するメディアの報道および著作を複数紹介している。Hayashi, 34-35.

（4） この点については、Cynthia F. Wong も二〇〇六年に行われたイシグロとのインタヴューのなかで、若くして死を迎えるという本作の設定が、高齢化の問題と類似しているのではないかと指摘している。Wong, 214.

（5） 近藤『「医療クライシス」』の調査でも、配偶者を持たない者は、有配偶者よりもうつ状態になりやすいという。一七六—一七七頁。

（6） Titus Levy は、キャシーの語りが搾取的な社会の要求のために、周縁化された個人の自由を切り詰めるシステムに対する、一つの反抗の形として機能しているという。Levy, 6-7.

（7） たとえば上野『おひとりさま』、第一章「みーんなおひとりさま時代の到来」、九—二六頁参照。もっとも上野はここで「在宅ひとり死」の可能性について考察し、それが単に孤独なものではないと述べている。

（8） 米村・佐々木、米村みゆき「高齢社会の「解釈」を考える——有吉佐和子『恍惚の人』と〈現実〉の演出」、一二三—一六〇頁参照。

（9） この作品(John Bayley. *Iris: A Memoir of Iris Murdoch*. (1998)) はリチャード・エアー監督、ジュディ・デンチ主演で二〇〇一年に『アイリス』として映画化され、数々の映画賞を受賞している。

【引用文献】

Hayashi, Mayumi. *The Care of Older People: England and Japan, a Comparative Study*. Routledge, 2013.

Ishiguro, Kazuo. "A Family Supper." (1980) *The Penguin Book of Modern British Short Stories*. Edited by Malcolm Bradbury, Penguin, 1987, pp. 434-42.

——. *A Pale View of Hills*. Faber & Faber, 1982.

——. *Never Let Me Go*. Faber & Faber, 2005.

——. *The Remains of the Day*. Faber & Faber, 1989.

——. *The Unconsoled*. Faber & Faber, 1995.

Levy, Titus. "Human Rights Storytelling and Trauma Narrative in Kazuo Ishiguro's *Never Let Me Go*." *Journal of Human Rights*, vol. 10, 2011, pp. 1-16.

Maddison, Angus. *The World Economy*. OECD Publishing, 2006.

Matthews, Sean. "'I'm Sorry I Can't Say More': An Interview with Kazuo Ishiguro." *Kazuo Ishiguro*. Edited by Sean Matthews and Sebastian Groes, Continuum, 2009, pp. 114-25.

McDonald, Keith. "Days of Past Futures: Kazuo Ishiguro's *Never Let Me Go* as Speculative Memoir." *Biography*, vol. 30, no. 1, Winter 2007, pp. 74-83.

Wachtel, Eleanor. "Kazuo Ishiguro." *More Writers & Company: New*

Conversations with CBC Radio's Eleanor Wachtel. Vintage Canada, 1996, pp. 17-35.

Wong, Cynthia F., and Grace Crummett. "A Conversation about Life and Art with Kazuo Ishiguro." *Conversations with Kazuo Ishiguro*. Edited by Brian W. Shaffer and Cynthia F. Wong, UP of Mississippi, 2008, pp. 204-20.

上野千鶴子『おひとりさまの最期』朝日新聞出版、二〇一五年。

——「老人介護文学の誕生」、『上野千鶴子が文学を社会学する』朝日新聞社、二〇〇三年、六五—一一三頁。

春日キスヨ『介護問題の社会学』岩波書店、二〇〇一年。

苅谷剛彦『階層化日本と教育危機——不平等再生産から意欲格差社会へ』有信堂、二〇〇一年。

近藤克則『「医療クライシス」を超えて——イギリスと日本の医療・介護のゆくえ』医学書院、二〇一二年。

——『「医療費抑制の時代」を超えて——イギリスの医療・福祉改革』医学書院、二〇〇四年。

米村みゆき・佐々木亜紀子編『〈介護小説〉の風景——高齢社会と文学』森話社、二〇一五年。

『わたしを離さないで』における女同士の絆

日吉信貴

1　女同士の絆は存在しないのか

二人の男性が一人の女性をめぐって争う物語を挙げよと言われたら、夏目漱石の『こゝろ』（一九一四年）、スコット・フィッツジェラルドの『グレート・ギャツビー』（一九二五年）、D・H・ロレンスの『チャタレー夫人の恋人』（一九二八年）といった文学史上の古典のみならず、漫画、映画、テレビドラマの中からも、無数の作品を発掘することが可能であろう。このような作品を論ずるにあたってたびたび参照されるのが、イヴ・セジウィックによる『男同士の絆』（一九八五年）である。主に一八、九世紀のイギリス小説を分析対象としたその主張を強引に簡略化すると、一人の女性をめぐる男性同士のライヴァル関係によって、実のところ男同士のホモソーシャルな絆（同性間の絆）――ホモセクシュアルとは区別され、「強烈なホモフォビア、つまり同性愛に対する恐怖と嫌悪」を特徴とする（1 二）――が強められており、そこにおいて女性は、「男同士の絆を揺るぎないものにするため」の「交換可能なおそらくは象徴的な財」（25-26 三八）にすぎないということになるだろう。そして、セジウィックによるこの論が当然喚起する「女にもホモソーシャルな絆はあるか」という問いに対して、上野千鶴子は、「ジェンダーに権力の非対称性がともなうところでは」、「同性の集団に同一化することをつうじて得られる権力という資源の配分が圧倒的に違う」がゆえに、「ホモソーシャルな男性の絆と、ホモソーシャルな女性の絆とは、たとえ存在したとしても同じではない」と答え、「だれが〔女性という〕劣位の集団にすすんで同一化することを望むだろうか」（二六二）と苦々しげに述べている。

だが、果たして上野が言うように、「女には男に比肩すべきホモソーシャルな絆は」本当に「存在しない」（二六一）のだろうか。この問いに答えるために本稿ではカズオ・イシグロの『わたしを離さないで』（二〇〇五年）を取り上げたい。主人公＝語り手のキャシー・Hによる一人称の回想という形式を採る本作の粗筋は以下のごとくである。一九九〇年代後半のイギリスで暮らす介護人キャシーは、移植用臓器供給のためだけに生みだされたクローン人間であり、臓器を摘出されて一足先に亡くなったトミー、ルースとの思い出を振り返る。三人はヘールシャムという全寮制寄宿学校風のクローン育成施設で一六歳までをすごす。キャシーとルースは親友同士であったものの、二人の関係はトミーをめぐってたびたびギクシャクする。ルースと交際していたトミーに対して、キャシーもまた思いを寄せていたのである。だが、ヘールシャム卒業後、臓器提供が始まり死を間近に控えたルースは、キャシーとトミーの方がお似合いのカップルであったことを認め、二人の仲を裂いてしまったことを謝罪し、トミーをキャシーに託す。カップル間の愛の強さを芸術作品のできによって証明できれば、臓器提供開始を二、三年遅らせ、その猶予期間中、愛し合う男女は二人きりで時をすごせるという噂がクローンたちの間で飛び交っていたが、ルースは二人でそれを勝ち取るよう懇願する。だが、ルースの死後に明らかになるのは、猶予がただの噂にすぎなかったという事実である。恋人となったトミーが臓器提供による予定通りの死を迎えた後、キャシーが彼を思って涙を流すところで物語は終わる。

粗筋から明らかな通り、この小説においては、二人の女性による一人の男性の取り合いが、物語を進行させるための原動力となっている。果たして、セジウィックが一人の女性をめぐって争う二人の男性の間に男同士の絆を見出したように、キャシーとルースの関係の中に女同士の絆を見出すことは可能であろうか。この問いに答えることが本稿の課題となる。

2　女性二人と男性一人の三角関係

だが、『わたしを離さないで』に目を向ける前に確認しておかねばならないのは、女性二人と男性一人による三角関係が、無条件に女同士の絆の存在を意味するわけでは決してない点である。たとえば、村上春樹の『ノルウェイの森』（一九八七年）においては、主人公であるワタナベトオルと、直子、緑という二人の女性による三角関係──女性たちの間に直接の面識はないが──が成り立っていると言えるかもしれない。だが、「徹頭徹尾、男にとって都合のいいセックスをお膳立てしてくれる女しか、春樹の小説には出てこない」（二六六）と指摘し、『ノルウェイの森』を「いんちきポルノ」（二七五）と断じた小谷野敦の論を敷衍すれば、ワタナベという男性の一人称による回想から構成されるこの作品において描き出されているのは、女同士の絆ではなく、主人公が実演するごとく、様々な女性と性的関係を持ちたいという男性の願望にすぎないということになるだろう。

では、女性作家の作品ではどうだろうか。綿矢りさの『かわいそうだね？』（二〇一一年）に収録された同名の中編小説では、百貨店に勤務する主人公＝語り手の樹理絵と会社勤めの隆大というカップルの間に、元カノのアキヨが割り込むことにより三角関係が形成される。経済的困窮を理由に元カレの同情を引き、就職が決まるまでという条件で隆大の安アパートに居候することとなったアキヨに対して釈然としないものを感じていた樹理絵は、彼氏の留守を狙ってアパートを訪れる。意外にも、特に大きな変化は見受けられない部屋でアキヨと食事をともにした後に、樹理絵は「もしかして私とアキヨさんは、一人の男を取り合っているのではなく、共有しているのではないだろうか。［……］私の胸には彼女と面と向かって話すまえにはなかった、隆大の良いところを二人で話し合いたい欲望が生まれている」と感じ、「あの人、ああいうところがダメだよね、でもそこがいいよね、と共感しあいたい気持ち」（六二）を抱くようになる。だが、隆大の携帯電話を盗み見て、アキヨが復縁を狙っていることを確信した樹理絵は、再びアパートを訪れ、アキヨの私物が部屋中に拡散されていることに気づく。激怒して「出て行け」(一四二)と迫る樹理絵に対して、アキヨは「私はね、あなたに興味がないのよ」(一四六)と応じる。やがて帰宅した隆大に対して怒りをぶちまけた樹理絵は、結局彼と別れることとなる。「女同士が男(に選ばれること)をめぐって潜在的な競合関係に置かれるかぎり、女同士のホモソーシャルな絆は、あったとしても脆弱なものとなるだろう」(二六二)という上野の言葉通り、樹理絵が束の間に錯覚することとなったアキヨへの絆は、あっさりと瓦解し、女たちの分断が明らかとなるのである。

3　キャシーとルースの絆

では、『わたしを離さないで』における三角関係はどのように分析することができるだろうか。この三人の関係においてもっとも注目すべきは、トミーが明らかにルース好みの男性ではないことである。ルースは友人たちの間で「「自分の方が立場が上」と思いたくて、言葉や態度で自分の優位性を誇示してしまう」(瀧波・犬山、九)典型的な「マウンティング女子」であり、そのことはたとえば、仲間内で読書量を競っている際に、「誰よりも読書量が多いことを証明するために、その誰かがいま楽しんでいる本の内容を周囲に向かって話す」(121 一八九)などといった行いからもうかがい知ることができる。実は『わたしを離さないで』以外のイシグロ作品でも、ルースを想起させるようなマウンティング女子はたびたび登場しているのだが、彼女たちは当然のごとく、周りに自慢できるような、社会的に認められている男性を好む。『わたしたちが孤児だったころ』(二〇〇〇年)のサラ・ヘミングズは、「その人物が有名でなければ、尊敬する価値がない」(21-22 三五)という哲学に基づいて、交際相手には常に地位のある男性を選び――コンサートで大失敗した元婚約者の音楽家アンソニー・ヘリオット・ルイスのように、地位を失った男性は容赦なく捨てられる(20 三三)――『夜想曲集』(二〇〇九年)に収録された短編小説「老歌手」に登場する、「ミネソタ州の小さな町」(19 三二)で生まれた一般人のリンディは、成り上がりのためスターとの結婚を目指した末、有名歌手トニー・ガードナーの妻の座に収まり、セレブリティの仲間入りを果たす。

では、彼女たちと同じくマウンティング女子であるルースが選んだトミーは、周りに自慢できるような地位のある男性かというと、そんなことは全くない。キャシーによれば、人文学教育と芸術作品制作が重要視されるヘールシャムにおいては、「ほかの生徒にどれだけ好かれ、どれだけ尊敬されるか」は「どれだけいいものを作れるかにかかっていた」(16 二八)が、トミーには芸術の才能は皆無であった。また、癇癪持ちであったトミーは、ルースとの交際を始める以前に、激しいいじめの標的とされていた——彼の創作意欲のなさも、いじめを正当化する論拠のひとつとして持ちだされていた(10 二〇)——が、そのことからも、学校内での彼の序列の低さは明らかであろう。さらには、ルースからすると、トミーは交際相手としては鈍臭(どんくさ)すぎるようにも思われる。周りのカップルを真似て、ルースが別れ際にトミーの「腕の肘のあたりを手の甲で軽く叩く」という動作を始めても、一体彼女が何をしたいのかに気づけないトミーは、「そのたびにルースのほうを向き、「何だい」と訊き」——キャシーは「ルースからすると、劇の進行中にトミーが台詞を忘れ、演技が中断したような感じだったでしょう」と評している——彼女を怒らせてしまう(119 一八七)。こういった点を考慮すると、ルースにとってトミーが望ましい交際相手でないのは自明のように思われる。

だが、それにもかかわらず、小説中で二回登場する、ルースとトミーの関係が破綻しかかる場面のどちらにおいても、彼女はキャシーがトミーの恋人に収まることを妨害する。一度目のトミーとの仲違い時には、周りの友人たちの間で「後釜」(98 一五五)はキャシーという噂が飛び交っていたにもかかわらず、「トミーとよりを戻したい」(101 一六〇)と他ならぬキャシーに相談したルースは、結局復縁を果たすこととなる。その後再び訪れた危機においては、ルースは不安を顕(あらわ)にしながら「トミーはあなたをそういう風には見ていない〔……〕ガールフレンドとしては見てない」(197 三〇八—三〇九)という言葉を浴びせるのみならず、キャシーが以前に打ち明けた「相手が誰でもいいから」、「ときどき、〔セックスを〕したくてしたくてたまらなくなることがある」(126 一九七)という秘密を持ちだし、「トミーはね、あの人ともこの人とも……その、付き合ってたような女性は相手にできないの」(197 三〇九) と、わざわざ親友を傷つけるような言い方に訴えでてまでも、キャシーとトミーが恋人関係になるのを妨害しようとする。

では、一体なぜルースは、大して好みではないはずのトミーが、キャシーの恋人となることにこれほど強い抵抗を示すのであろうか。それに答えるために目を向けるべきは、もちろんキャシーとトミーの関係である。物語の終盤でルースが「カップルはあなたとトミーのはずだった」と告白するように、本来はキャシーとトミーがつきあうべきであり、それはルースにも「昔からわかってた」ことだった (228 三五五)。にもかかわらず、ルースが自分好みではないトミーとつきあい始めたのは、そうすることによってキャシーとの絆を保ちたかったからではないだろうか。トミーではなくキャシーに執着していると考えた方がルースの行動は説明がつきやすいように思われる。キャシーとトミーの交際開始とともに、彼氏を優先するキャシーとルースの間が疎遠になるというのは、充分にあり得ることであろう。

では、一方でキャシーの側はルースとの関係をどのように見ていたのだろうか。興味深いことにキャシーの方も、ルースとの絆を存外大切なものとして扱っている。もちろん、小説中の様々な箇所に、恋敵ルースに対するキャシーの苛立ちや対抗意識が書き込まれてはいる。ルースから「トミーとよりを戻したいの」、「だから、キャシー、手伝って」と頼まれた際には、キャシーの表情に苛立ちないしは驚きがよぎったであろうことが、明示されてはいないものの示唆され (101 一六〇)、攻撃を受けることを予想した折には、キャシーは「何をぶつけてこようとも、以前とは違う。昔みたいにルースの思いどおりにはさせない」(227 三五三) と意気込み、あるいは、芸術作品制作を苦手としていたはずのトミーが描き始めた、架空の動物の絵の「意味や背後にあるトミーの思いを〔ルースが〕知らないこと」(190 二九六) に対しては優越感を覚えている。だが、にもかかわらず、キャシーは様々な局面において、ルースを守ろうともしている (54-55, 63, 144-45 八七―八八、一〇〇、二二六)。奇妙なことに、ルースの怒りの矛先がトミーに向かっている時でさえも、キャシーは「ルースをこれ以上怒らせずにトミーを助けてやるには、どう言えばいいのか」（191 二九九）と、最愛の男性のみならず、恋敵であるはずの女に対しても気を配っているのである。さらには、ルースの死後にキャシーとトミーが知ることになった真実について、「わたしの一部は、知り得たすべてをルースと分かち合いたいと望みつづけています」（279 四三四）と言っている。散々翻弄されたにもかかわらず、キャシーにとっても、ルースとの絆はかけがえのないものだったようなのである。

そして女同士の絆について考えるうえでもっとも興味深いのが、先ほどから言及している、ルースが「カップルはあなたとトミーのはずだった」と二人に打ち明ける場面である。沼地で座礁した廃船を三人で見に行った帰りに、路肩に止めた車の中で謝罪がなされるが、ここで注目すべきは、トミーがほとんど——完全にと言ってもいいかもしれない——無視されていることである。告白を始めてからのルースの視線に関する描写を追うと、「ルースはトミーが車にいることなど忘れたかのように、上体を倒しぎみにして、まっすぐにわたしを見つめました」（227 三五三）、「ルースは、依然、トミーを見ずに話しつづけました。でも、それはトミーを無視するというより、わたしに思いを伝えようとするあまり、ほかのことに気を使う余裕がなかったせいかもしれません」（228 三五四）、「ルースは少し向きを変え、初めてトミーを視野に入れましたが、すぐにまたわたしだけを見つめ、話しつづけました。でも、その言葉はトミーとわたしの両方に向けられているようでした」（228 三五四—三五五）と記されており、彼女がほとんどトミーを見ていないことが分かる。また、二人の仲を裂いたことに話を持っていく前に、ルースは性衝動についても嘘をついたことに触れ、キャシー同様に、自分にも誰でもいいからセックスをしたくなることがあり、トミーとの交際中でさえも、少なくとも三人の他の男と関係を持ったことを告白する（227 三五三—三五四）。トミーにとっては恋人のかつての浮気を知らされる場面であるにもかかわらず、ルースは彼には一切謝らず、ここでもあくまでもキャシーに対して、かつて「誰とでもいいから、なんてことはないわね」（126 一九八）と嘘をついてしまったことについて謝罪がなされているのである。さらには、二人で猶予を勝ち取るようルースが懇願するこの場面においては、トミーをキャシーに譲り渡すという宣言がなされているに等しいわけであるが、ここでトミーの心情は全く問題にされない。ルースの方はトミーに対してただ自分の考えに同意を求めるだけであり、キャシーの方もトミーがどうしたいかを問うことはない。禅譲は女たちの間で勝手に決められることとなる。キャシーが「その言葉はトミーとわたしの両方に向けられているようでした」と推測したがろうとも、この場面においてトミーが蚊帳(かや)の外に置かれているのは明らかであり、まるで彼は女「同士の絆を揺るぎないものにするため」の「交換可能なおそらくは象徴的な財」として扱われているかのようである。かくして、『わたしを離さないで』においては、セジウィックの図式を反転させたような、男性の交換により強化される、女同士のホモソーシャルな絆が描き出されていると解釈することは、充分に可能であると思われる。

4　性差の不在

では、一体なぜ『わたしを離さないで』においては女同士の絆が成り立っているのであろうか。イシグロが意図していたかどうかは不明だが、キャシー、ルース、トミーの形成する三角関係は、ＳＦ的な舞台設定から非常に大きな影響を受けているように思われる。実は、この小説の主人公たちは、性差が意味をなさない世界に生きているのである。

レイチェル・キャロルが指摘している通り、「クローンたちの性と欲望は、「普通の人々」によるもののお粗末な模倣によって作られて」(66) おり、一見したところ、キャシーたちは「普通の人々」と変わらない男女関係を謳歌しているため、性差が意味をなさないというのは少々実感がわきにくいかもしれない。エミリ先生の授業 (82 一三〇―一三一) やテレビ番組 (118-19 一八五―一八七) などを通して、「普通の人々」の性を学んだクローンたちは同性愛嫌悪(ホモフォビア)までも身につけている。キャシーは「ヘールシャムでは同性愛に非寛容」で、「とくに男子は、実に残酷な対応をしていたように思います」、「ルースによると、相当数の男子生徒が、幼い頃、それと知らずに互いにずいぶん性的な行為をしていた経験があって、だから、いまになってばかばかしいほど激しく反応するのだそうです」(94 一四九)と振り返っているが、ここで語られていることは、興味深いことにセジウィックの議論と見事に呼応している。再び『男同士の絆』を簡潔に要約している上野を引くと「ホモソーシャルな連帯とは、性的主体(と認めあった者)同士の連帯であ」り、「この主体成員のあいだでは、相互を性的客体にしかねないホモセクシュアルなまなざしは、主体のあいだに客体化が入りこむことによって「論理階梯(クラス)の混同」を侵す結果になる」ので、「性的主体のあいだで互いを客体化する性的まなざしは、危険なものとして、禁忌され、抑圧され、排除される」(二八)。

だが、『わたしを離さないで』に登場するクローンの女性たちは、「誰も赤ちゃんを産めない体」(72 一一四—一一五)であり、生殖から疎外されている。よって、「ホモソーシャリティ」が「ホモフォビアによって維持される」(上野、二九)という状況までもが、「普通の人々」の世界から密輸されていたとしても、子どもができるかできないかという観点からすれば、クローンたちにとっては男女間の性行為と同性間の性行為の間に違いはない。さらに言ってしまえば、産む性か産まない性かという観点からすれば、クローンたちの間で性差は意味をなさないのである。

また、生物学的な面からだけではなく、社会的な側面においても、クローンたちにとっては、性差は意味のあるものではない。そのことは、クローンの女性たちの生が、男性によって規定されないということにおいて示されている。

経済的に女性が劣位におかれた社会においては、高田里恵子が述べている通り、「女は結婚しなければ食べていけないし、女の人生は他人次第、夫次第」(二二四)で大きく変わるだろう。そのことはイシグロの様々な作品からも確認できる。たとえば、敗戦後のアメリカ占領下の長崎を舞台とした『遠い山なみの光』(一九八二年)では、主人公の悦子とマウンティング女子の佐知子が幸せ合戦を繰り広げるが、ここで彼女たちが闘いのネタにしているのは、男性によってもたらされる生活である。「わたしには今の生活がとても幸せなのよ」(46 六二)と言う専業主婦の悦子は、堅実だが面白みのないサラリーマンの夫との地味な生活を、少なくとも表面上は誇っている。対して、恋人ということになっている米兵のフランクとともに渡米を夢見る未亡人の佐知子は、「女にとっては、アメリカの生活のほうがずっといいのよ」(46 六二)と言い、彼がもたらしてくれるであろう素晴らしい生活を自慢げに語る。また、先ほど言及した「老歌手」のリンディの人生も、もちろん男性によって規定されている。トニー・ガードナーが述べている通り、運が悪ければリンディは「田舎町で名もない誰かと結婚」(21 三五)し、今とは全く異なった人生を歩んでいたかもしれないのである。さらには、ここで再び「かわいそうだね?」に目を向けてみれば、アキヨが隆大との復縁を求めているのは、単に恋愛感情のみによるのではないということが見えてくるだろう。隆大とアキヨはアメリカで暮らしていた時に知り合い、七年間交際するが、日本への帰国後に隆大から別れを告げる。家庭崩壊の影響もあり、高校生の頃に姉について渡米したアキヨは、大学に通うこともなく、ただアルバイトをするだけの日々をすごしてきた。三〇歳で学歴もスキルもない女性が、日本で就職先を得ることは容易ではないはずで、樹理絵の一度目の訪問時には、アキヨは「五十一社落ちた」(六五)と言っている。後に「自分の目的を遂げるためだけに必死になって、私が苦しんであがいているのを無視してる」(一四六)と怒りを爆発させた樹理絵に対して、アキヨは「無視してるわけじゃなくて、本当にただ、興味を持てないの。そんな余裕が無いの。ねえ、どうやったら明日も生きられるかを、真剣に考えなくちゃいけない状況に陥ったことって、あなたはある?」(一四六)、「律儀さが報われるって、すごくラッキーなことなんだよ」(一四七)と悲痛な声をあげる。アキヨにとっては、隆大と復縁できるか否かに、貧困状態から抜けだせるか否かがかかっており、樹理絵との絆を深めるための余裕などない。

だが、「普通の世界」の女性とは対照的に、クローンの女性たちの生は男性によって規定されない。そもそも移植用臓器供給制度を運営する体制が——それが小説中で可視化されることはほとんどないが——臓器提供が終わり死を迎えるまで、クローンたちの生活を保障してくれるので、女性たちは経済的に男性に依存する必要が全くない。もちろん、彼らの運命を考えれば、それが喜ばしいことでは決してないのは言うまでもない。そもそも女性たちにとって、男性によって人生が規定されないというのは単に、どの男性を選ぼうと——トミーであろうが、ロドニーであろうが、レニーであろうが——彼女たちを待ち受ける運命が覆る(くつがえ)ことは決してないというだけの話である。

だが、まさに生物学的にも社会的にも性差が不在であるというこの状況こそが、『わたしを離さないで』における女同士の絆を可能にしたのではないだろうか。性差が意味をなさない、あるいは上野の言い方を借用すれば、「ジェンダーに権力の非対称性がともな」わない状況においては、男女間の役割の入れ替えは容易に可能となるはずである。先ほど言及した『わたしを離さないで』以外の作品において、男女の役割の入れ替えは、生殖という観点からは不可能であり、経済力という観点からも非常に困難である。たとえば、隆大には子どもが産めないし、アキヨには彼と同等に稼ぐことはほとんど不可能であろう。だが、男と女の間で経済格差がなく、女性も子どもを産めない環境においては、男女の役割を入れ替えることへの障害は何もない。『わたしを離さないで』においては、この男女の入れ替え可能性こそが、セジウィックの図式をそのまま反転させた二人の女性が一人の男性を媒介に女同士の絆を深めるという物語の成立に、大きく寄与していることは疑い得ないであろう。

5　結論

キャシーとルースの関係の中に女同士の絆を見出すことは可能かというのが本稿の問いであったが、それに対する答えは以下のようになる。確かに、『わたしを離さないで』においては女同士の絆は成立しているが、それはSF的な舞台設定による、実質的な性差の消去の産物である。ゆえに「女にもホモソーシャルな絆はあるか」という問いに対し、この小説において女同士の絆が成立していることを根拠に「ある」と答えることはできないだろう。

なお、本稿では二人の女性による一人の男性の取り合いに着目したため、ここまで言及しなかったが、最後に『アナと雪の女王』（二〇一三年）に触れておきたいと思う。『わたしを離さないで』の八年後に公開された本作は、「ディズニーのプリンセスものの文法を否定」した「革命的」（河野、一八）映画であり、「王子様との異性愛ではなく、姉妹のあいだの愛」（河野、二〇）を主題としている。一見異性愛者の男女間の恋愛を描いているように装った『わたしを離さないで』と異なり、『アナ雪』ではあからさまに女同士の絆が描きだされていること、およびこの映画が世界中で大ヒットを記録したことを考慮すると、やはり女にも「男に比肩すべきホモソーシャルな絆」が存在しているのではないかという疑問が頭をよぎるのは当然の反応であろう。だが『アナ雪』をもってしても、現実世界においてそのような絆が存在するとは断言できないというのが本稿の結論である。その理由は『わたしを離さないで』のクローンたちと同様、アナとエルサという映画のヒロインたちも、ファンタジーの登場人物であるのみならず、王族であるがゆえに、経済的問題とは無縁の人生を送っていることに求められる。

もちろんイシグロが育った戦後のイギリス社会において、女性の地位が著しく向上したのは言うまでもない。「高等教育機関に登録された女性の総数は、一九六五年の一二万七三〇〇人から、一九九九年から二〇〇〇年にかけての一〇九万一八〇〇人へと激増」し、女性の雇用も「一九六一年に全雇用労働者の三三％であったものが、二〇〇〇年にはおよそ四四％にまで上昇」する（ローゼン、七六―七七）。それとともに増大した離婚件数は「一九八〇年代には年に一六万件以上になり、成立した結婚の半数近く」におよぶこととなる（クラーク、三五五）。女性の高学歴化、雇用労働への進出、離婚件数の増大からは、男性に依存せずに生きていくことを選んだ女性の増加を読み取ることができるが、そのような男性から自立した女性の存在こそが、女同士の絆を描いた物語が生みだされる背景のひとつをなしているのは疑い得ないであろう。

だが、ここで問わねばならないのは、男に頼らずに生きることを選んだ女性は本当に自立した生活を送れているのかという問題である。河野真太郎は、『アナ雪』の「エルサには強烈なフェミニスト的自由への衝動があ」り、「その衝動は、「男」（への依存）を拒否する」（二九）と述べているが、彼女にそれが可能なのは、右に記した通り、王族であるがゆえに、男に依存せずとも経済的に生活が成り立つからである。だが、もちろん現実の世界では誰もがエルサのような恵まれた境遇にあるわけではなく、イギリスでは「母親が一人で、幼い子供を育てながら、同時にそこそこの生活費をも稼ぐということは、不可能ではないにしても、容易なことでもな」く、「一九九七年の母子家庭の失業率は、一六％に達し」（ローゼン、七八）ている。これはやや古いデータであるが、二〇一六年に公開されたケン・ローチ監督による劇映画『わたしは、ダニエル・ブレイク』からも、イギリスのシングルマザーの置かれた過酷な現実を垣間見ることができる。種違いの二人の子どもを抱えるヒロインのケイティは、困窮にあえいだ末に売春宿の門をくぐり、男性に自らの女性性を売ってなけなしの生活費を得ることとなる。

果たして、アキヨやケイティのように貧困に苦しむ女性の間でも女同士の絆は成り立ち得るのだろうか、それともそれは、たとえ存在したとしても経済に煩わされる必要のない一部の女性にのみ許された特権にすぎないのだろうか、また『わたしを離さないで』のようなＳＦや『アナ雪』のようなファンタジーのみならず、リアリズムのルールに則った物語においても女同士の絆は描かれ得るのだろうか。女同士の絆をめぐって続けて検討されるべき以上の問いについては稿を改めることとしたい。

【引用文献】

Carroll, Rachel. "Imitations of Life: Cloning, Heterosexuality and the Human in Kazuo Ishiguro's *Never Let Me Go*." *Journal of Gender Studies*, vol. 19, no. 1, Spring 2010, pp. 59-71.

Ishiguro, Kazuo. *A Pale View of Hills*. 1982. Faber and Faber, 2005.（カズオ・イシグロ『遠い山なみの光』小野寺健訳、ハヤカワ epi 文庫、二〇〇一年）

——. *When We Were Orphans*. Faber and Faber, 2000.（カズオ・イシグロ『わたしたちが孤児だったころ』入江真佐子訳、ハヤカワ epi 文庫、二〇〇六年）

——. *Never Let Me Go*. 2005. Faber and Faber, 2006.

——. *Nocturnes: Five Stories of Music and Nightfall*. Faber and Faber, 2009.（カズオ・イシグロ『夜想曲集——音楽と夕暮れをめぐる五つの物語』土屋政雄訳、ハヤカワ epi 文庫、二〇一一年）

Sedgwick, Eve K. *Between Men: English Literature and Male Homosocial*

Desire. 1985. Columbia UP, 2016.（イヴ・K・セジウィック『男同士の絆——イギリス文学とホモソーシャルな欲望』上原早苗・亀澤美由紀訳、名古屋大学出版会、二〇〇一年）

上野千鶴子『女ぎらい——ニッポンのミソジニー』紀伊國屋書店、二〇一〇年。

クラーク、ピーター『イギリス現代史 1900-2000』西沢保他訳、名古屋大学出版会、二〇〇四年。

河野真太郎『戦う姫、働く少女』堀之内出版、二〇一七年。

小谷野敦『反＝文藝評論——文壇を遠く離れて』新曜社、二〇〇三年。

高田里恵子『女子・結婚・男選び——あるいは〈選ばれ男子〉』ちくま新書、二〇一二年。

瀧波ユカリ・犬山紙子『マウンティング女子の世界——女は笑顔で殴りあう』ちくま文庫、二〇一七年。

ローゼン、アンドリュー『現代イギリス社会史 1950-2000』川北稔訳、岩波書店、二〇〇五年。

綿矢りさ『かわいそうだね？』文春文庫、二〇一三年。

「羨む者たち」の共同体
――『わたしを離さないで』における嫉妬、羨望、愛

秦邦生

はじめに

『わたしを離さないで』では、人間の肯定的な側面に焦点をあてることをはじめて自分に許したと私は感じた。オーケー、彼ら〔この小説の登場人物たち〕に欠点はあるかもしれない。彼らは嫉妬とか卑劣さとかいったありふれた人間的感情に陥りがちかもしれない。でも私が示したかったのは、本質的にまともな(ディーセント)三人だったのだ。自分たちの時間が限られているとようやく気がついたとき、私が望んだのは、彼らが自分の地位や物質的所有などを気にかけないことだった。私が望んだのは、彼らがお互いのことを、そして間違いを正すことをもっとも気にかけることだった。だから私にしてみれば、これはわれわれの死すべき運命といういくぶんわびしい事実に対して、人間について肯定的なことを述べることだったのだ。

("The Art" 52)

右に引用したのは、『パリ・レヴュー』誌に二〇〇八年に掲載されたカズオ・イシグロのインタヴューにおける発言である。人間の肯定的側面を描いたという彼のこの自作観は、登場人物たちの悲劇的運命を描いた物語という多

くの読者の印象に反するものかもしれない。だがイシグロはこれとほぼ同様の趣旨の見解をこの小説出版直後の二〇〇五年にも述べており、この発言がその場限りのものではないことは確かである。ただし興味深いのは、その機会においても彼が「人間性の肯定的側面」に触れつつ、それがやはり「嫉妬、所有欲、怒り」などといった感情との葛藤状態にあることを付言していたことだろう（Shaffer 220）。

この二つの発言を綜合すれば、私たちは次のように考えるべきかもしれない。イシグロがこの小説で描いた「人間の肯定的側面」――例えば、「愛」や「友情」といった言葉で私たちが習慣的に名指すもの――とは、それだけを切り離すことのできる安定した実体ではない。むしろそれは、嫉妬や所有欲、卑劣さなどと葛藤状態にあるばかりか、そういった「みにくい感情」と不即不離の関係にあるものとしてこの小説では描かれているのではないか。[1] またそのように考えたとき、この小説は（イシグロがくりかえし述べたように）「人間の肯定的な側面」を読者に提示するのみならず、それに対する批判的再検討を暗に求める物語として読みうるのではないだろうか。

本稿はこのような問いから出発して、『わたしを離さないで』の物語において、嫉妬や羨望といった情動がいかなるはたらきを帯びているかを検討したい。羨望・嫉妬とは二者のあいだの葛藤や不平等を示す情動であると同時に、「羨む者」と「羨まれる者」とのあいだの絆を強める逆説的なはたらきを持つことがありうる。この観点から以下ではまず、主人公キャシー、ルース、そしてトミーの三角関係のうち、キャシーとルースの「女同士の絆」における嫉妬と羨望のダイナミズムに焦点を合わせる。物語の終盤でルースが退場し、キャシーとトミーとの「愛」に収斂するかに思えるこの小説は、じつは最初から最後まで羨望や嫉妬に刻印されていたのではないか。さらに言えば、羨望や嫉妬は、この三人の狭い私的関係のみならず、ヘールシャムの生徒たちと非ヘールシャム出身のクローンたち、クローンたちと「普通の人間」たちなどといった、この物語世界を特徴づける大きな分断を（ある意味では）架橋してもいないか。最終的に本稿では、羨望や嫉妬に彩られたこのテクストの語りに対して、読者自身が築きうる情動的関係の奇妙な性格について考察したい。

1　隠された嫉妬、演じられた羨望

初期の書評から『わたしを離さないで』の「プロットの中心」(Puchner 35) にあるのが主要人物たちの三角関係であることはひろく認識されてきたが、ごく「スタンダード」(Menand par. 1) なものと見なされたこの関係が仔細な検討を受けることは、これまであまりなかったかもしれない。実のところ、男一人(トミー)をめぐる女二人(キャシーとルース)の葛藤という構図は、(現代のポピュラー・カルチャーにおけるさまざまな事例を別にすれば)それほど伝統的でもありふれたものでもない。[2] むしろ従来の西洋文化において支配的だったのは、女一人をめぐる男二人の対立という三角関係だった。この三角関係に欲望の基本構造を見出したルネ・ジラールの議論を出発点に、イヴ・コゾフスキー・セジウィックは、そこに男同士のホモソーシャルな(＝同性間の)欲望の表出を見出している。ジラールによれば、ある対象への主体の欲望は、その対象に対する他者の欲望の模倣によって生じる。つまり、欲望はつねにモデルないし「媒介者」を経由しているのであり、主体の「対象への衝動は究極的には媒介者への衝動なのだ」(Girard 10)。このメカニズムをセジウィックの用語で言い換えれば、主体(男A)の対象(女C)への欲望は、究極的には欲望の媒介者(男B)への欲望なのであり、表面的には敵対する男同士の関係の根底には「家父長制的権力を維持し伝達する構造」と根深く共犯的な、男Aと男Bとのホモソーシャルな絆が横たわっていることになる (Sedgwick 25)。

この伝統との対照で考えると、トミーをめぐるキャシーとルースとの女性間の葛藤は、家父長制に対抗する「女同士の(ホモソーシャルな)絆」を含意しているだろうか?[3] だが、このような読解の難所は「葛藤」をどうすれば肯定的な「絆」へと読み替えうるかだろう。そもそも『わたしを離さないで』の大きな謎の一つは、ルースがなぜキャシーとトミーとの関係を妨害することにこだわり続けたかにある。小説第一九章でようやくルースは「あなたとトミーの仲を裂いた」とキャシーに告白し謝罪するが (232 三五四)、その動機については一切触れていない。[4]

ところが、作家アレックス・ガーランドが脚本を担当した二〇一〇年の映画版の対応する場面では、興味深い台詞の追加がなされている。そこで彼女は率直に「それは嫉妬していたから。あなたたちには本当の愛があって、私にはなかった」からだと述べているのである（Garland 87）。この追加をたんに恣意的な改変ではなく、脚本家ガーランドによる小説に対する一つの有力な解釈として受け入れるとしたら、原作には（イシグロがインタヴューでは進んで口にしていた）「嫉妬」という言葉が隠されていたことになる。

だがそもそも、嫉妬、そしてその類語である羨望とはどのような情動だろうか。精神分析家メラニー・クラインは、嫉妬・羨望の起源を、母の乳房という「よい対象」に対する乳幼児の羨望に見出しているが、この二つの性質を次のように説明している。羨望とは、「ほかの人がなにか望ましいものを所有し、享受していることに対する怒りの感情」であり、基本的には主体と一人の他者との関係性を含意する。他方で、嫉妬は羨望を基盤とするが、主体と少なくとも二人の他者との関係をともなう。嫉妬はおもに「自分のものであるはずなのに、ライバルによって奪われたか、奪われる危険にあると主体が感じる愛」と関わっている（Klein 181）。図式的には、羨望は他者が有するなにかに対する欲望に根ざし、嫉妬は自己が有するなにかが他者によって奪われる危険に対する応答ということになる。ただし、嫉妬の焦点があくまで主体が「自分のものであるはず」と（主観的に）感じるに過ぎないものである限りで、嫉妬と羨望とは限りなく近似し、その実質的な区別はしばしば困難である。

シアン・ナイが論じるように、従来、羨望や嫉妬はそれを感じる主体の内的欠陥を暗示する「みにくい感情」と見なされ、女性と強固に連想（「女性化」）されてきた情動である（Ngai 129-30）。とりわけ羨望は、一七世紀フランスのラ・ロシュフコーから一九世紀アメリカのハーマン・メルヴィルに至るまで、もっとも告白するのが困難な悪徳であるとひろく考えられてきた（Ladenson 65-68）。これに対してナイは近年、羨望を「感知された不平等に対する主体の情動的応答」と見なし、その批判的な可能性を回復しようと試みている（Ngai 126）。頻繁に隠蔽され、あるいはスティグマを付されてきた羨望とその発展形である嫉妬とは、いわば「不平等」の認知にともなう情動として再認識されるべきなのである。

ここではさらに、羨望・嫉妬のもう一つのはたらきについても考察しておこう。クラインが定式化したように、羨望・嫉妬は他者が「なにか望ましいもの」を所有する、または自己から奪う、という認識の情動的表現でもある。この意味で、羨望・嫉妬は「羨む／妬(ねた)む者」と「羨まれる／妬まれる者」とのあいだの関係性を奇妙なやり方で規定する。メアリ・アン・オファレルの表現によれば、「羨む者たちは、羨むに値する者が知りうる最良の宣伝となる」(O'Farrell 162)。いわば羨望・嫉妬には、他者に対する裏返しの賛辞が含まれているのであり、そこに「羨む者」と「羨まれる者」との（やや歪んだ）絆も育まれることになるのだ。

ここまでの議論をまとめれば、羨望・嫉妬には、(1) 不平等への批判的認識、(2)「望ましいもの」を有する他者への両義的賛辞、という二重のはたらきが存在する。『わたしを離さないで』に議論を戻すと、羨望・嫉妬に付された強固なスティグマを思えばルースが最後までその告白をためらったことは理解しやすい。またその告白が長く遅延されたことに関しては、重要なのは、ヘールシャムでの幼年期からコテージでの青春期に至るまで、ルースとキャシーの友人関係がむしろ逆方向の羨望に彩られていたことではないか。具体的には、最後でほのめかされるルースからキャシーへの嫉妬とは反対に、二人の関係を長く規定していたのは、ルースの方こそが「羨むに値する者」であるという共通理解だったのではないだろうか。

この観察に急いで留保を加えるならば、この共通理解にはキャシー側の協力と演技が不可欠だったという視点が欠かせない。いくつかの具体的な挿話に即してこの点を確認してみよう。ヘールシャム時代、ルースを中心とする友人グループは、ジェラルディン先生を守る「秘密親衛隊」という遊戯に興じていた。これはほとんど、一人の人物への共通の「愛」と相互への「同一化」を原理とする、ジークムント・フロイト的な集団心理の絵解きとなっている。フロイトによれば、集団における相互への同一化は、その誰か一人が共通の愛情の対象である存在から特別扱いを受けることを極度に嫌悪する点で、「もともと羨望(エンヴィー)であったもの」にその根源を持っていた (Freud 151-52)。

キャシーも語るように、ヘールシャムの生徒たちはみな、自分のお気に入りの保護官（ガーディアン）から「特別」の愛情表現を受けるという願望を胸に抱きつつ、その幻想性を自覚していた（60 九六）。だが、ルースたちの友人グループでは、自分が「特別」であるというルース自身の暗黙の主張によって、このようなフロイト的「平等への要求」（Freud 152）は不断に攪乱されていたと言えるだろう。

その実例となるのは、キャシーとルースが一〇歳の頃に起きた、二人の友情の危機と回復をめぐる、あまり注目されていない一つのエピソードである。あるときどこかからとてもきれいな筆入れを入手したルースは、それが「ジェラルディン先生からのプレゼント」であるとキャシーたちにほのめかす（57 九一）。その暗示に「感情の波立ち」（58 九二）（おそらくは嫉妬）を覚えたキャシーは、それが嘘であることをいったんは暴こうとする。だが、その際にあまりにも取り乱したルースの表情を見たキャシーは、べつの生徒が筆入れの入手先を聞き出そうとした時に、それが「大きな秘密」であるとクラスメートたちの前で宣言し、ルースの嘘がばれないようにと配慮する（63 一〇〇）。つまりキャシーは、じっさいには羨望すべき理由などないことをじゅうぶん承知しつつ、ルースが「羨むに値する者」であるという幻想の温存にすすんで加担していたのであり、そのルース自身、キャシーの演技に依存していたのだ。[5]

これと同じパターンは、コテージ時代、ヘールシャム出身者たちが「特別のチャンス」（176 二七二）を与えられている、というほかのクローンたちの思い込みをルースが助長する際にもあらわれている。ルースの「ポシブル」探しにノーフォークへと遠出した際、ヘールシャム出身ではないクリシーとロドニーは、クローンは全員がやがて提供者（ドナー）となることを運命づけられているはずなのに、衣料品店で働いていたり、公園管理人になっていたりするヘールシャム卒業生がいるらしい、といううわさに羨望をこめて言及する（152 二三四）。そのうわさの出所の一部はどうやらルースの嘘であると感づいたキャシーはなんとか話をあわせようと、トミーが発した素朴な疑問をさえぎる。ルースの嘘や幻想をあえて否定せず、むしろその温存に（消極的にでも）加担する、という構図は、将来はモダンなオフィスで働きたいというルースの「夢の未来」幻想に対するキャシーの姿勢にもあらわれている(142-44 二一八—二二二)。

嘘をついてでもルースが体現しようとした「羨望に値する者」であるという幻想は、彼女のみならずヘールシャム生たち全員が「特別」であるという主張を含む点で、キャシーやトミーにとっても甘美な物語でありえた。だが、その嘘を見抜かずにはいられないキャシーにとって、この幻想への加担としての羨望の演技は、実のところなによりもルースへの一貫した友情の表現となっていたのである。またこの観点からすれば、物語の最終局面でのルースの告白は、嫉妬によって愛を奪い続けたという罪の告白であると同時に、キャシーが友のために演じ続けた羨望に対する返礼でもあったのではないか。いわば二人の生涯の絆は、奇妙にも羨望と嫉妬を交換しあうことで保たれ、また強められていたのだ。

2　愛の凡庸さ

だが、このようなキャシーとルースとのあいだの羨望・嫉妬の交換は、実のところ双方ともが真に「望ましいもの」をなにも有していないという無意識の認識に動機づけられていたのかもしれない。またその意味で、この女同士の絆は狭い二者関係に限定されるものではなく、この物語世界におけるクローンたち全員の境遇を代理表象しているのではないか。この問題を考えるために、次にこの小説における「羨望の伝染」とでも呼ぶべき現象を確認しよう。前節でも言及したが、ヘールシャム出身者たちはコテージでの共同生活のあいだ、ほかの施設で養育された他のクローンたちからたびたび羨望と畏怖のまなざしを向けられていた。特徴的なのは、ヘールシャムの生徒たちは「幸運（ラッキー）」だ、という作中で二度反復される表現だろう(6, 152 一三、二三五)。この言葉に典型的にあらわれているのは、自分たちにはない「特別な機会」が彼らには与えられている(かもしれない)、という、すでに確認した羨望の二重のはたらき——すなわち、みずからが受ける「不平等」と同時に、他者に付与された「望ましいもの」を認識する情動である。ここには、ヘールシャム生と非ヘールシャム生とを隔てる、大きな分断が刻印されている。

ただ同時に重要なのは、ほかのクローンたちからのこうした羨望が、キャシー、ルース、トミーなどヘールシャム生たちのその後の思考と行動を左右する、きわめて重要な役割を担っているという事実である。これは前節で論じたルースの嘘のみならず、愛し合う男女がその「愛」を証明できれば、臓器提供までの「猶予期間」を与えられる、というまことしやかに流布するうわさの問題にも関わっている。小説中でこのうわさがはじめて導入されたのは、非ヘールシャム生であるクリシーとロドニーの口からだった（153 二三六）。この場面で彼らの切実な羨望がこもった質問を受けたキャシーたち三人は、その真偽を疑いつつも、ヘールシャム時代の「展示館（ギャラリー）」の役割に関する疑問と関連づけつつ、自分たち自身の願望をもそのうわさに投影してゆくことになる。じっさい小説の終盤で、このうわさの真実性に賭けたルースは、みずからの死の間際にキャシーとトミーを「猶予」の獲得に向けて送り出す。ここにあるのは、他者の羨望を通じて見出された「望ましいもの」の実在を、自己自身もまた羨望し、やがて信じ込むに至るという倒錯したメカニズムである。

しかしながら、ルースに背中を押されることでエミリ先生とマダムのもとにたどり着いたキャシーたちは、結局はそのうわさが根も葉もないものであったという真実を知る。ここには、この小説における羨望の（やや皮肉な）第三のはたらきが見出せる。他者からの羨望によってみずからの有する「望ましいもの」を信じるに至った主体は、本当に自身が「羨望に値する者」なのかどうか、その真正性の検証をうながされることになるのだ。物語に即して具体的に言えば、ここでの羨望の対象は、「猶予」という例外扱いを受けるに値する、一組の男女間の証明しうる「愛」という神話だった。だが、最後から二番目の章で明かされる真実によれば、「猶予」などそもそも存在せず、「愛」の実在をどうしたら証明できるのか、というトミーの疑問にも（175 二七一）、明確な解答が与えられることはない。また、エミリ先生によれば、かつては「年に二、三組ものカップル」が「愛」の承認と臓器提供の猶予を求めて、ヘールシャムを訪れていたという（257 三九三）。つまり彼女の観点からすれば、キャシーたちが欲した愛の物語は、例外どころか、ごくありふれた凡庸なものだったのだ――あたかも例外的な愛という神話は、他者の羨望のなかだけに浮かび上がる蜃気楼でしかなかったかのように。

この小説のクライマックスにおけるルースの罪の告白と、それを受けたキャシーとトミーの愛の探求は、本稿の冒頭で引用したイシグロの言葉でいう「人間の肯定的側面」を具体的に例証するものだろう。だが物語のこの顛末は、肯定的な価値としての愛それ自体の再検証を読者にうながしているように思われる。そもそもキャシーとトミーとの異性愛的二者関係は、ルースというかけがえのない（はずの）友人を排除することで可能になるものだった。また、愛の承認による猶予が仮にもし実在する可能性であったとしたら、それは臓器提供を宿命づけられたその他全員のクローンたちの境遇をなに一つ改善することのない、あくまで特例的な制度であったことになる。そのような排除と不平等を前提とする「愛」は、留保なく真に望ましいものであると言えるだろうか(6)。羨望が逆照射する不平等は、それが渇望する「望ましいもの」の真価にも疑問符を付さずにはおかないのである。

ただし、羨望が含意する分断が、異なる施設で育てられたクローンたちのあいだだけではなく、クローンたちと「普通の人間たち」のあいだにも大きく口を開いていることには注意せねばならない。ヘールシャム時代のキャシーたちは「外の普通の人びと（ノーマル・ピープル）」のことを畏怖と羨望を込めて語り（69, 83 一〇九、一三〇）、コテージ時代のクローンたちはしばしばテレビドラマの視聴を通じて「普通の家庭（ノーマル・ファミリー）」のしぐさを模倣しようとしていた（120 一八四）。さらにノーフォークに遠出した際のキャシーは、海辺の展望台を見て「普通の家族（オーディナリー・ファミリー）」のピクニックにはうってつけだと感じ（174 二六八）、同じ表現は、のちに提供者（ドナー）となったトミーが入所するキングスフィールドの介護施設（かつては家族向けのホリデー・キャンプだった）をキャシーが描写する際にも用いられている（218 三三三）。つまりクローンたちの生は、彼らの視点からは影のようにしか現れない普通の人びとのなにげない日常生活の周縁に位置しつつも、その圧倒的な影響下に置かれている。この物語の大きな皮肉は、ことあるごとに「特別（スペシャル）」（43, 68

七〇、一〇八）だと言われ続けたヘールシャムの生徒たちが羨望したのが、スーパーで働くとか（81 一二七）、郵便局員になるとかいった（143 二一九）、実はごく「普通」で、いわば「ありきたり」の人生だった、ということにあるのだ。

右で論じたこの小説における「愛」の批判的検討が最大の標的とするのは、まさにこのような普通の人びとの生なのではないか。この世界でなぜキャシーたちクローンが臓器提供を求められ、若くしての死を宿命づけられるのか。なぜ彼女たちの受難が顧みられることがないのか。この疑問に答えて、エミリ先生は次のように述べている。

> あなた方の存在を知って少しは気がとがめても、それより自分の子供が、配偶者が、親が、友人が、癌や運動ニューロン疾患や心臓病で死なないことのほうが大事なのです。それで、長い間、あなた方は日陰での生存を余儀なくされました。世間はなんとかあなた方のことを考えまいとしました。どうしても考えざるをえないときは、自分たちとは違うのだと思い込もうとしました。完全な人間ではない、だから問題にしなくていい……
>
> （263 四〇一―四〇二）

アン・ホワイトヘッドはこの発言に、みずからに身近な者のニーズを優先するあまり、疎遠な他者が払う犠牲の軽視におちいる「ケア」のジレンマを読み込んでいる（Whitehead 77）。だがより直截的に言えば、ここで問題とされているのはやはり「愛」ではないだろうか。アウグスティヌスにおける「欲望」としての愛の概念を論じつつ、ハンナ・アーレントは次のように指摘している。「私たちは死すべき存在なので、自分が欲望するなにものをも確実に所有することを望むことはできない。なぜなら生命自体、つまりあらゆる幸福の前提が、私たちの所有下にはないのだから」（Arendt 45）。イシグロのこの小説において語られているのは、このような現実に直面した私たちの誰もが経験しうる、愛する者の生への執着というごくあたりまえの感情が、他者からの生の剥奪という「悪」を生み出しうるという事態だったのではないか。いわばこの局面で読者は、自身の「凡庸な愛」が、「凡庸な悪」へと結びつく危険性を認識するようにと、合図を送られているのだ。

おわりに――語りの情動と読みの情動

ここまで本稿では、キャシーとルースとの絆の検討から議論をはじめて、ヘールシャム生と非ヘールシャム生との関係性のみならず、クローンたち全員と「普通の人びと」との関係性をも分断しつつ、同時につなぐ羨望・嫉妬の両義的なはたらきを論じてきた。議論を収束させるにあたって、こうした物語世界内の人間関係のみならず、この小説の語りの構造自体の背後にも羨望の情動が存在していることを確認しておきたい。この小説の一人称の語り手キャシー・Hは、「古い記憶を整理しておきたい」という強い衝動に駆られているが（37 六一）、そのきっかけを作ったのは、彼女のヘールシャム時代の思い出話を聞きたがった、ある一人の提供者（ドナー）との出会いだった。死の間際にあった彼は、みずからが育った残酷な施設の記憶をかき消し、彼が「望ましいもの」と信じたヘールシャムの記憶を共有するべくキャシーの回想話をくりかえしせがんでいたのだ。この時はじめてキャシーは、自分たちがどれほど「幸運」であったのかを悟ったという（5-6 一二―一三）。つまり、彼女の一人称による昔語り自体が、他者からの羨望をそもそもの誘因としていたのである。

その彼女の回想が、最終的にはヘールシャムでの「幸福な子供時代」は、実は残酷な運命を隠してきた保護官（ガーディアン）たちの配慮による人工的なものでしかなかったことを暴露するに至るのは皮肉な顛末と言えるだろう。ここでふたたび確認できるのは、羨望を受けた者が、羨望された「望ましいもの」の真実性の検証へと送り出される、という前節で確認したこの情動の第三のはたらきである。この関連で興味深いのは、キャシーの語りにはしばしば「あなた」という二人称の聞き手が想定されており、それはどうやら介護人（ケアラー）としての彼女が付き添った提供者（ドナー）たちであるらしい、という設定である（4, 13, 36, passim. 一〇、一三、五九など多数）[7]。もしこの「あなた」が、キャシーの昔語りのきっかけを作った者とほぼ同様の存在であるとしたら、キャシーの物語は一貫して「羨む者」を聞き手として語られていたことになる――その羨望の的であったはずの「幸福な子供時代」の虚構性が、最終的には暴露されるにもかかわらず。

　この小説の読者たちの場所がこの「あなた」という呼びかけに重ねられることで、私たち自身もまたあたかもクローンであるかのような印象が生み出される語りの仕掛けについては、すでに数多くの批評家たちが論じている。例えば、この語りの特徴を「イシグロのもっとも巧妙な仕掛け」と呼ぶマーティン・パクナーは、それが「私たちをクローンに変えるとおびやかす」ことで、人間概念自体のラディカルな修正を求めているのではないか、と示唆している (Puchner 46, 48)。またナンシー・アームストロングは、この小説の語りが、通常の人間性を剝奪された他者であるキャシーのような語り手とのあり得ない二人称的関係――「わたし」と「あなた」との関係――へと読者を導き入れると観察し、それが伝統的な「アダム・スミス的共感のモデル」を決定的に攪乱し、代わりにほとんど生物学的としか言いえない不気味な情動を喚起するメカニズムを剔出している (Armstrong 455)。このように少なからぬ批評家たちが、この呼びかけの構造に、「人間」と「非人間」との境界線の根源的な再考を読者にうながす、思想的な刺激を見出してきたと言えるだろう。

　イシグロのこの小説が現代の読者に与えた衝撃の一因が、このような「ポストヒューマン」な思索への誘いであることは否定できない[8]。ただ本論の文脈で強調したいのは、むしろ次の点である。イシグロの技巧の真の冴えは、しばしば抽象論に陥りがちなこうした思索への誘いが、あくまでも羨望や嫉妬という、それ自体きわめて人間的な情動の網の目のなかから立ち現れることにあるのではないか。先に確認したように、小説中の「あなた」は、第一義的には語り手キャシーの記憶を「羨む者」たちだったが、その「あなた」に重ねられる私たち読者自身は、むしろすべてのクローンたちから「羨まれる者」――「普通の人びと」――に限りなく近い。この「あなた」への呼びかけの中では、羨望の主体と対象とが、いわばアクロバティックに交錯している。そこで登場人物たちの羨望の的となった「望ましいもの」の検証へと送り出されるのは、究極的には私たち読者自身なのである。この点を意識したとき、私たちは自身の「幸福な生」が、他者の生を収奪する不平等の構造に基礎づけられてはいないのか、不安をかき立てずにはおかない自己省察へと導かれることになる。

だがここまで考えたうえで、最後に問いたいのは次のことだ。私たち読者は本当にそこまで「羨む者たち」と隔たっているのか？　イシグロはこの小説を端的に「死すべき運命についての物語」と呼んでいた（Shaffer 220）。これは、前節の末尾で引用した「幸福の前提」としての生を誰も所有はできない、というアウグスティヌス＝アーレント的な思索ときわめて近い立場にこの作家がいることを示唆している。永遠の「愛」の前提としての「生」は日々私たちの手元から逃れ去り、誰もそれをつなぎ止めておくことはできない――そのことをあらためて想起するとき私たちは、「生」と「愛」の享受を痛切に羨むこの小説のクローンたちとのひそかな共同体の存在を、かすかに触知することになるのだ。

【注】

（1）　ここでの「みにくい感情」という用語は、次節で言及するシアン・ナイの議論を踏まえている。本稿では羨望・嫉妬の「情動」としての間主観的なはたらきを考察するが、これは「感情」と「情動」とのあいだに絶対的な区別を設けず、「形態上の差異」のみを見て取るナイの立場に近い（Ngai 27）。この小説における「怒り」というもう一つの重要な「みにくい感情」については Robbins を参照。

（2）　いくつかの具体例としては、さまざまなミュージカル作品における姉妹間の葛藤を論じた O'Farrell を参照。

（3）　これはもともと田尻芳樹氏から受けた問いである。記して感謝したい。

（4）　以下、本章における小説からの引用は原則としてハヤカワ文庫版の邦訳を用いるが、議論の都合上必要な場合は、一部訳文を変更しているところがある。

（5）　この「依存」の問題は、イシグロ小説の最初の読者の一人である彼の伴侶ローナ・マクドゥーガルがすでに気づいていた点でもある。テキサス大学ハリー・ランサム・センター所蔵の二〇〇三年九月付の小説草稿の末尾には、彼女による手書きノート

(九月八日付)が添えられているが、このノートにおけるイシグロに対する七番目のコメントとして、ルースの「傷つきやすさ」とキャシーへの「依存」がより「明瞭」であるべきではないか、という指摘がなされていた。

(6)　マーサ・ヌスバウムは「愛」の道徳的役割を称揚しつつも、一八世紀の思想家アダム・スミスが「不可知性」と「排他性」ゆえに、愛の関係性の道徳的価値に疑問を付していたと指摘している(Nussbaum 344)。

(7)　原書で“you”が用いられているいくつかの箇所について、カッコ内に邦訳の対応箇所を示したが、邦訳においては「あなた」はほとんどの場合明確には訳出されておらず、この「呼びかけ」の効果は翻訳では確認できない。

(8)　「ポストヒューマン」の観点からこの小説を解読した論考としては、例えば Boxall pp. 93-106 を参照。

【引用文献】

Arendt, Hannah. *Love and Saint Augustine*. U of Chicago P, 1996.

Armstrong, Nancy. “The Affective Turn in Contemporary Fiction.” *Contemporary Literature*, vol. 55, no. 3, Fall 2014, pp. 441-65.

Boxall, Peter. *Twentieth-First-Century Fiction: A Critical Introduction*. Cambridge UP, 2013.

Freud, Sigmund. “Group Psychology and the Analysis of the Ego.” *Civilization, Society and Religion: The Penguin Freud Library Volume 12*. Penguin, 1991, pp. 91-178.

Garland, Alex. *Never Let Me Go: The Screenplay*. Faber and Faber, 2011.

Girard, René. *Deceit, Desire, and the Novel: Self and Other in Literary Structure*. The Johns Hopkins UP, 1966.

Ishiguro, Kazuo. “The Art of Fiction No. 196.” *Paris Review*, no. 184, Spring 2008, pp. 23-54.

——. *Never Let Me Go*. Vintage, 2006.

Klein, Melanie. *Envy and Gratitude and Other Works 1946-1963: The Writings of Melanie Klein Volume III*. Free P, 1975.

Ladenson, Elizabeth. “Invidia’s Snake.” *Women’s Studies Quarterly*, vol. 34, no. 3/4, Fall-Winter 2006, pp. 65-81.

Menand, Louis. “Something About Kathy.” *The New Yorker*, March 25, 2005. https://www.newyorker.com/magazine/2005/03/28/something-about-kathy.

Ngai, Sianne. *Ugly Feelings*. Harvard UP, 2005.

Nussbaum, Martha C. *Love’s Knowledge: Essays on Philosophy and Literature*. Oxford UP, 1990.

O’Farrell, Mary Ann. “Sister Acts.” *Women’s Studies Quarterly*, vol. 34, no. 3/4, Fall-Winter 2006, pp. 154-73.

Puchner, Martin. “When We Were Clones.” *Raritan: A Quarterly Review*, vol. 27, no. 4, Spring 2008, pp. 34-49.

Robbins, Bruce. “Cruelty Is Bad: Banality and Proximity in *Never Let Me Go*.” *Novel: A Forum on Fiction*, vol. 40, no. 3, Summer 2007, pp. 289-302.

Sedgwick, Eve Kosofsky. *Between Men: English Literature and Male*

Homosocial Desire. Columbia UP, 1985.

Shaffer, Brian W. and Cynthia F. Wong, editors. *Conversations with Kazuo Ishiguro*. UP of Mississippi, 2008.

Whitehead, Anne. "Writing with Care: Kazuo Ishiguro's *Never Let Me Go*." *Contemporary Literature*, vol. 52, no. 1, Spring 2011, pp. 54-83.

『わたしを離さないで』に描かれる記憶の記念物の手触りをめぐる考察

三村尚央

序

カズオ・イシグロはしばしば「記憶の作家」であると形容される。彼自身もインタビューで自分の関心は「記憶の手ざわり」(texture of memory) を作品で再現することだ、と繰り返し発言するのを我々も目にしてきた。では、それは具体的に何を意味するのだろうか。本稿では特に、『わたしを離さないで』の中で思い出の品々(記念物)が記憶を蓄えていたり、その記憶を喚起したりする役割に注目して、それまでの作品におけるイシグロの記憶叙述の特徴と比較しながら「記憶の記念物」の本作内での位置づけを検証する。『わたしを離さないで』で描き出される「記憶を宿す物品」という意味では、歌を記録したカセットテープがもっとも近いだろう。[1] 語り手キャシーはヘールシャム時代にカセットテープでよく聴いていた歌があるが、それが聴けなくなってからもある出来事をめぐる思い出の品として保持し続けている。記憶を喚起するきっかけ (trigger) となるこのような働きは、カセットテープに記録された歌を再生するのとは性質が異なっていることに我々はすぐ気づくが、そのとき我々と物品のあいだでは何が起こっているのだろうか。

本稿ではまず、キャシーによる回想の特徴を整理し、それが二〇世紀後半から特に活発になった、「ノスタルジア」の文化的側面をめぐって展開されてきた思索とも接点があることを確認する。そして物品の果たす役割という一見些末な細部も、クローンたちが果たす役割を通じて喚起される、人間性をめぐる議論という本作の大きな主題と関わりを持っていることを示す。臓器移植のために作り出されたクローンであるキャシーたちは、自分たちの存在意義をめぐる二つの定義のあいだを揺れ続けざるをえない宿命にあることも、本作での道具の役割に着目する読解から示してゆく。

1　記憶のたしかな手ざわり

『わたしを離さないで』で印象的なのは、語り手キャシーが見せる自分の記憶への大きな信頼感である。彼女は自分が幼少期を過ごした施設ヘールシャムをめぐる記憶について「わたしの大切な記憶は、以前と少しも変わらず鮮明です。わたしはルースを失い、トミーを失いました。でも、二人の記憶を失うことは絶対にありません」(280-81 四三六)と強調する。臓器移植のために作られたクローンであるキャシーたちは、成人して適齢期になると臓器を一つずつ取り出すための「提供」(donation)という手術を受けることが運命づけられており、その臓器は外の世界にいる「普通の人々」のために使われる。友人であるトミーとルースも含めた多くのクローンの子供たちがこの目的のためにヘールシャムで養育されている。語りの時点でキャシーは三一歳だがルースやトミーは彼女よりも一足早く提供を終え、すでに亡くなっている(作品中の表現では「使命を終える」(complete)と婉曲的に表現される)。先ほどの引用はルースに続いてトミーも失った直後に二人のことを思い出しながら述べられたものであり、キャシーが「どこのセンターに送られるにせよ、わたしはヘールシャムもそこに運んでいきましょう。ヘールシャムはわたしの頭の中に安全にとどまり、誰にも奪われることはありません」(281 四三八)と語るように、二人の思い出は彼女の頭の中にとどまり続けることをキャシーは疑っていない、あるいはどこへ行くにしても頭の中に入ったまま共に移動し、絶対に消えないことを確信している。それは言うなれば、彼女のありありとした鮮明な記憶は物のように確かな手触り（あるいは実在性）を備えているということだろう。

記憶に対するこのような力強い信頼感は、『わたしを離さないで』以前のイシグロ作品には実はあまり見られないものだった。イシグロはデビュー以来、記憶がもつ質感（texture）を作品で表現することにこだわっており、その特徴は「記憶のあいまいさ」に焦点を当てたものだということができる。また彼の作品をめぐってはしばしば「信用できない語り」という用語が用いられてきたが、これは簡単に述べておくなら、語り手に何らかの直接言及したくないことがある場合に、それが間接的に読者に伝わるように構成された物語の叙述様式だということになる。そして、イシグロの場合はそれがしばしば語り手の勘違いや思いこみといった記憶の曖昧さを利用して表現されてきた。[2]

一九八二年に彼のデビュー長編『遠い山なみの光』が刊行された後に行なわれたインタビューでは、この第一作での回想の描写について「フラッシュバックが鮮明すぎた」ために「「記憶の手ざわり」を備えていなかった」という感想を述べている。

> しかし〔第一作における〕問題点は、フラッシュバックがある意味で鮮明すぎたことです。それらはまるでリアリスティックな作品が持つ明確さと関連するように見えてしまいます。私がやりたかったような、我々が記憶を操ろうとして、その中を何とかかき分けて進んでゆくという薄暗いあいまいさを備えていないのです。過去の場面での様式（モード）が間違っていました。それらは記憶の手ざわり（the texture of memory）を持っていないのです。
>
> （Mason 5）

また一九九五年に出版された長編第四作『充たされざる者』の記憶の描出法についての次の発言でも、過去を想起する行為を「暗い部屋の中をたいまつで照らすように」と形容している。

フラッシュバックの技法が過去の闇へと光を差し入れて、解読するために照らし出すような技法であるなら、それは真っ暗な部屋の中をたいまつを持って動き回るようなものだろう。〔……〕「そして彼は拡大鏡を使って本を読むかのようにコーヒーテーブルの上で手を動かした」(Krider 132)

これらからも、イシグロは、過去をビデオ記録のように正確に再生することではなく、時間の経過の中で薄れゆく不鮮明な記憶の様子を表現することに継続して強い関心を抱いていたことがうかがえる。イシグロのこのような表現上のこだわりをみれば、『わたしを離さないで』でのヘールシャムの思い出は決して消え去ることはないというキャシーの言葉は、薄れてゆく揺らぐ記憶を表現しようとするこだわりとは対極に位置するように見える。実際にイシグロは『わたしを離さないで』の語りは従来の意味での「信用できない語り」ではないことを明言している。つまり、大切な思い出は自分の中で決して消えることはなく、その手ざわりは物理的存在であるかのようにたしかなものであることを強調しているといえる。

2　記憶の物質性と、記憶を蓄える物品

記憶が物質のような質感を持った手触りを備えているということに加えて、『わたしを離さないで』では物理的な品物に記憶が託される様子もしばしば描かれる。あたかも、本質的には非物質的存在であるはずの記憶が物品そのものに保存されるかのようなのである。これは奇妙な表現と思われるかもしれないが、我々が「記念物」あるいは「思い出の品」を通じて日常的に経験していることとも実はつながっている。すなわち実際には物品そのものがきっかけ(trigger)となって、我々の中に記憶が喚起されるが、それはまるで物品に保存された記憶がよみがえってくるかのように感じられる。キャシーのお気に入りだったカセットテープは「記憶を保存する物質的媒体」が本作

において果たす二重の働きを典型的に示している。次の引用が示すように、ジュディ・ブリッジウォーターという架空の歌手が歌う「わたしを離さないで」（"Never Let Me Go"）という曲が収められたカセットテープをキャシーは頻繁に聴いていたが、カセット・デッキの調子が悪くなってしまったために今ではかけなくなったにもかかわらず、それを持っていることを強調する。

そのテープはまだ私の手許（てもと）にあります。つい最近まで、雨模様の日に田舎道を走るときなどにたびたび聞いていましたが、いまは車のテープデッキの調子が悪く、テープに万一のことがあるといけないので、怖くて聞けません。（64 一〇一）

なぜ彼女は手許に置き続けているのだろうか。彼女はそのカセットがある大事なことを思い出させるきっかけとなってくれるのだと説明するが、それはあたかもカセットに込められた彼女の記憶が再生されるかのようである。より的確に述べるなら、キャシーにとって重要なのはジュディ・ブリッジウォーターの歌そのものよりも、それをめぐるあるエピソードである。いわばカセットに記録された歌という直接的な「メッセージ内容」、あるいは「使用価値」ではなく、それがきっかけとなって引き起こされる象徴的な意味での個人的な「ノスタルジックな記憶」がキャシーの中で再生されている。本稿で注目する、思い出を喚起するノスタルジックな品物には、二つの役割が与えられている。つまり歌を記録し再生するというカセットテープの「実用的機能」と、それに触れるキャシーにテープと歌をめぐる彼女個有の記憶をよみがえらせるという「象徴的機能」である。物品が備えるこのような二重の役割がイシグロ作品で記憶が持つ複層的な働きを生み出す要因ともなっているといえる。彼女にとってこのカセットが意味を持つのは、歌を保存する一般的な記録媒体としてではなく、そのカセットをめぐる、個人的な感情を伴う個有のエピソードを喚起してくれるという二次的な働きのためである。そして現在キャシーが持っているカセットテープが当時使っていた現物ではなく、いったん紛失した後に購入し直されたものであるという事実は、彼女にとっては象徴的機能こそが重要であるという本稿での強調を支持してくれる。

3　ノスタルジックな記念物のはたらきをめぐる文化理論

記憶の物品が実用的な使用価値とは別の論理にもとづいて機能することに注目するのは、記憶研究の古典の一つである、一九九三年に出版されたスーザン・スチュワートの『憧憬論』(*On Longing*)である。彼女は、ノスタルジアには回想される過去と現在とのあいだにこうした断絶が必要であることを明言する。

> 骨董品としての土産品の価値は、その物質的な価値とむすびついているわけではない。その土産は買うことのできない場所や経験と結びついているのである。経験が実際に訪れた場所と結びついているのと同様に、その土産にはそれにまつわる物語叙述が結びついている。〔……〕そのような物語は、持主に特有のものであり、誰しもの物語として一般化することはできない。　(Stewart 136)

そして旅行の土産品や骨董品の価値が生成するプロセスに注目しながら、ノスタルジックな感情が生成する過程について興味深い考察を展開する。

> このような子供時代は、当時の実情そのものではなく、意識的に思い起こされたものであり、残っている断片的材料から作りだされた子供時代である。それは過去の再現というよりもコラージュである。アルバムの写真や骨董品のコレクションのように、過去は現在残っている部品から再構成されたものである。　(Stewart 145)

つまり物品が本来の実用性という文脈から切り離されて、想像的な物語叙述の中におかれることで、本来の使用目的とは別のノスタルジックな機能が発動するのだということを強調する。

そしてこのようなスチュワートの議論を受け継いだ、記念物や思い出の品の文化的機能をめぐる考察は現在でも展開されている。その一人であるマリアンヌ・ハーシュ（Marianne Hirsch）は特にホロコーストの犠牲者たちの残した遺物が後世の人々に強い感情を喚起することに焦点を当て、こうした機能を果たす物品を「証言する物品（オブジェクト）」(testimonial object) と呼んでいる。[3]

4　カセットテープが呼び覚ます記憶――踊るキャシーと泣くマダム

このような実用的機能と象徴的機能を二重張りにしたモデルの中においてみることで、『わたしを離さないで』の物品を介した記憶の興味深い働きをより深く理解することができるように思われる。キャシーにとって、このカセットテープの重要な点は、それが直接的に記録する「歌」ではなく、その物品自体がきっかけとなって彼女の頭の中に再生される、ある「奇妙なエピソード」である。キャシーは施設内の販売会で手に入れたこのカセットテープに収められた「私を離さないで」をとても気に入っていて、しばしば部屋で聞いていた。彼女はその歌詞が意味することを正確にはフォローしていなかったが、「オー、ベイビー、ベイビー、わたしを離さないで」という一節がお気に入りで、それに対して自分なりの想像を作り上げていた。それは長らく赤ちゃんが生まれなかった女性がようやく子宝に恵まれ、その子供に対して「自分を置いていかないで」と呼びかけているのだという解釈である。

この歌のどこがよかったのでしょうか。ほんとうを言うと、歌全体をよく聞いていたわけではありません。聞きたかったのは、「ベイビー、ベイビー、わたしを離さないで」というリフレーンだけです。聞きながら、いつも一人の女性を思い浮かべました。死ぬほど赤ちゃんが欲しいのに、産めないと言われています。でも、あるとき奇蹟が起こり、赤ちゃんが生まれます。その人は赤ちゃんを胸に抱き締め、部屋の中を歩きながら、「オー、ベイビー、ベイビー、わたしを離さないで」と歌うのです。（70 一一一）

そしてある日、彼女が自室で枕を赤ちゃんに見立てて抱き締めながら、その歌に合わせて踊っていたとき、部屋の戸口に気配を感じて振り向いてみると、ヘールシャムを統括していたマダムが立っていたことに気付く。そして奇妙なことにマダムは踊るキャシーを見ながら涙を流していたのである。

曲が終わる直前でした。何かを感じ、部屋に誰かいるような気がして、ふと目を開けました。すると、目の前にある戸口の向こうに、マダムが立っていたではありませんか。

一瞬、わたしはショックで硬直しました。でも、一秒、二秒とたつうちに、今度は別の驚きに襲われました。実に奇妙なことが起こっていました。寮では、就寝時以外、ドアを完全には閉じないという決まりになっていて、あのときもドアは半開きになっていました。なのにマダムは部屋に入ってこようとせず、敷居の向こう側の廊下にじっと立っていました。その位置から頭を一方に傾げ、ドアの内側を覗き込むようにして、わたしを見ていました。そして……泣いていたのです。私を夢見心地から引き戻したのは、いま思うと、マダムのしゃくりあげるような泣き声だったのかもしれません。（71 一一二―一一三）

そのことは彼女を戸惑わせ、かえって強い印象を残すことになり、それ以後キャシーはそのテープを見るたびに「わたしを離さないで」の歌そのものではなく、マダムとのこのエピソードを想起する。先ほどのスチュワートの引用の関連で述べるなら、彼女にとって重要なのは誰にでも聴くことのできるカセットの歌そのものではなく、そのテープをきっかけにして彼女にしか思い出すことのできない個人的なエピソードである。[4] またすでに指摘したように、キャシーが現在所有しているカセットテープは彼女が当時に聴いていたものではない。トミーやルースを含めた他のクローンたちと出かけた旅先のノーフォークの中古店で見つけたものだが、このトミーとの旅の思い出の品ともなっている。すなわちこのカセットテープはマダムとの出来事を喚起するだけでなく、トミーの形見ともなっており、そこにはいくつもの個人的・個別的な思い出が幾重にも書き込まれているということもできる。これらの働きはカセットテープ本来の実用的機能とは別の、象徴的なものであることを改めて強調しておく。

5 美術品の実用性

本稿ではこの小説の中で物品が果たしている役割を、実用性の面とノスタルジックな記憶を喚起する象徴的な面とに分類している。その理由として、この作品に登場する物品の多くはこれら両方の機能ではなく、その実用性の方が重視されていることが挙げられる。このような実用性を示す典型として、彼らがヘールシャムの中で制作する美術作品がある。美術作品の役割は一見そのような功利性とは対極にあるように思われるが、ヘールシャムでは徹頭徹尾実用的な意味を与えられている。それは作品の出来具合にしたがってヘールシャム内での生徒の位置づけを決定するという序列化の機能である。美術の時間はヘールシャムでも重視されていただけでなく、制作された絵画や詩篇などの作品は子供たちのあいだで誰が優れているかを決める基準として用いられていた。さらに彼らの作品は、定期的に開催される交換会（the Exchange）に集められて、生徒たちは互いにお気に入りの作品を手に入れる。つまり、優秀な作品を作る生徒は他の生徒からの尊敬を集めることができるが、絵が下手だったトミーはその逆にいじめを受けてしまう。

また、この作品では美術制作にもう一つの重要な働きが与えられている。それは作り手の内面を表わすというものである。教師役である保護官たちはクローンの生徒たちに「絵も、詩も、そういうものはすべて、作った人の内部をさらけ出す」、つまり「作った人の魂を見せる」（173 二七〇）と伝える。そしてヘールシャム内で美術作品が持つこのような実用的価値に対する期待は、提供の猶予というさらなる実利的可能性への期待をかき立てている。クローンたちの中でもお互いに心から愛し合う男女二人は、臓器摘出手術の猶予を認められるのだという噂が存在しており、二人が愛し合っていることを証明するのが、彼らの制作する美術作品だという仮説である。つまり美術制作によって彼らの魂の内実が明らかにされ、互いに愛し合っているかどうかが分かるというものである。トミーはマダムがそのための「展示室」(gallery)を持っているのだと考える。マダムの部屋は「彼らの魂を露わにする」もの、すなわち美術品が集められたギャラリーになっているのだと彼は考える。

「[……]マダムの展示館ってどこにあるか知らんけど、生徒の小さい頃からの作品がぎっしり詰まってるんだ。二人の生徒が来て、愛し合ってると言う。マダムはどうする。昔からの作品を引っ張り出して、二人がほんとにやっていけるのか、その相性を見ようとするんじゃないか。なにしろ、作者の魂を映し出すってんだから。なあ、キャス。本物のカップルか、一時ののぼせ上がりか、くらい判断できるだろう」(173二七二)

そしてこのような役割も固定化したものではなく、ヘールシャムを離れたところでは美術作品は別の機能を持っていることも示唆される。彼女たちはヘールシャムを出てからも幼い頃に手に入れた誰かの美術作品を、温かな思い出の品として所持し続けている。ヘールシャムにいるときには誰の作品が優れているかを吟味して、実用的な観点からそれなりに真剣に取り扱っていたが、大きくなってからは気持ちも変わり、なぜ当時はそれほどまでに真剣だったのか分からないと自嘲気味にいいながらも、ヘールシャムを思い出すための懐かしい品としてそれらを手元に置き続けている。つまり、かつては生徒たちのあいだでステータスを付与し、序列をつくるものとして実効性があった美術品だが、後にはそのような使用価値とは別の、温かい思い出を喚起する象徴的機能が与えられているのだ。

本稿では、『わたしを離さないで』の中で物品が果たす、使用価値にもとづく実用的機能と過去へのノスタルジアを喚起する象徴的機能という二つの役割の例として、カセットテープと美術作品を取り上げた。そして記憶する「記念品」としての象徴的機能を果たすための条件とは、実用的な機能や序列化という使用価値から外れることだとまとめることができる。そして両者のあいだには、「でも、わたしたち、詩の何を知ってたの？　たぶん、なんにも。〔……〕なのによ……不思議な話だわ」（18 三二）というルースの言葉が顕著に示すように、決定的な価値の断絶（あるいは深淵）が横たわっている。

6 「人間」の実用的意味と象徴的意味

『わたしを離さないで』の物品に付与されている「価値」が「実用的価値」と「象徴的価値」という二重性に開かれていることは、本作におけるクローン人間たちの「価値」の二重性を考察する入口ともなるだろう。端的に言うなら、彼らクローンたちは「人間なのか否か」あるいは「もし人間だと言えるのならば、彼らを臓器を詰めたただの袋以上の存在にしているものは何か」という問題である。彼らの存在意義は臓器を提供するという、物品のような非人間（nonhuman）あるいは人間以下の存在（less than human）であることと、美術制作の意義に象徴される人間的存在であることとのあいだを振幅しつづけている。彼らが「人間」だとするならばその価値は「個別的であいまいな象徴的」なものだが、クローン人間として大切に扱われているのは無論彼らが物質的な臓器という「実用的な価値」を内に宿した「道具」のような存在だからである。このような制度の中でも彼らを人間的であるとみなすことは、リアニ・ロクナー（Liani Lochner）の言葉を借りるなら、彼らが「臓器の寄せ集め」（the sum of their body parts）以上の存在だと認めることを意味している（Lochner 229-30）。

つまり、物品に付与されている「(具体的で明快な) 実用的価値」と「(あいまいで個別的な) 象徴的価値」の対比は、本作における「人間が持つ意味や価値」の問題とも緩やかに接続されているということもできる。「魂」を持ったかけがえのない個別の人間という「象徴的価値」が、本作では「臓器」という「実用的価値」へと切り詰められている。本稿の趣旨に即して言うなら、物品だけでなくキャシーたちクローンの価値さえも、人間としての極と、特定の目的のために道具のように使い捨てられる極とのあいだを行ったり来たりしているのである。

リサ・フルエット（Lisa Fluet）は『わたしを離さないで』のクローンたちも含めたイシグロ作品に見られる「能力主義的序列化」を取り上げて、それが新自由主義化の進む現代社会での個人と、彼らを取り巻く共同体の原理との関係を表わしていると論じる。彼女はクローン人間や探偵、執事という、狭義の「生産労働」には関わっていないイシグロ作品の主人公たちも、非物質的労働者（immaterial labor）として共同体内での自らの地位をめぐる生存競争に巻き込まれているのだと指摘する。ヘールシャムでの生徒たちの美術作品（アート）のように、あるいは『日の名残り』での執事の職業意識（プロフェッショナリズム）のように、直接的な国家や社会とは切り離されたところにある人物たちの言動も、具体的な形を持たない自らの「内面」と結びついた技術や能力（Fluet 276）を磨くことで、社会上昇を達成できるというグローバル化の進む現代の理念を表わしているのだと指摘する（Fluet 279）。つまりこのような能力至上主義の世界では、個人はその素質や能力という実用的意味の束へと還元されてしまっているのである。このような観点で見れば、『わたしを離さないで』のクローンたちの「内面」（interior）という意味も二重化されていることがはっきりと理解できるだろう。つまり彼らを「人間」としてみるならば、それは魂（inner soul）であり、芸術によって間接的に表象されるものとなる。しかし、実用性を満たす「物理的な品物」のように見るならば、それは肉体的な内面としての健康な内臓（inner vital organs）なのである。

シャミーム・ブラック（Shameem Black）は、本作でのこのような二つの意味での「内面」の交換が示唆されていることに注目し、アート作品の循環（交換会）が、臓器の循環をも示唆しているのだと指摘する（Black 798）。彼女の議論は、ある目的のためだけに機械的に作り出された存在が、それ以上の「人間的なもの」になりうる可能性も提示する。最初はラジオの「裏板を外して中を覗き込んだところ」（184 二八八）のように機械的なものだったトミーの細密な想像上の動物が、有機的な生き物にも見えてくるというくだりは、一見対立的な両者の概念が微細に関係し合いながら接続される可能性を暗示しており、臓器を刈り取るという機能的な目的のために、技術によって生みだされたクローンが人間的なものになりうるというだけでなく、彼らとは区別されるように思われる「普通の人間」という存在の多くの部分が非個性的な機械的反復によって維持されていることを指摘する。

ブラックは「我々はみな混交的なキメラであり、サイボーグである」というフェミニズム批評家ダナ・ハラウェイの論を引きながら、我々がもっとも人間的なものとなるためには、自らを魂に充ちた（soulful）存在ではなく、魂とは無縁（soulless）の非人間性を根底に抱えた存在だと認識することが必要だと強調する（Black 801）。そして、ヘールシャムでの「交換会」で彼らの魂という内面を可視化して他者に明け渡す行為が、将来自らの内にある臓器を摘出して他者に渡す提供を不気味に暗示しているのだと論じる。そして、生徒たちの注意を芸術作品に向けることで、より深刻な臓器の交換という循環からは眼を逸らすように仕向けられているのだとも彼女は指摘している。本作での「芸術作品の交換は、グローバル化と全体主義のもっとも残酷な効果を反映しつつそれを隠している」（Black 798）のである。[5]

『わたしを離さないで』では人間の内面性（interiority）をめぐる叙述が繰り返されるが、それは物品の働きが二重性を帯びていることと、人間の意義が二重の意味で用いられていることとに深く関わっている。まず即物的な内面の意味では、自分たちの内臓がチャックを開けて簡単に取り出すことができるという生徒たちのジョークとして描かれている。臓器提供の時が来れば、「体の該当部分のファスナーを引っ張ればいい。そこがスパッと開いて、腎臓でも何でもひょいと取り出して、手渡せる……」（86 三七）という彼らの軽口は、自分たちが臓器を収める袋のような存在としかみなされないことへの不安感を冗談めかすことで解消しようとしているようにも思われる。

それとは対極的に、自分たちを個性を持った人間と見るときには、彼らの「内面」は魂という抽象的な概念と結びつけられ、その魂が美術品によって証明されることへの期待につながっている。クローンの中でも愛し合っている恋人同士の一組が提供をしばらく延期されるという提供猶予の神話のように、互いを愛し合っていることを証明するのが、彼らの制作する美術作品であり、それは彼らの魂という内面がどのようなものであるかを示すのだという仮説へと展開される。だが我々が痛いほど認識するように、クローンたちの期待は単なる幻想に過ぎないことが突きつけられる。提供の猶予は希望的な噂以上のものではなかったし、美術作品も個々のクローンたちの多様な内実（魂）を表現するのではなく、ただ彼らに「魂がある」（255 三九七）ことを示すだけである。

結語

『わたしを離さないで』における物品が道具的な「実用性」とノスタルジックな想起を促す「象徴的機能」をあわせ持っていることは、本作の主人公であるクローンたちのステータスが即物的な「実用性」と内実はあいまいで象徴的な「人間性」とに分かれていることとも関わっている。それは本作においてクローンたちの「内面」といった場合に、実用的な「臓器」を指すのか、人間的な「魂」を指すのかを明示することを要請する。そして本作の痛切な真実の一つが、物品によってノスタルジアを喚起するという高度な象徴的機能を利用することのできるクローンたちが、現実的には人間としての象徴的な魂を認められず、臓器を収める実用的な袋としかみなされていないことである。このような弁別は、我々読者がクローン以上に人間的な存在であるとするなら、その根拠は実は「魂」と呼ばれる各自の個別的な「何か」という他ない、あいまいな抽象物にすぎないことを暴いてしまっているのかもしれない。

【注】

（1）　本書の付論でも述べるように、草稿の段階ではカセットテープではなく、CDとなっていた点は非常に興味深い。完成版にいたる途中でイシグロがCDからカセットへと変更した理由については今後の慎重な考察の積み重ねが必要だが、さまざまな可能性を想像させる刺激となることは確かである。

（2）　「信用できない語り」についてはウェイン・ブースの『フィ

クションの修辞学』(Wayne C. Booth, *The Rhetoric of Fiction*. 水声社、一九九一年）の定義が有名であるが、具体的な文学作品に触れながら概説する Rimmon-Kenan の *Narrative Fiction: Contemporary Poetics*（Routledge, 2002） や H. Porter Abbott の *The Cambridge Introduction to Narrative*（Cambridge, 2008）が参考になる。

（3） マリアンヌ・ハーシュによる、「証言するオブジェクト」や写真が喚起するノスタルジアの理論については次のものが参考になる。Hirsch, Marianne. *The Generation of Postmemory*. Columbia UP, 2012. の特に七章（Testimonial Objects）と八章（Objects of Return）、Hirsch, Marianne and Leo Spitzer. "Testimonial Objects." *Poetics Today*, vol. 27, no. 2, Summer 2006, pp. 353-83.、Hirsch, Marianne. *Family Frames: Photography Narrative and Postmemory*. Harvard UP, 1997. なお、「証言するオブジェクト」という訳語は独立研究者の逆巻しとね氏に教示を受けたものでもあることを申し添えておく。

（4） 彼女の想起が彼女だけのものであることが重要なのは、同じ場面に居合わせたキャシーとマダム、二人の念頭にあったイメージがそれぞれ異なったものであることからも指摘できる。そして注目に値するのは、マダムの涙からも分かるように、互いに異なったイメージを抱きながら二人のあいだに何らかの感情の交流が存在したことである。

（5） ブラックの提示する「人間的なもの」と「非人間的なもの」の対立および相互の依存・影響関係は、魂がないもの（すなわち人間とは異質の存在）によって、読者の中に逆説的に人間的な共感（empathy）が引き起こされたり、我々が異質な他者をどのように理解して彼らと関係を結んだりするかという問題とも関連している。この点については稿を改めなくてはならないが、本書所収のホワイトヘッド論文と、『わたしを離さないで』にも一章を割いている彼女の近著『医療と共感』（二〇一七年）が考察を深めてゆくための格好の入口になることを紹介しておく。

【引用文献】

Black, Shameem. "Ishiguro's Inhuman Aesthetics." *Modern Fiction Studies*, vol. 55, no. 4, Winter 2009, pp. 785-807.

Fluet, Lisa. "Immaterial Labors: Ishiguro, Class, and Affect." *Novel*, vol. 40, no. 3, Summer 2007, pp. 265-88.

Hirsch, Marianne. *Family Frames: Photography Narrative and Postmemory*. Harvard UP, 1997.

——. *The Generation of Postmemory*. Columbia UP, 2012.

Hirsch, Marianne and Leo Spitzer. "Testimonial Objects." *Poetics Today*, vol. 27, no. 2, Summer 2006, pp. 353-83.

Ishiguro, Kazuo. *Never Let Me Go*. Faber and Faber, 2005.

Krider, Dylan Otto. "Rooted in a Small Space: An Interview with Kazuo Ishiguro." Shaffer and Wong, pp. 125-34.

Lochner, Liani. "'This is What We're Supposed to be Doing, Isn't it?': Scientific Discourse in Kazuo Ishiguro's *Never Let Me Go*." *Kazuo Ishiguro: New Critical Visions of the Novels*. Edited by Sebastian Groes and Barry Lewis, Palgrave Macmillan, 2011, pp. 225-35.

Mason, Gregory. "An Interview with Kazuo Ishiguro." Shaffer and Wong, pp. 3-14.
Shaffer, Brian, and Cynthia. F. Wong, editors. *Conversations with Kazuo Ishiguro*. UP of Mississippi, 2008.
Stewart, Susan. *On Longing: Narratives of the Miniature, the Gigantic, the Souvenir, the Collection*. Duke UP, 1993.
Whitehead, Anne. *Medicine and Empathy in Contemporary British Fiction: An Intervention in Medical Humanities*. Edinburgh UP, 2017.

『わたしを離さないで』におけるリベラル・ヒューマニズム批判

田尻芳樹

1　異様に教養のある若者たち

『わたしを離さないで』の主人公たちが一六歳でヘールシャムを離れてコテージに移った段階での生活には驚くべき特質がある。そこでの日常会話では、あまりにも高尚な文学・芸術論が普通だったらしいのだ。コテージでの生活を描く第二部の冒頭で、語り手キャシーは、ヘールシャムからの宿題としての「論文」がみなに課されていて、彼女自身はヴィクトリア朝小説をテーマに選んだことを回想する。周囲には教師役の保護官はもういないし、この「論文」という課題も、新しい環境に慣れるにつれ重要ではなくなっていったようである。しかし、彼女はコテージ時代を次のようにも回想している。「朝は、詩や哲学を論じる先輩たちの声が表から聞こえてきて、それで目覚めたことを思い出します。そして長い冬と、湯気の立つ台所での朝食と、カフカやピカソについての果てしない議論……。朝食の雰囲気はいつも高尚でした」（119-20　一八四）。スージーとグレッグという先輩カップルの仕草がアメリカのテレビドラマの模倣だと気づいたキャシーはその一例を次のように描写する。「グレッグがプルーストか誰かについていつもの長広舌を始めると、〔スージーは〕周囲のわたしたちににこりと笑いかけ、天井を仰ぎ、口を大きく開けて――でも、聞こえるかどうかの小声で――「神様、お助けを」と言うのです」（120　一八六）。つまり、このグレッグは日常的に「プルーストか誰か」について熱弁を振るっていたらしい。また、ヘールシャム出身者は論文のせいだろう、『戦争と平和』や『ダニエル・デロンダ』のような大長編小説を競って読んでいた。ルースが『ダニエル・デロンダ』を読んでいるキャシーに、粗筋を説明してしまって喧嘩になる場面がある。さらに、自分たちの複製元「ポシブル」に関する議論が重々しかったことについてキャシーは次のように言う。「そんなときの議論はたいてい重々しく、たとえばジェイムス・ジョイスについての議論などとは比べものにならないほど厳粛でした」(139 二一三)。ここでは、ジョイスについての議論が彼らの中でまったく例外的ではなかったことが暗示されている。[1]

ハイティーンの男女にしては彼らの日常会話は不自然なくらい高尚である。朝っぱらから詩や哲学を論じ、朝食でカフカやピカソについて議論を続けるような若者たちの集団が現実社会に存在するとは考えにくい。[2] しかも、そういう話をしていたのは文学や芸術がことのほか重視されたヘールシャムの出身者に限られていない。コテージに来たよその学校の出身者も似たような教育をされてきたらしい。その教育の理念とは、文学・芸術的教養こそ人間の本質にとって重要であるという考え方である。

ヘールシャムの校長エミリ先生はクローンを人間化するのに最も重要なのは芸術だと信じていた。だから生徒たちに美術作品や詩の制作を強く奨励したのである。小説の最後の方で彼女がすべてを説明する場面に、よく引用される台詞がある。優れた作品が展示館に持ち去られたことに関して彼女は言う。

「〔……〕あなたはさっき面白いことを言いましたね、トミー。マリ・クロードと話していたときです。作品は作者を物語る、作者の内部をさらけ出す、でしたか？ だいたい当たっています。わたしたちが作品を持っていったのは、あなた方の魂がそこに見えると思ったからです。言い直しましょうか。あなた方にも魂が――心が――あることが、そこに見えると思ったからです」　(260 三九七)

芸術作品こそ魂と心の証明であり、ひいては人間らしさの証明である、という考え方が明確に表明されている。ヘールシャムの生徒たちはこの理念の下に教育を受けたためにきわめて高尚な文学・芸術的教養を持つことになったのである。エミリ先生のこうした理念自体は、現代社会にも生きており、けっして突飛には感じられない。むしろヘールシャムで数学とか長距離走とかが何よりも重視され奨励されていたら、それこそ奇妙に思えるだろう。なぜなら、それらは芸術ほど人間の本質に深く関わるとは普通思われていないからだ。

2　人間化する教育とリベラル・ヒューマニズム

ネイサン・スネイザは、ヘールシャムでの教育をプラトンの時代以来二〇〇〇年続いてきた「人間化する教育」(humanizing education)、つまり人間を作り上げる教育だとし、それと芸術との緊密な結びつきはドイツの詩人シラーの『人間の美的教育についての書簡』(一七九五年)に典型的に現れていると述べている。シラーはそこで、人間が人間となるのは、あるいは人間が人間性を獲得するのは、美的教育を通じてのみであるという趣旨の主張をしているのだ。そしてスネイザは、この思想が人文学という学問の自己理解を強化したと述べる(Snaza 215-17)。実際、人文学は英語では humanities と呼ばれる。現在の日本の大学を見ても人文学を扱う部門(普通は文学部)は必ず美的教育に関わる分野(文学、美学、芸術学など)を含んでいる。それらが人間の本質に関わるという理念が残存しているのだ。いや、大学以前に、われわれは幼少期から図工や音楽や国語の授業を通じて必ず美的教育を受けるし、ピアノなどの楽器や美術を学校の外で習うことにも根強い人気がある。

イギリス文学史に話を限定すれば、こうした理念は一九世紀の詩人・批評家マシュー・アーノルドから二〇世紀の批評家F・R・リーヴィスが受け継いで影響力を持ったリベラル・ヒューマニズムと重なり合う。その基本的な特質を素描するテリー・イーグルトンの言葉を借りてみよう。一九世紀の終わりごろ英語英文学はイギリスの大学でなかなか正規の科目として認められなかったのに、F・R・リーヴィスらによって一九三〇年代には一躍中心的な地位を獲得した。その経緯についてイーグルトンは次のように述べている。

英語英文学は研究に値する学科であるのはもちろんのこと、いまやそれは最高の文化的営為、社会組織の中心をなす精神的支柱になった。英語英文学はもはやアマチュアの印象批評ではない。人間存在のもっとも根源的諸問題――人間であるとはどういうことか、他者と意義深い関係をむすぶとはどういうことか、もっとも本質的価値の核心からはなれることなく生きるとはどういうことか――がくっきりと浮き彫りにされ、真剣な吟味の対象となる論議の場(アリーナ)、それが英語英文学となったのだ。（上、八九）

アカデミズムにおいて、こうしたリーヴィス流の考え方は、反人間主義的な構造主義、ポスト構造主義をベースにした「批評理論」が台頭した一九七〇年代以降、衰退した。しかし、今日なぜ大学で文学が真面目な研究と教育の対象になっているのかを問うてみれば、その答えとして、これに類する考え方がいまだに浮上してくることも多いだろう。エミリ先生も同じような理念、つまり文学・芸術的教養こそ人間の本質に関わるという理念に基づいた教育をクローンに施して彼らを人間的にしようとした。その理念をここではイギリスの文学批評の言葉を借りてリベラル・ヒューマニズムと呼んでおこう。『わたしを離さないで』の重要なテーマの一つが、このリベラル・ヒューマニズムへの懐疑と批判であることは間違いない[3]。

エミリ先生の試み自体はそれこそ人間的で尊いと思われる。比較しうる例を挙げてみよう。ナチ時代のテレージエンシュタット強制収容所では、バウハウスに学んだ女性美術家フリードル・ディッカー゠ブランダイスが密かに子供たちに美術教育を施していた。子供たちは家族と引き離され劣悪な環境で生きていた[4]。そういう中での芸術的創造は子供たちに精神的自由を与え現実をいくらか耐えやすくしたと伝えられる。そのことを伝える記事が世界ホロコースト記念センターのサイトに載っている。そこにはこんな言葉がある。「絵は子供の内部の感情を反映するだろう――いわば子供たちの魂を見せる窓なのだ」(Elsby, np)。考え方も言葉遣い(「内部」、「魂」)もエミリ先生そっくりである。つまり芸術は、非人間的状況に置かれた人間が人間としての尊厳を維持するのに寄与すると考えられたのである。[5] それならばエミリ先生も非常によく似たことをクローンに対してしようとしたのであり、彼女は何ら間違っていないと思われる。

しかし『わたしを離さないで』を読んだ印象は、テレージエンシュタットのフリードル先生の試みの話のように感動的とはまったく言えない。この小説の中ではむしろ芸術教育がうまく機能していないのである。冒頭に示したような不自然に高尚な日常会話は、クローンたちの人生に文学・芸術的教養が果たして意味を持つのか疑問を抱かせる。それ以上に、真実の愛を証明すれば臓器提供の猶予期間を得られるとむなしく信じ、そのために無理に(自分の魂の発露としての)絵を描き続けようとするトミーの姿を見ると、ヘールシャムの芸術教育は、結局クローンたちを残酷に裏切る結果にしかならないという印象をわれわれ読者は強く持つ。しかも、彼はエミリ先生との会見で自分が絵を描くことには何の意味もないと分かった後も、キャシーとの最後の日々で絵を描くのをやめないのであり、その姿は痛々しいばかりである。[6] また、そもそも臓器提供の猶予を獲得するという目的のために絵を描き始めた時点で、トミーは芸術を功利主義的に利用しようとしているのであり本末転倒だったとも言える。要するに、この小説ではリベラル・ヒューマニズムに基づく教育がエミリ先生の意図とは裏腹に無残に失敗し、その無意味さを露呈する様子が描かれていると言ってよい。[7] 状況はフリードル先生の場合とそっくりなのに、どこが違うのか。

3 リベラル・ヒューマニズムの否定的側面

まず明らかなのは、テレージエンシュタットの逸話は、収容所にいた子供たちの話として空間的、時間的に限定されているため、「芸術による抵抗」という物語が明確な焦点を結ぶのに対し、『わたしを離さないで』では、主人公たちがヘールシャムの子供時代を経て成長し成人になってゆく過程が描かれているため、子供時代に受けた文学・芸術教育がその後の人生にどういう意味を持つかがむしろ問われることになるということである。

実はイシグロは、二〇〇一年から二〇〇二年にかけて書き付けたこの小説のための構想ノート（'Ideas as They Come'）において何度か、この問題に直接関わることを書いている。そこでは、何がわれわれを人間的にするかに関して、芸術と教養を身につけることと自らの状況を認識し疑問視する力を持つことが二項対立的に捉えられており、後者こそ人間的ではないかと述べられている（いずれにしても人間は運命には抗えないとも付言されているが、これについては今は措く）。こうした構想はそのまま小説の中に生かされている。つまり、二項対立は、芸術的教養を何よりも重んじるエミリ先生と、生徒たちに真実を知らせようとしてヘールシャムを去ることになったルーシー先生の対立という形で小説中に具体化し、また、この問題に特に悩むトミーは最後にルーシー先生は正しかったという結論に達することになる。しかし、本来はこの二つは対立するものではないはずである。つまり、芸術・教養はわれわれが人生を生きてゆく過程で自分の状況を認識し疑問視するときの助けになり、人生をより豊かに生きることを可能にしてくれる。また逆に、自分の状況を認識し疑問視することは、人生をより深く考えることそのものであるから、それが今度は芸術への理解を深め、教養への新しい関心を生む。つまり、両者は対立するどころか不可分のものとしてより合わされているべきものである。しかし、この小説では真実を認識し疑問視することがクローンたちにとってあまりにも苛酷なので、ルーシー先生の離脱に象徴されるように、それが機能しえない状況になってしまっている。あるいは事実上クローンたちは自らの将来に関する真実を直視することを禁じられていると言ってもよい。そのため、芸術・教養も人生とは切り離されて形骸化してしまうのである。

いや、それればかりではない。芸術・教養は彼らが自分の状況を認識することをむしろ阻害する否定的な意味さえ持っている。シャミーム・ブラックが指摘しているように、『わたしを離さないで』は人間主義的芸術を告発している、なぜなら、そういう芸術は生徒たちに自分の非人間性を意識させせないように作用しているからだ――それは彼らの機械のような状況を隠蔽し、搾取されるための生へと準備する役に立っている」(790)。このことは実はリベラル・ヒューマニズムそのものにも当てはまる。テリー・イーグルトンは、イギリスで一九世紀後半に広まった英文学教育（それは権威の失墜した宗教に代わって社会の統合作用を担い始めた）が政治的に反動的な面を持っていたことを指摘し、たとえば文学作品を読むことで労働者が労働運動に身を投じるのを抑える効果があったと述べている。

文学はリベラルな「人間化する」営みであるわけで、ゴリゴリの政治思想やイデオロギーの極端な行使に対する強力な解毒剤となるものを提供できるだろう。私たちがなじんでいる文学とは、普遍的な人間的価値を扱うものであって、内乱とか女性差別とかイギリス農民の搾取とかいった歴史的な瑣末事項にはかかずらわない。それゆえ、人並みの暮らしがしたいだの、生活を自分の手で自由に営みたいなどという労働者側のケチな要求があれば、これを宇宙的視野のなかに置き矮小化することに文学は役立つだろう。また、永遠の真実とか永遠の美に関する高尚な思索に労働者を誘いこみ、彼らがいまかかえている問題をあわよくば忘れさせることができるのも、文学である。（上、七六）

芸術・教養はわれわれが人生において自らを認識し疑問視する助けになると先に述べたが、それとは逆の、自らの状況に対してわれわれを盲目にする効果を持つこともあるのである。[8] ヘールシャムにおける芸術教育も同じ否定的効果を持っていると考えられる。つまり、イシグロは『わたしを離さないで』において、リベラル・ヒューマニズムに内在するこうした否定的側面を浮き彫りにしているのだ。[9]

さらに言えば、リベラル・ヒューマニズムにはもっと怖ろしい否定的側面があることがナチスの時代に露骨に明らかになった。つまり、ナチ時代には立派な芸術的教養を持った多くの人物たちがきわめて非人間的な犯罪に手を染めていたのである。ジョージ・スタイナーの言葉を借りれば、「人間というものは、夕べにゲーテやリルケを読み、バッハやシューベルトを演奏しながら、朝にはアウシュヴィッツで一日の業務につくことができる」ことが明白になったのだ（上、一二）。スタイナーは、この事実を踏まえて、文学・芸術的教養は人間性を高めるというリベラル・ヒューマニズムの教養は破綻したと戦後の英語圏でいち早く問題提起した批評家である。彼はまた次のようにも述べている。

マシュー・アーノルドとは違って、またリーヴィス博士とは違って、このわたしは、人文学は人間を人間たらしめると自信をもって断言することはできない気がする。いやそれどころか、もう一歩踏みこんだことを言いたい。つまり、こうである。われわれが訓練や研究で具体的に行なうことは書かれたテキストに意識を集中させることだ。この意識集中は実生活でのわれわれの倫理的反応の鋭さと迅速さを減退させてしまうことが、少なくともありうる。〔……〕こうして、詩のなかの泣き叫ぶ声は、現実に外の往来で泣き叫ぶ声よりも、より大きな・ずっと火急の・ずっと現実味のある声に聞えるようになりかねないのだ。小説のなかの死は、隣りの部屋で起こった死よりも、ずっと力強くわれわれを感動させかねない。こうみてくると、美的反応の養成と、個人のなかに眠っている非人間的な力との間には、ある隠微な人目にふれない絆があるのではないだろうか。（上、一三七）

芸術への没入は自己の状況認識を誤らせるだけでなく、他者への共感能力をも減退させるのである。『わたしを離さないで』はこの側面を描いているわけではないが[10]、この小説中のリベラル・ヒューマニズムへの懐疑が、ナチ時代に露呈した文学・芸術的教養と非人間性の結託というスキャンダルの影の下にあるのは明らかだ。

4 『わたしを離さないで』における芸術教育と非人間的なもの

次に、『わたしを離さないで』において芸術教育と非人間的なものがどのように結託しているかをもう少し詳しく検討してみよう。シャミーム・ブラックは、ヘールシャムで生徒たちが互いの作品を交換し合うことにより彼らの抵抗が抑圧されると述べ、それを三つの側面から分析している(795-96)。(1)互いの作品の交換により、彼らは共同体に依存するようになり、自立した行動が起こしにくくなる。(2)芸術作品の価値の過度の強調により、個人が創造性のみを基準に測られることになり、それが(人間をそれ自体の価値で判断するのではなく、何らかの目的のための道具とみなすような)道具主義的世界観を植えつける。芸術が人間を定義するなら、トミーのようにうまく作品が作れない者は虐待されても仕方がない存在に貶(おとし)められる。(3)作品交換を通じて生徒たちは、対等の立場で交換に参与できると信じることになるが、現実には彼らが臓器を提供するときには何の見返りもない。つまり、不公正な現実を隠蔽する作用を作品交換は持つ。外部の商品が持ち込まれてそれらを生徒たちが「買う」販売会も、実際は一方的に寄贈された不用品を「買う」のであり、対等の交換に参与しているという幻想を維持させる。以上の三つのうち、現実には収奪、搾取であるのにそれを隠蔽する(3)のような構造は、現実の世界で起きているグローバル経済の不公正のメタファーになっているとブラックはさらに指摘する。芸術が個人の内面を表現するという考え方も、作品創造が結局権力によって強制され収奪される限り、有無を言わせぬ臓器提供と同じく搾取に加担していると述べる。芸術はその意味で人間的というよりは非人間的に作用しており、『わたしを離さないで』は「人間主義的芸術という考えそのものを静かに告発している」ことになるのだ(798)。

ブラックの分析は、そもそも臓器提供が強制されるような非人間的状況では、エミリ先生の意図がどうであろうとも、芸術創造は、テレージエンシュタットでのように人間的抵抗を意味するどころか、逆に人間的抵抗を抑圧する非人間的機能を帯びることを明確にしている。ヘールシャムでは芸術創造が事実上強制されている。それはエミリ先生の理想によって運営された一種の全体主義体制である。道具主義的世界観と言うなら、そもそもエミリ先生の意図にも道具主義的側面があったのではないかと疑うことができる。彼女は結局自分の運動のためにヘールシャムを創設し芸術を奨励したのである。彼女には本当にクローンたちへの共感があったわけではない。最後の会見の場面で、マダムはクローンたちを蜘蛛のように怖がっていたとキャシーが言うと、エミリ先生は答える、「あなた方を怖がっていた？　それはわたしたち全部ですよ。わたしもそう。ヘールシャムにいる頃も、ほとんど毎日、あなた方への恐怖心を抑えるのに必死でした。自室の窓からあなた方を見下ろしていて、嫌悪感で体中が震えたことだってあります……」[11]（269 四一一）。この会見の場面では、「あなた方は、駒だとしても幸運な駒ですよ」（266 四〇六）と、クローンたちが自分の理念の実験台であったことを認めつつも、普通よりはるかにましな教育を受けられたことは認識してほしいと繰り返す彼女の独善性が目立っている。テレージエンシュタットのフリードル先生は自らも収容所の内部で苦汁をなめていたが、エミリ先生はそれとは異なり、外部からクローンの人間化という慈善事業を展開したのである。その善意は疑い得ないとしても、芸術が自分の理念の実現のための道具、手段という性質を帯びる余地があったと言える。

　このように考えてくると、問題はそもそもクローンを作って臓器を提供させようとする社会そのものにあることが分かってくる。問われているのは、先進国による後進国の、あるいは上層階級による下層階級の搾取という政治経済的な問題にとどまらず、科学技術の発展に任せて自己の利益のために他者（そこには動物や自然環境も含まれる）を道具として扱って奉仕させる近代合理主義的思考そのものである。そしてそれに対する深い批判はやはりナチズムの経験から出てきた。ナチスは絶滅収容所を作って、歴史上なかったような徹底性でもってユダヤ人を非人間化し、「合理的に」大量虐殺しようとしたからである。『わたしを離さないで』においては、クローンたちの未来が断ち切られていて、それゆえ文学・芸術的教養も形骸化している。それは道具主義的思考に満たされたわれわれの現実社会において、リベラル・ヒューマニズムに意味があるのかを鋭く問うている。もしかすると、われわれの現実社会においてもまた文学や芸術は、われわれの現状認識を曇らせるだけなのかもしれないし、何かの道具（たとえば教養を高めることで虚栄心を満足させるなど）に成り下がっているのかもしれない。イシグロは『充たされざる者』で、高名なピアニストをやたらにちやほやするのに彼の芸術そのものには何ら関心を示さない一般市民を描くことですでに、現代社会における芸術の位置というこの問題に向き合っていた。その意味で彼は、ナチ時代の経験からまさにこの問題に深く取り組み、「アウシュヴィッツ以後、詩を書くことは野蛮である」（三六）という有名な言葉を残したアドルノとも遠く問題意識を共有しているのであり、そうした側面がもっと強調されていい。[12]

先に述べたように、文学批評、文学研究の中ではリベラル・ヒューマニズムは一九七〇年代に衰退した。日本でもかつての「世界文学全集」に代表される教養主義は同じころに衰退した。そればかりか今日世界中の大学で人文学は役に立たない学問として攻撃され、縮小の憂き目にあっている。イシグロはそのような潮流に棹差して、いわば死に行く者を鞭打ったのだろうか。多くの『わたしを離さないで』論が、この小説は「人間」という概念を超えた「ポストヒューマン」の可能性を探究していると主張している。[13] そこを強調すればリベラル・ヒューマニズムは人間を規定する古い枠組みとして捨て去られていることになる。しかし、ノーベル文学賞受賞講演で、困難な時代を乗り切る文学の力への信頼を語り、「よい作品を書き、よい作品を読むこと」は「スケールの大きな人道的構想」(a great humane vision) をもたらすかもしれないと述べているイシグロである（イシグロ、九九）。リベラル・ヒューマニズムの古さと否定面を意識しつつも、彼自身はその肯定面——文学・芸術が（人間の他の営み以上に）人生への洞察と人間の自己認識を深め、逆にそういう洞察と自己認識が文学・芸術への理解を深めるという面——をおそらく信頼しているはずだ。また、『わたしを離さないで』という文学作品を読むことによって、われわれは明らかに自分たちが置かれた状況を認識し、それを疑問視することになるのだから、現代社会においても肯定面は確かに機能していると言える。ただし、その自己認識には、文学・芸術の価値そのものについての根本的な問いが内包されているのであり、それこそ、文学・芸術を（娯楽として楽しむのとは別に）学び、研究し、教えることの価値がもはや自明ではなくなってきた現代における、この小説の決定的なアクチュアリティなのだ。

【注】

（1）　付け加えれば、小説のずっと後の方でキャシーがトミーの介護人になったとき、彼女が彼に読んでやった本は『オデュッセイア』や『千夜一夜物語』である（238 三六三）。あくまでも古い「世界文学全集」的な選択である。

（2）　彼らはこのような高尚な教養で純粋培養されてきたわけではない。コテージにはテレビがあり先輩はアメリカのドラマから仕草を真似るのだし、そもそもヘールシャムでも大衆映画、大衆音楽が自由に視聴できた。だが、そういう自由があったのにもかかわらず、彼らが高尚な話をよくしていたことが、規範の内在化の徹底性を示唆していて怖ろしい。

（3）　この小説において文学・芸術の価値が問われているとする点で本稿と問題意識を共有しているアン・ホワイトヘッドの論文「気づかい（ケア）をもって書く」（本書収録）は、文学が養うとされる他者への共感能力に力点を置いている。それもリベラル・ヒューマニズムの一要素だが、本稿はむしろ、文学・芸術こそ人間を定義するという姿勢を主題化する。

（4）　彼女が教えた六六〇人近い子供たちのうち五五〇人が殺され、彼女自身もアウシュヴィッツで死んだ。彼女が保管していた子供たちの作品の展覧会は一九九九年に世界を巡回した。

（5）　もっとも、シルリ・ギルバートの『ホロコーストの音楽』のように、戦後のユダヤ人社会にありがちな、芸術による「精神的抵抗」という物語それ自体を批判的に検証する立場もある。

（6）　イシグロは後述する構想ノートの中で、トミーに芸術ではなくもっと役に立つような行動（死期が迫っているのを知り急に人のためになる活動を開始する、黒澤明の『生きる』の主人公のように）をさせることも考えていたが、結局その考えは破棄した。その結果、芸術活動そのもののむなしさがより強く印象付けられることになった。

（7）　ただし、われわれが現に読んでいるこのすばらしい小説はキャシーが書いた手記なのだから、その意味では、彼女は失敗したトミーと違って、立派な芸術家になったのだ、したがってヘールシャムの教育は彼女に関しては成功した、というアクロバティックな解釈をすれば別である。これは実はイシグロ自身が構想ノートに、採用しない方がいいポストモダン的な考え方として記しているものである。実際、作品はわれわれ読者がこうした側面を意識しないように書かれている。

（8）　シルリ・ギルバートはザクセンハウゼン強制収容所においてナチス親衛隊が、収容者が音楽に耽るのをわざと許容していた事実に着目している。それは「収容者たちを静め、夢中にさせておく方策であった」（一七一）。

（9）　アン・ホワイトヘッドも、キャシーたちが読んでいる『ダニエル・デロンダ』のようなヴィクトリア朝小説が彼らに偽の希望を与え、結果的に、彼らを不公正な体制に対して盲目にしていると論じている。だが、クローンたちは最初に見たようにピカソ、カフカ、プルースト、ジョイスなど二〇世紀芸術をも日常的に意識しているのであり、ホワイトヘッドの議論は、彼女の主題であるケアと共感能力との関連で論じやすいヴィクトリア朝小説に集中し過ぎている。

（10）　キャシーが介護人としての自分の職務に忠実なあまり提供者の立場に奇妙なくらい無関心であること（たとえば 3, 226-27 九―一〇、三四四―三四六）、すぐ後に述べるように、エミリ先生とマダムがクローンたちに本当に共感していたのか疑問であること、などこの小説には共感能力の欠如も描かれているが、それらをリベラル・ヒューマニズムのせいにすることはできない。

（11）　構想ノートの中でイシグロは、エミリ先生を、自らは人種差別主義者なのに人種差別に反対する運動家になぞらえている。

（12）　『充たされざる者』のこの観点からの分析は、日吉（第五章）を参照。

（13）　ブラックは、人間という従来の枠組みを超えて非人間的なものへの共感が発生する可能性をこの小説は探究していると論じ、スネイザは人間化する教育そのものの乗り越えを唱える。ピーター・ボクソールも、この小説の人間的なものの擁護に留意しつつ、従来の人間／非人間の境界を揺るがして存在の新しいカテゴリーを要請している点に着目している（98-106）。

【引用文献】

Black, Shameem. "Ishiguro's Inhuman Aesthetics." *Modern Fiction Studies*, vol. 55, no. 4, Winter 2009, pp. 785-807.

Boxall, Peter. *Twenty-First-Century Fiction: A Critical Introduction*. Cambridge UP, 2013.

Elsby, Liz. "Coping through Art: Friedl Dicker-Brandeis and the Children of Theresienstadt." nd. www.yadvashem.org/articles/general/coping-through-art-brandeis-theresienstadt.html. Accessed 27 March 2018.

Ishiguro, Kazuo. *Never Let Me Go*. Vintage, 2005.

Snaza, Nathan. "The Failure of Humanizing Education in Kazuo Ishiguro's *Never Let Me Go*." *Literature Interpretation Theory*, no. 26, 2015, pp. 215-34.

Whitehead, Anne. "Writing with Care: Kazuo Ishiguro's *Never Let Me Go*." *Contemporary Literature*, vol. 52, no.1, Spring 2011, pp. 54-83.

アドルノ、テオドール・W『プリズメン――文化批判と社会』渡辺祐邦・三原弟平訳、ちくま学芸文庫、一九九六年。

イーグルトン、テリー『文学とは何か』大橋洋一訳、岩波文庫、二〇一四年。

イシグロ、カズオ『特急二十世紀の夜と、いくつかの小さなブレークスルー――ノーベル文学賞受賞記念講演』土屋政雄訳、早川書房、二〇一八年。

ギルバート、シルリ『ホロコーストの音楽――ゲットーと収容所の生』二階宗人訳、みすず書房、二〇一二年。

スタイナー、ジョージ『言語と沈黙』由良君美他訳、せりか書房、一九六九年。

日吉信貴『カズオ・イシグロ入門』立東舎、二〇一七年。

クローンはなぜ逃げないのか
――同時代の人間認識とカズオ・イシグロの人間観

森川慎也

はじめに

クローンはなぜ逃げないのか。これは『わたしを離さないで』が英語圏で出版された当時、一部の書評家が本作に対して投げかけた問いである[1]。マーク・ジャーング（Mark Jerng）は、一般読者の反応にも同じ問いを見出し、そこにある種の「期待」が内包されていると指摘している（Jerng 382）（本書参照）。すなわち、まず読者の頭の中に人間とは権威に反逆する存在だという前提があり、それゆえに人間の複製であるクローンもまた反逆し、逃避してしかるべきだという「期待」が生まれるのだと言う。クローンはなぜ逃げないのかという問いにこうした期待が隠れているとすれば、この期待は一体どこから生まれるのか。ジャーング自身は触れていないが、一部の読者がクローンの反逃避的行動を不可解とするのは、彼らがヒューマニズムに基づいた人間観からクローンを見ていることによる。人間の条件に「自由と自己決定」（チルダーズ、二一一）を掲げるヒューマニストの人間観から本作を読むとき、外部から一方的に与えられた生を受け入れ、その環境から逃げ出そうとしないクローンは、読者の目に人間として映らない。

しかし、作者カズオ・イシグロはそうしたクローンの受動的態度に運命を受け入れる人間一般の受動性を重ねたとインタヴューで証言している（Matthews 124）。つまり、イシグロにとってクローンは人間（あるいはその象徴）に他ならず、クローンが受動的属性を持つ人間の複製という前提に立てば、彼らの反逃避的行動は必然的な帰結なのである。したがって、読者がヒューマニズム的人間観から本作を読もうとするかぎり、「クローン＝人間」というイシグロの図式を理解することはできない。では、この図式をどのように理解すればよいのだろうか。

本稿では、この図式を理解するために、イシグロが『わたしを離さないで』の原型を執筆し始めた一九九〇年の前後と、一旦中断したあとに同作の執筆を続けた九〇年代後半に英語圏で出版された同時代の思想家たちの論考を参照し、そこで提起されている概念を検討する。具体的には、ピエール・ブルデュー（Pierre Bourdieu）の「ハビトゥス」、「ドクサ」、スタンリー・フィッシュ（Stanley Fish）の「信念」、さらにそれを批判したテリー・イーグルトン（Terry Eagleton）が想定している「超越的視座の不可能性」である[2]。本稿は、こうした概念を参照することで、同時代の認識的パラダイムの中にイシグロの人間観を位置づけ、それが同時代の思想家の人間認識に酷似していることを示す。それにより、自らの環境から逃げ出そうとしないクローンを描いた背景に、イシグロと右の思想家たちとが共有する人間認識が横たわっていることを明らかにする。本作はそのような同時代の認識的文脈の中で読まれて初めて理解される作品だと筆者は考える。次節では、ブルデューの「ハビトゥス」と「ドクサ」を用いて『わたしを離さないで』を分析したリアニ・ロクナー（Liani Lochner）の読解を手掛かりに、ブルデューの概念から検討する。

1　ロクナーによる『わたしを離さないで』の読解——ブルデューの「ハビトゥス」と「ドクサ」を用いて

ロクナーは、クローンが臓器提供というプログラムを受け入れるのは、彼らの生を規定する言説にクローンが取り込まれているからだと論じ、言説に取り込まれる過程をブルデューの「ハビトゥス」を用いて説明している。ハビトゥスとは、ブルデューの著書 *The Logic of Practice* によれば、「慣習や表象を生み出し組織化する原理」

(Bourdieu 53) とされる。[3] それは「経験を知覚し認識するベース」となり「個人や集団の慣習を生成する」(54)。ハビトゥスは「思考や知覚や表現や行動といったものを生産する無限の力がある」が、それらは歴史的社会的状況に規定される(55)。個人の可能性は権力との関係によって決められ、「可能な未来(probable future)についての感覚は〔……〕(私たちにとって)可能なことと(私たちにとって)不可能なことを決めるカテゴリーに基づいて構造化された世界との長期的関係の中で規定される」(64)。

ロクナーは、クローンがヘールシャムにおいて身体的健康が過度に重視されるのを受け入れていること、介護人になりそのあとに提供者になる人生の道程を受け入れていること、臓器提供というプログラムが「強制」的に執行されていないにもかかわらずそれを受け入れていることを挙げ(Lochner 229-31)、ヘールシャムで生成されるハビトゥスが「社会的制約と両立する〔クローンの〕性向を生み出している」と指摘する(232)。クローンが外部から与えられた生の目的を受け入れるのは、自らの「生の条件を自然の秩序だと誤認している」(強調引用者)からで、だからこそクローンの自由を制約する具体的なものは存在しないにもかかわらず(コテージ以降の彼らは基本的に自由な行動が許されている)、彼らは自ら定める未来をイメージできないと主張する[4](232)。ロクナーは、ヘールシャムでの教育によって、外部から与えられた生の道程を受け入れる生徒たちの性向が形成された、と言う。

> クローンが未来に向けて準備するための〔ヘールシャムでの〕講義、ビデオ、議論、警告は、既成の秩序のルールへの服従を生み、意識の範囲を決定する。こうしたルールは暗黙の前提を含む。その前提——すべての社会的主体によって共有される、ブルデューの言う「ドクサ」——が、実行可能なことと思考可能なことの範囲を決めるのである。(Lochner 233)

つまり、ヘールシャム出身の生徒が介護人・提供者として進んで義務を果たそうとするのは、ヘールシャム時代に保護官から科学的イデオロギーを刷り込まれているからである。「自分たちの義務と見なすものを繰り返すことで、クローンは自分たちを犠牲者にするイデオロギーを自然なものとして絶えず肯定する」(233)。ヘールシャムで形成された「ハビトゥス」がクローンの認識を決定づけることで、彼らはプログラム(臓器提供)を受け入れた、というのがロクナーの論の要諦である。

ブルデューのもう一つの重要な概念は、右の引用でロクナーが触れている「ドクサ」である。ブルデューによれば、人は特定の「場」に属することで必然的に「信念」に取り込まれ、信念(根本的前提)を「疑おうとせず、無意識に、素朴に、自然に受け入れてしまう」。これこそが「まさしくドクサの定義である」とブルデューは言う(Bourdieu 67-68)。もっとも、マルクス主義者イーグルトンは、ブルデューとの対談で二つの疑問を呈している。人々は価値観や信念に従うものの、ブルデューが考えている以上に、それらに批判的・懐疑的になれるのではないか。広く流布する権力構造を人々が正当化するという考えをブルデューは性急に受け入れていないか(Bourdieu and Eagleton 113-14)。これらの疑問は、個人が信念を批判し、支配的なイデオロギーに抵抗できるとイーグルトンが考えていることを示している。イーグルトンの疑問に対してブルデューは、ドクサとは知らずのうちに人々が受け入れているものであり、われわれが信じているより、また人々が意識する以上に、人は多くのことを受け入れる、と対談で反論している(114)。先の著書でブルデューは、ドクサを「ハビトゥスと場との間に確立される関係性」と捉え、ドクサを「信念」に置き換えている(Bourdieu 68)。ブルデューはこの信念を身体性(性差)に絡めて議論しているが、次節で見るフィッシュは信念を認識論的に考察している。

2 フィッシュの「信念」とイーグルトンによる批判——超越的視座の不可能性

フィッシュによれば、「信念は合理性に先行する」。信念は「選べないし、捨てられない。拒否もできなければ、検討もできない」。熟考したり証拠固めをしたり理由を考えたりする行為は、すべて信念の中で行われるため、何を見て、何に気づくか、何をするかはすべて信念によって決定されると言う（Fish, *The Trouble* 279-84）。

フィッシュはすでに *Doing What Comes Naturally* において、信念に関する彼の認識を解釈行為に応用していた。解釈者は任意の文脈の中で解釈するにあたり何が可能で何が不可能なのかを暗黙裡に認識するため、その解釈は「制限される」（98）。彼によれば、「信念（あるいは解釈）とは信じることであり、信じるとはそれが正しいと考えることであり、それが正しいと考えることは、他の人の信念より自分の信念を好むということである」（115）とし、「解釈者は判断の基準となる信念の構造に埋め込まれている」（116）と言う。

フィッシュは信念を共同体で広く共有される慣習と捉え、その共同体の一例として文学研究を挙げる。文学研究者が学界に貢献しようとするならば、当該研究者の属する解釈共同体が定める解釈の妥当性に従わなければならない。何が正しい問いで何が適切な答えかを決めるのは研究者ではなく解釈共同体であり、研究者は共同体が定める条件の下でのみ学問的貢献ができる。フィッシュによれば、文学作品の読解も同じ制約を受ける。偏見を持たずに作品を読むべきだと言われるが、偏見とは「特定のパースペクティヴから見ること」であり、パースペクティヴを持たずに見るのは不可能なのだから、偏見は読解を条件づける（176）。「文字通りの意味」も、実のところ「パースペクティヴの所産」（185）に過ぎない。

したがって、個人は限られた視野からしかものを見られず、その視野もおおむね個人の属する集団で共有される慣習に規定されるというのがフィッシュの認識である。さらに彼は、「主体はこうしたルール〔固定化した慣習の内容〕から距離を置けない。なぜならそうしたルールの中でしか別の行動を考えられない、というより思考できないからである」と主張する（323）。フィッシュの論をまとめれば、信念や解釈やパースペクティヴはすべて特定の文脈に規定されているため、個々の人間は自らの信念を俯瞰的視座に立って精査したり検討したりすることはできず、自らの信念を至極当然の認識として受け止める、ということになる。

このフィッシュの認識論的立場を批判したのもイーグルトンである。イーグルトンの反論はこうである。フィッシュは理性が「信念に対しまったく無力」（三五四）だと考えているが、この認識に従えば、主体は状況をまったく把握できず、「生活様式を批判するいかなる試みも」（三六四）不可能になってしまう。しかし、「批判的な検討は、いかなる信念の枠組みをも超越した場所からおこなわねばならないということにはならない」（三五五）。「批判的思索がわたしたちの利害なり欲望なりを修正する、あるいはさらに変形するのに役立つ」（三五一）こともある。イーグルトンはアリストテレスを引き合いに出し、人間には自らの「欲望そのものについて内省する」ことができると主張する（三六〇）。したがって、主体は単なる「歴史的条件の無力な反映」（三五六）ではなく、人間には「みずからの社会的決定要因に変化を加えられる能力」があり、その能力こそが「人間主体を主体としてかたちづくる」（三五六／強調原文）とイーグルトンは反論する。

　フィッシュに対するイーグルトンの反論は、先に見たブルデューのドクサに対する彼の批判に通じるものがある。人間は信念を受け入れてしまう（＝ドクサ）というブルデューの主張に対して、イーグルトンはそうした信念を批判することは可能だと反論しているし、信念それ自体を批判することは不可能とするフィッシュの論に対しても同じく批判は可能だと反論している。つまり、ブルデューとフィッシュに対する反論から、イーグルトンの認識的立場（主体は積極的に信念を批判できるという立場）が明確に浮かび上がるだけでなく、ブルデューとフィッシュの認識論的相似性も立ち現れるのである。人間は信念を「無意識に」受け入れているとするブルデューの認識は、個人は超越的視座から信念それ自体を批判することができず、それをごく自然なものとして捉えるとするフィッシュの認識から大きく隔たってはいない。それどころか、両者には人間を受動的存在と見なす共通認識が窺える。ブルデューの「ドクサ」は、人間が信念に支配される存在だという前提に立脚しているし、フィッシュの「信念」もまた、個人がその信念の内部構造に埋め込まれていることを前提にしている。人間の受動性を前提とする彼らの認識は人間の主体性を前提とするイーグルトンの認識とは明らかに異なる。

　ただし、イーグルトンによるフィッシュ批判で見逃してはいけないのは、イーグルトン自身も「信念の枠組みから超越」した立場で信念を批判できるとは考えていない、という点である。実際、彼は「わたしたちが、そうした超越点にたてると、いったい誰が考えたのか教えていただきたい」とフィッシュを挑発し、「マルクス主義者が絶対に信用しない」のは「真実が、なんらかのかたちで歴史を超越しているというファンタジー」（三五九）だと断言する。つまり、イーグルトンが批判しているのは、信念の批判検討には超越的視座に立つ必要があるというフィッシュの認識であって、超越的視座の獲得は不可能であるという認識ではない。むしろ、後者の認識については、挑発という形をとってはいるものの、イーグルトンは同意しているに等しい。したがって、フィッシュとイーグルトンは信念の批判検討の可能性とその方法については立場を異にしているが、「超越的視座」の獲得については両者とも否定的なのである。

　次節では、フィッシュやイーグルトンが共有する「超越的視座の不可能性」とイシグロが多用する「パースペクティヴ」という概念に対する彼の立場とを比較し、両者の相似性を示す。

3　イシグロの「パースペクティヴ」

フィッシュとイーグルトンは、視野（フィッシュの言う信念）を超越することはできないという認識を共有している。イシグロもインタヴューで「パースペクティヴ」という用語を頻繁に用いるが、二つの意味に使い分けている。一つは、フィッシュが否定する超越的視座（イシグロの場合、政治的社会的状況についての洞察やそこから距離を置く能力）であり、もう一つはフィッシュの信念に相当する狭隘な視野（同時代の支配的価値観に規定された視点）である。

　長編第二作『浮世の画家』の主人公である元画家小野益次について、イシグロはこう語っている――「小野が没落した大きな原因は、自分の置かれた環境の外に目をやり、同時代の支配的な価値観の外に立つのに必要なパースペクティヴが欠けていたことにあります」（Mason 9）。小野が時代の波に翻弄されたのは、戦中の軍国主義という価値観の外に出てそれを検討するパースペクティヴを持たなかったことによると言う。実際、小野は物語の結末で「画家の狭い視野」(A narrow artist's perspective)(199 二九六)を認める。見方を変えれば、同時代の価値観という狭いパースペクティヴを抜け出し、より大きなパースペクティヴから自分の置かれた状況なり同時代的価値観なりを俯瞰できていれば、小野は没落せずにすんだ、という前提がイシグロの言から窺える。

この前提は一見するとフィッシュやイーグルトンの認識と異なるように見える。彼らが超越的視座を幻想と見なしているのに対し、イシグロは、右の前提が暗示するように、大きなパースペクティヴの獲得が不可能だとは考えていない。また個人は文脈のルールから距離を置くことができないとするフィッシュに対して、イシグロはそれが可能だと考えている。福岡伸一との対談で、イシグロは父鎮雄から「距離を置いて人生を眺める方法」を学び、「見慣れたものを、少し離れた場所から見つめ直し」、「別の惑星から訪れた人のように、いくぶん冷ややかな眼差し」でイギリスを見る目を養ったと語っている(福岡、二八)。イギリスを異文化として捉え、そこから距離を置いて俯瞰するパースペクティヴを手に入れたとすれば、人間全般の状況を大きな視座から俯瞰することも不可能ではないとイシグロ自身が考えるのも頷ける。

ただし、一般論として大きなパースペクティヴの獲得の可能性についてイシグロが楽観的かといえば、否である。彼は言う――「社会や政治の支配的な風潮に影響を受けないでいるのは極めて困難です。そうした特別なパースペクティヴを持っている人はごく少数のように思えます」(Bigsby 22)。他のインタヴューでも「大半の個人は同時代の風潮を俯瞰する大きなパースペクティヴを持っていません。彼らを取り巻く社会に翻弄されてしまいます」(Gallix, Guignery, Veyret 10)と述べている。つまり、大半の人間にとって大きなパースペクティヴの獲得は望めないというのがイシグロの認識である。

ここに、イシグロの「パースペクティヴ」に関する認識と右で検討したフィッシュやイーグルトンの「超越的視座」に関する認識との相似性を見出すことができる。両者とも、個人の視野を限定的なものと見なし、ものごとを俯瞰して見る超越的な視座の獲得に対して懐疑的である。むろん、この懐疑的立場もまた一つの信念に過ぎない。フィッシュの信念に関する認識それ自体が一つの信念であると言える。しかし、信念が歴史的社会的状況に規定されているというブルデューの論に従えば、同時代の思想家たちの認識とイシグロ自身の認識とが一つの認識的パラダイムを共有している可能性はきわめて高い。実際、パースペクティヴの獲得に関するイシグロの懐疑的態度は、超越的視座を幻想（ファンタジー）と見るフィッシュやイーグルトンの認識と見事に符号する。

次節では、フィッシュの信念とブルデューのドクサという二つの補助線を引いて『わたしを離さないで』を読み直すことによって、イシグロの人間観がこうした思想家の認識と同じパラダイムの中で形成されていることを示し、クローンが逃げない理由を考える。

4 『わたしを離さないで』における空想、そして運命の受容

フィッシュに言わせれば、人は合理的な理由があって何かを信じるのではなく、先に信じることでその信念に対して合理的理由を後付けする。合理的理由の後付けも信念の中で行われる。よって信念の外に出て信念自体を批判検討できない。では、『わたしを離さないで』において信念はどのように表れているのだろうか。

クローンが信じるもの――それは周りの状況や未来について彼らが思い描く空想である。ヘールシャムの生徒たちは、外部の世界から遮断されているため、彼らを取り巻く環境を大きなパースペクティヴから捉えられず、保護官や年長者の生徒から与えられる情報を頼りに自分たちの置かれた状況の意味や未来について想像し空想を練り上げる。ギャラリーの存在、失われた物がノーフォークで見つかるという神話、あるいはジェラルディン先生を他の保護官から守らなければならないという使命は、いずれも彼らが作り上げるものである。ただし、クローンは自分たちの空想が根拠に乏しいことを自覚している。だから空想の妥当性を検討できないのではなく、あえて検討しようとしない。

たとえば、ルースはジェラルディン先生を警護するために「秘密親衛隊」を結成し、親衛隊のメンバーはジェラルディン先生が誘拐される可能性を示す「証拠」(51 八二)をかき集めるが、自分たちの空想の基盤が「吹けば飛ぶようなもの」(51 八三)であることを自覚している。信念について熟考したり証拠固めをしたりする行為はすべて信念の中で行われているとフィッシュが論じたように、ジェラルディン先生が誘拐される可能性を示す証拠をルースたちが積み上げるのは、誘拐の蓋然性を検討するためではなく、自らの空想を補強するために他ならない。

ヘールシャムで培われた空想力は、生徒の何人かがコテージに移って以降、「ポシブル」(possibles)に関する仮説や「夢の未来」(dream futures)、男女が愛し合っていることを証明できれば臓器提供の前に猶予が得られるという実存的空想へと発展し、ヘールシャムの管理を超えたところで生成される。ただし、彼らはきまって空想と現実を隔てる境界線の上で立ち止まる。本作で繰り返し言及される「領域」(territory)[5]は、まさしく彼らが足を踏み入れることを警戒する現実という異世界である(37, 40, 69, 83, 137, 227, 274 六二、六六、一〇九、一三一、二一四、三五三、四二七)。

では、なぜクローンは空想するのか。それは現実に代わる可能世界を想像力によって構築するためである。彼らは、保護官によって保護される存在であることを自覚しているからこそ、保護官(ジェラルディン先生)を警護するというパラドキシカルな空想を作り上げるし、ヘールシャムというエリート学校の出身だという自意識があるからこそ、自分たちだけは特別の猶予を獲得できるというパラノイアックな空想を膨らませる。つまり、彼らが空想するのは、現実世界を把握するためではなく、彼らの生の可能性を想像空間において押し広げるためである。空想は人間が行使する権力に対するクローンたちのささやかな抵抗なのである。この点で、クローンはイーグルトンが想定する主体性をその属性として備えていると言える。

しかし、抵抗として機能しているかに思えるクローンの空想は、実際には外の現実世界を支配する権力の構造に埋め込まれている。ルーシー先生がほのめかすように、ヘールシャムではクローンの空想は保護官によって管理されているし（79 一二六）、保護官が生徒たちを工作や詩作に没頭させるのも、エミリ先生がのちに証言するように、臓器提供という運命から彼らの目を背けるためである（263 四〇九—四一〇）。つまり、クローンは空想世界（生の可能性を押し広げられるという信念の世界）に留まり、空想を膨らませ続けることによって、現実的に運命を変更する機会を奪われている。そのことを彼らは知らない。自らの空想がもろいものだと自覚しながら、実行可能な代替世界だと信じ続ける。ブルデューの言うドクサが無意識的な心理作用だとすれば、クローンの空想は意識的な補償作用である。だから彼らは逃げないのではなく、逃げるという選択肢を想定できないのである。

ロクナーは、クローンが自ら定める未来をイメージできないと言うが、彼らは空想の延長として将来の職業について夢想している。彼らの思い描くごくありふれた職業に関する「夢の未来」（dream futures）（140）は、ブルデューの言う権力に規定された「可能な未来」（probable futures）（Bourdieu 64）を想起させるが、クローンにはそうした素朴な夢を実現することさえ許されていない。だからエミリ先生から真実を知らされるとき、クローンたちは空想の世界を離れてゆく。時代の流れに逆らうのではなく「受け入れなければね」（261 四〇六）とエミリ先生に諭されたあと、施設に戻る道中でトミーは一時的に感情を爆発させるものの、最終的にキャシーとともにその事実を受け入れる。それまで空想によって現実から目を背けてきた彼らは、静かに現実世界（「領域」）に足を踏み入れ、臓器提供という変更不能な運命を受容するのである。

この運命の受容に作者イシグロの人間観がもっとも端的に表れている。イシグロはクローンと人間との類似についてこう語っている。

> 私が思うに、『わたしを離さないで』の重要な点は、彼らがけっして抵抗しない、読者が期待するようなことはしない、ということです。臓器のために彼らを殺すプログラムをクローンは受動的に受け入れます。私たちの多くが受動的な傾向にあるということを描くのに、一つの強烈なイメージが必要でした。私たちは自分の運

命を受け入れます。おそらくクローンほど受動的には受け入れないでしょうが、それでも私たちは自分で考えている以上にずっと受け身です。自分たちに与えられたかのように見える運命を受け入れます。

(Matthews 124／強調引用者)

人は運命を「自分で考えている以上に」受動的に受け入れるというイシグロの発言は、われわれが信じているより、また意識する以上に、多くのことを受け入れる、というドクサに関するブルデューの主張を想起させる。イシグロもブルデューも受動性を人間の本質と見ており、伝統的なヒューマニズム的人間観において自明のものとされる主体の自由を前提としていない。読者がクローンに逃亡を期待するのは、まさしくヒューマニズム的人間観に基づいた発想であり、この発想はそもそもイシグロの人間観と相容れないのである。

クローンたちは、空想という想像的可能世界の構築によって、決められた生にわずかな変更をもたらそうと抵抗するものの、皮肉にもその空想世界に留まることで、自分たちの置かれた世界を超越的な視座から眺める機会を奪われている。空想(=信念)が大きなパースペクティヴ(=超越的視座)の獲得を阻むのである。ここで、「ドクサ」と「ハビトゥス」という概念で社会と人間との関係を捉えたブルデューの人間認識、「信念」と「超越的視座の幻想」という観点から個人の認識の限界を指摘したフィッシュの人間認識、そしてイシグロの人間観が一本の線上に並ぶ。つまり、ブルデューとフィッシュの論から浮かび上がる同時代の認識的パラダイム——人間は超越的視座を獲得できないために狭い視野(信念)の中に籠城し、自らの置かれた状況を受動的に受け入れる(ドクサ)という認識的パラダイム——をイシグロ自身が共有することで、外部の人間によって生が定められているにもかかわらず、大きなパースペクティヴから自らの生を俯瞰できず、自らの置かれた状況から逃げ出さずに、それを運命として受け入れるクローンが描かれた、と推論することができるのである。言い換えれば、このようなイシグロの人間観は、同時代の人間認識という文脈の中に置くことでしか理解できないものなのである。

おわりに

本稿は、イシグロによる『わたしを離さないで』の執筆とほぼ同時代に思想家たちが提起した人間認識とイシグロの人間観とを比較することで、イシグロの人間観がそうした思想家たちの人間認識と同じ認識的パラダイムを共有していることを示した。イシグロは、ブルデューやフィッシュと同様に、人間を受動的存在と見ている。彼らを批判したイーグルトンは、個人が信念を主体的に批判することは可能だと考えているが、そのイーグルトンでさえ、信念それ自体を超越的視座から批判できるとは考えていない。イシグロ自身も、大きなパースペクティヴの獲得の可能性については懐疑的である。ここに同時代の思想家たちの人間認識とイシグロの人間観との相似性が見られる。

両者の相似性という観点から『わたしを離さないで』を読み直すとき、読者の前に立ち現れるのは、人間が行使する権力に条件づけられた生を俯瞰する視野をもたず、その生を運命として受け入れるクローンたちの受動性である。彼らはヘールシャムにおける洗脳教育、さらには彼らが作り上げる空想によって、現実世界を俯瞰する視野を獲得できずにいる。むろん、彼らにとって空想は想像的可能空間を押し広げる手段でもあるが、まさしくその想像世界に留まることによって、自らの状況を俯瞰する超越的視座を獲得できないまま、臓器提供というプログラムを運命として受け入れる。クローンの認識は外部の人間によって条件づけられているのである。

しかし、他者によって認識を条件づけられているのはクローンだけではない。イシグロの人間観もまた同時代の思想家たちが共有する認識的パラダイムに条件づけられている可能性が高い。超越的視座の獲得に対するイシグロの懐疑的な態度や人間を受動的存在と捉える認識は、同時代の思想家たちの人間認識とあまりにも酷似しているからである。このような認識の相似性は、伝統的なヒューマニズム的人間観に立って本作を読むかぎり、決して見えてこない。

したがって、本稿の冒頭に掲げた「クローンはなぜ逃げないのか」という問いに立ち戻れば、次のような答えを導き出すことができる。クローンが逃げないのは、クローンの表象に作者イシグロの人間観――大きなパースペクティヴを持たず、与えられた生を受け入れる受動的なクローンこそ人間であるというイシグロの認識――が反映されているからであり、さらにそのイシグロの認識もまた、超越的視座に立って状況を俯瞰できず（フィッシュやイーグルトン）、信念を素朴に受け入れてしまう性質（フィッシュやブルデュー）を人間の属性と見なす同時代の思想家たちが共有する認識的パラダイムの中で形成されているからである。あえて還元的な言い方をすれば、本作が執筆された時代に形成された人間認識が、自らの置かれた環境から逃げ出すという選択肢をクローンから奪ったのである。

【注】

（1） Hensher 32; Jennings 40; Kakutani.

（2） イシグロが『わたしを離さないで』の原型に取り掛かったのは一九九〇年である。一度執筆に失敗し、九〇年代後半（『充たされざる者』の執筆後）に再び取り組んでいる(Wong and Crummett 211)。ブルデューの *The Logic of Practice* のフランス語版は一九八〇年に出版されているが、その英訳の出版は一九九〇年、フィッシュの *Doing What Comes Naturally* は一九八九年、*The Trouble with Principle* は一九九九年、イーグルトンの *Ideology: An Introduction*（本稿では邦訳『イデオロギーとは何か』を用いた）は一九九一年である。ブルデューとイーグルトンの対談が行われたのも一九九一年である（"Doxa and Common Life" 111）。つまり、いずれの論考も『わたしを離さないで』の執筆とほぼ同時期に英語圏で出版されている。

（3） 以下、英語文献からの引用はすべて拙訳による。

（4） もっとも、主体と権力との関係についてミシェル・フーコー（Michel Foucault）が指摘しているように（789-90）、主体の自由が確保されるときにこそ権力が行使されることを踏まえれば、クローンが行動の自由を確保されながら臓器提供という大目的を受け入れるのは不思議ではない。

（5） 訳書では、territory は「危険地帯」、「微妙な話題」、「危険領域」、「問題」などのように文脈に応じて訳し分けられているが、むしろ原作で反復される territory を同一の訳語（たとえば「領域」）に統一した方が、その反復によって増幅するクローンたちの捉えどころのない不安感がより伝わりやすいのではないだろうか。

【引用文献】

Bigsby, Christopher. "In Conversation with Kazuo Ishiguro." Shaffer and Wong, pp. 15-26.

Bourdieu, Pierre. *The Logic of Practice*. Translated by Richard Nice, Stanford UP, 1990.

Bourdieu, Pierre, and Terry Eagleton. "Doxa and Common Life." *New Left Review*, no. 191, 1992, pp. 111-21.

Fish, Stanley. *Doing What Comes Naturally: Change, Rhetoric, and the Practice of Theory in Literary and Legal Studies*. Duke UP, 1989.

——. *The Trouble with Principle*. Harvard UP, 1999.

Foucault, Michel. "The Subject and Power." *Critical Inquiry*, vol. 8, no. 4, 1982, pp. 777-95.

Gallix, François, Vanessa Guignery, and Paul Veyret. "Kazuo Ishiguro at the Sorbonne, 20th March 2003." *Études Britanniques Contemporaines*, no. 27, Dec. 2004, pp. 1-22.

Hensher, Philip. "School for Scandal." Rev. of *Never Let Me Go*. *Spectator*, 26 Feb. 2005, p. 32.

Jennings, Jay. "Clone Home: Jay Jennings on Kazuo Ishiguro." Rev. of *Never Let Me Go*. *Art Forum International*, vol. 43, no. 8, 2005, p. 44.

Jerng, Mark. "Giving Form to Life: Cloning and Narrative Expectations of the Human." *Partial Answers*, vol. 6, no. 2, 2008, pp. 369-93.

Kakutani, Michiko. "Books of the Times; Sealed in a World That's Not As It Seems." Rev. of *Never Let Me Go*. *The New York Times*, 4 Apr. 2005. https://www.nytimes.com/2005/04/04/books/sealed-in-a-world-thats-not-as-it-seems.html. Accessed 27 Feb. 2008.

Ishiguro, Kazuo. *An Artist of the Floating World*. 1986. Faber, 1987.

——. *Never Let Me Go*. 2005. Faber, 2006.

Lochner, Liani. "'This Is What We're Supposed to Be Doing, Isn't It?': Scientific Discourse in Kazuo Ishiguro's *Never Let Me Go*." *Kazuo Ishiguro: New Critical Visions of the Novels*. Edited by Sebastian Groes and Barry Lewis, Palgrave Macmillan, 2011. pp. 225-35.

Mason, Gregory. "An Interview with Kazuo Ishiguro." Shaffer and Wong, pp. 3-14.

Matthews, Sean. "'I'm Sorry I Can't Say More': An Interview with Kazuo Ishiguro." *Kazuo Ishiguro: Contemporary Critical Perspectives*. Edited by Sean Matthews and Sebastian Gross, Continuum, 2009, pp. 114-25.

Shaffer, Brian W., and Cynthia F. Wong, editors. *Conversations with Kazuo Ishiguro*. UP of Mississippi, 2008.

Wong, Cynthia F. and Grace Crummett. "A Conversation about Life and Art with Kazuo Ishiguro." Shaffer and Wong, pp. 204-20.

イーグルトン、テリー『イデオロギーとは何か』大橋洋一訳、平凡社、一九九九年。

イシグロ、カズオ『浮世の画家』ハヤカワepi文庫、二〇〇六年。

チルダーズ、ジョゼフ、ゲーリー・ヘンツィ編『コロンビア大学現代文学・文化批評用語辞典』杉野健太郎・中村裕英・丸山修訳、松柏社、二〇〇二年。

福岡伸一『動的平衡ダイアローグ』木楽舎、二〇一四年。

『わたしを離さないで』の暗黙の了解
――テレビドラマ、映画、原作を比較して

武富利亜

はじめに

二〇〇五年に出版された、カズオ・イシグロの第六作目の長編小説である『わたしを離さないで』には、それ以前のイシグロ小説と異なる点が二つある。一つは、小説がサイエンス・フィクションという領域に踏み込んでいる点である。サイエンス・フィクション（SF）は、クローンを題材にしていることに由来し、出版当初は、イシグロがはじめてSFを手がけて話題となった。しかし、物語自体はリアリスティックであり、批評家の書評が賛否に分かれた。もう一つは、「教えられているようで、教えられていない」(told and not told) という、あいまいかつ不明慮な観点である。この小説では、ヘールシャムという学校兼寄宿舎で生活をするクローンの子どもたちが成長する姿が描かれている。子どもたちを育てる保護官と呼ばれる教員たちは、普通の人間の子どもたちに接するように、クローンの子どもたちにも接しているが、子どもたちは目に見えない隔たりを感じている。それが何なのか、誰にも「教えられているようで、教えられていない」のである。このあいまい性は、これまでイシグロの小説の特徴とされる、一人称の語りゆえの「信頼できない語り」とは、異なるものである。

『わたしを離さないで』は、二〇一六年に日本でテレビドラマ化された。主演は、綾瀬はるか、三浦春馬、水川あ

さみなどである。テレビドラマが放映される直前に行われた、綾瀬との対談でイシグロは、「原作の根底にあるものは、なぜか非常に日本的だと以前から感じてきました。私はほかに日本を舞台にした物語も書いているんですが、それら以上にこの作品は、イギリスが舞台なのに、どこか日本的なんです。ですから、ある意味で物語が故郷へ戻っていった」（二一四）と述べている。『わたしを離さないで』の不明瞭な世界観は、相手を傷つけまいと配慮するあまり日本人が取る、あいまいな態度にも通じるかもしれない。直接言葉にせず、登場人物の心情を察することを読者に求めるという意味では、イシグロのいう、日本的な小説なのだろう。しかし、本当にこの小説は、日本を舞台にした『遠い山なみの光』や『浮世の画家』よりも日本的だろうか。これまで『わたしを離さないで』が日本的であるという見解を示した論文は見あたらない。

マーク・カリー（Mark Currie）は、あいまいな状況を構成する要因として、語り手の「忘れかけているのを思い出す」手法と、「時間構造」をあげ、さらに次のように述べている。小説の「風変わりな史的現在形[1]は、過去と未来の雰囲気を併せもち、語られている出来事が起きている時間とそれを語る時間に関係しており、語りの中に、より細やかな二重構造の広がりを与えている」[2]（93-94）（本書参照）。つまり、過去完了形を使用すれば、過去のある時点よりも前に起きた出来事だと、聞き手は理解する。たとえば、キャシー・Hが過去のある時点で抱いていた期待感を口にするとき、それ以前は、期待などなかったと推測できる。また同時に、語り手の頭の中に二つの異なる瞬間が並ぶとき、現実を知る読者との間にギャップも生まれるのである。イシグロが記憶と語りの時間構造を利用して「あいまい性」を演出しているという、カリーの考察は、一考すべきだろう。

本論においては、カリーの考察を踏まえたうえで、「教えられているようで、教えられていない」状況や暗黙の了解がどのようにして作られ、子どもたちはそれをどう受容し、変容させていったのかに焦点をあてる。また、このあいまい性と日本性に相関関係はないのかという疑問を、より詳しく分析するために、日本のテレビドラマとイギリス映画、原作の三つの媒体から主要場面を抽出し、比較、考察する。

1 「教えられているようで、教えられていない」

イシグロは、これまでにもはっきりと認められず、あたかもそこにまだ存在しているかのように振る舞うという主人公を描いている。たとえば、『遠い山なみの光』の悦子は、自殺した娘の景子が今でも生きているように、ピアノの先生と次のような会話をする。


「景子さんは、このごろお元気?」

「景子ですか、あの娘(こ)はマンチェスターにいます」

「あら、そうなの。あそこもまあ、いい町ね。人に聞いた話だけど。景子さんはマンチェスターが気に入っているの?」

「さいきんは手紙もこないものですから」

「まあ。音信がないというのは無事な証拠なんでしょうね。景子さんは今でもピアノを弾いてます?」

「弾いているでしょう。さいきんは手紙もこないものですから」


(50-51 六九)

『充たされざる者』のライダーは、両親はすでに亡くなっているにもかかわらず、「木曜の夕べ」というリサイタルに二人があらわれるように振る舞う。「両親は、こんなにはるばる遠くまでやってきて、初めてわたしの演奏を聴くというのに!」(272 四七九)や、「今夜がどんな日だか分かっているのか? 両親が今夜来るんだぞ。そうだとも! 両親がとうとう、今夜来るんだ! いまごろちょうど到着しているかもしれない!」(444 七八〇)などである。これらの言動には、精神的に死を受け容れられないという主人公の心理が働いていると思われる。相手に娘は死んだ、あるいは、両親は死んだと言ってしまえば、そこで死を受け容れたことになってしまうのだから、それを回避したと思われる。
『わたしを離さないで』は、臓器提供を目的として誕生したクローンの子どもたちが主人公である。したがって、語り手が子ども時代の明るい思い出を語れば語るほど、未来に待ちうける死の影が色濃く反映され、小説全体に、また読者にも、それを受け容れたくないという心理が働く。「教えられているようで、教えられていない」という状況がどのようにして構成されていったのか、まずはテレビドラマ版から考察する。

ドラマの第一話は、堀江龍子（原作ではルーシー先生）が陽光学苑（原作ではヘールシャム）に赴任するところからはじまる。子どもたちは、定期的に身体測定を受けなくてはならず、大人から健康に気を付けるよう、過剰な指導をうけている。とくに、タバコは固く禁じられている。喫煙について、校長の神川恵美子（原作ではエミリ先生）が次のように講堂で子どもたちに説教をする。

> このようなものが講堂の裏手から発見されました。タバコは百害あって一利なし。〔……〕したがって、こんなものに手を出すということは、この陽光学苑の生徒であるという特権を享受するに値しないという結論になります。健康を、特に内部の健康を保つことは、あなた方に課せられた義務です。

校長が絶対的権力を保持していることが「特権」や「義務」などの言葉にあらわれている。また、校長は、子どもたちに真意が伝わらないように、意図的にそうした難しい言葉を使用していると思われる。

映画では、ドラマと同様、講堂に集まった子どもたちの前に校長のエミリ先生が立ち、透明な容器に入ったタバコの吸い殻を別の教員が見せながら説教をする。「この学校の生徒がタバコを吸うことは——絶対にあってはなりません。この学校の生徒は特別なのです。身体の内も外も、健康を保つことが——何より重要なのです」。

一方、原作では、校長ではなくルーシー先生が、子どもたちが運動をした後に、喫煙がいかに身体に悪いかということを世間話の中で語る。マージが、ルーシー先生に喫煙経験があるかを訊ねると、彼女は次のように答えている。

「タバコを吸ったのはよくないことでした。だから、やめました。でも、これはよく理解しておいて。わたしにとっても悪いことだけれど、あなた方にとってはもっとずっと悪いことなの〔……〕あなた方も教わってはいるでしょう。あなた方は……特別な生徒です。ですから体を健康に保つこと、とくに内部を健康に保つことが、わたしなどよりずっとずっと重要なのです」（68 一〇八―一〇九）

原作や映画では、校長やルーシー先生は、健康を維持するのは自分自身のためになる、あるいは、君たちは「特別」なのだからと言い聞かせている。しかし、どうして特別なのか、くわしく説明するまでには至っていない。子どもたちの出生に関する重要な情報が、どのようにして子どもたちに伝わったかを考えると、原作、ドラマ、映画、いずれもあいまいである。

原作では、ヘールシャム時代を回想するトミーとキャシーの会話から、読者に示される。「何をいつ教えるかって、全部計算されていたんじゃないかな。保護官がさ、ヘールシャムでのおれたちの成長をじっと見てて、何か新しいことを教えるときは、ほんとに理解できるようになる少し前に教えるんだよ」（82 一二九）。しかし、クローンであるということをいつ知ったのか、二人とも明確に思い出すことができない。キャシーは、トミーに素直に賛成できないといいながら、こう続けている。

確かに、わたしはずっと以前から――もう六、七歳の頃から――ぼんやりとですが、提供のことを知っていたような気がします。成長して、保護官からいろいろなことを知らされたとき、そのどれにも驚かなかったのは

なぜか。言われてみれば不思議です。以前どこかで聞いた気がするということばかりでした。（82 一二九）

そして大切なものは、ほかの情報、たとえば性についての情報とともにいつの間にか、吹き込まれていたのではないかと語っている。「保護官が性の話題にかこつけて、わたしたちの将来の重大事をこっそり語っていた可能性もないではありません」（83 一三〇）。子どもたちは、常に「教えられているようで、教えられていない」という環境に身をおいてきたことが分かるだろう。

テレビドラマでは、「出生の秘密」について校長が子どもたちを講堂に集め、次のように告白する。

あなたたちは、普通の人間ではありません。わたくしや先生方、食堂のおばさん、そういった普通の、外の人間たちとは違います。外の人間は目的もなく、ただ生まれてくるだけですが、あなたたちには生まれながらにして果たさなければならない、ある使命を負っています。それは、「提供」という使命です。〔……〕あなたたちは、病気になったり、怪我したりした人のために自らの体の一部を提供する、そういう使命のもとに作り出された特別な存在。いってみれば、「天使」なのです。〔……〕あなたたちは、この世に幸せをもたらすために生まれた、選ばれた、特別な人間なのです。〔……〕与えられた使命に、誇りをもち、誰よりも気高く生きてほしいと願っています。（第二話）

子どもたちは、「天使」や「特別な存在」という言葉に興味を示す。校長の話が終わると、一人の教師が拍手を始め、それにつられて子どもたちも拍手をする。新任の龍子だけが怒りの表情を浮かべてその場を立ち去る。それを見たキョウコ（原作ではキャシー）は、トモ（原作ではトミー）から聞かされた、「君たちは、本当のことを教えられていない」という龍子の言葉を回想する。校長は子どもたちがクローンであることや、提供が臓器提供を意味することを直接言わず、「天使」や「特別な存在」、「提供には、誇りをもち、気高く生きてほしい」と、まるで提供は素晴らしい贈り物でもあるかのような説明をするのである。拍手をする子どもたちは、なぜ拍手をするのか、おそらくその理由は分かっていない。

映画では、ルーシー先生はもう少し踏み込んで、命が「完了」[3]されるところまで子どもたちに伝えている。「大人にはなるけれど、それもわずか。年を取る前に……中年にもならぬうちに臓器提供が始まるのです。そのための〝生〟なのです。大抵は三度目の手術か――四度目の手術で短い一生を終えるのです」。

原作では、キャシーらが一五歳になったある雨の日、軒下で雨が止むのを待っている間、子どもたちが将来の夢について議論しているのを、ルーシー先生がしばらく聞いている、という設定で描かれている。やがて彼女は堪えられなくなり、提供について確かな情報が伝えられていない、またそれを都合よく思っている人間がいる、と子どもたちに次のように語りかける。「あなた方は教わっているようで、実は教わっていません。それが問題です。形ばかり教わっていても、誰一人、ほんとうに理解しているとは思えません」(81 一二六―一二七)、あるいは、「あなた方の人生はもう決まっています。これから大人になっていきますが、あなた方に老年はありません。いえ、中年もあるかどうか……。いずれ臓器提供が始まります。あなた方はそのために作られた存在で、提供が使命です」(81 一二七)。キャシーの記憶によれば、「いずれ提供が始まる」と語ったところでルーシー先生は話を終えたという。興味深いのは、その後の子どもたちの反応である。

これは原作でのみ扱われる。ルーシー先生の話は、瞬く間に学校中に広まる。しかし、その内容は変容されて伝播していくのである。たとえば、提供には直接的には触れず、そのときのルーシー先生の様子や、憶測ばかりが横行する。「一時的に頭がいかれたんじゃないか」、「あれは先生ご自身の考えではなく、そういう話をするように、エミリ先生以下の保護官から頼まれたからだ」、「あれはベランダで騒がしくしていたから、それで先生が叱っただけだ」(82 一二八)などである。最後のうわさ話は、全く提供と無関係になっているのが分かるだろう。その後、子どもたちは、提供の話を蒸し返すことはせず、仮に話題にあがっても、「だから何だよ。そんなこと、とっくに知ってたじゃん」(82 一二八)と言って、話を中断することがほとんどだったと、キャシーは振り返る。つまり、それは子どもたちが、臓器提供者となることを認めたくないという心理のあらわれともとれるだろう。

子どもたちは、すでに幼いころからある話題の領域に近づくと、教員がぎこちなくなったことを察していた。

九歳、十歳の子供でした。でも、そんな年齢でも、微妙な話題であることを薄々感じていたのだと思います。当時のわたしたちが何をどれだけ知っていたか、いまとなってはわかりません。でも、自分が保護官とは違うこと、外の世界の人とも違うことはわかっていたはずです。ひょっとしたら――もちろん、浅く、不完全な理解ではあったでしょうが――将来に提供なるものが待っていることも知っていたかもしれません。わたしたちに特定の話題を避ける傾向があったとすれば、それはたぶん違和感のせいだったと思います。わたしたちがその話題に近づきそうになると、いつも冷静沈着な保護官が急にそわそわしはじめます。(69 一〇九)

しかし、事の真相が明らかになると、子どもたちはより一層、その領域から自分たちを遠ざけるかのように、提供という単語さえも使わなくなるのである。提供について、どうしても語らなければならないときは、間接的な表現、たとえば、「「教わっているようで、教わっていない」説」(81 一二九)、「確かに知っていたのです。でも、ほんとうには知りませんでした」(82 一二九)、「その周辺の話題」(84 一三一)、「それにまつわる事柄」(84 一三二)などのような言葉を用いて表現するようになる。このように、子どもたちが、提供の話を中断したり、間接的な表現を用いて話をするのは、提供に対する拒絶反応のあらわれである。それをはっきりと認めることは残酷なことであり、はっきりしないですむのであれば、そうしたいと願う、一種の自己防衛機制を発動したといえるだろう。

2　暗黙の「了解」

これまでにもイシグロは、ある誤解がきっかけで人間関係がこじれ、当事者の間で暗黙のうちに、ある「了解」へと変化していくプロットを描いている。とくに、『充たされざる者』では、それが顕著である。

父親のグスタフは、娘のゾフィを無視するという行動をとり、娘は父親に嫌われたと誤解してしまう。その後、その誤解は二人の間で直接会話をしないという暗黙の了解へと変わっていくのである。グスタフは、三日間だけゾフィを無視し続けた後、和解しようと思うのだが、今度はゾフィがグスタフを無視しはじめ、収拾がつかなくなってしまう。その当時のことをグスタフは次のように語っている。「それ以来、二人のあいだの了解は、さよう、むしろいっそう堅固になりまして、いまのような状況でも、これほど長く続いてきた取り決めをわたくしが急に破るのは、いけないことのように思えるのでございます」(85　一五二)。また、別の親子、シュテファンと彼の両親の間にも、ある誤解が生じる。それは、シュテファンの両親が、シュテファンにはピアノの才能がないと誤解するものである。シュテファンは当時を振り返り、次のように話す。「そのときです。両親が初めて、ぼくの出来がどんなに悪いかに気づいたのは。二人はぼくの演奏をとても注意深く聴いて――たぶん、ほんとうに聴くのは、あのときが初めてだったでしょう――ぼくが出場すれば、自分と家族の名誉を汚すだけだと分かったんです」(74　一三四)。主人公のライダーは、シュテファンの父親であるホフマンに、「ホフマンさん、シュテファンはとても才能に恵まれた青年です……」(354　六二六)と、シュテファンには才能があると問いただすが聞く耳を持たない。そして親子の間にある誤解はやがて、シュテファンの演奏を聴かないという夫婦の暗黙の了解へと変化するのである。実際、「木曜の夕べ」というピアノ・リサイタルでシュテファンが演奏することになり、両親は一度会場に足を運ぶが、演奏が始まる前に会場を去っている。そして、誤解は解かれないまま、両親は亡くなっている。[4]

『充たされざる者』の誤解は、誤解をしている者が互いに誤解を解くまでの行動を起こさず、根本的な原因究明をしないまま、互いにその問題から目を背けたことに起因する。疑念を抱いた時点で話し合いをもてば容易に解決しただろうと推測はできるが、時間の経過とともに疎遠となった関係の溝は一層深まり、修復不能となってしまうのである。興味深いのは、誤解は、長い間放置しているといつの間にか、当たり前になってしまうということだ。『わたしを離さないで』は、ある意味その路線を引き継いでいるといってもよいだろう。子どもたちは、幼いころから外界に一度も出たことはなく、ヘールシャムという閉鎖された空間に生まれたときから身をおいている。前述のとおり、彼らは「教えられているようで、教えられていない」状況の中で生活しているのである。小学校くらいの年齢になると普通の人間であれば、様々なものを見聞きし、好奇心も旺盛になる。そのような中、子どもたちが見出したのは、空想世界で遊ぶことであった。

たとえば、原作ではルースは架空の馬、サンダーを持っており、キャシーにはブランブルを与え、二人で遊ぶようになる。「「じゃ、ここで乗るよ。あんたはブランブルね」／わたしは、ルースが差し出した透明の手綱を受け取り、二人して金網沿いに行ったり来たりしはじめました。ときにキャンターで、ときにはギャロップで」(47 七六)。また、キャシーはルースが実際に物語を作り上げたかは定かではないと前置きをした上で、「ジェラルディン先生が誘拐されるという噂があるからそれを阻止しよう」と、ルースがシークレット・ガード隊を結成したことがあったことを振り返る。「隊員の数は六人から十人。ルースが新人を引っ張ってくれれば増え、誰かを除名すれば減りました」(49 七九)。ジェラルディン先生のことがルースは大好きで、ジェラルディン先生に関係する物語をよく作り上げている。たとえそれが、空想だとしても、同じ目的をもって行動することで、子どもたちは心のつながりを得ていたと思われる。森に潜む殺人鬼や、幽霊話もその一環といえるだろう。子どもの脱走を防ぐという大人の思惑とは裏腹に、子どもたちは互いに恐怖対象を共有することで結束し、それに対峙することで連帯感を得ていたと思われる。つまり、空想世界は、子どもたちの精神的な逃げ場となっていたのである。

またあるとき、ルースはジェラルディン先生からプレゼントをもらうなど、特別扱いを受けていることをキャシーに暗に示すことがあった。ルースは、赤の水玉模様のペンケースを誰の目にもつくように椅子の上に置いている。キャシーはそれを見て、販売会で買ったのか、と訊ねる。するとルースは思わせぶりに、次のように答える。「そうしておこうかな。販売会で、ね？」（57 九〇）。ルースは、笑みを浮かべ、多くを語らず、先生からもらったと相手に思わせる術を心得ていたと、キャシーは語る。「ルースのあの笑みとあの声、ときには唇に指を当てるしぐさや、大仰な手の動き。ジェラルディン先生に特別に目をかけられ、贔屓されていることを、それとなくほのめかしたいときのルースの常套表現でした」（57 九一）。しかしそのときキャシーは、ルースの自作自演だということを暴こうという気になる。そして後日、誰が何を販売会で買ったかを記した台帳を見せてもらったと、キャシーはルースにかまをかける。

「先週の火曜日の販売会でさ、わたし、あれ見たよ。あの販売台帳ってやつ」
「台帳？　また、なんでそんなもの？」ルースはすぐに反応しました。「台帳なんて見て、どうするつもりだったのよ」
「とくに理由はなし。ただ、クリストファー・Cが生徒会委員の一人でしょ？　だから、ちょっと話をね。あの人、年長組の男子じゃ一番よね。で、話をしながら、そこにあった台帳をなんとなくぱらぱらと」〔……〕
「〔……〕なかなか興味深いよ。誰が何を買ったか、みんなわかるんだもの」　（59 九五）

このときの「見たよ、販売台帳ってやつ」や「台帳をなんとなくぱらぱらと」とだけ言うキャシーのセリフにも注目したい。キャシーは直接的には言わないが、ルースには彼女の真意は、確実に伝わっている。ルースがあからさまな動揺を見せはじめると、今度はキャシーがうろたえる様子が描かれる。そして最終的に、キャシーはルースに気遣いを見せ、はっきりさせないままうやむやに終わらせるのである。「ジェラルディン先生にとってルースが特別の生徒であることを――わたしがそう思っていることを――あらゆる機会に印象づけようとしました」(61 九七)。

テレビドラマでは、第三話に類似の場面が描かれる。ルース役の水川あさみが演じるミワは、ある二人の女子学生の前の机に座り、香水瓶を見せびらかせている。「ミワ、それって香水ってやつ? それ、どうしたの? 販売会で買ったの?」と、一人が訊ねる。するともう一人が、「でも、そんなのなかったし。もしかして、ジロウ先生〔原作ではジェラルディン先生〕からもらったとか?」と質問する。ミワは、わざと大きな声で「そんなこと、あるわけないじゃない、ねぇ?」と、キョウコらの方を向き、同意を求める。一人が知らないふりをすると、ミワはその子をにらみつけるが、キョウコは直ぐに立ち上がると、「あるわけないはずなんですけど、どういうことなんだ」と笑顔で近づきながらミワの腕をつつく。ミワは、「やめてよ、もう」と意味深な笑みを浮かべる。しかし、ある日、これはミワの自作自演で彼女が嘘をついていることを相部屋のマナミ(原作ではモイラと思われる)に追及される。マナミは、販売会で「誰が何を買ったかを記した台帳」があると、ミワの前にそれを放り投げる。ミワは、明らかな動揺を見せる。するとキョウコは、マナミに次のように反論する。「ミワは〔人間と〕付き合ってるって一言もいってないから。私たちが勝手に誤解してただけだから。〔……〕いいじゃない。ちょっとくらい夢見たって。薄々気づいてたって、感じてたって、はっきり言われるまでは、希望を持っていたいって、そう思いたいもんじゃない」。つまり、ミワの嘘だと結論を言ってしまえば、すべてがそこで終わってしまうのである。皆は、それが嘘だと分かっていても白黒つけずに気づかないふりをし、虚構の中の物語を共有し、一緒に夢をみて楽しんでいたことが明かされる。

原作でも、ルースの作り話は、「ルースのでっち上げ」(55 八八)として、子どもたちの間では、暗黙の了解、つまり当たり前になっていた。空想世界に加担し、楽しんでいる様子も描かれている。成長するにつれ、辻褄の合わないことに疑問を抱く子どもも出てくるだろう。キャシーもルースの嘘を暴く機会を得るが、結局は暴くことはしなかった。キャシーは、そのときのことを次のように振り返っている。「たぶん、モイラの言葉は、ある一線を一緒に越えようという誘いだったのだと思います。そして、わたしにはまだその用意がありませんでした。その一線の向こうに何か冷たく暗いものを感じ、いらない、いらない、と思いました。わたしだけでなく、みんなのためにも、あれはいらない、と」（55 八九）。キャシーのいう「一線」は、空想世界と現実世界の線引き、つまり温かく守られている幼少期と臓器提供への準備が始まる青年期の線引きである。空想ができなくなることは、死を意識せざるを得なくなることだと、彼女は察していたのだ。

3 結論

『わたしを離さないで』に登場する子どもたちの未来は、臓器提供という暗い影に覆われている。つまり、死と隣り合わせに生きており、そこから自分たちをできるだけ遠ざけるために「はっきりさせない」ことで身を守る術を学習してきたといえる。その証拠に、子どもたちは提供という単語を使用せず、間接的な表現を用いるなどして自己防衛をはかるようになっている。たとえば、“stuff”という単語である。マーク・ウォーモルト（Mark Wormald）は、「キャシーは、それ［stuff］を［……］具体的な名前を言いたくない、あるいは、言うことができないときの表現としてよく使用している」（一一七）と述べている。原作の中に“stuff”という単語は、大まかに数えただけで六四回使用されている。注目したいのは、“stuff”以外にも、内輪では多くを語らずとも、仲間と意思の疎通がとれる表現が頻出することだ。たとえば、これはほんの一部だが、「交換切符論争」（38 六三）、「「ノーフォーク＝遺失物保管所」説」（66 一〇五）、「「当然の後釜」説」（101 一五六）、「ノーフォーク現象」（185 二八六）、「トミーの展示館理論」（193 二九八）などである。これは、『わたしを離さないで』の特徴といえるだろう。はっきり言いたくない話題のときに、子どもたちは「説」や「現象」などを後ろにつけて話すのである。これは、キャシーが話を聞かせている相手（読者）に詳しく話したくないことを察してもらいたいと暗に示しているとも捉えられる。カリーが指摘する「時間構造」の点からこれを見てみると、読者は、子どもたちの結末を知っているので、キャシーが使用する「比喩的な言語は、〔……〕恐ろしい事実が明るく楽観的な言い回しで逸らされ」(100)る効果を生みだす。しかし、そのギャップのなかに「語りたくないことを察してほしい」という切なさがにじみ出るのだ。子どもたちが、触れてはいけない領域を「危険領域」(139 二一四)と表現したり、「思い出すのは危険」(209 三一九)と言って話を終えるのも然りである。このようにして、「教えられているようで、教えられていない」という状況は作り上げられたのだろう。

人間はときに白黒つけたがるものであり、それは自然の摂理である。しかし、「教えられているようで、教えられていない。だから、教えてあげる」と考えるのは、罪の意識にかられた人間のエゴである。クローンの子どもたちにとって、はっきりさせることは死の宣告を受けるのと同等なのだ。『わたしを離さないで』には、このようにはっきりとしない状況の中に幸せや希望を見出そうとする子どもたちが描かれている。作り話と分かっていても、空想の世界に希望を見つけることができるのであれば、実際にそこに存在するかのように皆でその空想世界を共有し、できるだけ死を遠ざけて「生きたい」と願っているのだ。

原作と映画の終盤で、幼いころから失われたものが流れ着くというノーフォークにキャシーが出かける場面がある。キャシーがしばらく待っていると、地平線からトミーがあらわれ、手を振って、声をかけるという、彼女の空想が挿入されている。

> 待っていると、やがて地平線に小さな人の姿が現れ、徐々に大きくなり、トミーになりました。トミーは手を振り、わたしに呼びかけました……。空想はそれ以上進みませんでした。わたしが進むことを禁じました。(282 四三九)

キャシーは、それ以上空想することをやめている。彼女はそこで、待ち受ける「死」を受け容れたのだ。

【注】

* 本論は、筆者の「カズオ・イシグロの『わたしを離さないで』の暗黙の了解——「伝えられているようで伝えられていない」の意味するものとは」（『比較文化研究』第一二六号、二〇一七年四月）に大幅な加筆・修正を施したもので、それに併せてタイトルも変えている。

（1） 過去の事実の叙述を生き生きとさせるために用いる現在時制。

（2） 訳は筆者による。

（3） 小説では、死を complete、「完了」と表している。

（4） Gallix, Guignery, Veyret, “Kazuo Ishiguro at the Sorbonne, 20th March 2003.” *Etudes Britanniques Contemporaries*, no. 27, 2004, pp. 1-22.

【引用文献】

Currie, Mark, “Controlling Time: *Never Let Me Go*.” *Kazuo Ishiguro: Contemporary Critical Perspectives*. Edited by Sean Matthews and Sebastian Groes, Continuum, 2009, pp. 91-103.

Ishiguro, Kazuo. *A Pale View of Hills*. Penguin Books, 1982.

——. *The Unconsoled*, Faber and Faber, 1995.

——. *Never Let Me Go*.Vintage International, 2006.

Never Let Me Go.(DVD) Dir. Romanek, Mark. Twentieth Century Fox Entertainment Japan, 2011.

Shaffer, Brian W., and Cynthia F. Wong, editors. *Conversations with Kazuo Ishiguro*. UP of Mississippi, 2008.

Warmald, Mark, “Kazuo Ishiguro and English Literature.”『比較文化』第八号、福岡女学院大学大学院人文科学研究科、二〇一一年三月、一一七頁。

イシグロ、カズオ、綾瀬はるか「平成の原節子、世界的作家に会いに行く」、『文藝春秋』二〇一六年二月号、二一二—二二一頁。

『わたしを離さないで　ＤＶＤ－ＢＯＸ』、ＴＣエンタテインメント、二〇一六年。

『わたしを離さないで』を語り継ぐ
——翻案作品（アダプテーション）をめぐって

菅野素子

本稿は『わたしを離さないで』の映画、舞台、テレビドラマへの翻案を取り上げ、イシグロの小説に対して、どのような創造的な対話が繰り出されているのかを考察する。

翻案やアダプテーションというと、二次創作や副次的な作品、つまり原作に対する下位テクストと見なされがちである。『わたしを離さないで』の映画評にも「原作の深みを欠く」（トーマス、七〇）などという表現で、原作に及ばないとの批判を目にすることがある。だが、最近では翻案を「軽蔑の対象」とするのではなく、「アダプテーションをアダプテーションとして」扱い、「先行する作品を意図的、明言的、拡張的に」（ハッチオン、xi／強調原文）置き換え、解釈し、間テクスト的繋がりを検討する批評ととらえる動き、すなわちアダプテーション批評がある。

英語の“adaptation”は「環境への適応」という意味で用いられ、文化現象としては、先行テクストの「翻案や改作」、もしくはその行為を示す言葉として使用される（武田、三）。これは、従来の「翻案」が特に開国期日本の西洋との文化接触の結果生まれた作品群を指すのとは区別して使用される（沼野、八—九）。二〇〇六年に『アダプテーションの理論』を出版したリンダ・ハッチオンは、アダプテーションを「二次的にならずに二番目に製作された作品」（一一）、「複製をしない反復」（九）と位置づけている。さらに、その結果生み出されるテクストどうしの関係は「パリンプセスト的」（ハッチオン、八）であり、個々のテクストがずれを含みながら重ね書きされたものであると述べる。またそれは、作り直した側の社会文化的背景や文脈に注目する分野でもある（小川、一七）。

このような批評のアプローチは『わたしを離さないで』の翻案作品分析に資するところ少なくない。そもそも、原作の特権化は、ジャズのスタンダードナンバー"Never Let Me Go"を先行テクストとし、かつ本文中でその旨言及している本作の場合、あらかじめ無効ではないだろうか。小説テクスト自体が、一種の翻案作品であり、先行するテクストへの応答とみなせるからである。[1]また、岩田託子が述べるように、イシグロは自作の映像化に「少々奇異なくらい」好意的で（一三四）、翻案作品を副次的作品とは見なしてない。

なお、本稿では紙幅の都合もあり、翻案作品どうしの比較にあたっては、海岸や海といった場所の表現を中心に検討する。

1　映画——灰色の雲が垂れ込め、波の穏やかなイングランド

マーク・ロマネク監督による映画版は二〇一一年二月にイギリス、三月に日本で劇場公開された他、世界三〇カ国で劇場公開された。日本ではレーティングがつかなかったが、身体の露出や臓器提供の手術場面を含むためレーティングされた国も多く、イギリスでは12A（一二歳未満は保護者の同伴が必要）であった。上映時間は一〇四分である。キャシー・Hをキャリー・マリガン、トミー・Dをアンドリュー・ガーフィールド、ルースをキーラ・ナイトレイが演じているほか、エミリ先生役にはシャーロット・ランプリング、ルーシー先生にはサリー・ホーキンズがキャスティングされた。脚本はイシグロの友人で小説家・脚本家のアレックス・ガーランドが担当した。イシグロもプロデューサーとして製作に加わった（"Never" IMDb）。

ロマネク監督の映画版は、英語版で約三〇〇ページ、主要な登場人物たちの約二五年分をカバーする小説を二時間以内に収めるため、内容的にかなり要領よくコンパクトにまとめている。例えば、ルーシー先生が芸術活動に対する意見を二転三転させることはなく、キャシーのカセットテープがなくなることもない。小説ではヘールシャムの部分が一番長く、キャシーたちがどんな子ども時代を過ごしたかが重要だが、映画では最初の二五分程度を占めるにすぎず、キャシーが「わたしを離さないで」を聞きながら子どもをあやすように枕を抱えて踊る様子をマダムではなく、ルースが目撃するように変更されている。

映画はまず冒頭で、作品を特定のジャンルに位置づける。「一九五二年に医学的な大躍進があり、一九六七年には平均寿命が一〇〇歳を超えた」と物語の背景を説明し、SFの要素を示す。続いて、若い男性（トミー）が手術室に運び込まれて手術台の上で麻酔をかけられ、トレンチコートを着た若い女性（キャシー）に笑顔を見せながら意識が遠のいていく場面が入り、二人の間に親密な関係のあることが分かる。だがこの場面は「平均寿命が一〇〇歳を超えた」という背景と矛盾し、何か大きな秘密を抱えた世界が舞台であることをうかがわせる。続く物語は小説と同じ三部構成だが「ヘールシャム　一九七八年」「コテージ　一九八五年」[2]「完了　一九九四年」と具体的な年が記される。ロマネク監督は本作を「ほんの少しだけSFの古つやを備えたラブストーリー」と表現しており（Miller and James 38）、SFというジャンルを新しさではなく古さと解釈している。未来の空想世界を過去の設定で展開し、その過去の感覚を年代という指標の形で明示して伝えているが、ありえなかった過去は「もしも」の形で提出された未来の可能性でもあろう。

映画の最後では冒頭の、小説では描かれることのなかった提供シーンが繰り返され、キャシーの問いかけで終わる。それは提供者の命と自分たちが救った命に違いがあるのか、というものだ。終わりがあるという点では同じであり、また十分な時間を生きたという確信もないまま終わる点でも同じだ、とキャシーは言う。その問いかけの響くなかで映画は幕を閉じ、キャシーが車で走り去ることはないため、観客はこの問いと共にしばし残されることとなる。一種のオープンエンディングである。

使命をまっとうするしかない提供者のこのような問いが現実味を帯びて響く背景として、映画は日常的なイングランドの風景に非日常的な不条理を重ね書きする。物語の背景描写が、プロットのリアリティを補足していくのである。

まず、画面は色味を抑えた色調が用いられている。その色調をトレヴァー・ジョンソンは「ミルク紅茶色」と表現した (Johnson 72)。光は雲に遮られ、枯れた芝生の色を混ぜたようなトーンで統一され、原色や派手な色の使用は控えられている。セットデザインを担当したマーク・ディグビーは、色あせているがゆえに「不思議な趣」が加わって独特の世界が生み出されたこと、物語の展開に合わせて色調を使い分けたと述べている (劇場公開プログラム、二二)。衣装や小道具、車や舞台装置に至るまで、すべてが使い古されているが、古さの持つ抑制された色味と感触はイングランドの田園の落ち着きや静謐さを伝えると共に、それが登場人物たちの身体のメタファーとして重ね書きされることで、田園の持つ安逸のイメージを異化している。使い古しのイメージにはさらに、生徒たちがリストバンドをスキャナーにかざす時の「ピッ」という管理の機械音や、販売会で売られている手足のもげた人形や下半分のないリコーダーといった切断のイメージが重ねられている。

小説のキャシーは湿地を含め三度にわたり海辺を訪れる。映画でもこの三度の海の場面を描いている。監視の目から比較的自由な海岸は、秘密が暴かれる顕現の場所だが、どこにも逃げられないという限界が示される場でもある。

ルースのポシブルを探しに行ったノーフォークの海岸の街は、ヘールシャム出身の三人が初めて外出した場所である。海辺にある昔ながらのカフェでの振る舞いから、彼らが周囲の者から異質と感づかれる様子をカメラは映し出す。その異質さは、皆が「ソーセージと目玉焼きとチップス (ジャガイモの拍子木フライ)」という極めてイギリス的な料理の注文にも慣れていないためではなく、食事後の笑い声がカフェの客に与えた微妙な違和感として示される。カメラはさらに、全員が同じ黒っぽい色の服装で街中を移動する様子や、ルースのポシブルが働くという旅行代理店のガラス窓に貼りつき、目の上に手を庇のようにかざしてじっと見つめる奇怪な様子を映し出す。その後、一行は栈橋の見える海岸に移動し、そこでルースは落胆から、ポシブルを探すならドブを探せと失望感をぶちまける。すると、小石の海岸を引いていく波がさらさらと音を立て、ルースの幻想が脆くも崩れ去っていく様子を描き出す。小説ではクローマー訪問の日は晴れており、キャシーとトミーは栈橋ではなく海岸沿いの防波堤を歩き、失くしたカセットテープを探し出す。映画ではカセットテープ探しはなく、日暮時に淡いピンク色に輝く空と海を映し出しはするものの、閉塞感と失望の舞台として、ノーフォークの海岸を描いている。

ルースが猶予の話を持ち出すのも、また海岸である。廃船が打ち上げられた海岸では灰色の空の下に遠浅の砂浜が延々と広がり、船を打ち上げたはずの波は静かで、かわって風が荒涼とした場面を演出する。廃船を見ながら猶予の話をする三人には向かい風が吹きつけている。三人の衣装の色は、保護色とも見える、枯草のような色味で統一されている。この場面、小説では廃船が湿地に出現したことになっており、登場人物たちは沼地に足を取られて船まで行くことはないが、砂浜で撮影した映画では、トミーが実際にこの漁船に乗りこみ、操舵レバーを握る。いかにもトミーらしい無邪気な行動であると同時に、二回の提供を経たトミーの衰えと舵を取っても海に乗り出せない――逃げ場がない――状況を再確認させられる。撮影の行われたホルカム・ビーチはノーフォーク北部にあり、自然のままに残されたイングランドで最も美しい砂浜のひとつとして知られている(“Nature Reserve” NP)のだが、映画では海や空の青さや光輝く砂浜のイメージは封印されている。

マダムとエミリ先生が引退後の生活を営む海岸の街も灰色の海が広がる。若い二人はここで、猶予の制度はないことを知るのだが、映画は小説とは異なり、「人の心を読む」キャシーが、マダムとエミリ先生の様子を見ながら、自ら「猶予はない」と先回りし、それをマダムが鸚鵡(おうむ)返しに復唱して肯定する。トミーに先回りし、猶予を自ら諦めるキャシーがいかに感情を押し殺し懸命に耐えているのかは、彼女のまばたきの回数が伝える。イシグロの人物造形の特徴のひとつに、表面的には静かだが心の奥底では噴出できない感情が渦巻いているという外見と内面とのギャップがある。そこで、本作を撮るにあたり、ロマネク監督はイシグロが影響を受けたという一九五〇年代の日本映画を大量に見て静けさの演出を研究したという (Miller and James 38)。猶予がないと分かり、トミーと手を組んだままばたきを繰り返すキャシーとまばたき一つせず茫然とするトミーの姿や、先に触れたノーフォーク海岸の町で灰色の海に突き出た人影のない桟橋のベンチに腰掛け、何も言わずにただ見つめ合う二人の静かな演出はその例であろう。

映画のカメラがとらえた光のささない灰色の海は横に広がるだけではなく、平らな地形でもある。この点を、セバスティアン・グロスはイースト・アングリアの地形の特徴として指摘し、自己認識に至る上昇運動を禁じられたクローンたちの限界を示すメタファーであると論ずる (Groes 213)。鈍色に塗り込められたイングランドの海岸は、いわばイングランドの中心を離れて低く横に広がる外延であり、その中心から遠隔的に操作され、遺失物が見つからず、出口のない閉塞感を示す視覚的な舞台として映画の世界を構築している。

ところで、映画は省略してしまった小説の細部を補う形で、小説外のテクストから引用し、独自の間テクスト性を構築している。それが、劇中劇としてメタシネマ的に使用されている『ジョージにお任せ』(*Let George Do It*) という映画である。これは、ヘールシャムの子どもたちがテレビで見て大笑いしている作品で、第二次世界大戦を取り上げた戦争コメディである。一九四〇年にロンドンで劇場公開されたもので、ジョージはスパイと間違われるミュージシャンという役どころである (*Let George* NP)。小説のジョージはエミリ先生の介護人でナイジェリア人の大男という設定になっているが、映画では車椅子を押す手しか映らない。また、小説内で言及されたテクストを映画は具体的な引用という形で物語に組み入れる。小説では、トミーの介護人となったキャシーが『オデュッセイア』や『千夜一夜物語』を朗読したと述べる。映画はこれを受け、『千夜一夜物語』の一節をキャシーが実際にトミーの枕辺で朗読する場面を設けている。シンドバッド率いる一団がバスラから船出し何日も航海した後、エデンの園と見紛う緑の島を見つけ、そこに上陸を許された、というくだりである。[3]この後二人は初めて結ばれるわけだが、紆余曲折を経た二人の関係と船旅の果てに辿り着いた緑の楽園――映画では回避されている緑深きイングランドの楽園のイメージ――が喚起され、原作のルースがキャシーに寄せる同性愛的な感情よりも、異性愛を理想として掲げる映画のテーマを明確にしている。

2 舞台――宝岬に砕ける波

蜷川幸雄演出による舞台版は二〇一四年四月二九日から五月一五日まで彩の国さいたま芸術劇場大ホールにて上演され、次いで愛知県芸術劇場（五月二三日・二四日）、大阪の梅田芸術劇場（五月三〇日から六月三日）で上演された。三幕構成であり、上演時間は二回の休憩をはさんで四時間弱という長尺の作品であった。出演は、八尋（キャシー）に多部未華子、もとむ（トミー）に三浦涼介、鈴（ルース）に木村文乃、冬子先生（エミリ先生）に銀粉蝶、マダムに床島佳子、晴海先生（ルーシー先生）に山本道子である。脚本は倉持裕、美術は中越司がそれぞれ担当した。企画制作ホリプロである。

公演プログラムによると、小説の舞台化権は既に別のプロデューサーが持っていたが、イシグロが蜷川幸雄の演出ならと合意したことが、日本での舞台化が実現するきっかけとなったのだという。一方、演出を手掛けた蜷川は、抵抗せずに現状を受け入れていくイシグロの登場人物に「自ら先の展望を切断」する現代の若者像を見ている（公演プログラム）。蜷川には村上春樹の『海辺のカフカ』に続く長編小説の舞台化だが、「尖ってはいても壊れやすいものを大切に抱え、繊細な震えを舞台に立ち上げる」（徳永、三）ドラマツルギーの実践であると考えられる。

抵抗しない若者の震えを舞台化するにあたって、主演三人の演技とアンサンブルが秀逸であった。過酷な運命を淡々と受け入れる登場人物たちの日常（すなわち非日常）を、静かな緊張感に満ちた演技によって提示すると共に、宝石のような独特の結晶にまで昇華させていた。舞台版はこの三人の人間関係を中心に進み、特に、絵は苦手だが三人の中で最も不器用なためにかえって真実を明らかにしてしまう人物として、もとむを造形している。作品で生徒たちを「正しいとか正しくないとかジャッジする人間は」怖い（公演プログラム）と発言し、「わたしを離さないで」は赤子ではなく恋人に向けた歌だと述べ、「猶予はない」と八尋より先に察するのはもとむである。そのもとむが絶望する場面が本作の山である。ところで、舞台版はメインキャスト三名の他にヘールシャムの生徒二二名が名前を持った役として登場し、第一幕は動きが多く賑やかな印象さえ与える。また、映画やテレビドラマとは異なる点として、役者の多くは、第二幕では農園の同居者を、第三幕では廃船の見物人を演ずる。舞台版でフラッシュバックが使われることはほとんどなく、プロローグと最終場面を除いて第一幕から最後まで時系列的に出来事を提示していくが、役者は何度か別の役を演じて物語に関与するという、直線的ではない時間がある。

　脚本を手がけた倉持裕が断っているように、舞台版は小説のプロットを踏襲しつつ、上演環境を考慮して二点を変更している。まず、舞台を現代の日本に変えている。原作者から「どこの場所にしてもよいのでは」というアドバイスがあった（公演プログラム）ことに基づく変更である。ただし、ヘールシャムという学校名だけは英語のまま残しており、不気味な在外性と異質性を醸し出している（小藤田・高橋、一四一）。また、小説はキャシーの視点で書かれているが、これを第三者の視点にした。ヴォイスオーバー等の方法で語り部を作ることもせず、キャシーの語りからは見えない部分を想像力で補いながら書いたという（倉持、頁なし）。

　演劇作品が小説とも映画とも異なる点は、場面がある程度固定されることと、物語の大半を役者どうしの対話が担うということであろう。倉持裕の脚本は、小説の三部構成をそのまま三幕構成とし、第一幕はヘールシャム、第二幕を農園（コテージ）、第三幕は介護人と提供者になってからの物語であり、各幕を三場に分けている。[4] また、同じ場面に二つの話を並列させる等の工夫がなされている。例えば、第三幕で湿地に廃船を見に行く場面では、座礁した船を見ながら話をした後、周囲の見物人にも手伝ってもらって、大きな看板を立てる。看板にはオフィスでコーヒーを飲む人たち――鈴の夢に近い世界――が描かれている。すると、提供後体調の良くない鈴が、もとむと八尋で猶予を勝ち取ってほしいとマダムの住所を渡す。小説では、廃船見物の後、キャシーの車に乗りこんでからビルボードの広告を見て猶予の話が出るのだが、舞台版は場面転換せず、すべて湿地のシークエンスで展開する。

さて、舞台版は回復センターと思しき場所から始まる。海沿いなのであろう、波の音が聞こえている。ここで、介護人の八尋は新しい提供者に会い、小説のキャシーと同じように、ヘールシャムの話をする。だが、この提供者の男性が最初に口にするセリフは「ソアラ」だ。この一言で、場面が日本であり、設定が近い過去の話であることが知らされる。ソアラは一九八〇年代にトヨタ自動車が販売した高級クーペで、八〇年代を代表する車であり、一九九〇年代からは高級輸出車のレクサスに生産ラインが変更されたので、今は作られていないものを示す記号でもある。中古車のソアラが契機となり、微妙な過去の感覚が醸成されていく。

続く第一幕はヘールシャムで、縦長の大きな窓がいくつも並び、布のひらひら舞うセットが印象的だ。窓の高さや大きさは生徒を威圧するほどである。美術を担当した中越司は蜷川幸雄演出の舞台装置を数多く手掛けているが、本作ではまず学校のセットを作り、他のシーンは稽古をしながらまとめていったのだという（中越、四）。セットには、日本の小中学校で使用するような机といすの他、黒板や教卓が置かれており、もとむがサッカーで仲間外れにされ、冬子先生が生徒に対して、日本のヘールシャムはイギリスの流れを汲み「世界各地であなた方のような子供たちが、私たちのような保護官が〔……〕特別であるための努力を続けている」と熱弁をふるう（公演プログラム）。生徒たちは皆制服を着ており、ヘリコプターの音が聞こえて監視する者の存在が暗示された。

舞台翻案と小説や映画との大きな違いのひとつに、ヘールシャムが海沿いにあったという設定があげられる。冒頭のシーンで八尋は、ヘールシャムの外には出られなかったがいつでも波の音がしていて、仲のいい友だちと砂浜に座っておしゃべりすることを思い描いていたと語る。舞台版は、宝岬の防波堤（ノーフォークの海岸）、湿地に座礁した廃船を見に行く場面を含めている他、最終場面を有刺鉄線のある平原ではなく、宝岬に設定している。海辺のシーンはいずれも、印象的な舞台装置が場面を再現している。宝岬の場面では、舞台上手に大きくかなり高さもある灰色の防波堤が設けられ、八尋ともとむはその上に座って海を眺める。その海はヘールシャムのあった太平洋とは違う、ともとむが言う。また猶予の判断には作品を使うのだろうと、ヘールシャムで作品制作を奨励していたことと猶予を結びつけようとする。第三幕で廃船を見に行く場面では、舞台の奥行いっぱいに湿地が広がり、そこに漁船と思しき船が打ち上げられている。湿地でぬかるんでいるため、車椅子に乗った鈴は船に近寄らず、もとむと八尋は流木に腰を掛けて遠くから廃船を眺めて話をする。漁船がどこから来たのか、ヘールシャムの閉鎖と漁船との相似点、視聴覚室を舞台にした不思議な夢や知人の近況を報告するのは小説どおりである。

舞台版は最終シーンをノーフォークの平原から宝岬に変更している。強い風が吹き、波は荒れて、スーパーのレジ袋や紙切れが波間に舞っている。懐からカセットテープを取り出した八尋の前に農園時代のもとむが現れて、かつて宝岬でカセットテープを見つけたシーンが挿入される。これは第二幕の防波堤の場面の最後で、もとむが提案してカセットテープを探しに行った、その結末部分であろう。その時八尋は「昔からここには国じゅうの宝物が流されてくるの。何かの理由で手放すしかなかったとか、なくしてしまった宝物が」（公演プログラム）と言った。もとむは見つかったテープが失くしたテープそのものなのかを気にし、自分が先に見つけたかったと言う。そして、静かに離れていく。再度、風と波が強くなり、八尋はしばらくその場にたたずんだ後、車でその場を走り去る。

最後の場面であるだけに、そして、時系列的な物語の呈示を逸脱している場面であるだけに、この二度目の宝岬でのシーンは強く観客の印象に残る。猶予に希望があった時と重ね合わせると、圧倒的に状況は悪くなっており、波に運ばれて戻ってくるのはレジ袋や紙切れだけである。小説では有刺鉄線に引っかかってはためくごみであり、これは失くしたものがすりきれた別の形で戻ってくることを意味する。そして、臓器提供という過酷な運命を表してもいるのだろう。思い出のカセットテープを文字どおり胸に抱いて宝岬を後にする八尋にとって、「わたしを離さないで」は子どもが産めるようになる希望の歌ではなくて、亡くした者たちとの絆を再確認する弔い歌なのではないだろうか。

そしてここに、東日本大震災への言及が込められていると読むのも、あながち見当外れではあるまい。芝居開始時のヘリコプター音といい、「東日本大震災を思わせる座礁した船」（西本、五）といい最終場面の宝岬といい、芝居には「震災後の荒涼とした雰囲気」（山内、一〇）が流れている。失くしたものが流れ着く宝岬には、震災後の海岸で大切な人の手掛かりを探し求める人々の姿が重なる。映画版『わたしを離さないで』の封切は、東日本大震災から約二週間後の二〇一一年三月二六日であった。イシグロは本作の舞台を核戦争後の世界にしたこともあると述べていたが（大野、一八七）、奇しくも小説の符牒と日本の現実が一致してしまった。小説が震災後の日本に移植された結果、その終末観を日本の現実が引き出し、癒えない現実をローカルな形で具現化することになった。

3 テレビドラマ――潮流の変化に希望を託して

テレビドラマ版は二〇一六年一月一五日から三月一六日まで、毎週金曜日の夜一〇時から放映された。出演は、保科恭子（キャシー）役に綾瀬はるか、土井友彦（トミー）役に三浦春馬、酒井美和（ルース）役に水川あさみ、神川恵美子（エミリ先生）役に麻生祐未、マダム役に真飛聖、堀江龍子（ルーシー先生）役に伊藤歩である。プロデュースは渡瀬暁彦、飯田和孝、演出は吉田健、山本剛義、早川雄一朗、脚本は森下佳子、製作著作はTBSである。ベストセラー小説のドラマ化だが、臓器移植という深刻なテーマを扱うため、視聴者受けするかどうか未知数であり、実際、視聴率は六～七パーセント台という低い値を推移した（尾崎、五）。

映画や舞台と同様、テレビドラマ版も三部構成をとっている。第一話から三話までが陽光学苑（ヘールシャム）、第四話から六話まではコテージを舞台にし、第七話から一〇話までが介護人や提供者となった登場人物を追う。また、舞台版と同様、設定を日本に移している。登場人物や地名等すべて日本語化したが、舞台版と名称は異なる。撮影は東日本各地で行われた。このため、視聴者に見慣れた場所や実際に存在する場所が、臓器移植というまったく別の目的に使われている二重性が映し出され、日常の風景が非日常によって揺すぶられる。また、表情に乏しく笑いを禁じられたかのような登場人物たちの演技が不気味な世界を映し出す。中でも、主役の一人である恭子は毒のある決め台詞、例えばコテージに移動する場面では、美和への「うらやみ、憎み、許し」を繰り返す「世にも惨めな日々が始まった」とヴォイスオーバーでどろどろした内心を吐露する。その美和も、陽光時代に盗んだCDをわざと恭子の目に付く所に置くなど、様々ないやがらせを仕掛ける。

映画同様、テレビドラマ版は手術台上の友彦を恭子が見つめる場面からスタートする。しかし、ただ見送るのではない。四回目の提供の後でも息のあった友彦を介護人である恭子が注射で「終わらせる」場面、さらには焼却炉に入れる場面までも描く。無表情で淡々と事を進める恭子の醸し出すただならぬ雰囲気に圧倒されると同時に、このようなことが倫理的に正しいのか疑念を抱かざるをえない場面である。第一〇話で同じ場面が繰り返される時、仕事のためではなく愛情のために恭子は友彦を終わらせることを引き受けたと知らされるが、お互いに了解済みのことと分かっても、釈然としないものが残る。

テレビドラマでは、複数話ともなれば時間も長くとれるため、細部を膨らませることもできる。出来事の時間に関しては、第一〇話を除く各回において、フラッシュバックで現在と過去の時間が往還する複雑な時間構成で進む。また、テレビドラマ版は時間の堆積を示す手段として、宝箱のテーマを発展させている。恭子や登場人物が宝箱を開けるシーンが毎回の放送で一回はあり、そのたびごとに思い出の品が画面に映る。小説では宝箱は木製の箱となっているが、開ける時に軋む音のするラタン製の宝箱をテレビ版では使用している。その中から最初に取り出すのがジュディ・ブリッジウォーターの『夜に聞く歌』のCDだ。「きょうこ❤」とピンクのマジックで書かれたCDを販売会で見つけて恭子に贈ったのは友彦だった。名前が書かれているから恭子のものだ、という理由であった。このCDに収録された「わたしを離さないで」の明るい調べに、抱きしめたくなるような黄金色の時を思い出すのだという。その言葉どおり、陽光学苑を舞台にした最初の三話、そして恵美子先生宅のシーンは金色がかった色調で進む。

さらに、森下佳子の脚本は、キャシーに視点を固定していたのではかなわなかったテーマを発展させている。そのひとつが、提供者から見れば「外の人間」の視点を盛り込んで、提供者を搾取する医療制度やそれに抵抗する運動を描いている点だ。

『わたしを離さないで』への反応としてよく聞かれるのは、生徒たちはなぜ逃げないのか、戦わないのかという疑問である。脚本の森下佳子がこの問いを直接イシグロにぶつけたところ、主人公は抵抗運動をする側には行かないという答えであり、ドラマで提供者の抵抗運動を盛り込むことを直接作家に相談したが、なかなか首を縦に振ってもらえなかったことを記している（森下、一二七）。提供者が逃亡しないリアリティを担保する方法として、テレビドラマ版は靴底に埋められた発信機やマネーカード、IDカードの他、センター経由でしか通信できないスマートフォンを使っている。しかし、これではなぜ逃げられないのかの説明にはなっても、なぜ不当な制度を変えようとしないのか、という答えにはならない。テレビ版はこの一歩踏み込んだ問い、非人間的な制度を廃止して社会を変えるにはどのようにしたらよいのか、と考える視聴者が共感できるような人物を盛り込んでいる。

それが、陽光学苑で恭子や美和と同室だった真実（まなみ）である。学苑にいた時から提供制度の欺瞞に気付いており、卒業する時には靴に埋め込まれた発信機を取り外し、これ見よがしに校内に捨てていく。コテージのホワイトマンションに移ると、提供者は人間として尊重されるべきだという、かつての学生運動のような抵抗運動を始めるのだが、その運動が警察に発覚してしまう。最後には街頭で日本国憲法第一三条を根拠に提供者の尊厳を真摯に訴えるが、呼びかけに応える者はなく、自ら果てる。真実たちの運動は、恭子も傍観者を決め込むように、提供者の間でさえも大きな潮流を作ることができず失敗してしまった。

抵抗運動というような目立つ形ではない制度変革の動きも、テレビ版は提出している。第三話で「あなたたちはただの部品、家畜といっしょ、補助金のために食い物にしているだけ」と衝撃の真実をぶちまけて陽光学苑を辞した龍子先生は、提供を受けた患者への取材と執筆活動を通じて、社会や制度を変えようとしている。さらに、少数派の当事者の側から改革運動を推進させるといったプロットの変更があげられる。テレビ版は恵美子先生を人間のクローンの第一号とした。最終話では、その恵美子先生に対して、医師が病気治療のために提供を受けることを勧める。このようにして、提供者と被提供者との差が、医師にも見分けがつかないものでしかないこと、そして制度に矛盾のあることが暴かれる。ロマネク版の映画を評した佐藤友紀は、エミリ先生が生徒たちと同類である可能性を嗅ぎ取っているのだが（七九）、それがドラマ版では筋として展開された。提供者に教育を与えて保護し、介護人として生き延びてもらうために「地を這う虫のように少しずつ少しずつ時代を変えてこう」としたと恵美子先生は語る。その教育が「一抹の希望をもって人生をまっとうする方法」であるという恵美子先生の考え方は、自分の改革運動を正当化するだけの独りよがりにも聞こえる。だが、実際に恭子には提供開始通知が届かない。いや、一度通知が届くが、それが間違いであったと判明するのだ。

テレビ版はまた、提供者への教育や人道的保護の必要性を認めている。それがいかに重要な事柄であるかは、座礁した廃船を見に行くエピソードを、美和の提案により陽光学苑再訪のエピソードに置き換えたことに明らかだろう。学苑の中で三人が目撃したのは、何をするでもなくうろうろする生徒たちの姿で、目には輝きがなく反応も鈍かった。さらに、ホームの子どもたちは自分たちと同じ顔であり、もとになるルーツが同じであることが分かる。かかる費用を最小限にして提供者を育成している政府のホームの実態は、小説、映画、舞台では描かれなかった。名前を聞かれても答えない子どもに接してはじめて、ちゃんとしゃべれて笑えるのは陽光にいたからだ、と恭子は納得する。真実（まなみ）が明かすように、陽光学苑が特別だというのは本当で、介護人として優秀で長く務めるため卒業生の平均寿命は他の施設の卒業生よりも長い。恵美子先生の改革は全く成果のないものでもなかったのである。権威側の人物が功利主義的で無情な人物として描かれているのも、制度に対する批判であろう。例えば、美和が二回目の提供で三種同時提供という実質上の終了を告げられて介護人の恭子は抗議するが、回復センターの職員は「酒井さんはお金がかかりすぎる」という無情な回答を返す。

テレビドラマ版は、恭子が時代の変化を生き延びる可能性を否定していない。第三部は「希望篇」と位置づけられているのだ。自分で終了しようと訪れた恭子が「のぞみが崎」で海の中に入っていくと、沖合から友彦のものと思しきサッカーボールが流れてくる。恵美子先生が地理の授業で教えたように、ここは海流の関係で失くしたものが流れ着く。失くしたCDに続き、それが二度までも証明された。各回の最初と最後に挿入された海流は岩がちなのぞみが崎のものと思われるが、第六話まで引き潮であるのに対して、第七話以降は満ち潮に変わる。この可能性は、のぞみが崎で恭子が恵美子先生と再会するシーンは『日の名残り』への言及であると考えると、よりはっきりする。ウェイマスの海岸でスティーブンスが元同業者の男性との会話から立ち直る契機を摑むように、恭子も介護人を続けるのではないだろうか。社会や制度の変化には時間がかかるかもしれないが、生きて耐え忍んでいれば、変化を味方につけることができる。同じイングランドを舞台にした『日の名残り』との間テクスト性を構築することにより、小説の「遺失物保管所」たる宝箱を抱えて、恭子が生き延びる可能性も否定されてはいない。

このようにテレビ版は、臓器提供という医療制度に疑問を呈する視点を——それを社会変革を求める運動のメタファーと読めるどうかは慎重に検討しなければならないが——具体的に盛り込んでいる点が、小説とも映画とも舞台とも違う。とはいえ、このような動きを、二〇一三年から二〇一六年にかけての日本における、特定秘密保護法や安全保障関連法に反対する学生団体を中心とした反対運動の盛り上がりという背景と結びつけるのは無謀だろうか。若い真実(まなみ)が日本国憲法の条文を運動の根拠とし、彼らを支援する団体と共に組織だった行動をとるのは、ドラマ放映時の社会状況への言及とも受け取れる。

むすび

本稿では、英米合作の映画ならびに、日本で製作された舞台作品とテレビドラマの三つの翻案作品を検討した。イシグロの『わたしを離さないで』は、臓器提供のために生み出されたクローンの存在する近未来的な世界を過去の設定で描き、日常の中に潜む不気味な非日常性をあぶりだしてくる点に特徴があるが、こうした当たり前が当たり前でない世界を、アダプテーション作品は可視化して提示している。いずれの作品も原作の時間枠を踏襲する一方、場所の表象は移植先の諸条件に順化させられていた。その例として、本稿は海岸の場面を検討した。映画版は灰色の空と波のほとんどたたない海という、ハロルド・ピンターの『バースデー・パーティ』やジョン・オズボーンの『寄席芸人』、あるいは一九八九年に発表したソロアルバムで「毎日が日曜日／毎日が静かで灰色」(Morrissey 00:05:51~06:03. 翻訳は筆者による)とイングランドの海岸を歌ったモリッシーにも通ずる、戦後イングランドの停滞と抑圧を背景とした作品につながる風景を提出していた。舞台のアダプテーションでは、宝岬の防波堤に波が砕ける様を再現して登場人物の抑圧された感情や怒りのエネルギーを暗示すると同時に、波間に踊る紙屑やレジ袋に、時代の波に翻弄されるクローンの運命を視覚化して提示していた。また、ヘールシャムの立地を海岸沿いに移した舞台版は、東日本大震災と復興という日本の観客にとって現在進行形の問題を読み込むと同時に、小説と核問題との関連を浮き彫りにした。テレビドラマ版でもやはり海や海岸のイメージが時代の変化として使用されている。のぞみが崎海岸の岩礁に打ち寄せる潮の満ち引きが各話の最初と最後に挿入されて各話のエピソードの時間構成をつなぐものとして使用されていると同時に、最終的には臓器移植制度をめぐる潮流の変化を暗示させるものに読み替えられていた。そうした変化の徴候は、ドラマ版独自の設定、例えば、移植医療の反対運動に邁進する真実(まなみ)やその仲間たち、人間クローンの第一号である恵美子先生の造形に呼応するものであった。

『わたしを離さないで』の翻案作品を検討することで、アダプテーションに関する次のことも確認できた。すなわち、小説テクストの複製すなわちクローン化という形で翻案作品を生み出すことはできない。ずれを含んでいるからこそ、翻案作品は『わたしを離さないで』を語り継ぐ実践となるのである。

【注】

（１）「わたしを離さないで」（ジェイ・リビングストン作詞、レイ・エヴァンズ作曲）は、愛する人といつも共にいることを願う歌だ。ただ、この曲には「ベイビー」という表現は使われておらず、「恋人」とも「赤子」とも解釈できる「ベイビー」の付加はイシグロの改変であろう。こうした翻案が、本作の重要なテーマである愛や生命といった問題を展開する出発点となっている。だが、映画やドラマへの翻案にあたって、元歌に「ベイビー」の一言が含まれていないことは都合が悪い。そこで、各翻案では独自の挿入歌「わたしを離さないで」を作成している。映画版はルーサー・ディクソン作詞作曲で、抱きしめてキスして離さないでほしいと懇願するような歌詞が印象的である。テレビドラマ版はジュリア・ショートリード＆アンリ・オーハラ作詞、やまだ豊作曲で、アンニュイな雰囲気を持つ。舞台版は、イシグロ本人が書き下ろした歌詞が公演プログラムに掲載されている。

（２）映画版ではキャシーの年齢や介護人歴も若干変更されている他、コテージに移る年齢を、英国で中等教育が終了する一六歳から、世界的な視聴者を考慮してのことであろうか、大学進学する一八歳に変更している。

（３）上陸後しばらくして、実はこの緑の島が怪物の背中であったと判明する。

（４）舞台版の『わたしを離さないで』は上演台本や映像化作品が発表されていないが、そのあらすじは国際交流基金のデータベースで閲覧可能である。「わたしを離さないで　倉持裕（カズオ・イシグロ原作）」、『今月の戯曲』国際交流基金 Performing Arts Network Japan、二〇一四年七月三一日。本稿では公演時に筆者がとったメモも使用している。

【引用文献】

Groes, Sebastian. "'Something of a Lost Corner': Kazuo Ishiguro's Landscapes of Memory and East Anglia in *Never Let Me Go*." *Kazuo Ishiguro: New Critical Visions of the Novels*. Edited by Sebastian Groes and Barry Lewis, Palgrave Macmillan, 2011, pp. 211-24.

Johnston, Trevor. "Never Let Me Go." *Sight and Sound*, March 2011, p. 72.

Let George Do It! Screen Online, British Film Institute, www.screenonline.org.uk/film/id/810652/index.html. Accessed March 31, 2018.

Miller, Henry K. and Nick James. "Remaining Days." *Sight and Sound*, March 2011, pp. 36-39.

Morrissey. "Everyday is like Sunday." *Viva Hate*, HMV, 1988.

"Nature Reserve and Beach." Holkham. www.holkham.co.uk/nature-reserve-beach/introduction. Accessed March 31, 2018.

Never Let Me Go, Internet Movie Database. www.imdb.com/title/tt1334260/. Accessed March 10, 2018.

岩田託子「映像にイシグロは何をみるか」、『水声通信26／特集カズオ・イシグロ』二〇〇八年九／一〇月合併号、一三四―一四一頁。

大野和基『知の最先端』PHP研究所、二〇一三年。

小川公代「序文　アダプテーション研究とは?」、小川公代・村田真一・吉村和明編『文学とアダプテーション――ヨーロッパの文化的変容』春風社、二〇一七年、一三―三一頁。

尾崎千裕「記者のツボ　カズオ・イシグロ原作、話題の連ドラ見てほしい」、『朝日新聞』二〇一七年一〇月一八日付、五頁。

倉持裕「人と世間を面白がる倉持裕の視線」、国際交流基金 Performing Arts Network Japan、アーティスト・インタビュー、二〇一七年五月一五日。[www.performingarts.jp/J/art_interview/1705/1.html]

小藤田千栄子・高橋豊「演劇時評　五」、『悲劇喜劇』二〇一四年八月号、一四〇―一五七頁。

佐藤友紀「マーク・ロマネク　『わたしを離さないで』監督」、『キネマ旬報』二〇一一年四月号、七八―七九頁。

武田悠一「アダプテーション批評に向けて」、岩田和男・武田美保子・武田悠一編『アダプテーションとは何か――文学/映画批評の理論と実践』世織書房、二〇一七年、三―二二頁。

徳永京子「評・舞台　ホリプロ「わたしを離さないで」蜷川演出、若者の不安に共振」、『朝日新聞』二〇一四年五月八日付夕刊、三頁。

トーマス、ルイーザ「原作の深みを欠く魂のない寓話劇　話題作「わたしを離さないで」に足りないもの」、『ニューズウィーク』二〇一一年四月六日、七〇頁。

中越司「もうひとつの蜷川ワールド　中越司の舞台美術」、国際交流基金 Performing Arts Network Japan、アーティスト・インタビュー、二〇一四年一二月四日、四頁。[www.performingarts.jp/J/art_interview/1411/1.html]

西本ゆか「演劇　わたしを離さないで」、『朝日新聞』二〇一四年六月六日付夕刊、名古屋版、五頁。

沼野充義「まえがき　「アダプテーション論的転回」に向けて」、小川・村田・吉村編『文学とアダプテーション』五―一二頁。

ハッチオン、リンダ『アダプテーションの理論』、片渕悦久・鴨川啓信・武田雅史訳、晃洋書房、二〇一二年。

森下佳子「作家の手」、『ユリイカ』二〇一七年一二月号、一二四―一二八頁。

山内則史「評　わたしを離さないで」、『読売新聞』二〇一四年五月七日付夕刊、一〇頁。

『わたしを離さないで』マーク・ロマネク監督、二〇世紀フォックスホームエンターテイメント、二〇一二年。

『わたしを離さないで』劇場公開プログラム、東宝、二〇一一年。

『わたしを離さないで』公演プログラム、二〇一四年。

『わたしを離さないで　DVD-BOX』TCエンタテイメント、二〇一六年。

付論

イシグロはどのように書いているか
——イシグロのアーカイブ調査から分かること

三村尚央

作家はどのような手順を経て、一編の作品を仕上げてゆくのか。普段は書籍としての完成形しか目にすることのない我々一般読者にとって、その推敲プロセスは魔法（マジック）とさえ思われるが、原稿や草稿を用いて作品の生成過程を追うことはすでに文学研究の重要な一角となっている。とはいうものの、そのような創作の秘密を掘り起こすような作業が行なわれるのは、すでに亡くなった作家に対してであり、多くの存命中の作家は秘密のままにしているのだとたいていの読者は考えるだろう。だが一部の作家は貴重な原稿や草稿の公開を許可してくれている。そして我々にとって幸運なことに、カズオ・イシグロは実はそのように寛大な者の一人なのである。二〇一五年八月、テキサス大学にあるアーカイブ、ハリー・ランサム・センター（Harry Ransom Center）がイシグロの草稿類を購入したことが報じられた。英ガーディアン紙はこの貴重な資料のために、一〇〇万ドルあまりが支払われたとも伝えている（ウェブ版、二〇一五年八月一三日）。これらの貴重な資料は、その後二年ほどの整備期間を経てすでに公開されており、センターのウェブ・ページでもその目録を確認することができる（なお、同センターには他にもJ・M・クッツェーやイアン・マキューアンなど現代作家のアーカイブもすでに開設されている）。

そこにはイシグロが小説執筆のためにアイデアを書きとめた紙片や、それらをもとにして何度も推敲した形跡のある手書きの草稿やタイプ原稿をはじめとする文書類が八〇あまりの収納ケース（container）と五〇枚のコンピュータ・ディスクに収められており、各々の作品が次第に完成形にいたるまでの段階を克明に追うことができるようになっている。

今回はこの中でも特に『わたしを離さないで』に関連したものに狙いを絞り、田尻、秦、三村で調査を行った。そのごく一部ではあるが明らかになったことを紹介して今後のイシグロ研究の発展と深化のための一石としたい。なお、本稿の記述は、三村が文章の大枠を作成して、田尻（「構想ノート」について）、秦（「第一清書版」について）が各々の調査結果を加筆する形を採っている。

*

イシグロは一九九〇年代に友人に忠告されて、これらの草稿類の保管をはじめたと説明しているが、もともと文書類を手元に置いておくタイプの性格であったことがうかがわれる。というのも、アーカイブに収められているのは、小説の執筆に関わるものだけではなく、若きイシグロがミュージシャンを目指して作った歌や、幼少期からの写真、また娘ナオミのために書かれた物語なども含まれているからである。これらの文書類は主に作品と年代をもとに分類されている。資料の整理はもちろんアーキビストたちの綿密な仕事に負うところが大きいが、分類法やラベリングなど、その下地はかなりの程度イシグロ自身によって準備されていたようで、彼の几帳面な性格をうかがわせる。

そしてこのイシグロ・アーカイブで特徴的なものの一つは、これらの文書群の案内図として、「わたしはどのように書いているか」（How I Write）と呼ばれる文章が寄贈の際にあらたにイシグロ自身によって作成されていることである。そこに書かれた言葉によれば、これらのメモや草稿の類は、人に見せるためのものではなく自分自身の考えを整理するためのものであり、「自分にしか分からない用語法」（private jargon）や「暗号のような参照法」（cryptic reference）で書かれているため、人々が順序立てて見てゆくための助けとなる「道標」（pointer）となるように、この文章を著わしたというのである。何というサービス精神であろうか。

「わたしはどのように書いているか」では、彼自身が実際の手書きおよびタイプした草稿（主に『わたしたちが孤児だったころ』のもの）を例として挙げながら、着想から実際の文章に練り上げてゆくまでの手順が作家自身によって手際よく紹介されており、ここにその概要を記すだけでも大いに興味をかき立てられるだろう。

まず「ラフな草案」（Rough Draft）と呼ばれる一連の走り書きが作成され（だいたい一章分で段落分けもされておらず、途中で書き直すこともないという）、それらを読み直しながら印が付けられたり、欄外にメモが書き足されてゆく。

　そして、それらの印にもとづいて段落ごとの概要が列挙された「現在の状況」（As Is）と呼ばれるメモ書きが作成され、その概要をもとに段落同士のつながりを表わす「プラン」（Plan）が書き出される。これは段落ごとの概要を表す一節が丸で囲まれて線で結ばれたフローチャートのようになっており、非常にユニークである。その後この「プラン」に注意深く従いながら書かれるのが（イシグロ自身が「まぎらわしいネーミングだが」と断っている）「第一草稿」（First Draft）である。一つの「プラン」が文章化されたら次の「プラン」へと移ってゆき、その後コンピューターでのタイプ原稿が作成される。興味深いのは、この段階での文章はまるで演劇台本のように対話形式でト書き（stage directions）が書き加えられているものだということである。それらのト書きはさらに後の段階で実際の小説の文章に置き換えられ、推敲された後に小説の文章となってゆくのである。

　イシグロは、ほとんどの作品がこの手順を二〇～三〇ページ単位で繰り返しながら書かれてきたと述べている一方で、実は『わたしを離さないで』の執筆は、彼にとってのこのルーティンに則っていなかったとも記している。この作品の場合は最初の走り書きが物語の最後まで到達してしまってからその後の段階に移ったことを明かしている。

　ただ、このアーカイブにおさめられている草稿群について一点注記しておきたい。イシグロは、シンシア・ウォンとのインタヴューで、『わたしを離さないで』執筆の前史を語っている。彼はこの小説を一九九〇年に書き始めたがすぐに挫折した。それはまだクローンとは関係なく、核兵器と冷戦にかかわる物語だった。『充たされざる者』を書いた後戻ったが再び挫折し、『わたしたちが孤児だったころ』を書いた後になってようやく『わたしを離さないで』を完成させたのである（cf. *Conversations with Kazuo Ishiguro*, edited by Brian W. Shaffer and Cynthia F. Wong, UP of Mississippi, 2008, pp. 210-11）。しかし、目録を見るかぎり、この前史に関しては残念ながら資料が残っていないようである。

*

　それでは、さらに具体的に『わたしを離さないで』の草稿群へと入ってゆこう。右で見たような執筆手順からもうかがえるとおり、イシグロは直観的に書き付けるタイプではなく、自分の方法論に徹底的に自覚的で、常にコントロールしながら文章を彫琢する作家であり、その姿勢は作品世界を作り上げてゆく際にも貫かれている。本作の草稿群にも、小説の設定や構造についてのアイデアが記されているが、小説の表には直接出てこない作品の背景の設定などについての思索も文章化しながら行なった痕が見られる。たとえば、「概念的背景についての議論」(The Background Ideological Argument)とタイトルがつけられた紙片の中での「マダムの理論」(Madame's thesis)という一節では、マダムの考えの根幹となっている、クローンという存在が『わたしを離さないで』の世界内で持つ意味(彼らは人間に近いものなのか否か)をめぐってイシグロ自身の思索がフローチャート式の「プラン」として展開されている。その中では、もし彼らが適切な人間的環境で育てられたなら、魂を備えた完全な人間となり、したがって提供者として使われるべきではないだろう、というセクションと、遺伝子工学が可能となったときには提供者を完全な人間とみなすべきではないだろう、というセクションが並置されて対話が繰り返されており、実際の完成版の中でマダムがキャシーたちに向けて発する言葉の土台が作り上げられる様子が生々しく記されている。

二〇〇一年から二〇〇二年までに彼が書いた、本作に関する二〇〇ページほどの構想ノート('Ideas As They Come')は、途中の様々な構想や試行錯誤を鮮明に記録していて大変興味深い。田尻論文がいくつかの事例を紹介している(本書二三三頁、および注(6)(7)(11)参照)が、ここでは別の例を二、三挙げてみよう。イシグロがキャシーの語りについて考えている部分では、他の作家たちと並んで村上春樹の『国境の南、太陽の西』が参考材料として言及されている。他の作家はフルネームか苗字なのに村上春樹だけは「ハルキ」と呼ばれているのも、二人の親密さをしのばせる。クローンたちはいずれ殺されるのに、なぜ教養を身につけねばならないのだろうかという根本的なテーマに関して、イシグロがスタンリー・キューブリック監督の映画『フルメタル・ジャケット』(一九八七年)の状況(結局ヴェトナムの戦場で死ぬのに海兵隊員は苛酷な訓練に耐えねばならない)を想起しているのも面白い。クローンたちは確かに「訓練」される存在とみなすことができる。また、イシグロはキャシーの性格を形容するのに「現実離れした」('Martian')という言葉を幾度か使っている。つまり、教育を受けた中産階級的な女性なのに、普通と違う環境で育ったため、知識やものの考え方に私たちとはずれがあるのである。たとえば、私たち読者は彼女の語りに、冒頭からしてなぜ自分の置かれた環境に疑問を持たないのかといった違和感を覚える。そのようなずれをイシグロは始めから意図し、別のクローンに語りかけているという設定にすれば彼女の語りは自然に聞こえると考えたようである。

次に「第一清書版」(First Neat Draft)と題された資料を見てみよう。パソコンで執筆され、プリントアウトされたこの清書版には二〇〇三年九月の日付が記されており、その余白にはイシグロの伴侶ローナ・マクドゥーガルによるものと思しき鉛筆書きのコメントが複数書き込まれている。この文書の末尾には、やはりマクドゥーガルによる七点に分けたコメントを記した一枚の紙と、そのコメントに対するイシグロ自身の修正案をまとめた数枚のノート、さらに具体的な各場面の書き直し案（はじめは手書きで、その後タイプされなおした差し替え版が続く）が付されている。

イシグロの創作過程でマクドゥーガルが果たす役割については、次のような逸話がある。二〇一五年三月に出版された『忘れられた巨人』について、イシグロはあるイヴェントの席上で、執筆に一〇年もの年月を要したが、その理由の一つは初期段階でのマクドゥーガルからの手厳しいコメントであった、と告白しているのだ。最初期の草稿に目を通した彼女は、その草稿が「まったくダメ」であると率直な意見を述べ、その見解を受け入れたイシグロはそこまでの草稿をすべて破棄し、ゼロからすべて書き直したのだという（『テレグラフ』ウェブ版、二〇一四年一〇月四日）。この逸話が伝えるように、イシグロの創作は、最初の読者、それも、きわめて批評的な読者としてのマクドゥーガルの役割を最大限尊重することによって可能になっているのだ。

では『わたしを離さないで』の執筆過程で、マクドゥーガルはどのような貢献をしたのだろうか。清書版の本文余白に書き込まれた彼女のコメントは数としては多くはないが、そのいずれについてもイシグロは真剣に考慮し、なかには彼女の示唆をほぼそのまま取り入れて書き直した箇所もある。重要な例を一つだけ紹介しよう。清書版の第一章冒頭では、キャシーはすでに「介護人（ケアラー）」として一二年のキャリアを積んでおり、その後も五、六年はこの仕事を続ける予定だと語っていたが、完成版では、これが一一年程度のキャリア、その先はあと約八カ月で介護人を辞め、「提供者（ドナー）」になる見込みへと短縮されている。この変更はまさにマクドゥーガルの指摘を受けたものだった。さらに彼女は物語のそのほかの要所に関しても、キャシーが同じヘールシャム出身者たちの多くをすでに失い、孤独を感じているのではないか、また、忙しい介護人生活を後にして、提供者としての「静かな生活」のなかで過去の回想に浸りたいと感じているのではないか、とイシグロに疑問を投げかけ、具体的な改稿に向けた示唆も与えている。

この修正点は、キャシーの語りのムードばかりか、クローンたちの置かれた境遇を考えるうえでもきわめて重要なものである。完成版でのキャシーは、（第一清書版でのように）この先まだ何年もの仕事生活をひかえた者としてではなく、そのキャリアの終着点に立ち、提供者としての新しい生活のはじまりを予期する者として、過去を振り返っている。この新しい生活のはじまりが、皮肉にも確実な「死」の予感でもあることは、この小説の読者ならばよくご存知のことだろう。また、キャシーが「提供者」となることを、重労働に忙殺されるばかりの孤独な介護人としての日々と対比して、「静かな生活」の見込みとして待望すらしているということも、マクドゥーガルの示唆を受けた追加点である。この点は、クローンたちがなぜ抵抗することもなく、「自発的」に提供者となる運命を受け入れるのか、というこの小説の大きな問題点とも関わる、重要な論点である。これほどに重大な変更点が、マクドゥーガルからのコメントを受けた、いわばイシグロと彼女との「共作」であったという点は、特筆するに値するだろう。

　また、このようなアーカイブを探る愉しさの一つは、最終的な完成版には収められなかったアイデアたちにも出会えることであろう。些細なものでは保護官の名前がアニー（Annie）と書いてあったものがエミリ（Emily）に修正されていたり、「わたしを離さないで」の歌が収録されている媒体も、草稿段階では「失われたＣＤ『わたしを離さないで』」（The Lost CD–"Never Let Me Go"）と「ＣＤ」だったものが、第一清書版では我々が眼にすることになる「カセット」へと変更されている。

　そして「削除された紙片」（rejected papers）と題された草稿群には、最終版には収められなかったアイデアや文章がエピソード単位でまとめられており、こちらも大変に興味をかき立てられるものである。そのうちの一つには、キャシーらクローンの子供たちが偶然にヘールシャムに迷い込んできた「普通の人間」の少年と遭遇するというエピソードも記されている。少年はキャシーたちクローンに対する嫌悪感と優越感を剥き出しにした態度を取るのである。そして彼はそこに駆けつけてきたエミリ先生に「お腹がすいているでしょう」と建物の中へと導かれてゆく。その後キャシーたちは少年の姿を見ることも、彼について聞くこともない。

　それらを修正あるいは削除するにいたった理由は、現段階で即断すべきではないし、今後の研究と考察の積み重ねに委ねたいが、この修正の事実一つ取っても、興奮する発見だと言えないだろうか。

＊

　このような貴重な資料が、同センターへのウェブ申請を通じてＰＤＦとしても手に入れることができる。当然所定の費用は必要だし一度に申請できる分量にも制限はあるが、テキサス大学のアーカイブに直接赴く費用と手間（もちろん実際に訪れる価値は測り知れないが）を考えれば、画期的な簡便さということができるだろう。アーカイブが整備されたおかげで草稿段階から小説の生成過程を検証することが可能となっただけでなく、何らかの理由で実際には採用されなかったアイデアやエピソードを見ながら、『わたしを離さないで』はもしかしたら別の姿をしていたかもしれないと夢想することはイシグロファンや研究者にとって、非常にエキサイティングな経験ではないだろうか。それほどまで熱心な読者および研究者がいることに、イシグロ自身は「正気ですか？」（"Sane?"）と「わたしはどのように書いているか」の中でいぶかってもいるのだが……。

〈あとがき〉にかえて——文献案内　**三村尚央**

本書には『わたしを離さないで』を多彩な観点から分析する海外および国内の研究者による論考がおさめられている。このようにイシグロの一作品に焦点を絞った論集はこれまで例がなく、本書が今後のイシグロ研究の礎の一つとなってくれることを願っている。とはいうものの、作品の魅力と可能性のすべてが論じ尽くされたとはまだまだ言えない、というのが編者としての正直な気持ちである。むしろ本書で展開された議論を通じて、いくつかの新たな論点や謎が現れてきたようにも思われる。

したがってここでは、『わたしを離さないで』をより深く理解するだけでなく、イシグロの作品世界の全体像をとらえる試みにさらに寄与してくれるであろう海外の文献を紹介しておきたい。本書所収の論考においてすでに断片的に言及されているものもあるが、その重要性と汎用性のゆえにここであらためて取り上げることをお断りしておく。また『わたしを離さないで』を中心的に扱っていないものも含まれるが、本作をより広い文化的・社会的布置の中で考察するきっかけとなってくれるだろう。

【生命技術と倫理】

本書所収のマーク・ジャーング論文が取り上げている、クローンなどの生命科学技術の発達が倫理観および人間と非人間の境界におよぼす影響について考察する論考には、以下のようなものがある。

Snaza, Nathan. "The Failure of Humanizing Education in Kazuo Ishiguro's *Never Let Me Go*." *Lit: Literature Interpretation Theory*, vol. 26, no. 3, 2015, pp. 215-34.

ヘールシャムでの教育理念と実際に行われていることを検証することで、本作における人間性すなわち「人間として備えているべき要素」とは何なのかを浮かび上がらせる。スネイザの議論は、「魂を持つ人間」を育成することを目指す教育が実は「脱人間化」の過程を含むものであり、その結果生み出されるのが「魂を持った非人間」だという皮肉を明確にする。

Griffin, Gabriele. "Science and the Cultural Imaginary: The Case of Kazuo Ishiguro's *Never Let Me Go*." *Textual Practice*, vol. 23, no. 4, 2009, pp. 645-63.

『わたしを離さないで』が臓器移植の未来予想図ではなく、あくまで文化的想像の一つであり、さまざまな科学的発展がもたらすであろう数々の期待や予想を虚構的想像へとひとまとめにしたものであることを確認した上で、本作がクローンという「わたしとは似て非なる」存在を通じて、「自他」の区別と境界および人間であることの条件を検討していることを検証している。またグリフィンは本作での「身体」（soma）と「精神」（coma）の問題を取り上げ、科学の発展は両者をきれいに分けたり、統合したりするのでなく、その境界の問い直しを要請し続けることも指摘している。

Storrow, Richard. "Therapeutic Reproduction and Human Dignity." *Law and Literature*, vol. 21, no. 2, Summer 2009, pp. 257-74.

『わたしを離さないで』とともに、映画化もされたジョディ・ピコーの小説『わたしのなかのあなた』(Jodi Picoult, *My Sister's Keeper*) を取り上げている。同書で取り上げられる「救世主兄弟」(savior sibling＝現存する子供が抱える難病を解決することを目的として、あらたに子供を産み出すこと）の問題はすでにアメリカやイギリスを中心として議論が重ねられている。日本ではガイドラインどころか議論もほとんど行われていないのが現状だが、すでに実施されているこのような目的に基づく人工授精（および受精卵の選別）の先には、『わたしを離さないで』の臓器移植を目的としたクローンをめぐる倫理的議論があることも提起する。

【個人と共同体】

ブルース・ロビンズの論考は、作品の前景で描き出されるクローンたちの共同体を背景でコントロールしている不気味な「当局」の存在に注目している。すなわち、本作において臓器という身体の一部が特定の目的のために利用され、組織的に流通させられていることは、現代における福祉国家とグローバル社会が抱える問題を否応なく我々に思い起こさせる。このようにキャシーたちの（一見主体的な）個人としての活動が、常に体制による管理と不可分であることをめぐる論考には以下のようなものがある。

Robbins, Bruce. *Upward Mobility and the Common Good: Toward a Literary History of the Welfare State*. Princeton UP, 2007.

個人と国家体制との関わりを様々な小説や映画から考察する本書の中でもロビンズは『わたしを離さな

いで』を取り上げ、ヘールシャムの仕組みをイギリスにおける福祉国家制度との関連で論じている。ロビンズは、クローン同士での個人的な競争心や対立を調整しながら最終的には全員を臓器提供へと導くヘールシャムの制度を通じて、福祉国家では個人の階級上昇志向が実際は国家制度との共犯関係に支えられていることを明らかにしている。

Fluet, Lisa. "Immaterial Labors: Ishiguro, Class, and Affect." *Novel*, vol. 40, no. 3, Summer 2007, pp. 265-88.

「労働」や「職業意識（プロフェッショナリズム）」という観点から『わたしを離さないで』、『日の名残り』、『わたしたちが孤児だったころ』を読み直している。労働概念の急速な変化（工場での生産に従事する賃金労働から非物質的な知的労働へ）を通して、イシグロ作品における個人と社会の関わりを考察している。またシアン・ナイの『醜い感情』（Sianne Ngai, *Ugly Feelings*）にも言及しながら、同類間の結びつきを強めるだけでなく、「他なるもの」との結束を模索する必要性も強調している。

Black, Shameem. "Ishiguro's Inhuman Aesthetics." *Modern Fiction Studies*, vol. 55, no. 4, Winter 2009, pp. 785-807.

生徒たちによる美術制作が「魂」というヒューマニズム的観点ではなく、実際は交換のサイクルを通じて人間性を搾取するグローバリズムや全体主義というまったく反対のものに結びついてしまうという悲劇が作品中で持つ意味を考察している。ブラックは美術作品が人間性を表わすという期待と、作品の「交換会」という表面的な外観で覆われてしまうことで、クローンたちが普通の人びとに搾取されているという冷酷な現実の姿が見えにくくされてしまっていることを明示する。

【共感とケア】

ホワイトヘッド論文で提起される共感とケアをめぐる議論は、近年重要性を増しているテーマである。それは以下の論考でフォーカスされる介護や医療人文学といった領域だけでなく、人や物、情報の移動が地球規模になった現代のグローバリズムやコスモポリタニズムのなかでの人道的な気づかい（ケア）を考察する際にも突き当たる問題である。

Whitehead, Anne. *Medicine and Empathy in Contemporary British Ficrtion: An Intervention in Medical Humanities*. Edinburgh UP, 2017.

ホワイトヘッドはここでも文学テクストと共感の問題を取り上げ、パット・バーカーやイアン・マキューアンと並んで、『わたしを離さないで』にも一章を割いているが、本書所収の論考とは異なる医療人文学（Medical Humanities）の観点、特に「医者―患者」の関係からケアの問題をとらえ直している。そして身体という我々の生物学的基盤が医療だけでなく政治（biopolitics）、資本主義（biocapitalism）、経済（bioeconomics）、倫理（bioethics）と緊密に結びつけられる現代における共感がどのように位置づけられているかを検証している。

Eatough, Matthew. "The Time that Remains: Organ Donation, Temporal Duration, and *Bildung* in Kazuo Ishiguro's *Never Let Me Go*." *Literature and Medicine*, vol. 29, no. 1, Spring 2011, pp. 132-60.

イータフは、キャシーが最後の場面で流れる涙を自ら抑制することに顕著に表われているように、介護人という感情労働（affective labor）においては、感情をコントロール下に置くことが職業的に要請されると指摘する。そして物語内だけでなく現実に他人の介護を職業とする人々がしばしば自分の身体に注意を払わなくなっていることを、実際に使用されている質問用紙などによって裏付けながら、『わたしを離さないで』の世界での介護人あるいは提供者としての「成長」（Bildung）とは何なのかを論じている。

【語りの技法】

カリー論文で展開されているような物語論のモデルをイシグロ作品に用いる分析は、日本では人気がないのか（あるいは軽んじられているのか）、数編をのぞいてあまり見られない。近年の物語論の成果を取り入れた次のものなどは、（決して読みやすいとは言えないのだが）「信用できない語り」の作家とされるイシグロを新たな視点から論じるきっかけとなるだろう。

Currie, Mark. *The Unexpected: Narrative Temporality and the Philosophy of Surprise*. Edinburgh UP, 2013.

小説の語りにおいて「予測していなかったこと」は本当に起こりうるのかという、叙述における時間の問題を物語論から考察するこの本で、カリーは『わたしを離さないで』の先説的過去完了による（過去の過去・過去・現在という）時間の三層構造モデルを再度取り上げ、語り手としてのキャシーが、語る現在と語られる過去、そしてその間にある（未来指向も含めた）時間軸を利用しながら、忘れていたことを思い出したり、未来についての期待を回想するといった複雑な語りを可能にしていることを分析している。また本書ではジュリアン・バーンズの『終わりの感覚』（*The Sense of an Ending*）も取り上げられている。

Marcus, Amit. "Narrative Ethics and Possible Worlds Theory: Toward a Rapprochement." *Storyworlds: A Journal of Narrative Studies*, vol. 4, 2012, pp. 99-122.

『わたしを離さないで』の語りを、近年急速に発展を遂げた物語論の成果の一つである「可能世界理論」

(Possible Worlds Theory) から考察している。キャシーの語りが起こった事実を語るだけではなく、語りの態（modality）を駆使しながら、「〜だったかもしれない」や「〜しているはず」という想像で補完された「ありえた過去」「ありうる未来」という別様のイメージを提示する叙述が物語世界を豊かにして、倫理的な領野を開いてゆくのだとマーカスは主張する。それは同時に、かなわないと知りながらも、わずかのあいだ現実的な制約を忘れて未来について語り、空想にふけるクローンたちの姿にポジティブな可能性を新たに見いだす契機ともなるだろう。

D'hoker, Elke. "Unreliability between Mimesis and Metaphor: The Works of Kazuo Ishiguro." ***Narrative Unreliability in the Twentieth-century First-person Novel.*** **Edited by Elke D'hoker and Gunther Martens, Walter de Gruyter, 2008, pp. 147-70.**

イシグロ作品のトレードマークとされている「信用できない語り」の技法の変遷を『遠い山なみの光』から『わたしを離さないで』まで概観している。そして『日の名残り』を挟んで、イシグロの語りはミメーシス（模倣）的なものからメタファー（比喩）的なものへと発展していると指摘する。本論によれば、「信用できない語り」の好例として言及される『日の名残り』のスティーブンスがもっとも「信頼できる語り手」ということになりそうだ。

　また、本書で扱われなかった論点を考察してゆくのに、次の文献もよい導入となってくれるだろう。

【作家の国際性と翻訳理論】

Walkowitz, Rebbecca. "Unimaginable Largeness: Kazuo Ishiguro, Translation, and the New World

Literature." *Novel*, vol. 40, no. 3, Summer 2007, pp. 216-39.

イシグロ作品が日本語も含めた各種の別言語へと翻訳されてゆく現象を取り上げて、国際作家あるいは世界文学としてのイシグロの位置づけを考察している。そして幾多の言語に翻訳されることで、もとの英語版との差異を含んだバリエーションが生まれるが、オリジナルを特権化せずそれらのあいだから作品の価値が立ち上がる過程こそが重要であると強調する。またウォルコヴィッツは、*Cosmopolitan Style* (Columbia UP, 2006) でサルマン・ラシュディやW・G・ゼーバルトとともにコスモポリタン作家としてのイシグロに一章を当て、「イシグロの裏切り」(Ishiguro's Treason) というタイトルで『浮世の画家』を論じている。

【記憶とノスタルジア】

Drag, Wojciech. *Revisiting Loss: Memory, Trauma and Nostalgia in the Novels of Kazuo Ishiguro*. Cambridge Scholars Publishing, 2014.

記憶とノスタルジアはイシグロ作品も含めた現代文学における重要テーマの一つでありながら、いまだに批評の方法として十分には整備されていないのが実情であるが、ヴォイチェフ・ドゥランクによるこの研究書は、精神分析的なトラウマ理論に加えて、批評的な分析方法としてのノスタルジアを応用する実例として参考になる。

*

多くの出会いが重なって本書が形となった。そのどれか一つが欠けていてもここまで来られなかっただろうことは断言できる。中でも重要なものの一つが、田尻氏主催による二〇一四年のカズオ・イシグロ国際シンポジウムであることは編者二人とも同じ思いである。論文を通じて名前のみ知っていた研究者の方々と実際に対面できたことによる結びつきは非常に心強かったことを憶えている。その後、非公式ながら「カズオ・イシグロ研究会」と名付けた、有志による研究会を持つようにもなった。そして三村の所属する新英米文学会の二〇一七年度大会でおこなった『わたしを離さないで』をテーマとするシンポジウムに、研究会の荘中氏、菅野氏、武富氏、森川氏が発表者としての参加を快諾してくれただけでなく、田尻氏、日吉氏、水声社の小泉氏が聴衆として来場し五時間あまりにわたる日程に最後まで参加してくれたことには今でも感謝しきれない。そしてその時に田尻氏の提案によって本書の企画が始まったのは「まえがき」の通りである。こちらも今から振り返ればまさしく「出来事（イヴェント）」となる一日であった。

本書は論点が多彩であるだけでなく、その議論を展開する手際にも各自の個性が表れているが、それは研究者個人間の競争による序列化ではなく、『わたしを離さないで』という作品の理解を深めるために連帯する協奏である。本書が今後の日本におけるカズオ・イシグロ研究の発展につながり、願わくは人文学研究全般の盛り上がりに少しでも寄与してくれることを祈っている。

最後になってしまったが、本書の企画から出版まで細やかな配慮をいただき、原稿にも的確に筆を入れてくださった水声社の小泉直哉氏の力がなければ、まとまりのないままに頓挫していたことは間違いない。我々のアイデアに物質的なかたちと手ざわりを与えてくれた小泉氏にあらためて感謝申し上げる。

二〇一八年六月

編者・執筆者・訳者について――

田尻芳樹（たじりよしき）　一九六四年生まれ。東京大学教授（イギリス文学）。著書に、*Samuel Beckett and the Prosthetic Body: The Organs and Senses in Modernism* (Palgrave Macmillan, 2007)、『ベケットとその仲間たち――クッツェーから埴谷雄高まで』（論創社、二〇〇九年）、*Samuel Beckett and Trauma*（共編著、Manchester University Press, 2018）などがある。

三村尚央（みむらたかひろ）　一九七四年生まれ。千葉工業大学准教授（イギリス文学、記憶研究(Memory Studies)）。著書に、『英米文学を読み継ぐ――歴史・階級・ジェンダー・エスニシティの視点から』（共著、開文社出版、二〇一二年）、『カズオ・イシグロの視線――記憶・想像・郷愁』（荘中孝之・森川慎也との共編著、作品社、二〇一八年）、訳書に、アン・ホワイトヘッド『記憶をめぐる人文学』（彩流社、二〇一七年）などがある。

＊

マーク・カリー（Mark Currie）　ロンドン大学クイーン・メアリー校教授（現代英文学、批評理論、ナラトロジー）。著書に、*Postmodern Narrative Theory* (Palgrave Macmillan, 1998; 2nd edition, 2011), *The Invention of Deconstruction* (Palgrave Macmillan, 2013), *The Unexpected: Narrative Temporality and the Philosophy of Surprise*

(Edinburgh UP, 2013) などがある。

ロバート・イーグルストン（Robert Eaglestone）　一九六八年生まれ。ロンドン大学ロイヤル・ホロウェイ校教授（現代思想、現代英語圏文学、ホロコースト研究）。著書に、『英文学とは何か――新しい知の構築のために』（川口喬一訳、研究社、二〇〇三年）、『ホロコーストとポストモダン――歴史・哲学・文学はどう応答したか』（田尻芳樹・太田晋訳、みすず書房、二〇一三年）、*The Broken Voice: Reading Post-Holocaust Literature* (Oxford UP, 2017) などがある。

マーク・ジャーング（Mark Jerng）　カリフォルニア大学デイヴィス校准教授（アジア系アメリカ文学、批判的人種理論、SF、幻想文学）。著書に、*Claiming Others: Transracial Adoption and National Belonging* (U of Minnesota P, 2010), *Racial Worldmaking: The Power of Popular Fiction* (Fordham UP, 2017) などがある。

ブルース・ロビンズ（Bruce Robbins）　一九四八年生まれ。コロンビア大学教授（英文学、比較文学）。著書に、*Secular Vocations: Intellectuals, Professionalism, Culture* (Verso, 1993), *Upward Mobility and the Common Good: Toward a Literary History of the Welfare State* (Princeton UP, 2007), *Perpetual War: Cosmopolitanism from the Viewpoint of Violence* (Duke UP, 2012) などがある。

アン・ホワイトヘッド（Anne Whitehead）　英国ニューキャッスル大学准教授（現代文学、比較文学）。著書に、*Trauma Fiction* (Edinburgh UP, 2004)、『記憶をめぐる人文学』（三村尚央訳、彩流社、二〇一七年）、*Medicine and Empathy in Contemporary British Fiction: An Intervention in Medical Humanities* (Edinburgh UP, 2017) などがある。

*

井上博之（いのうえひろゆき）　一九八四年生まれ。和洋女子大学助教（アメリカ文学・映画）。論文に、"The Hi Lo Palimpsest: Remapping the West(ern) in *Bobby Jack Smith, You Dirty Coward!*"（*The Journal of the American Literature Society of Japan*, 2016）、"Small-Town Depression: Topography of Entrapment in *The Last Picture Show*"（『言語情報科学』二〇一六年三月）、"Southwestern Cartographies: The Poetics of Space in Contemporary Narratives of the U.S. Southwest"（Ph.D. Dissertation, University of Arizona, 2017）などがある。

金内亮（かなうちりょう）　一九九〇年生まれ。東京大学大学院総合文化研究科博士課程在籍（現代英語文学）。論文に、「不可能な証言と脱主体化――J. M. Coetzee の *Foe*（1986）における主体の場の探究」

（『言語情報科学』二〇一七年三月）、「J・M・クッツェーと英語——クッツェーのオーストラリア作品の特徴」（『南半球評論』二〇一七年一二月）、「J. M. Coetzee が描く共感的想像力の可能性——*The Lives of Animals* の文学的読解」（『言語情報科学』二〇一八年三月）などがある。

荘中孝之（しょうなかたかゆき）　一九六八年生まれ。京都外国語短期大学教授（イギリス文学、比較文学）。著書に、『カズオ・イシグロ——日本とイギリスの間から』（春風社、二〇一一年）、『アジア系アメリカ文学を学ぶ人のために』（共著、世界思想社、二〇一一年）、論文に、「日本語、英語、カズオ・イシグロ」（『ユリイカ』二〇一七年一二月）などがある。

秦邦生（しんくにお）　一九七六年生まれ。青山学院大学准教授（イギリス文学）。著書に、『終わらないフェミニズム——「働く」女たちの言葉と欲望』（共著、研究社、二〇一六年）、論文に、"The Uncanny Golden Country: Late-Modernist Utopia in *Nineteen Eighty-Four*" (*Modernism/Modernity* Print Plus, 2017) などがある。

菅野素子（すがのもとこ）　鶴見大学准教授（イギリス文学・英語文学）。著書に、*Kazuo Ishiguro: New Critical Visions of the Novels*（共著、Palgrave Macmillan, 2011）、論文に、「一九八六年の産業小説」（『鶴見大学文学部紀要　第二部　外国語・外国文学編』二〇一四年）、「英語で読んでも翻訳で読んでもイシグロはイシグロだ」（『ユリイカ』二〇一七年一二月）などがある。

武富利亜（たけとみりあ）　岐阜薬科大学教授（現代イギリス文学、比較文学・文化）。著書に、『英語と文学、教育の視座』（共著、DTP出版、二〇一六年）、論文に、「カズオ・イシグロと小津安二郎」（『比較文化研究』二〇一四年一二月）、"Accepting Mortality in Kazuo Ishiguro's *Never Let Me Go*"（『Comparatio』二〇一七年）などがある。

日吉信貴（ひよしのぶたか）　一九八四年生まれ。都留文科大学非常勤講師（現代英語文学）。著書に、『カズオ・イシグロ入門』（立東舎、二〇一七年）などがある。

森川慎也（もりかわしんや）　一九七六年生まれ。北海学園大学講師（イギリス文学）。論文に、"The Narrator's Reliability and Professional Norms in *The Remains of the Day*"（『北海学園大学人文論集』二〇一七年八月）、「カズオ・イシグロの運命観」（『年報　新人文学』二〇一七年一二月）、「カズオ・イシグロ作品解題」（『ユリイカ』二〇一七年一二月）などがある。

装幀――宗利淳一

カズオ・イシグロ『わたしを離さないで』を読む

二〇一八年九月一〇日第一版第一刷印刷　二〇一八年九月二〇日第一版第一刷発行

編者――田尻芳樹・三村尚央

発行者――鈴木宏

発行所――株式会社水声社

東京都文京区小石川二―七―五　郵便番号一一二―〇〇〇二

電話〇三―三八一八―六〇四〇　ＦＡＸ〇三―三八一八―二四三七

［**編集部**］横浜市港北区新吉田東一―七七―一七　郵便番号二二三―〇〇五八

電話〇四五―七一七―五三五六　ＦＡＸ〇四五―七一七―五三五七

郵便振替〇〇一八〇―四―六五四一〇〇

URL : http://www.suiseisha.net

印刷・製本――モリモト印刷

ISBN978-4-8010-0355-2

乱丁・落丁本はお取り替えいたします。

水声文庫［価格税別］

【批評】

宮澤賢治の「序」を読む　淺沼圭司　二八〇〇円
『悪の華』を読む　安藤元雄　二八〇〇円
ロラン・バルト　桑田光平　二五〇〇円
小説の楽しみ　小島信夫　一五〇〇円
書簡文学論　小島信夫　一八〇〇円
演劇の一場面　小島信夫　二〇〇〇円
零度のシュルレアリスム　齊藤哲也　二五〇〇円
マラルメの〈書物〉　清水徹　二〇〇〇円
戦後文学の旗手 中村真一郎　鈴木貞美　二五〇〇円
サイボーグ・エシックス　高橋透　二〇〇〇円
（不）可視の監獄　多木陽介　四〇〇〇円
魔術的リアリズム　寺尾隆吉　二五〇〇円
未完の小島信夫　中村邦生・千石英世　二五〇〇円
オルフェウス的主題　野村喜和夫　二八〇〇円
越境する小説文体　橋本陽介　三五〇〇円
ナラトロジー入門　橋本陽介　二八〇〇円
カズオ・イシグロ　平井杏子　二五〇〇円
カズオ・イシグロの世界　平井杏子・小池昌代・阿部公彦・中川僚子・遠藤不比人・新井潤美他　二〇〇〇円
「日本」の起源　福田拓也　二五〇〇円
太宰治『人間失格』を読み直す　松本和也　二五〇〇円
現代女性作家論　松本和也　二八〇〇円
川上弘美を読む　松本和也　二八〇〇円
ジョイスとめぐるオペラ劇場　宮田恭子　四〇〇〇円
魂のたそがれ　湯沢英彦　三二〇〇円
金井美恵子の想像的世界　芳川泰久　二八〇〇円